Katharina Mallack, die introvertierte Künstlerin mit den leuchtendroten Haaren, verschwindet hin und wieder sang- und klanglos aus ihrem Atelier, um für einige Zeit in die schillernde Märchenwelt Ludwigs II. einzutauchen. Die Journalistin Lydia Labetzke kennt die Kapriolen der anderen zur Genüge. Schließlich verbindet die beiden Frauen seit Kindertagen eine tiefe Freundschaft. Dieses Mal aber scheint Katharinas Abwesenheit kein kreativer Müßiggang zu sein. Die Postkarte, die Lydia erhält, birgt emotionalen Sprengstoff. Von unklaren Ängsten bedrängt, beginnt Lydia den Spuren der anderen zu folgen. Was sie über die Freundin erfährt, zwingt sie, die gemeinsame Vergangenheit neu zu entdecken und nie gekannte Gefühle zuzulassen...

Spannend und psychologisch stimmig schildert Petra Urban die Geschichte einer Frauenfreundschaft, die sich durch eine unspektakuläre Berührung in eine liebende Annäherung verwandelt. In Gesprächen und Erinnerungen wird die gemeinsame Vergangenheit der Frauen zu neuem, buntem Leben erweckt. Dabei wird das Versteckspiel mit ihren Gefühlen und der aufgebrochene Konflikt zwischen Liebe und Tod, der in einem unerwarteten Ende eskaliert, einfühlsam beleuchtet.

Petra Urban, Dr. phil., geboren 1957 in Dohna/Pirna, studierte Germanistik und Philosophie in Düsseldorf. Nach journalistischer und essayistischer Tätigkeit und der Veröffentlichung von Kurzprosa ist dies ihr erster Roman.

Petra Urban
Die Maulwürfin
Roman

Fischer Taschenbuch Verlag

Die Frau in der Gesellschaft
Herausgegeben von Ingeborg Mues

7.–8. Tausend: Juni 1998

Originalausgabe
Veröffentlicht im Fischer Taschenbuch Verlag GmbH,
Frankfurt am Main, Januar 1997

Gesamtherstellung: Clausen & Bosse, Leck
Printed in Germany
ISBN 3-596-13081-6

Die Maulwürfin

Für Bärbel und Eva

I

Der Kühlschrank muß abgetaut werden, dachte sie und trank einen Schluck aus der eiskalten Wasserflasche. Warum schaffen es andere, ihren Kühlschrank abzutauen, und ich nicht?

Sie schaute zum Fenster hinaus.

Auf dem gegenüberliegenden Hausdach saßen Raben auf der Antenne. Zankend machten sie sich die Plätze streitig. Irgendwo im Haus schellte ein Telefon. Die Küchenuhr tickte laut.

Während der letzten Tage hatte es ohne Unterlaß geregnet. In schmalen Prielen waren die Tropfen auf den Fensterscheiben abgelaufen. Vor dem Haus hatten sich Pfützen gebildet. Kleine, dunkle Tümpel, die aussahen, als würden Frösche und Kröten darin leben.

Heute endlich hatte der Regen aufgehört. Ein stürmischer Herbstwind trieb graue Wolken am Himmel entlang.

Lydia ging mit der Wasserflasche in der Hand durch die Wohnung. Sie legte die Jeans, die sie am Abend achtlos auf den Boden geschmissen hatte, über einen Stuhl, nahm das leere Weinglas neben ihrem Bett und brachte es zusammen mit einem übervollen Aschenbecher in die Küche.

Sie schaute erneut zum Fenster hinaus. Die Buche, die so nah stand, daß bei Wind einige ihrer Äste die Hauswand berührten, hatte fast alle Blätter verloren. Anfangs hatte Lydia das Kratzen des Baumes erschreckt. Des Nachts, wenn alles still war im Haus, war sie ein ums andere Mal aus dem Schlaf hochgefahren. Mit offenen Augen hatte sie in der Dunkelheit gelegen und auf ihr pochendes Herz gelauscht. Erst nach Monaten hatte sie sich an das Geräusch gewöhnt. Genau wie an das Telefon, das so oft und laut schellte.

Womit fange ich an, dachte sie und blickte einem Raben, der sich von der Antenne erhob und mit dem Wind davonsegelte, hinterher. Sie setzte sich an den Küchentisch, zog einen zweiten Stuhl heran und legte die Füße darauf. Gedankenverloren griff sie nach dem Sektkorken, der aufrecht wie ein Pilz auf dem Tisch stand. Leise summend ließ sie ihn von einer Hand in die andere wandern.

In der Nacht hatte sie seit langer Zeit wieder einmal Lust verspürt, eine Oper von Richard Wagner zu hören. Ohne zu überlegen, hatte sie den »Lohengrin« aus dem Regal gezogen. Vielleicht, weil ihr seit Tagen der Satz »In fernem Land, unnahbar euren Schritten...« im Kopf herumgeisterte.

Sie hatte sich auf den Teppich vor dem Fenster gelegt, die Musik lauter gestellt als gewöhnlich und auf den berauschenden Zauber der Klänge gewartet. Die Töne entführten sie nicht. Sie tröpfelten aus den Lautsprechern und versickerten im Teppich. Unlustig hatte Lydia in den Nachthimmel gestarrt und überlegt, wie sie in Elsas Situation handeln würde. Nach dem dritten Glas Sekt hatte sie es gewußt. Sie würde dem Geliebten die verbotene Frage nicht stellen...

Auf dem Söller unter der Dachrinne gurrte eine Taube. Lydia legte den Korken verkehrt herum auf den Tisch. Damals, als sie noch ein Kind gewesen war, hatte der Vater sie eines Morgens gefragt, ob sie die Sprache der Tauben verstehen könne. Sie saß auf seinem Schoß und schüttelte den Kopf. »Du?« fragte sie ungläubig. Er machte ein geheimnisvolles Gesicht und nickte bedächtig mit dem Kopf. An diesem Morgen begleitete sie ihn bis zur Tür und gab ihm einen längeren Abschiedskuß als gewöhnlich. Den ganzen Tag verbrachte sie auf einem Schemel vor dem Fenster. Stunde um Stunde lauschte sie dem monotonen Geschrei der Vögel. Enttäuscht lief sie dem Vater am Abend entgegen. Er streichelte ihr über den Kopf. »Sie rufen: ›So komm doch!‹« flüsterte er ihr ins Ohr und nahm sie an die Hand. »Und warum klingt es so traurig?« wollte sie wissen. Er hatte die Schultern nach oben gezogen und keine Antwort gegeben. Noch heute hörte Lydia die Tauben dieses traurige »So komm doch!« rufen...

Womit fange ich an, dachte sie und trommelte mit den Fingerspitzen auf ihren Bauch. Ich könnte den Hauswirt anrufen, damit die Heizung im Badezimmer repariert wird; ich müßte zur Bank fahren und die Protokolle bezahlen, die seit vorletzter Woche auf dem Küchenschrank liegen; ich sollte in der Redaktion nachfragen, ob es zusätzliche Aufträge für mich gibt; ich müßte zur Werkstatt, mein Auto abholen, aber vorher könnte ich zu Mario...

Es schellte.

Lydia hob den Kopf. Sie stellte die Füße auf den Boden, setzte sich aufrecht hin und lauschte gespannt in Richtung Tür. Noch zweimal, und Katharina wäre da! Endlich wäre sie da!

»Na los!« feuerte sie die Schelle an und schlug mit der Faust auf den Tisch.

Es blieb still. Nur die Taube auf dem Söller gurrte. Lydia drehte den Korken wie einen Kreisel auf dem Tisch und rieb ihre schmerzende Hand. Sie schaute zu der Uhr hinüber, die laut und gleichmäßig auf dem Küchenschrank tickte. Wie unangenehm! Es war schon kurz nach zehn, und sie lief noch im Bademantel herum. Obwohl der Wecker pünktlich um zwanzig vor acht geklingelt hatte, war sie nicht aufgestanden. Die Hände unterm Kopf verschränkt, hatte sie aus dem Fenster in den Himmel geschaut und an Katharina gedacht.

Seit Wochen hatte sie nichts von der Freundin gehört. Keinen Anruf, keine Karte, keinen Brief – nichts!

Das war in den vielen Jahren ihrer Freundschaft noch nie dagewesen. In der ersten Woche hatte sie Katharinas Schweigen zwar bemerkt, sich aber nicht viel dabei gedacht. Besser gesagt, sie war kaum dazu gekommen, viel darüber nachzudenken. In der Kulturredaktion des »Stadtanzeigers«, einer Tageszeitung, für die sie seit fünf Jahren Kunstkritiken schrieb, hatten sich mehrere Mitarbeiter wegen eines grippalen Infektes entschuldigen lassen. Sie hatte die »Hiobsbotschaft«, wie die Sekretärin, Frau Sollms, die Krankmeldungen am Montag morgen genannt hatte, als erste erfahren. Gleich darauf war sie vom leitenden Kulturredakteur, Biemel, einem sportlichen, ständig braungebrannten Mann, der gerade seinen fünfundfünfzigsten Geburtstag im großen Stil gefeiert hatte, händeringend angefleht worden, die wichtigsten Termine der Kollegen zu übernehmen. Sie sagte zu und arbeitete, im Gegensatz zu sonst, mehr in der Redaktion als zu Hause. Sie besuchte Pressekonferenzen, telefonierte stundenlang, hetzte von Galerie zu Galerie und schrieb bis tief in die Nacht hinein Artikel. Früh am Morgen duschte sie in aller Eile, las beim Anziehen die Notizen in ihrem Kalender und verließ, meist ohne Frühstück und ohne die Acht-Uhr-Nachrichten zu hören, das Haus. Ab und zu rief sie Katharina aus der Redaktion an. Erreicht hatte sie die Freundin nicht.

In der zweiten Woche meldeten sich die Kollegen nacheinander zurück, und Lydia arbeitete wieder zu Hause an ihrem Schreibtisch. Trotz der gewohnten Umgebung und der wiedereingekehrten Ruhe brauchte sie mehr Zeit als sonst für ihre Artikel. Kein Wunder! Wie oft starrte sie am Bildschirm ihres Computers vorbei aus dem Fenster. Ihre Gedanken wanderten zu Katharina. Immer häufiger unterbrach sie ihre Arbeit, zog das Telefon zu sich heran und wählte die Nummer der Freundin. Gemeldet hatte sich niemand. Beim Autofahren passierte es ihr mehrmals, daß sie die andere auf der Straße zu sehen glaubte. Beim genaueren Hinschauen allerdings mußte sie feststellen, daß die Frauen nicht die geringste Ähnlichkeit mit Katharina aufwiesen. Manchmal stimmte die Haarfarbe. Dieses leuchtende Rot, das der Freundin in Kindertagen den Spitznamen »Hexe« eingebracht hatte und das ihr aus diesem Grunde lange Zeit verhaßt gewesen war. Mehrmals am Tag hörte Lydia ihren Anrufbeantworter ab und hoffte, Katharinas so vertrautes »Hallo, Lydi, ich bin's!« zu hören. Sie vernahm Grüße von Freunden, amüsierte sich über die piepsige Stimme ihres Neffen, der sich ein Schwert und eine Narrenkappe von ihr zum Geburtstag wünschte, nahm einen Auftrag von einer Kunstzeitschrift entgegen und die wiederholte Bitte ihrer Mutter, sich endlich zu melden.

Von Katharina hörte sie nichts.

Zum ersten Mal entwickelte sie eine beinah innig zu nennende Beziehung zu ihrem Telefon. Wie einen liebgewonnenen Talisman, von dem man sich unter gar keinen Umständen trennt, trug sie den Apparat durch die Wohnung. Beim Baden stellte sie ihn auf die Frotteematte neben der Wanne, beim Kochen auf die Arbeitsplatte neben dem Herd. Abends nahm sie ihn vom Schreibtisch und setzte ihn auf die Holzkiste neben ihrem Bett. Immer häufiger starrte sie ihn an. Die Blicke wurden länger und länger. Sie bemerkte jeden Fingerabdruck auf dem Gehäuse des Apparates. Manchmal beseitigte sie die störenden Flecken mit Spucke. Dann wieder beugte sie sich nach vorn, hauchte geräuschvoll gegen die Oberfläche und rieb sie mit einem Taschentuch Zentimeter für Zentimenter ab, bis sie in den glänzenden Rundungen des Apparates die kleine Welt des Zimmers entdecken konnte. Immer wieder strich sie mit dem Zeigefinger über den blitzenden Hörer. Eine zarte, fast zärtliche Berührung. Das ersehnte Klingeln blieb dennoch aus.

In regelmäßigen Abständen wählte sie Katharinas Nummer. Das Tuten in der Leitung ertrug sie bis zur Unterbrechung. Weder in der Wohnung noch im Atelier erreichte sie die Freundin.

In der dritten Woche klebte sie einen großen Zettel an Katharinas Wohnungstür und einen noch größeren an ihre Ateliertür. In fetten roten Buchstaben stand dort die Bitte geschrieben, sich umgehend zu melden. Das Wort »Bitte« hatte sie mit allen Filzstiften, die ihre Schreibtischschublade beherbergte, unterstrichen. Sie setzte vier Ausrufezeichen dahinter. Nachdem auch auf die Zettel keine Reaktion gekommen war, hatte sie gemeinsame Bekannte angerufen und ohne Umschweife nach der Freundin gefragt. Niemand wußte etwas von Katharina zu berichten.

Sie bekam über Nacht ihren Husten. Ein unangenehmer Reizhusten, der sich vor allem morgens, nach dem Aufstehen, einstellte. Auch biß sie immer häufiger an ihren Fingernägeln herum. Vor allem, wenn sie wieder einmal voller Erwartung ans Telefon stürzte und eine andere als Katharinas Stimme vernahm.

In der Nacht von Dienstag auf Mittwoch verwandelte sich ihre Sorge in Panik. Den ganzen Tag schon wurde sie von düsteren Gedanken heimgesucht. Sie verscheuchte diese Gedanken nicht, gab ihnen vielmehr nach. Der Husten quälte sie schmerzhaft, und selbst ein Spaziergang durch den Park brachte keine Linderung und auch keine Besserung ihrer Stimmung. Gegen Mitternacht, nachdem sie eine Flasche Rotwein in großen und schnellen Schlucken geleert hatte, war sie zum Schreibtisch gestürzt, hatte das Telefonbuch herausgezerrt, die Nummern mehrerer Krankenhäuser angestrichen und sie der Reihe nach gewählt. Eine Patientin mit Namen »Katharina Mallack« gab es nicht. Als sie am Morgen mit schmerzendem Kopf erwacht war, hatte sie das Telefonbuch mit den gelb markierten Zahlen peinlich berührt in die Schublade zurückgelegt. Am Frühstückstisch, bei einer duftenden Tasse Kaffee und einem Toast, in dem die Butter schmelzend verschwand, beurteilte sie die Abwesenheit der Freundin etwas weniger dramatisch. Sie entschied für sich, Katharinas neuer Freund könnte für die Unauffindbarkeit der anderen verantwortlich sein. Der Gedanke hatte sie nicht beruhigt, aber erleichtert.

Katharina pflegte seit jeher häufig wechselnde Männerbeziehungen. Nur wenige der intimen Freundschaften hielten länger als ein halbes Jahr. Lydia erinnerte sich an einen blonden Elektriker mit breiten Schultern und schmalen Hüften, der auch bei Sonnenschein in Lederhosen herumgelaufen war und von seinem Motorrad wie von einer Geliebten gesprochen hatte. Sie erinnerte sich an einen arbeitslosen Architekten mit sanfter Stimme und langsamen Bewegungen, der Katharina in ihrer Abwesenheit die Wohnung aufgeräumt hatte, und an einen Diplom-Ingenieur, der die Freundin mit derart verliebten Augen angeschaut hatte, daß alle Welt gelächelt hatte. Nur Katharina nicht. Ihr Gesicht schien versteinert wie das einer Marmorstatue.

Über die Trennungen verlor sie nie viele Worte. Meist sprach sie am Telefon davon, und ihre Stimme klang so unbeteiligt, als würde sie von einem verlorenen Regenschirm berichten. Zuviel Gefühl hindere sie an der Arbeit, pflegte sie auf Lydias bohrende Fragen nach dem »Warum?« zu antworten und fügte hinzu, sie habe die Männer genauso schnell vergessen wie den Wetterbericht von letzter Woche.

Lydia machten diese Telefonate stets wütend. Es ärgerte sie, daß die Freundin ihren Fragen auswich und ihr so offensichtlich die Wahrheit verschwieg. »Soll ich dir eine Geschichte aus einem Film erzählen?« hatte Katharina sie vor nicht allzulanger Zeit gefragt, und Lydia hatte erst »Nein!« und dann »Von mir aus!« in den Hörer gebrüllt.

Katharinas Stimme hatte heller als gewöhnlich, fast kindlich geklungen. »Also...«, hatte sie gesagt und mit einer langen Pause begonnen, »... an einem Fluß treffen sich ein Frosch und ein Skorpion. Der Skorpion möchte gern auf die andere Seite des Flusses. Da er nicht schwimmen kann, bittet er den Frosch, der am Wegesrand sitzt, ihn ans andere Ufer zu bringen. Wie soll ich das tun? fragt der Frosch. Ganz einfach, antwortet der Skorpion. Ich setze mich auf deinen Rücken, und du schwimmst hinüber. Nein! sagt der Frosch, da wäre ich schön dumm! Du wirst mir in den Rücken stechen, und ich werde sterben. Warum sollte ich dir in den Rücken stechen, sagt der Skorpion. Wenn wir im Fluß schwimmen und ich dich steche, so wirst du sterben und untergehen, und ich werde mit dir sterben, weil ich ebenso untergehe. Daran kann ich kein Interesse haben. Stimmt, sagt der Frosch, da hast du recht. Und er erlaubt dem Skorpion, sich auf seinen Rücken zu setzen. In unmittelbarer Nähe des anderen Ufers spürt er plötzlich einen stechenden Schmerz im Rücken. Warum hast du das gemacht? fragt er, jetzt werden wir beide sterben. Es tut mir leid, antwortet der Skorpion, und seine Stimme klingt verzweifelt, aber ich kann nicht anders...«

»Sehr aufschlußreich!« hatte sie in den Hörer gezischt und kein weiteres Wort über die Geschichte verloren.

Wenige Wochen nach diesem Telefonat hatte Katharina ihr genauso beiläufig wie sonst auch von einem neuen Freund erzählt. Sie saßen gemeinsam in der hintersten Reihe im Kino und griffen abwechselnd in eine Tüte mit Lakritzschnecken. Wenige Minuten, bevor das Licht ausgegangen war, hatte sich Katharina zu Lydia hinübergebeugt und geflüstert: »Ich habe ganz vergessen, dir zu erzählen...«

Sie kannte den Mann seit drei Monaten. Er hieß Joachim, war neununddreißig Jahre alt und Besitzer einer Werbeagentur. Katharina hatte ihn bei Freunden kennengelernt. Sie hatte den

Mann mit dem blonden Oberlippenbärtchen und dem deutlich sichtbaren Bauchansatz nicht sonderlich attraktiv gefunden, sich aber über seine Erlebnisse in einer Selbsterfahrungsgruppe für geschiedene Männer köstlich amüsiert. Da er die Gesellschaft früh verlassen mußte, hatte sie sich für den nächsten Abend mit ihm verabredet. Sie aßen gemeinsam, schauten sich in der Spätvorstellung einen alten Hollywood-Film an und fuhren anschließend in sein Appartement.

Lydia hatte Joachim nur einmal gesehen. Nach einem Theaterbesuch hatte er Katharina und sie zu einer »kleinen Feier« in ein China-Restaurant eingeladen. Sie fand ihn nicht sonderlich sympathisch. Sein Gesicht erschien ihr aufgedunsen, seine Sprache gekünstelt, und sein Benehmen erinnerte sie an die aufdringliche Art eines Vertreters. Der Abend war wenig unterhaltsam gewesen. Während der Gastgeber hastig sein Chop-suey gelöffelt und von seiner Arbeit geredet hatte, war Katharina sehr schweigsam gewesen. Nur ab und zu hatte sie ihn lächelnd angeschaut oder zustimmend mit dem Kopf genickt. Die meiste Zeit des Gespräches war ihr Blick zum Fenster hinaus gewandert...

Es schellte ein zweites Mal.

Lydia schnippte den Korken vom Tisch und ging zur Tür.

»Wer ist da?« rief sie in den Hörer und versuchte, mit einer Hand den Gürtel ihres Bademantels zu knoten.

»Post!«

Der Mann kam im Laufschritt die Treppe heraufgerannt. Er hatte flachsblondes Haar und eine dunkelbraune Hornbrille. Seine Hose war am Knie durchgescheuert und ließ braungebrannte, nackte Haut zum Vorschein kommen. Grinsend blickte er auf Lydias Morgenmantel. »Sind Sie Lydia Labetzke?«

Sie nickte.

»Ich habe eine Postkarte für Sie. Wollen Sie die Nachgebühr zahlen?« Er nieste und fuhr geräuschvoll mit dem Handrücken unter der Nase her.

»Darf ich mal sehen?« Lydia betrachtete die Postkarte. Auf der Vorderseite klebte eine abgerissene Spielkarte. Eine rote, in der Mitte durchtrennte Herzdame.

Lydia drehte die Karte herum und erkannte Katharinas

Schrift. Na endlich! dachte sie und las begierig die wenigen Worte.

»Weißt Du eigentlich, daß ich Dich liebe?«

Lydia zuckte zusammen. Sie griff nach dem Kragen ihres Bademantels und preße ihn unter ihr Kinn. Der Satz irritierte sie. Der Schreiberin schien es ähnlich ergangen zu sein. Dem zu groß geratenen Fragezeichen folgte gähnendes Schweigen. Eine Fläche, unberührt wie frisch gefallener Schnee, breitete sich ungeniert aus. Weiter unten auf der Karte, gefährlich nah am Rand, ging die Rede weiter. In undeutlichen, winzig kleinen Buchstaben stand geschrieben:

»Es tut mir leid, aber...«

Das letzte Wort des abgerissenen Satzes hing seltsam schwerelos in der Luft. Wie ein mit Gas gefüllter Luftballon schwebte es ins Weiß der freien Fläche.

Was tut ihr leid?

Sie sah den Mann fragend an.

»Wollen Sie die Karte haben, oder nicht?« fragte er ungehalten und stupste mit dem Zeigefinger gegen seine Brille.

Sie beeilte sich, ihr Portemonnaie zu finden. Mit zittrigen Fingern holte sie einen zusammengeknüllten Geldschein heraus. »Der Rest ist für Sie. Danke!«

Der Mann faltete den Schein auseinander und zog erstaunt die Augenbrauen nach oben. »Alles?«

»Ja, ja, alles! Es ist gut so. Danke! Sie haben mir eine große Freude gemacht.« Sie schloß, ohne sich zu verabschieden, die Tür. Der Mann lief pfeifend die Treppen hinunter. Sie lehnte sich mit der Stirn an die Wand und starrte auf ihre Füße. Der Boden schien sich in Wellen auf und nieder zu bewegen. Ein Gefühl, als würde sie nach endloser Karussellfahrt wieder festen Boden betreten. Sie atmete geräuschvoll ein und aus und ging in die Küche zurück.

»Liebe?« dachte sie und schaute zu der Antenne hinüber. Zwei Elstern saßen friedlich nebeneinander und schaukelten im Wind.

Katharina und sie hatten in all den Jahren nicht oft von ihren Gefühlen gesprochen. Und wenn, dann hatten sie diesen Gefühlen keinen Namen gegeben. Sie waren Freundinnen. »Die Unzertrennlichen«, wie Mario sie zu nennen pflegte. »Irgendwann werdet ihr es schaffen, gemeinsam zu menstruieren«, hatte er bei einem Fest mit ausgelassener Stimmung festgestellt. »Eine bedenkenswerte Anregung«, hatte Katharina gesagt. »Wir werden dich über eventuelle Erfolge auf dem laufenden halten.«

Sie schlug die Beine übereinander und legte die beiden Enden des Bademantels sorgsam über ihren Knien zusammen. Geistesabwesend strich sie über den weichen Stoff.

Sie las erneut. Buchstabe für Buchstabe tastete sie die Worte ab. Ihr Blick blieb an dem Fragezeichen kleben. »Liebe?« Natürlich war es »Liebe«! Schließlich kannten sie sich seit Kindertagen. Sie erinnerte sich an ihre erste Begegnung, als wäre es gestern gewesen. Es war der erste Schultag.

Sie hatte neben ihrer Mutter auf dem Schulhof gestanden. Wie unwohl sie sich in ihrem blauen Kostüm und den weißen Kniestrümpfen gefühlt hatte! Und welche Angst ihr die vielen Kinder gemacht hatten! Krampfhaft hielt sie die Hand der Mutter fest. Sie ließ erst los, als Katharina auf sie zukam. Sie hatte das Mädchen mit den großen, dunklen Augen und den kurzgeschorenen roten Haaren schon eine Weile beobachtet. Im ersten Moment hatte sie es für einen Jungen gehalten. Vielleicht wegen der knielangen Hose und dem weißen Hemd mit dem spitzen Kragen, an dem ein kleines, silbernes Flugzeug blitzte. Katharina war schlendernd auf sie zugekommen. Sie war so dicht vor ihr stehengeblieben, daß Lydia erschrocken einen Schritt zurückgewichen war. Das rote Haar des Mädchens leuchtete in der Sonne wie die Kappe eines Fliegenpilzes.

»Wollen wir Freundinnen sein?«

Lydia schaute in das blasse Gesicht mit den großen, fast schwarzen Augen und nickte kommentarlos mit dem Kopf.

Beim Klang der Schulglocke stellten sie sich nebeneinander auf und bewunderten gegenseitig ihre Tornister mit den glänzenden Schnallen. Stolz wies Lydia auf ihre neuen Lackschuhe. Ihre ersten Schuhe mit Absatz! Endlich machten auch ihre Schritte im Treppenhaus dieses herrlich klackende Geräusch. »Mädchenschuhe!« sagte Katharina verächtlich und würdigte die Lackschuhe mit den schwarzen Schleifen keines weiteren Blickes. Ihr gefielen nur Turnschuhe. Da Lydias Augen sich mit Tränen füllten, lobte Katharina überschwenglich das lange blonde Haar der anderen. Die geflochtenen Zöpfe reichten bis zur Taille. Auf dem Weg ins Klassenzimmer nahm sie Lydia an die Hand und erzählte ihr, wie oft sie im Schwimmbad einen Schlüssel mit blauem Bändchen bekam. »Ja und?« fragte Lydia und wischte sich über die Augen.

»Das sind die Schlüssel für die Knabenschränke!« hatte Katharina geantwortet und ihr Kinn weit über den Kragen nach oben gereckt. Im nächsten Moment berichtete sie von Mückenstichen im Ohr. Lydia drückte die Hand des Mädchens und erklärte, warum man im Ohr keine Mückenstiche haben könne. In dem Raum mit der Wandtafel hatten sie sich, ohne viele Worte darüber zu verlieren, an eines der Fenster gesetzt. Von hier konnte sich der Blick ungestört im Schulgarten verlieren. Der Platz gefiel beiden.

Von der ersten bis zur letzten Klasse saßen sie nebeneinander und bestanden beim Brennballspiel im Turnunterricht, wenn kein Bitten half, mit Tränen darauf, in ein und derselben Mannschaft zu spielen. In der alphabetischen Reihenfolge wurden ihre Namen stets nacheinander genannt. Nur ein einziges Mal waren sie getrennt worden. An den Namen des Jungen konnte sich Lydia nicht erinnern. Nur an sein freches Gesicht und seine drahtigen blonden Haare. Sie hatte ihn mit kindlichem Eifer gehaßt und vor Freude in die Hände geklatscht, als er die Klasse wegen mangelnder Leistungen wieder verlassen mußte.

Oft hatten sie sich zum Weihnachtsfest und zu ihren Geburtstagen die gleichen Jacken gewünscht. Wie Geschwister wollten sie aussehen und freuten sich jedesmal, wenn die alte Frau Schmidt aus der Kirchenbibliothek sie dafür hielt.

Gemeinsam hatten sie um die Aufnahme am Ursulinen-Gymnasium gezittert, zusammen die ersten Englisch-Vokabeln geübt, auf der Treppe heimlich Aufklärungsbücher gelesen und sich bei Musik und Kerzenschein über ihre ersten Küsse ausgetauscht. Mit bleischweren Rucksäcken waren sie in Richtung Süden getrampt, hatten in den Semesterferien als Zimmermädchen in einem Hotel mit dem klingenden Namen »Michelangelo« gearbeitet und in dem heißen Sommer, in dem die Hitze die Wasservorräte hatte knapp werden lassen, ihr Examen gemacht. Für beide erfüllte sich mit dem Ende der Studienzeit ein Traum. Katharina mietete ein Atelier und arbeitete mit der finanziellen Unterstützung ihrer Eltern als Künstlerin. Lydia war durch einen Freund ihres Vaters, einen grauhaarigen Herrn mit langen, schmalen Händen, der, wie sie erst später erfuhr, Mitglied einer Freimaurerloge war, beim »Stadtanzeiger« als Kunstkritikerin eingestellt worden.

In all den Jahren hatten sie ihre Freundschaft nie in Frage gestellt. Selbst damals nicht, als sie sich wegen der Zuneigung eines Jungen aus der Pfadfindergruppe gezankt und gegenseitig ins Gesicht geschlagen hatten.

Natürlich war dieses Gefühl, das sie seit beinah fünfundzwanzig Jahren verband, Liebe, aber...

Ihre Augen wanderten über die weiße Fläche auf der Postkarte nach unten.

Was tat Katharina leid? Wofür wollte sie sich entschuldigen?

Sie konnte es sich beim besten Willen nicht vorstellen. Hatte die Freundin ein schlechtes Gewissen, weil sie sich in den letzten drei Wochen nicht gemeldet hatte? Oder weil sie wieder einmal von einem Freund wie von ein Paar neuen Schuhen erzählt hatte?

Sie blickte auf den verschmierten Poststempel. Katharina hatte vergessen, eine Briefmarke auf die Karte zu kleben. Lydia verstand auch das nicht. Es paßte so gar nicht zu Katharina. Zu viel Porto auf eine Karte kleben, das konnte ihr passieren. Wie oft hatte sich Lydia über derart unnötig ausgegebenes Geld aufgeregt und der Freundin Vorhaltungen gemacht. Katharina hatte jedesmal schweigend zugehört und irgendwann »Ja, Mama!« gesagt. Eine Redewendung, die Lydia innerhalb weniger Minuten auf hundertachtzig bringen konnte.

Aber die Briefmarke vergessen? Nein, das paßte einfach nicht zu Katharina. Lydia drehte die Karte herum und betrachtete die Herzdame. Eine Dame ohne Unterleib, dachte sie und schaute auf die Rose im Haar der Frau. Sie leuchtete in dem gleichen bläßlichen Rot wie die Lippen der Schönen. Das Datum des Stempels verriet, daß die Karte schon vor drei Wochen abgeschickt war. Seltsam, dachte sie und trommelte mit den Fingerspitzen auf dem Tisch.

Sie schüttelte den Kopf und stellte die Postkarte auf den Küchenschrank. Von weitem sah die Herzdame aus, als lächelte sie glücklich.

Die Musik von oben war lauter geworden.

Lydia machte das Radio an. Eine Männerstimme kündigte die Ouvertüre zu Richard Wagners »Tannhäuser« an. So ein Zufall, schon wieder Wagner! dachte sie und lauschte den anschwellenden Klängen. Seit sie damals, an jenem Novembernachmittag, den Einzug der Gralsritter aus dem »Parsifal« gehört hatte, zählte Wagner zu ihren Lieblingskomponisten. Sie stand an jenem Nachmittag in der Küche und schälte Zwiebeln. Draußen tobte ein Gewitter. Ohne ihr Zutun verstellte sich im Radio der Sender. Plötzlich quollen diese Klänge aus dem Lautsprecher. Sie legte die Zwiebel und das Messer aus der Hand und lauschte den Tönen, die düster und schwer den Raum erfüllten. Sie mußte sich setzen und weinte auf einmal. Selbst als die Musik verebbt war und eine wohltönende Männerstimme die Namen der Interpreten vorlas, weinte sie noch. Sie beruhigte sich nur langsam. Am nächsten Tag fuhr sie nicht auf direktem Wege in die Redaktion. Sie machte einen Umweg und kaufte in dem Plattenladen, in dem man sie in der Klassikabteilung bereits mit Namen begrüßte, die Oper »Parsifal«. Katharina schüttelte beim Anblick der teuren Platten mit dem goldfarbenen Schuber den Kopf. »Und wenn es nun die Zwiebeln waren...?« Sie zog die Stirn in Falten. Lydia hatte ihr die Plattenhülle aus der Hand genommen und ihr einen Vogel gezeigt.

In Lydias gut gefülltem Plattenregal waren die Wagner-Einspielungen seit diesem Tag immer zahlreicher geworden. Mittlerweile nahmen sie den größten Platz ein. Katharina zeigte für diese Vorliebe kein Verständnis. Die Musik dieses »zwergenhaften Sachsen«, wie sie den Komponisten nannte, mache sie aggressiv, sagte sie. Trotz dieser hartnäckig wiederholten Behauptung bat sie Lydia hin und wieder, ihr den letzten Akt der

»Götterdämmerung«, »Isoldes Liebestod« oder »Brünhildes Todesverkündigung« vorzuspielen.

»Ein bißchen viel Tod, findest du nicht? Wie wär's mit ein paar Takten Liebe?« hatte Lydia sie einmal gefragt.

»Nein!« hatte Katharina geantwortet und ihren Kopf in den Nacken geworfen. »Wie oft soll ich es dir noch sagen, diese Musik macht mich aggressiv!«

Lydia war, seit sie diese Leidenschaft für sich entdeckt hatte, noch häufiger in die Oper gegangen als sonst. Wenn es ihre Zeit erlaubte, besuchte sie jede Wagner-Inszenierung in der näheren und weiteren Umgebung. Nie drängte sie Katharina, sie zu begleiten. Meist fuhr sie allein. Zu ihrem Erstaunen hatte Katharina sie eines Tages mit zwei Eintrittskarten überrascht. Es war kurz vor Weihnachten gewesen. In der Nachbarstadt gab man den »Parsifal«. Katharina tat sehr geheimnisvoll. Sie hielt Lydia die Augen zu und drehte sie mehrmals im Kreis. Dann knisterte sie mit Papier. Nach langem Warten erlaubte sie der Freundin, die Augen zu öffnen. Lydia strahlte. Wie eine Trophäe hängte sie die Karten über ihren Schreibtisch. Wochenlang freute sie sich auf den Abend. Zur Feier des Tages kaufte sie sich einen kurzen blauen Rock und passende Schuhe. Katharina schellte bereits eine halbe Stunde vor der vereinbarten Zeit. Lydia verschlug es beim Anblick der Freundin den Atem. Katharina trug eine rote Satinhose. Der glänzende Stoff schmiegte sich wie eine zweite Haut um ihre Beine. Dazu trug sie ein weißes Hemd, dessen Ausschnitt zu einer Spitze geformt in Richtung Bauchnabel wies. Der Ausschnitt ließ den sonst verborgenen Leberfleck sehen. Diesen kleinen braunen Fleck über der rechten Brust. Schon während der Fahrt hatte Lydia die Freundin unverwandt angestarrt. Der Leberfleck zog ihren Blick magisch an.

Katharina lachte. »Erzähl mir was von Held Parsifal. Vielleicht kommst du dann auf andere Gedanken.«

»Was weißt du von meinen Gedanken?« hatte sie gesagt, ihren Rock ein wenig nach unten gezogen und von dem siechen König Amfortas geredet. Bis in die Stadt hinein sprach sie von nichts anderem als von dem Leiden des Mannes, der sterben will und nicht sterben kann. Sie redete von der rätselhaften Wunde, von

Kundry, Gurnemanz, dem heiligen Gral und von der Erlösung. Katharina hörte gespannt zu. »Soso, nur der Speer, der die Wunde geschlagen hat, kann sie heilen. Das ist interessant!«

Im lichtdurchfluteten Foyer sah Katharina noch schöner aus. Am liebsten hätte Lydia den Arm um die andere gelegt. Oder wenigstens den Leberfleck mit der Hand verdeckt. Statt dessen starrte sie den ovalen braunen Klecks an, als könne sie ihn durch intensiven Blickkontakt zum Verschwinden bringen.

Während der gesamten Oper saß Katharina regungslos auf ihrem Stuhl. Lydia, die schon nach dem ersten Akt unruhig hin und her gerutscht war, hatte die Freundin fassungslos von der Seite beobachtet. Katharina schien die Welt um sich herum vergessen zu haben. Wie hypnotisiert starrte sie auf die Bühne und reagierte nicht einmal, als Lydia ihr eine Rolle Pfefferminzbonbons unter die Nase hielt.

»Das war wundervoll!« brüllte Katharina, als der letzte Ton verhallt war und ohrenbetäubender Applaus aufbrandete. Sie war von ihrem Sitz aufgesprungen, hatte »Bravo!« gerufen und geklatscht, bis der Vorhang endgültig zugeblieben war. Auf dem ganzen Nachhauseweg hatte sie über nichts anderes gesprochen als über den Speer und die Wunde und die wundervollen Klänge...

»Sie hörten die Ouvertüre...«

Lydia machte das Radio aus und warf einen Blick auf die Uhr. Die Musik hatte sie seltsam aufgewühlt. Aus ihrem Bauch drang dumpfes Grollen. Das kommt davon, wenn man den Tag mit Mineralwasser beginnt, dachte sie. Sie stellte die Wasserflasche in den Kühlschrank, hob den Sektkorken auf und ging ins Badezimmer.

Wenig später verließ sie die Wohnung.

Seit fast drei Jahren lebte sie in diesem Haus. Genau gesagt, seit jenen warmen Spätsommertagen, als sie sich, für viele unverständlich und völlig überraschend, von einem Tag zum anderen aus einer langjährigen Beziehung zu einem genauso schönen wie erfolgreichen Verlagsrepräsentanten gelöst hatte. Sie hatte sich, nach einem langen Telefonat mit ihrer Tante Sophie, einer burschikosen, fast sechzigjährigen Frau, die gemeinsam mit ihrer Freundin Marie-Charlotte einen Bauernhof in Norddeutschland bewirtschaftete, den Firmenwagen ihres Bruders geliehen und war zu Katharina gezogen. Über ihre Beweggründe sprach sie so gut wie gar nicht. »Ich denke, du willst ein Kind von ihm?« hatte ihre Mutter gefragt und sie fassungslos angestarrt.

Katharina hatte das Schweigen der Freundin akzeptiert und sich damit begnügt, ein handgeschriebenes Namensschild »Labetzke« an ihren Briefkasten zu kleben.

»Welch Wink des Schicksals!« hatte Lydia knapp zwei Wochen später in der Redaktion des »Stadtanzeigers« über den Flur gerufen. Der schmächtige Herr Allenstein aus der Sportredaktion hatte kurzentschlossen eine Stelle in Paris angenommen und der jungen Kollegin seine Wohnung angeboten. Sie standen gemeinsam neben der Kaffeemaschine, ließen ihre Tassen an den Henkeln hin und her baumeln und warteten. »Ich brauche dringend eine Wohnung«, hatte Lydia gesagt, um das Schweigen zu brechen. Die Maschine gab gurgelnde Geräusche von sich. »Dann nehmen Sie doch meine«, hatte der Kollege geantwortet und sie einen Tag später als Nachmieterin empfohlen.

Als Lydia mit Katharina zum Besichtigungstermin in den Ahornweg gefahren war, fühlte sie sich im Schatten der hohen Bäume sofort heimisch. Das äußerlich heruntergekommene Haus mit der abgerissenen Dachrinne gefiel ihr. Genauso der Vorgarten, in dem wogendes Gras und wuchernde Büsche die Wege geschluckt hatten. Der Ort war ihr vertraut, als würde sie ihn seit Kindertagen kennen. Auch das Quietschen des Eisentores kam ihr bekannt vor. »Es ist wie das Wiederfinden verloren geglaubter Fotos«, schwärmte sie und streichelte den Zaun wie die Hand eines geliebten Menschen. Katharina hatte schon gemurrt, als sie die Autotür zugeschlagen hatte. Die Gegend war ihr zu ländlich und die Häuser zu gepflegt. Schimpfend hatte sie das Gartentor mit dem Fuß aufgestoßen. »Hier riecht man förmlich den Kleinbürgermief!«

Lydia schüttelte verständnislos den Kopf. »Aber dieses Haus ist uralt und der Garten so gepflegt wie deine weißen Turnschuhe. Ich brauche dir wohl nicht zu sagen, daß man deine weißen Turnschuhe kaum noch als Schuhe identifizieren kann.«

Im Hausflur hatte Katharina gegen die Stufen getreten und mit beiden Händen an dem Treppengeländer gewackelt. Das Holz ächzte unter der massiven Berührung bedrohlich. »Mir ist das Haus zu alt! Außerdem riecht es muffig. Bestimmt sind die Wände feucht! Dein Computer wird dieses Klima nicht lange aushalten. Paß auf, in weniger als fünf Wochen gibt er seinen Geist auf. Schade um das viele Geld. Na ja, und so altes Mauerwerk...! Wenn du Pech hast, wimmelt es hier von Kellerasseln. Vielleicht gibt es sogar Kakerlaken. Und im Keller Ratten! Wirklich, Lydi, du solltest dir etwas anderes suchen! Und zwar in Ruhe. Es treibt dich doch niemand! Du kannst bei mir wohnen, solange du willst. Du hast alle Zeit dieser Welt – wozu die überstürzte Eile?«

Lydia unterschrieb den Mietvertrag noch am selben Tag.

In keiner anderen Wohnung hatte sie sich so wohl gefühlt wie hier. Weder störte es sie, daß die Heizung ab und zu tropfte, noch regte sie sich darüber auf, daß die Fensterrahmen kalte Luft hereinließen. Selbst an den muffigen Geruch im Hausflur hatte sie sich gewöhnt. Wenn ihre Mutter zu Besuch kam und bereits auf der Treppe die Nase rümpfte, weil sie diesen »Arme-Leute-Geruch«, wie sie ihn bezeichnete, nicht ertragen konnte, zuckte Lydia nur mit den Schultern. In diesem Haus störte sie nichts. Nicht einmal ihre Mutter mit gerümpfter Nase...

Lydia warf die Ledertasche über die Schulter und lief, immer zwei Stufen auf einmal nehmend, die Treppe hinunter. Die Holzdielen knarrten. Auf dem Treppenabsatz blieb sie stehen. Irgendwer hatte ein Gesteck aus Strohblumen auf die Fensterbank gestellt. Eine Silberdistel ragte vorwitzig heraus. Ihre Stacheln umspielten den Blütenkern wie ein Heiligenschein das Haupt der Madonna. Lydia besaß eine Fotografie, auf der sich Katharina eine solche Distel vor das Gesicht hielt. Die Aufnahme war bereits viele Jahre alt. Sie gehörte zu Lydias Lieblingsbildern von der anderen. Sie waren zusammen in Griechenland gewesen. Ihr erster gemeinsamer Urlaub. Wie hatten sie sich gefreut! Sechs Wochen lang fuhren sie mit einem geliehenen Campingbus kreuz und quer durch das Land. Sie genossen den süßlichen Duft von blühendem Ginster, spürten beide zum ersten Mal den salzigen Geschmack des Meeres auf ihren Lippen. Sie aßen Fisch, den sie zu Hause nie gegessen hatten, tranken geharzten Wein, den sie nicht kannten, sprangen nackt in den Wellen herum und lagen stundenlang am Strand. Das Foto von Katharina war auf einer Insel entstanden. Sie hatten die Nacht am Strand verbracht. Frühmorgens lagen sie auf ihren Schlafsäcken und beobachteten die aufgehende Sonne. Auf dem Weg zum Campingplatz hatte Katharina die Distel gefunden. Sie hatte sie aufgehoben und wie einen Fächer vor ihr Gesicht gehalten. Ihre Haare hatten flammend rot in der Sonne geleuchtet...

Im Parterre ging eine Tür auf. Lydia berührte einen der zarten Stacheln und lief die Treppen hinunter.

»Guten Morgen, meine Liebe. Welch temperamentvollen Schritt Sie an den Tag legen!« Die Frau in dem schiefergrauen Hosenanzug hielt einen Strauß Chrysanthemen in der Hand. Sie nickte Lydia freundlich zu. Die Granattropfen an ihren Ohren funkelten wie Burgunder in einem Kristallglas.

»Jesus, Maria und Josef!« rief sie. »Ich habe ja noch meine Pantoffeln an.« Sie drehte sich um und verschwand in der Wohnung. Wenige Augenblicke später kam sie zurück. »So ist es anständiger«, sagte sie und zeigte auf ihre Schuhe. »Sonst erzählen die Leute hinter meinem Rücken noch, ich würde auf meine alten Tage langsam seltsam werden, behaupten, die alte Triltsch würde zu spinnen anfangen. Aber soweit ist es noch nicht!« Sie drückte Lydia die Blumen in die Hand und zog die Tür zu. Ihre Hände zitterten. Es dauerte einen Moment, bis sie den Schlüssel in das Schloß gesteckt, ihn herumgedreht und wieder herausgezogen hatte.

Hannah Triltsch war bereits zweiundachtzig Jahre alt, gehörte aber zu den Frauen, die man aufgrund ihrer Ausstrahlung gut und gerne zehn bis fünfzehn Jahre jünger schätzt. Sie hatte sich ein jugendliches Lachen bewahrt, färbte ihre Haare schwarz, da sie der Meinung war, daß Grau sie alt mache, und ging jeden Tag zwei Stunden spazieren, um nicht »einzurosten«, wie sie es nannte. Als einer ihrer Neffen ihr am Weihnachtsabend angeboten hatte, sich in dem nahe gelegenen Seniorenheim »Rosenhof« um ein Zimmer für sie zu bemühen, hatte sie nur abgewinkt und gesagt: »Was soll ich zwischen all den alten Menschen? Sterben? – Das kann ich auch hier!«

Bereits wenige Wochen, nachdem Lydia in das Haus mit der verrosteten »Vierundvierzig« eingezogen war, hatte sie von der Nachbarin nicht mehr als »Nachbarin«, sondern als »Freundin« geredet. Schon bei der ersten Begegnung hatte sie die alte Dame liebgewonnen. Es war am Tag ihres Einzuges gewesen. Lydia hatte den vollgepackten Wagen ihres Bruders an das Gartentor herangefahren. Im Rückspiegel beobachtete sie, wie die alte Frau gebückt durch den Garten schlich. Sie hielt etwas silbrig Glänzendes in der Hand. Es sah aus wie ein Fisch. Ein Hering. Sie schwenkte den Fisch sachte hin und her und rief leise: »Hannibalchen! Miez, Miez, Miez! Hannibalchen!« Die Katze im Gras wich ängstlich zurück. Die Frau folgte ihr bedächtig. Sie redete beruhigend auf das Tier ein und streckte ihm vorsichtig den Fisch entgegen. Die Katze schnupperte, reckte den Hals und kam Schritt für Schritt näher. Beim Anblick der ersten Kiste, die Lydia aus dem Auto holte, ergriff sie panikartig die Flucht.

»Zum Glück hat er sein Leckerchen mitgenommen, dieser ängstliche kleine Kerl«, sagte die alte Dame und reichte Lydia die noch feuchte Fisch-Hand. »Dabei heißt er Hannibal! Da wäre etwas mehr Mut doch wohl angebracht.« Sie stellte sich als neue Nachbarin vor, fügte hinzu, sie sei fast so alt wie das Haus, und bot bereitwillig ihre Hilfe an. Lydia hatte dankend abgewinkt, auf Katharina, Palmai und Mario gewiesen, die aus einem zweiten Auto ausstiegen, und sich schon im voraus für den entstehenden Lärm entschuldigt. »Lärm ist Leben«, hatte die alte Frau gesagt und hinter vorgehaltener Hand geflüstert, daß es ihr oftmals viel zu still sei in diesem Haus. Sie hatte den jungen Leuten beim Tragen zugeschaut und am Nachmittag selbstgebackenen Erdbeerkuchen mit Zimtsahne aus dem Fenster gereicht.

Mit sichtlichem Vergnügen unterhielt sie sich mit Palmai. Lydia hörte im Vorbeigehen, wie die beiden über Theaterkulissen und Linzer Torte redeten. Der Freund hatte Frau Triltsch zum Abschied galant die Hand geküßt und Lydia am Abend dringend ans Herz gelegt, einen Strauß Blumen für die alte Dame zu kaufen und sich im Namen aller noch einmal für die freundliche Bewirtung zu bedanken. Hannah Triltsch nahm die rosafarbenen Malven erfreut entgegen und bat die neue Mieterin auf eine Tasse Tee herein. Lydia saß in dem Zimmer mit dem alten Klavier und den vergilbten Fotografien und schaute sich neugierig um. Es roch nach Rosenblüten. Wie im Museum, dachte sie und ließ ihre Augen wandern und entdecken. »Gucken Sie sich nur um!« hatte Hannah Triltsch sie aufgefordert und zu allem, was Lydia berührte oder in die Hand nahm, eine Geschichte erzählt.

Die alte Dame war in ihrer Jugend lange Zeit in Paris gewesen. Gemeinsam mit ihrer Schwester Hedwig und ihrem Schwager Jean hatte sie eine Schauspielschule besucht und sich ihr Geld als Tänzerin in einem Nachtclub verdient. Ihr Talent als Mimin wurde früh entdeckt. Sie bekam Engagements, reiste viel, spielte auf kleinen und großen Bühnen und lebte überall dort, wo man sie spielen ließ und wo das Publikum sie liebte. Bis zu ihrem sechzigsten Lebensjahr hatte sie auf der Bühne gestanden. Sehr plötzlich, man könnte sagen, von heute auf morgen, war sie der Schauspielerei überdrüssig geworden. Sie hatte dem Theaterleben mit einem großen Fest »Adieu!« gesagt und sich in dieses Haus zurückgezogen. Es dauerte nicht lange, und sie entdeckte eine neue Leidenschaft. Die Katzen. Seit sie in diesem Haus lebte, kümmerte sie sich mit Hingabe um herumstreunende Katzen. Die Leidenschaft erkaltete, als ihre Schwester Hedwig zu ihr zog. Die fünf Jahre jüngere Frau war überraschend Witwe geworden und ertrug die Einsamkeit nicht. Kurze Zeit, nachdem sie sich in ihrem neuen Zuhause eingerichtet hatte, war sie erkrankt. Im vorletzten Sommer war sie gestorben. Hannah Triltsch hatte die Schwester bis zum letzten Tag gepflegt. Manchmal sprach sie von der Verstorbenen, als wäre sie nur kurz in den Garten gegangen und würde im nächsten Augenblick wieder zur Tür hereintreten. Morgens passierte es ihr manchmal, daß sie den Tisch für zwei Personen deckte. Obwohl sie viel Besuch bekam, fühlte sich die alte Dame seit dem Tod der Schwester oft einsam. »Jetzt bin ich auch eine Art Witwe«, hatte sie Lydia gegenüber geäußert. Vor allem abends fehlte ihr die Zweisamkeit, vermißte sie die Gespräche.

Mit Vergnügen nahm sie Lydias Einladungen zu Ausstellungseröffnungen an. Besonders gerne begleitete sie die junge Frau, wenn sie hörte, daß Katharina mitgehen würde. Sie mochte die Künstlerin mit der sanften Stimme und der Denkerfalte über der Nase. Ihr gefiel die stille, nachdenkliche Art der Frau und das strahlende Lachen, bei dem sich in den Wangen Grübchen bildeten. »Ich glaube, obwohl wir sehr unterschiedlich sind, sind Katharina und ich uns in einigen Dingen auch wieder sehr ähnlich«, hatte sie Lydia gegenüber einmal geäußert. Katharina, die die alte Dame anfangs nicht sonderlich gemocht hatte, besuchte Frau Triltsch schon nach kurzer Zeit immer häufiger. Oft, wenn Lydia abends nach Hause kam, stand das Auto der Freundin vor der Tür...

»Ist das nicht ein herrlicher Tag?« Hannah Triltsch sah Lydia mit prüfendem Blick an. »Ich habe beschlossen, auf den Friedhof zu gehen und Hedwig ein paar Blumen zu bringen. Nach soviel Regen muß man das schöne Wetter doch ausnützen. – Geht es Ihnen nicht gut, meine Liebe? Sie sehen blaß aus. Ungewöhnlich blaß.«

»Nein, nein, mir geht's gut. Ich habe nur schlecht geschlafen.«

»Machen Sie sich immer noch Sorgen wegen Katharina?«

Lydia hatte vor einigen Tagen gegen acht Uhr abends mit einer Flasche Rotwein und zwei Laugenbrezeln in der Hand bei der Nachbarin geschellt. Hannah Triltsch hatte Lydias Monologen über Katharina gelauscht und den Rat gegeben, die Abwesenheit der anderen zuerst einmal zu akzeptieren. Katharina sei schließlich Künstlerin und in ihrem Tun nicht mit anderen Menschen zu vergleichen. »Ich bin sicher, sie wird sich bald bei Ihnen melden, und dann werden Sie sehen, wie unnötig Ihre Aufregung war«, hatte sie beim Abschied gesagt.

Lydia betrachtete die gelben Chrysanthemen.

»Ich habe heute morgen Post von Katharina bekommen...«

»Na, sehen Sie«, unterbrach sie die Nachbarin, »wie ich es prophezeit habe. Ihre Sorgen waren umsonst, ist es nicht so?«

»Ich bin mir nicht sicher, aber...«

Das Telefon schellte laut.

»Ach, das ist bestimmt Georg!« rief Frau Triltsch. Ihr Gesicht bekam einen jugendlichen Glanz. Freudig schloß sie die Wohnungstür wieder auf. »Er wollte mich bei schönem Wetter begleiten. Entschuldigen Sie mich einen Augenblick. Oder kommen Sie doch mit herein! Es dauert sicher nur einen Moment. Dann können wir...« Sie zog Lydia hinter sich her ins Wohnzimmer und nahm den Telefonhörer ab. »Georg, wie schön! Gerade habe ich gesagt, daß du es sein wirst!«

»Verabreden Sie sich in aller Ruhe! Ich muß mein Auto aus der Werkstatt holen«, flüsterte Lydia und berührte Frau Triltsch am Arm. »Auf Wiedersehen!«

»Moment, Georg.« Sie legte den Hörer auf den Tisch und begleitete Lydia zur Tür. »Passen Sie auf, in Bälde ist Katharina zurück und wird Ihnen eine Menge zu erzählen haben.« Sie nickte überzeugt.

»Ihr Wort in Gottes Ohr«, murmelte Lydia und verabschiedete sich. »Viel Spaß noch!« rief sie und versuchte, ihrer Stimme einen fröhlichen Klang zu geben.

Sie ging langsam die Treppen hinunter und öffnete den Briefkasten.

»Das sollten Sie nicht unbeachtet wegwerfen«, las sie, während die Haustür schleifend hinter ihr ins Schloß fiel. Gedankenverloren knüllte sie das Papier zusammen und warf es in die Mülltonne.

Was für ein herrlicher Tag, dachte sie und schaute zum Himmel hinauf. Die Wolken sahen aus wie Gesichter.

Auf dem Weg zur Bushaltestelle kam ihr Herr Hunning entgegen. Der Besitzer des Nachbarhauses schwenkte in der einen Hand einen Eimer, in der anderen einen Besen. Seit er pensioniert war, hatte er die Gartenarbeit zu seinem Hobby erklärt und sich angewöhnt, den Bürgersteig zweimal wöchentlich von allem zu befreien, was seiner Meinung nach nicht dorthin gehörte. Wie immer, wenn er dieser Beschäftigung nachging, trug er eine blaue Schirmmütze und große gelbe Gummistiefel. Der Mann lächelte schon von weitem.

Lydia nahm sich vor, das Gespräch heute kurz zu halten. Schließlich hatte sie es eilig.

»Guten Morgen, Frau Labetzke. Ist das ein Tag? Der Wind ist warm wie im Frühling. Eigentlich zu warm für diese Jahreszeit. Aber was interessieren uns die Jahreszeiten. Hauptsache, es regnet nicht mehr! Das war ja kaum zum Aushalten die letzten Tage. Jeden Morgen dieser verhangene Himmel. Da wird man melancholisch. Heute früh habe ich noch zu meiner Frau ge...«

»Sie haben recht, ein herrlicher Tag. Wenn ich es nicht so eilig hätte...«

»Wir haben uns ja eine ganze Weile nicht gesehen.«

»Stimmt.«

Der Mann stellte den Eimer ab und stützte sich mit beiden Armen auf den Besen. Lydia betrachtete die braungebrannten Hände des Mannes. Katharina bezeichnete sie wegen der enormen Größe als »Schaufeln«. »Waren Sie in Urlaub?«

»Jawohl. Ich war drei Wochen an der Nordsee. Und wissen Sie, was ich dort gemacht habe?«

»Sie sind geschwommen!«

»Um diese Zeit?«

»Nein, da haben Sie recht. Also, Sie sind nicht geschwommen. Sie sind ge...«

»Ich bin Fahrrad gefahren. Jeden Tag Fahrrad gefahren. Ich hätte nie gedacht, daß mir Fahrradfahren so viel Spaß machen würde. Eigentlich habe ich ja lieber die Berge. Sie wissen ja, Skifahren. Aber meine Frau wollte dieses Jahr unbedingt an die See. Na ja, da habe ich ihr den Gefallen getan. Und wissen Sie, was ich jetzt beschlossen habe?«

Lydia schüttelte den Kopf.

»Ich habe beschlossen, mir ein Fahrrad zu kaufen.«

»Donnerwetter!« sagte sie und hielt Ausschau nach ihrem Bus.

»Ja, ich habe festgestellt, mein Knie tut überhaupt nicht weh, wenn ich Fahrrad fahre. Ganz im Gegenteil, die Bewegung tut mir gut.«

Jetzt bloß nicht wieder die Geschichte vom kaputten Knie, dachte Lydia und warf demonstrativ einen Blick auf ihre Uhr.

»So, ich muß...«

»Sagen Sie mal, Frau Labetzke, ihre Freundin, die Rothaarige, die immer mit dem alten Kastenwagen kommt, ist doch Künstlerin, nicht wahr?«

»Ja.«

»Verkauft sie auch Bilder?«

»Wenn sie einen Käufer findet, ja!«

»›Wenn sie einen Käufer findet, ja!‹, das ist gut. Sind die Bilder sehr teuer?«

»Das ist unterschiedlich.«

Der Mann kratzte sich am Kinn und sah für einen Moment sehr nachdenklich aus.

»Wissen Sie, was ich mir überlegt habe?«

Lydia schüttelte den Kopf und trat von einem Bein auf das andere.

»Ich will meinem Sohn zum Geburtstag ein richtig tolles Geschenk machen. Sonst habe ich ihm meist Geld gegeben. Dieses Jahr aber habe ich mir etwas Besonderes überlegt. Mein Sohn hat nämlich eine neue Wohnung. Und meine Frau sagt, er wünscht sich ein Bild fürs Schlafzimmer. Und da ist mir eingefallen, daß ich letztlich bei ihrer Freundin im Auto zufällig etwas liegen gesehen habe. Wenn ich das richtig erkannt habe, waren es so bunte Gestalten auf blauem Grund. Schön! Wirklich schön! Meinen Sie, ihre Freundin würde mir das Bild mal zeigen?«

»Aber das macht sie bestimmt. Haben Sie nicht Lust, Katharina in ihrem Atelier zu besuchen? Vielleicht mit Ihrem Sohn zusammen?«

»Ja, wenn das möglich ist?«

»Wir machen es möglich. – Oh, mein Bus!« rief Lydia erfreut und atmete erleichtert auf. »Sobald ich Katharina sehe, werde ich mit ihr sprechen. Ich sage Ihnen dann Bescheid. Tschüs, Herr Hunning! Schönen Tag noch.«

Mit wehendem Schal rannte sie davon.

»Tschüs, Frau Labetzke«, rief der Mann hinter ihr her.

Im Bus war es warm und voll. Lydia setzte sich neben einen jungen Mann, der gelangweilt aus dem Fenster starrte. Er trug eine ausgeblichene, an vielen Stellen geflickte Jeans und eine rote Samtjacke mit einem Pelzkragen. Zu seinen Füßen saß ein zottiger Hund. Das Tier sah Lydia aus samtschwarzen Augen an und schnupperte an ihrem Knie. Lydia hielt dem Tier die Hand vor die Nase und streichelte ihm vorsichtig über den Kopf.

»Da haben Sie echtes Glück«, sagte der Mann zu Lydia gewandt und verströmte penetranten Knoblauch-Atem, »Harald läßt sich nicht von jedem anfassen.«

Was ist daran Glück, dachte Lydia, schaute Harald an und lehnte den Kopf zurück. Das Tier gähnte herzzerreißend und legte seine Schnauze auf ihren rechten Fuß.

Lydia schloß die Augen. Kathi wird sich freuen, wenn sie hört, daß Herr Hunning ein Bild kaufen will. Katharina konnte so strahlend lachen, wenn sie glücklich war. Ihre Augen bekamen dann von einem Augenblick zum anderen diesen Glanz, den Lydia so mochte. In der letzten Zeit hatte Lydia dieses Leuchten selten gesehen. Katharina war oft so ernst gewesen und in sich gekehrt. Als Lydia sie gefragt hatte, ob irgend etwas nicht in Ordnung sei, hatte die Freundin nur abgewinkt. »Wie meint Lohengrin?« hatte sie gesagt und im nächsten Moment gesungen: »›Nie sollst du mich befragen...‹«

Eine Gruppe Schüler stieg in den Bus. Johlend rangelten sie um die Sitzplätze. Lydia mußte an die Raben auf der Antenne denken.

Am Hauptbahnhof war der Spuk vorbei. Von einem Moment zum anderen war es wieder still in dem Bus.

»Fängt Ihrer auch Mäuse?« hörte sie eine Frau mit heller Stimme fragen. »Nein? Meiner doch! Wie verrückt! Und er frißt sie nicht einmal. Beißt sie nur kaputt und läßt sie dann liegen. Mir tun die armen Viecher immer leid. Wenn sie so bluten! Schrecklich. Ich schimpfe ja auch regelmäßig mit ihm. Aber er kann es nicht lassen.«

»Fängt er denn viele?« fragte eine Frau mit tieferer Stimme.

Der Bus hielt vor dem Schwimmbad. Die Türen öffneten sich stöhnend.

»Na, in all den Jahren waren es bestimmt...!«

Die beiden Frauen waren ausgestiegen. Lydia lehnte den Kopf zurück und schloß erneut die Augen. Jetzt werde ich nie erfahren, wie viele Mäuse er gefangen hat, dachte sie. Das sanfte

Schaukeln, die Wärme und der immer schwerer werdende Hundekopf auf ihrem Fuß schläferten sie ein.

Was tat der Freundin nur leid? Es konnte doch nicht sein, daß sich Katharina allen Ernstes für ihre Abwesenheit während der letzten drei Wochen entschuldigen wollte. Lydia lächelte in sich hinein. Als Kinder hatten sie einander feierlich geschworen, sich niemals anzulügen. Sie waren den verbotenen Weg zu den Bahngleisen gelaufen und neben dem Schrankenhäuschen in ein Brombeergebüsch geklettert. Zuerst hatte sich Lydia geweigert, zwischen den stacheligen Zweigen hindurchzukriechen. Schließlich hatte sie dem Drängen der Freundin nachgegeben. »Wir müssen da rein«, hatte Katharina mit ernstem Gesicht gesagt, »sonst gilt der Schwur nicht.« Sie hatten auf dem feuchten Boden gekauert und die rechte Hand gehoben. Als Lydia plötzlich kichern mußte, hatte Katharina ihr eine klatschende Ohrfeige gegeben...

»Rathaus!« schallte die Stimme des Busfahrers aus dem Lautsprecher.

Lydia schreckte zusammen. Schon da, dachte sie irritiert und erhob sich mit Schwung. Harald sprang erschrocken auf. »Entschuldige!« flüsterte sie und streichelte dem Hund über den Kopf.

In der Innenstadt herrschte reger Betrieb. Lydia lief langsamer als sonst durch die Fußgängerzone und dachte an ihr letztes Treffen mit Katharina. Es war an Marios Geburtstag gewesen. Die versammelte Gesellschaft hatte bereits beim Nachtisch gesessen, als Katharina atemlos zur Tür hereingekommen war. Ihr Auto sei mitten im dichtesten Verkehr stehengeblieben, hatte sie gesagt und entschuldigend in die Runde geguckt. Ohne von ihrem Teller aufzublicken, aß sie einen Rest kalte Lasagne und trank hastig zwei Gläser Rotwein. Bis Mitternacht saß sie auf Lydias Sessellehne, lehnte sich ab und zu sehr vorsichtig an die Schulter der Freundin an und hörte den Gesprächen der anderen zu. Viel geredet hatte sie nicht. Spät in der Nacht verließen Lydia und Katharina die Feier. Beide hatten sie zuviel getrunken, um Auto fahren zu können. Sie liefen durch die menschenleeren Straßen und spielten das alte Spiel. Bei diesem Spiel mußte Lydia einen Begriff nennen und Katharina, ohne lange zu überlegen, einen Vierzeiler damit bilden. Lydia schaute in das Schaufenster einer Sparkasse, das hell erleuchtet war, und ließ sich von der Dekoration inspirieren. »Sparschwein«, kicherte sie und rempelte die Freundin absichtlich an. Katharina rempelte zurück und reimte:

»Es lacht das Sparschwein,
es grinst die Kuh,
wart nur, in Bälde
grinsest auch du!
Frei nach, frei nach...«

»Im Zweifelsfalle immer nach Johann Wolfgang von Goethen!« vollendete Lydia den Satz. Mitten auf einer Kreuzung blieb Katharina plötzlich stehen. »Hast du schon einmal Angst gehabt, das Lachen zu verlieren?« fragte sie, und ihr Mund zuckte ungewohnt, während sie sprach. Lydia starrte die Freundin an und gab sich Mühe, gerade zu stehen. Nach kurzem Überlegen schüttelte sie vehement den Kopf. »Für mich ist das mit dem Lachen wie mit dem Schwimmen«, antwortete sie, »alles eine Frage der Technik. Einmal erlernt, vergißt man es nie mehr.« Von dem Kopfschütteln war ihr schwindelig geworden, und sie wäre der Länge nach hingefallen, hätte Katharina sie nicht geistesgegenwärtig am Arm gegriffen und festgehalten...

Der Weg durch die Fußgängerzone kam Lydia heute länger vor als gewöhnlich. Sie beschloß, die Abkürzung über den Marktplatz zu nehmen. Mit schnellen Schritten bog sie in die Welschnonnengasse ein. Dicht gedrängt schoben sich die Menschen an den Schaufenstern vorbei. Es roch nach Pommes frites und gegrilltem Fleisch. Ein Mädchen improvisierte Mozart auf einer Querflöte. Trotz der Enge der Straße spielten hier fast täglich Straßenmusikanten. Katharina liebte diese Gasse. »Mir kommt sie wie eine Arterie vor, in der das Blut besonders kräftig pulsiert«, hatte sie Lydia gegenüber einmal geäußert. Seit einiger Zeit schwebte der Name der Gasse als leuchtender Schriftzug über den Köpfen der Fußgänger. Lydia mißfielen die Glühbirnen. Ihr Licht erinnerte sie allzu sehr an Weihnachten.

»Was stört dich an Weihnachten?« hatte Katharina sie bei einem Einkaufsbummel gefragt.

»Weihnachten an sich stört mich nicht«, gab sie zur Antwort, »nur dieser Familienzirkus. Regelmäßig am Heiligen Abend werde ich gefragt, wieso ich noch nicht verheiratet bin und ob ich denn nicht Kinder haben möchte.« Katharina kicherte. »Weißt du, was Frau Triltsch antwortet, wenn sie nach eigenen Kindern gefragt wird?« Lydia schüttelte den Kopf. »Sie sagt: ›Noch habe ich die Hoffnung nicht aufgegeben. Sarah war schließlich vierundachtzig Jahre alt.‹« Katharina hatte schallend gelacht...

Lydia warf der Flötenspielerin eine Münze in den Hut.

Sie zündete sich im Gehen eine Zigarette an und musterte einige der Frauen, die ihr entgegenkamen. Die meisten hatten geschminkte Gesichter. »Alles Maskerade. Farben zum Verstekken«, behauptete Katharina. Jedesmal, wenn Lydia Lippenstift und Lidschatten benützte, betonte die Freundin, wie schön ein ungeschminktes Gesicht sei. Lydia warf einer zierlichen Japanerin mit langen schwarzen Haaren bewundernde Blicke zu. Das Haar der Frau glänzte wie Lack. Als Kind hatte sich Lydia nichts sehnlicher gewünscht als schwarzes Haar. Abends, wenn sie im Bett lag, hatte sie die Engel im Himmel angefleht, sie mögen ihren Wunsch erhören und ihre Haare über Nacht schwarz wie Kohle werden lassen. Die Engel im Himmel schienen für solche Wünsche kein offenes Ohr zu haben. Jeden Morgen, wenn Lydia erwartungsvoll zum Spiegel gerannt war, hatte ein flachsblondes Mädchen herausgeschaut. In der Pubertät schließlich hatte sie die Sache selbst in die Hand genommen. Während eines Urlaubs an der Ostsee hatte sie das Einverständnis ihrer Mutter eingeholt und in der Duschkabine des Campingplatzes eine Tube mit schwarzer Farbe auf ihrem Kopf leergedrückt. Mit beiden Händen hatte sie die übelriechende Creme im Haar verteilt. Lydias Eltern hatten beim Anblick der Tochter Tränen gelacht. Zum Glück hatte das Salzwasser die natürliche Farbe der Haare nach kürzester Zeit wieder zum Vorschein gebracht...

Lydia schnippte die Zigarette in den Rinnstein. »So bunt war die Herbstmode noch nie!« las sie in einem Schaufenster. An unsichtbaren Fäden schwebten grüne, blaue und rote Damenblazer. Auf dem Boden des Schaufensters häufte sich künstliches

Laub. Neben dem Eingang des Geschäftes lehnte ein junger Mann an der Wand. Seine Jeansjacke glänzte speckig. Regungslos stierte er auf den Bürgersteig. Zu seinen Füßen lag zusammengerollt ein Schäferhund. »Wir haben Hunger« stand auf einem Stück Pappe, das aussah wie ein ausgedienter Pizza-Teller. Lydia griff in die Seitentasche ihrer Lederjacke und holte einige Groschen heraus. Im Vorbeigehen warf sie die Münzen in den Plastikbecher auf dem Bürgersteig.

»Danke!« rief der Mann hinter ihr her. »Und einen schönen Tag noch!«

»So bunt war die Herbstmode noch nie!« las Lydia erneut.

Sie schaute an sich hinunter. Dieses ewige Schwarz! Manchmal mochte sie es nicht mehr sehen. Heute war wieder so ein Tag.

Warum habe ich nicht meine rote Strickjacke angezogen?

Katharina mochte diese Jacke besonders gerne. »Dein Gesicht hat einen so warmen Schimmer«, hatte sie gesagt, als Lydia die Jacke zum ersten Mal angehabt hatte. Es war im Herbst gewesen. Sie waren gemeinsam am Fluß spazierengegangen, hatten sich in der Nachmittagsvorstellung einen Zeichentrickfilm angeschaut und anschließend im Eis-Café einen Cappuccino getrunken. »Du siehst wunderschön aus! Rot steht dir viel besser als Schwarz«, hatte Katharina gesagt und die Freundin mit unverhohlener Bewunderung angeschaut. Wenige Tage später hatte sie Lydia ein rotes Halstuch geschenkt. Lydia hatte es so oft getragen, daß die Farbe schon nach kürzester Zeit verblichen war...

Auf dem Markt roch es nach Bratwurst. »Echte Thüringer Rostbratwurst« las Lydia. Sie betrachtete das erhitzte Gesicht der Verkäuferin, die hinter dem Stand hantierte. Mit flinken Handgriffen legte die Frau Würste und Brötchen auf Pappteller und drückte aus einer länglichen Flasche Senf dazu. Dabei unterhielt sie sich mit zwei Arbeitern, die in verschmutzten Overalls und mit Biergläsern in der Hand vor dem Verkaufswagen standen. Anstatt Artikel sollte ich Bratwürste verkaufen, dachte Lydia und ging zwischen duftenden Blumen hindurch zu dem Brotstand mit dem Namen »Kornblümchen«.

Der Mann hinter der Theke sortierte Brötchen. Er hatte dichtes schwarzes Haar und eine blaue Strähne in der Stirn.

»Ja, Manfred!« rief Lydia überrascht. »Was machst du denn hier?«

Der Mann schaute auf und lachte verlegen. Röte huschte über sein Gesicht. »Na, was wohl! Brot verkaufen.«

»Machst du das schon lange?«

»Nein. Seit knapp drei Wochen.«

»Und warum?«

»Na, warum wohl. Um Geld zu verdienen!«

»Was ist mit deiner Kunst?«

»Sie lebt, aber niemand will sie haben. Meine Skulpturen sind zu groß, zu schwer, zu verrostet, was weiß ich. Dabei sind sie das Beste, was ich je gemacht habe. Da steckt Seele drin, sage ich dir. Aber, na ja, was soll's. Wahrscheinlich bin ich, wie mein Galerist gerne sagt, wieder haarscharf am Zeitgeist vorbeigeschlittert.« Er zuckte mit den Achseln. »Was macht Katharinas Kunst? Läßt die sich verkaufen?«

Lydia schüttelte den Kopf. »Zur Zeit läuft es bei ihr nicht gut. Ihre letzte Ausstellung war eine mittlere Katastrophe. Das heißt, nein, eine Katastrophe war es nicht. Aber eben das Übliche. Gelobt haben viele, gekauft hat keiner. Nicht ein einziges von ihren neuen Aquarellen ist weggegangen. Und die sind gut und gar nicht teuer.«

»Richtig! Davon hat sie mir erzählt. Sie hatte sich so viel von diesen Bildern versprochen. Ich glaube, sie hatte inständig gehofft, mit den Aquarellen Geld zu verdienen. Ich fand übrigens, daß sie schlecht aussah. Ist sie krank? Oder hat sie Kummer?«

»Wann hast du sie denn gesehen?«

»Oh, laß mich überlegen.« Der Mann spielte mit der Zungenspitze in seinem rechten Mundwinkel. »Das ist schon eine geraume Weile her. Wir haben uns in der Straßenbahn getroffen. Sie wollte Holz kaufen für Rahmen. Also, das ist bestimmt zwei Monate her, wenn nicht noch länger. Wieso fragst du?«

»Ach, nur so.«

»Sag mal Lydia, kannst du über meine nächste Ausstellung schreiben?«

»Die Skulpturen?«

Der Mann schnippte die blaue Strähne aus seiner Stirn und nickte.

»Skulpturen sind gut. Je größer, je besser. Mein Redakteur hat eine Schwäche für Skulpturen. Schick mir früh genug eine Einladung in die Redaktion. Ich werde sehen, was ich für dich tun kann.«

»Das mach ich bestimmt. Die Einladung kommt.«

Lydia kaufte ein Käsebrötchen und verabschiedete sich.

Nachdenklich und mit gesenktem Kopf lief sie zwischen den Ständen hindurch.

Daß Katharina in der letzten Zeit schlecht ausgesehen hatte, war ihr natürlich auch aufgefallen! Auch war ihr nicht entgangen, wie wortkarg Kathi häufig war. Sie hatte die gedrückte Stimmung der Freundin auf finanzielle Sorgen geschoben. So wenig wie in den vergangenen Monaten hatte Katharina noch nie verdient. Zum Glück hatte sich der Pressesprecher einer Versicherungsgesellschaft, in deren Räumen Katharina auf Lydias Drängen im letzten Winter ein Dutzend Bilder ausgestellt hatte, völlig unerwartet zu einem Besuch im Atelier angekündigt. Er war auf die Minute pünktlich erschienen, hatte seine Jacke über den Stuhl gehängt, sich mit viel Ruhe umgeschaut und nach mehr als zwei Stunden ein großformatiges Ölbild für die Eingangshalle des Unternehmens gekauft. Den Preis, den Katharina auf Bestehen einiger Freunde hoch angesetzt hatte, akzeptierte er anstandslos. Seit Monaten lebte Katharina von diesem Geld. Ersparnisse hatte sie keine. Wie oft hatte Lydia der Freundin geraten, Illustrationen für die Wochenendbeilage der Zeitung zu machen. Immer wieder hatte sie den zuständigen Redakteur gebeten, Katharina Aufträge zu erteilen. Der Mann mit der Hornbrille und der ständigen Zigarre im Mund hatte ihr den Gefallen getan. Zum einen, weil er Lydia mochte, zum anderen, weil er, wie er gern und oft betonte, ein Herz für mittellose Künstler hatte. Nicht ohne Pathos pflegte er, wenn Lydia wieder einmal mit bittendem Blick vor seinem Schreibtisch stand, ein Gedicht von Schiller zu zitieren und dann zum Telefonhörer zu greifen. Katharina hatte jedesmal versprochen, die Illustrationen pünktlich zu liefern. Bei den Versprechungen war es geblieben. Lydia hatte sich über die Unzuverlässigkeit der Freundin in epischer Breite und nicht ohne zynisch zu werden ausgelassen. An ihr war die undankbare Aufgabe hängengeblieben, den Redakteur in seiner berechtigten Wut zu dämpfen...

Hoppla! dachte Lydia und blieb abrupt stehen. Fast wäre sie an dem Eingang der Werkstatt vorbeigelaufen. Der Weg vom Markt bis hierher war ihr ungewöhnlich kurz vorgekommen.

Immer noch hielt sie das Käsebrötchen in der Hand. Sie steckte es wie ein Portemonnaie in die Innentasche ihrer Jacke und drückte die Glastür mit der Schulter auf. Mit einem Knall flog die Tür gegen die Wand. Erschrocken blickte Lydia um sich. Sie war allein. In dem Raum spielte leise Musik.

Kein Mensch schien es hier eilig zu haben. Ein Telefon klingelte unentwegt. Es roch nach Kaffee. Lydia stellte sich vor die Reparaturannahme und las zum wiederholten Mal das Schild: »Bitte warten – Sie werden sofort bedient.«

Nach zehn Minuten gesellte sich ein Mann im hellen Anzug zu ihr an den Schalter. Sein Rasierwasser schwängerte die Luft.

»Warten Sie schon lange?« fragte er und warf einen Blick auf seine Armbanduhr.

»Seit gestern.«

»Wie bitte?«

»War ein Scherz!«

Lydia blickte auf das Telefon, das mittlerweile schwieg.

Ein Mann in einem blauen Kittel kam durch eine Schwingtür herein. Gesetzten Schrittes ging er auf den Mann im hellen Anzug zu.

»Guten Morgen, Herr Wegener! Ihr Auto ist fertig. Würden Sie bitte mitkommen.«

»Entschuldigung. Aber ich bin zuerst dran«, sagte Lydia und ärgerte sich, daß ihre Stimme so freundlich klang.

Der Mann in dem Kittel schaute sie erstaunt an. So müssen Menschen aussehen, die eine Erscheinung haben, dachte Lydia und ging einen Schritt auf ihn zu. Der Mechaniker zog einen Kugelschreiber aus seiner Hosentasche und ließ seinen Blick von ihren Schuhen zu ihrer Lederjacke hinaufwandern.

Wahrscheinlich bin ich ihm nicht bunt genug, wo doch alles bunt ist in diesem Herbst, dachte sie und seufzte.

Der Mann fingerte einen Notizblock aus seiner Brusttasche. »Sind Sie der schwarze Opel?«

»Nicht direkt. Aber der Opel gehört mir, wenn es das ist, was Sie meinen.«

»Die Nockenwelle ist geschrumpft!« Er befeuchtete seinen Zeigefinger mit Spucke und blätterte in dem Block.

»Wer ist geschrumpft?«

»Die Nockenwelle!«

Das Telefon begann erneut zu schellen.

»Aber der Auspuff ist wieder dran. Am besten schauen Sie in der nächsten Woche noch einmal herein und lassen das Auto für einige Stunden hier. Dienstag vormittag wäre günstig.«

Er hob den Hörer ab, drehte sich mit dem Rücken zum Schalter und begann über die Reifenaufhängung bei Kleinwagen zu sprechen.

Von wegen nächste Woche reinschauen, dachte Lydia und betrachtete die Schultern des Mannes. Sie waren erstaunlich breit.

Sie bezahlte an der Kasse und verließ, ohne sich zu verabschieden, den Raum.

Während sie die Uferstraße hinunterfuhr, rechnete sie ihre Finanzen durch. »Die neue Nockenwelle kannst du dir aus dem Kopf schlagen.« Sie klopfte sachte auf das Steuerrad. Woher soll ich das Geld nehmen? Der Auspuff hat mir schon gereicht.

Sie zündete sich eine Zigarette an und schob eine Kassette in den Recorder.

»Don't leave me this way...!« tönte es aus den Lautsprechern. Sie sang mit und blieb vor einem Zebrastreifen stehen. Unschlüssig nagte sie an ihrer Unterlippe.

Und wohin jetzt? Mit einladender Handbewegung forderte sie eine Fußgängerin mit Kinderwagen auf, die Straße zu überqueren. Die Frau bedankte sich. Sie hob die Hand wie zum Gruß und lächelte. Unter ihrem Hut quoll rotes Haar hervor. Nachdenklich schaute Lydia ihr hinterher. Irgendwer hupte anhaltend. Unentschlossen fädelte sich Lydia in den Kreisverkehr ein. Sie schnippte die Zigarette durch den Fensterschlitz und holte ihr Käsebrötchen aus der Jackentasche. Kauend fuhr sie um das Blumenrondell. Nach dem letzten Bissen bog sie ab. Sie hatte sich entschieden, Mario zu besuchen.

Lydia kannte den Freund seit vielen Jahren. Er war Fotograf und arbeitete einige Monate länger als sie in der Kulturredaktion des »Stadt-Anzeigers«. Mario war homosexuell. Weder machte er einen Hehl aus seiner Veranlagung, noch ließ er eine Gelegenheit verstreichen, von seinem langjährigen Lebensgefährten Palmai Zoltan zu erzählen.

Zuerst hatte Lydia den Kollegen nicht sonderlich gemocht. Seine gezierte Art zu reden und seine nicht weniger gezierte Art, sich zu bewegen, waren ihr schlichtweg auf die Nerven gegangen. Ein Redakteur vom Sport hatte sie gewarnt. »Der geht nicht, der schwebt durch den Raum!« Bei ihrer ersten Begegnung hatte Lydia den Kollegen, von dem sie bis dahin nur die abenteuerlichsten Klatschgeschichten gehört hatte, am Gang erkannt. Erhobenen Hauptes und federnden Schrittes war er in die Kunsthalle hereingetänzelt. In engen Jeans, einem hellen Blazer, zwei Fotoapparate wie Umhängetaschen über die Schulter geworfen. Nach einem prüfenden Blick in die Runde gesellte er sich zu den Fotografen und schwätzte munter drauflos. Lydia hatte ihn eine Weile beobachtet. Eigentlich gefiel ihr der Mann mit dem breiten Lächeln unter dem Schnäuzer. Sie war auf ihn zugegangen, hatte sich als neue Mitarbeiterin vorgestellt und ihm die Hand gereicht. Er hatte sie mit großen, erstaunten Augen angesehen, sie gleich geduzt, »Herzchen« und »Hase« zu ihr gesagt, ihr väterlich auf die Schulter geklopft und versichert, daß sie gut zusammenarbeiten würden.

Trotz anfänglicher Schwierigkeiten gewann Lydia Mario schnell lieb. Sie gewöhnte sich an seine Wortsalven und hatte gegen die ständig wechselnden Kosenamen nichts weiter einzuwenden. Sie schätzte seine lockere Art, mit Problemen umzugehen, und seine Fähigkeit, in allem etwas Positives zu entdekken. Schon bald lud sie ihn zu einem sonntäglichen Frühstück ein, um ihn Katharina vorzustellen. Denn obgleich die Freundin den Fotografen nur aus Erzählungen kannte, erkundigte sie sich täglich nach ihm. Als Lydia von dem geplanten Frühstück erzählte, leuchteten Katharinas Augen. Mario und Katharina mochten sich vom ersten Augenblick an. Sie trafen gleichzeitig vor Lydias Haustür ein, begrüßten sich herzlich und unterhielten sich schon auf der Treppe wie alte Freunde. Staunend hatte Lydia im Türrahmen gestanden und ihnen entgegengeschaut. Jeder Außenstehende hätte vermutet, daß sich die beiden seit Jahren kannten. Lydia freute sich über die offensichtliche Zuneigung. Und doch – ein wenig Irrititation mußte sie zugeben. Katharina zeigte sich Fremden gegenüber sonst eher zurückhaltend. Es dauerte lange, bis sie von sich aus das Wort an jemanden richtete, und noch viel länger, bis sie etwas von sich erzählte. Böse Zungen behaupteten, sie wäre uneinnehmbar wie eine Festung und schüchtern wie eine Jungfrau. Daß sie einen Menschen derart spontan in ihr Herz schloß, hatte Lydia noch nicht erlebt.

Fassungslos beobachtete sie die andere. Katharina saß weit nach vorn gebeugt auf der Kante ihres Stuhles. Sie hatte sich Mario ganz zugewandt und beschrieb ihm mit strahlendem Gesicht ihre Arbeit im Atelier. Während sie sprach, berührte sie ihn sogar zweimal am Arm. Lydia nahm diese, wie sie fand, sehr liebevolle Geste mit offenem Mund zur Kenntnis. Mario hatte sich am nächsten Morgen bei Lydia für den schönen Vormittag bedankt. Im gleichen Atemzug lud er die Freundinnen für das Wochenende zu einem Grillabend ein. Katharina und Lydia nahmen die Einladung erfreut an. Lange vor der vereinbarten Zeit fuhren sie los. Auf dem Rücksitz lagen ein Strauß Moosröschen und eine Schachtel mit selbstgemachten Pralinen. Es hatte eine Weile gedauert, bis sie den Sonnenweg gefunden hatten. So weit außerhalb der Stadt hatten sie ihn nicht vermutet.

Mario und Palmai bewohnten ein Reihenhaus mit spitzem Dach und roten Fensterläden. Rechts und links der Eingangstür schmiegten sich Tannen ans Mauerwerk. An der Hauswand stand in seltsam ineinander verschlungenen Buchstaben »Monseigneur« geschrieben.

»Wie wunderschön!« hatte Katharina gerufen. »Ein richtiges Hexenhäuschen.« Mit kindlicher Freude wies sie auf die Fußmatte, auf der »Bitte eintreten« stand. Lydia hatte die Freundin selten derart ausgelassen gesehen. Katharina lief durch die

Räume wie ein fröhliches Kind, faßte an, was ihr gefiel, zog Bücher aus dem Regal und spielte, ohne um Erlaubnis zu fragen, auf dem Klavier. Den ganzen Heimweg hatte sie von nichts anderem als dem Haus geredet.

Von diesem Tag an hatten die vier oft gemeinsam etwas unternommen. Sie waren mit den Fahrrädern zum Picknick in den Wald gefahren, waren ins Kino oder ins Theater gegangen, hatten im Garten gegrillt, Nächte durchplaudert und sich von Stund an als Familie gefühlt...

Lydia parkte unmittelbar vor dem Haus. Sie zog die Zeitung aus dem Briefkasten, schaute nach, wie ihr Artikel über die Herbstausstellung gesetzt war, und stieg mit zufriedenem Gesicht über das enzianblaue Gartentor. Die Vorhänge im Schlafzimmer waren zugezogen. Vielleicht liegen die beiden noch im Bett, dachte sie und schellte. Sie las die Schlagzeilen auf der Titelseite. Soso, Papst spricht sich wieder gegen Verhütungsmittel aus. Sie schellte erneut.

»Bin ich Ikarus? Kann ich fliegen? Ich eile ja schon!« rief eine Männerstimme. Im nächsten Augenblick öffnete Mario im Bademantel die Tür. »Lydilein, Engelchen, wie schön!« sagte er mit verschlafener Stimme und rieb sich die Augen. »Komm rein und verrate mir, was du an meinem freien Tag um diese unchristliche Zeit von mir willst?« Er hielt sich die Hand vor den Mund und gähnte. »Sollten meine Augen wieder zufallen, meine Ohren stehen dir selbstverständlich weiterhin zur Verfügung.«

»Ich soll dir vom Papst ausrichten, Verhütungsmittel sind Sünde.« Sie rollte die Zeitung und drückte sie dem Freund in die Hand.

»Sapperlot! Aber deshalb hast du dich doch nicht extra hier rausbemüht – oder?«

»Nicht nur! – Sind die Fotos von der Bildhauerin fertig?« Achtlos legte sie ihre Jacke auf die Kommode. Um ein Haar wäre der silberne Kerzenleuchter umgefallen.

»Heiliger Rochus!« Marios Stimme klang empört. »Lydilein! Benimm dich bitte wie ein zivilisierter Mensch und nicht wie ein ungesittetes, liederliches Frauenzimmer! Wie oft soll ich es dir noch sagen? Knautsch deine Jacke nicht wie einen nassen Aufnehmer in irgendeine Ecke, sondern häng sie dahin, wo sie hingehört. Auf einen Kleiderbügel, an die Garderobe! Tu mir die Liebe und hör auf mich.«

»Ach ja, richtig! Ich vergaß. – Also, was ist mit den Fotos?«

»Natürlich sind sie fertig. Was denkst du, womit ich meine Stunden verbringe! Mit der Suche nach dem gestrigen Tag?« In der Stimme des Freundes schwang Tadel mit.

»Schläft Palmai noch?«

»Nein, mein Schatz. Palmai ist noch vor dem ersten Hahnenschrei zum Großmarkt gefahren.«

»So früh?«

»Ja, so früh. Er ist ein Held. Und weil wir beide den Schrei des Monsters überhört haben, verblieb dem Ärmsten nicht einmal Zeit, eine Tasse Kaffee zu trinken, geschweige denn eine winzige Kleinigkeit zu essen. Wenn er morgen wieder ohne Frühstück das Haus verläßt, werde ich ihm Stubenarrest erteilen.«

»Was für ein Monster?«

»Oh, pardon! Ich meine natürlich den Wecker, mein Engel, diese scheußliche Erfindung der Neuzeit. Wir nennen ihn ›Monster‹. Oder ›Monsterchen‹. Kommt ganz drauf an, wie übel er uns des Morgens mitspielt.«

»Ah, verstehe. – Hat Palmai letzten Donnerstag die Hochzeitsgesellschaft gut in den Griff bekommen?«

»Was meinst du damit? Willst du wissen, ob er sie gewürgt hat?«

»Quatsch! Ich meine, hat das Büfett geklappt?«

»Es war ein grandioser Erfolg. Am besten hat den Gästen die Kuh aus Butter gefallen. Aber das Tierchen war auch ein Meisterwerk. Palmai hat an ihm herummodelliert wie Pygmalion an seiner Elfenbeinstatue.«

»Hat Palmai die Götter auch angefleht, die Kuh zu erwekken?«

»Welch geistlose Frage, meine Teuerste, das hat er nicht. Aber er hat die Götter angefleht, die Butter möge nicht allzuschnell weich werden.«

»Die großen Gesellschaften bedeuten viel Arbeit, nicht wahr?«

»Ja. Aber sie bereiten Palmai sichtliches Vergnügen. Du müßtest ihn erleben, wenn er abends hier am Tisch sitzt und über seinen Kochbüchern brütet. Wie eine Henne auf ihrem Ei, sage ich immer. Mit nichts von der Stelle zu bewegen. Er blättert und liest, blättert und liest, notiert Rezepte, pusselt an kulinarischem Schnickschnack herum, sucht verwegene Ideen für appetitliche Dekorationen und verfaßt Zutatenlisten von beeindruckender Länge. Bienenfleißig ist er und aufgeregt wie ein Kind am ersten Schultag.«

»Hat er neue Festivitäten in Aussicht?«

»Ja, Liebchen, mehrere. Zwei Geburtstage, eine Hochzeit und noch ein lümmelhaftes Vergnügen mit lauter schönen Männern. – Aber, verrate mir, mein Herzblatt, ist das ein Verhör? Muß ich aufpassen, was ich sage? Könnte irgendeine meiner unschuldigen, schwatzhaften Antworten gegen mich oder meinen Liebsten verwandt werden?«

»Nein. Verzeih.«

»Bitte schön.« Mario faltete die Hände vor der Brust. »Vielleicht sollten wir das dreiste Spiel vom Fragen jetzt mit umgekehrt verteilten Rollen spielen. Hast du schon gefrühstückt?«

Lydia überlegte und nickte. »Ein bißchen schon.«

»›Ein bißchen schon!‹ Was ist das für eine nichtsnutzige Antwort!«

»Na ja, eben ein bißchen. Das heißt nicht viel, aber immerhin etwas.« Lydia stapelte lustlos die Bilder von rechts nach links.

»Ich kann mich irren, und ich bitte dich, mich zu korrigieren, wenn ich mit meiner These völlig daneben liege, aber könnte es sein, daß deine Stimmung schwärzer als die tiefste Mitternacht ist?«

»Ich glaube, ich bin tatsächlich sauer.« Sie schwieg einen Moment. »Vielleicht hast du Lust, einen Kaffee zu kochen. Mit aufgeschlagener Milch und einer Prise Zimt, wie du das sonst auch machst.«

»Donnerzwiebel! Das klingt manierlich, geradezu vernünftig! Und zu dem Kaffee reiche ich uns jedem eine schnuckelige Köstlichkeit.« Er zog ein Taschentuch aus seiner Bademanteltasche, faltete es auseinander und legte es über seinen rechten Arm. Mit feierlicher Stimme verkündete er: »Ich empfehle selbstgebackenes Sesamhörnchen an Butter, Quark und Blaubeermarmelade.« Er steckte das Taschentuch wieder ein und lächelte. »Ich hoffe, das wird deine Laune eine Spur anheben. Was meinst du dazu?«

Lydia nickte. »Klingt verlockend. Vor allem ›an Blaubeermarmelade‹. Hat Palmai die Marmelade selbst gemacht?«

»Welch blasphemische Frage, mein Herzblatt. Hast du in diesem Hause jemals gekaufte Konfitüre gegessen? Diese klebrige, undefinierbare Masse?« Er zog die Augenbrauen in die Höhe.

Lydia schüttelte den Kopf.

»Na also. Und die Hörnchen hat mein Geliebter selbstverständlich auch gemacht. Sie sind seiner Hände Werk. Mitten in der Nacht, oder sagen wir besser gestern abend überkam ihn urplötzlich eine unerhörte Back-Lust.« Er stand auf. »Schade eigentlich. Mich überfiel just in diesem Moment eine denkbar andere Lust. Aber gleichviel!« Er lächelte. »Schluß mit dem Geschwätz. So eile ich denn flugs an den Ort, wo ich auf Hörnchen und Butter stoße. Du, mein Schatz, lehnst dich derweil zurück und harrst der Dinge, die da kommen.« In der Tür drehte er sich noch einmal um und ließ seine Hände in den Taschen des Bademantels verschwinden. »Aber zuvor sei mir eine letzte Frage gestattet. Hast du Kathi mittlerweile gesehen?«

»Nein, gesehen habe ich sie nicht. Leider! Aber ich habe heute morgen eine Postkarte von ihr bekommen.«

»Wie schön. Menschen, die sich schreiben, haben sich immer etwas zu sagen. Ist es nicht so?«

Sie nickte.

»Aber sag, meine Gute, ist deine Laune wegen der Karte so in den Keller gerutscht?«

»Ich weiß nicht. Irgend etwas tut ihr leid, schreibt sie.«

Lydia zündete sich eine Zigarette an und blies den Rauch zur Decke hinauf. Mario ging zurück, setzte sich neben Lydia auf die Sessellehne und schaute sie an. Erwartungsvoll beugte er sich nach vorn. Da sein Gegenüber keine Anstalten machte zu sprechen, sagte er:

»Die Frage brennt mir natürlich auf den Lippen. Was tut ihr leid?«

Lydia betrachtete die behaarten Waden des Freundes. »Ich habe keinen blassen Schimmer. Sie hat es mir nicht geschrieben. Sie hat nur angedeutet, daß ihr irgend etwas leid tut. Keine Ahnung, was sie meint.«

Mario runzelte die Stirn. »Welch apokrypher Sinn. Habt ihr euch den Fehdehandschuh zugeworfen? Ich meine, seid ihr im Streit auseinandergegangen?

»Nein! Warum sollten wir uns streiten?«

»Liebes, das weiß ich nicht. Ich denke nur, es gibt genügend Gründe. Aber nun gut. Ich will das nicht vertiefen. Hat Katharina dir vielleicht unüberlegte Dinge gesagt, die ihr im nachhinein leid tun könnten? Irgendeine Schäbigkeit, eine Häßlichkeit.«

»Nein!«

»Oder geht es um Geldangelegenheiten? Hast du ihr Geld geliehen, und sie kann nicht...«

»Quatsch! Nein!«

»Hm.« Mario zuckte die Schultern und machte ein ratloses Gesicht. »Dann weiß ich auch nicht.«

»Ich habe so ein ungutes Gefühl.« Lydia schaute den Freund an. »Je länger ich nachdenke, um so mehr fällt mir auf, wie verändert Katharina in der letzten Zeit war. Findest du nicht auch? Sie war so viel schweigsamer als sonst und oft in sich gekehrt. Ich habe mir nichts dabei gedacht. Nur jetzt, nachdem sie sich wochenlang nicht gemeldet hat und ich diese Postkarte von ihr bekommen habe...«

»... siehst du Gespenster«, vollendete Mario den Satz. Er griff in die Tasche seines Bademantels, holte ein Päckchen stark riechenden Tabaks heraus und drehte sich eine Zigarette. Mit spitzer Zunge leckte er über den Klebestreifen des Papiers. »Mir kam sie nicht besonders verändert vor. Vielleicht ein wenig ernster als sonst. Aber das ist auch schon alles. Ich glaube fast, seit sie mit diesem gutaussehenden jungen Mann zusammen ist, wie heißt er gleich noch?«

»Joachim.«

»Ja, genau, Joachim.«

»Den findest du gutaussehend?« Lydias Stimme überschlug sich fast.

»Ja, mein Goldstück, gewissermaßen. Kein Adonis im üblichen Sinne, kein Mister Universum, eher der mollige Typ. Wie mein Großvater zu sagen pflegte, dem kann man das Vaterunser nicht mühelos durch die Backen blasen.« Er kicherte. »Doch das nur eine Bemerkung am Rande. Ich denke, wir brauchen diesen delikaten Einwurf nicht auszudiskutieren. – Um wieder auf Kathi zurückzukommen. Ich habe das Gefühl, dieser Mensch tut ihr nicht gut. Aber ich kann mich täuschen.«

»Hat sie dir das gesagt?«

»Lydia, mein Engel, hast du jemals erlebt, daß Katharina von sich aus über Herzensangelegenheiten spricht?«

»Hätte ja sein können, bei irgendeiner Gelegenheit...«

»Nein, nein, nein. Wahrlich! Eher bringst du einen Stein dazu, über sein Liebesleben zu reden, als diese Frauensperson. Sie ist dickschädelig, ja, ich möchte sagen, unbarmherzig verschlossen. Aber, na ja, sei's drum! Sie ist Künstlerin. Etwas Außergewöhnliches. Kein gewöhnlicher Homo sapiens wie du und ich. Sie ähnelt Galatea – kaum erblickt, schon entschwunden. Wer weiß, was sie gerade mit sich ausmacht. Vielleicht hat ihre Abwesenheit nicht das geringste mit diesem Joachim zu tun. Vielleicht muß sie allein sein. So wie damals, als sie ohne Vorankündigung, geradezu holterdiepolter, bei Nacht und Nebel auf diese gottverlassene Insel gefahren ist.« Er zuckte mit den Schultern und stand auf. »Und überhaupt! Seit der Vertreibung aus dem Paradies kommt es vor, daß Menschen unfroh sind und sich voneinander zurückziehen. – So! Und jetzt gehe ich und bereite uns ein treffliches Frühstück.«

Lydia nickte und drückte ihre Zigarette auf dem Rand des Aschenbechers aus. »Willst du kein Feuer?« Fragend schaute sie auf die Zigarette in Marios Hand.

»Nein, meine Schöne.« Der Freund legte die Zigarette auf den Tisch. »Du mußt wissen, ich bin bemüht, mit dieser unzuträglichen Gewohnheit zu brechen.«

»Du gewöhnst dir das Rauchen ab?«

»Jawohl. Schluß mit der sklavischen Abhängigkeit. Es lebe der...«

»Warum hast du die Zigarette dann gedreht?«

»Bedenkenswerte Frage.« Mario holte eine Holzschatulle von der Fensterbank, hielt sie Lydia entgegen und öffnete den Dekkel. »Simsalabim!« Die Schatulle war randvoll mit selbstgedrehten Zigaretten gefüllt. »Damit ich mich, im Gegensatz zum unermüdlichen Sisyphos, am Erreichten erfreuen kann.«

Lydia lächelte müde. »Seit wann?«

»Seit gestern.«

»Dann viel Glück. Stört es dich, wenn ich rauche?«

»Aber nein, mein Engel, wo denkst du hin. Fühl dich wie zu Hause.« Er verschwand in der Küche und machte sich klappernd zwischen Kühlschrank und Anrichte zu schaffen. »Und selbst wenn es mich stören würde«, rief er, »was würde es ausmachen. Mit beschwörender Rhetorik könnte ich nicht verhindern...«

»Weißt du, Mario«, unterbrach ihn Lydia, »um noch einmal auf Kathi zurückzukommen, vielleicht hast du recht. Vielleicht ist sie wirklich für ein paar Tage weggefahren. Aber dann hätte sie mir doch eine Nachricht zukommen lassen können. Sie kann sich doch denken, welche Sorgen ich mir mache, wenn sie, so wie du es ausdrückst, ›holterdiepolter‹ von der Bildfläche verschwindet.«

»Was regst du dich nur so auf, Kindchen.« Kopfschüttelnd stellte er zwei Tassen auf den Tisch. »Wenn ich dich nicht leibhaftig vor mir sitzen sehen würde, könnte ich dem Irrtum verfallen, meine Mutter reden zu hören. Bitte, nimm zur Kenntnis, daß Katharina erwachsen ist. Sie ist in der glücklichen Lage, tun und lassen zu können, was sie will. Und zwar ohne dir zuvor Bescheid zu geben!«

»Es stimmt natürlich, was du sagst«, antwortete Lydia, »aber...«

Sie schwieg.

»Laß sie doch gewähren, Lydilein. Sei ein umsichtiger Mensch. Hab ein Quentlein Toleranz. Sie wird schon wissen, was sie macht. Auch auf die Gefahr hin, mich zu wiederholen, aber ich glaube bestimmt, sie braucht wieder einmal Zeit für sich selbst. Möglicherweise steckt sie in einer kreativen Krise. Sucht unverbrauchte Ideen, grenzenlose Inspiration. Oder sie möchte ganz einfach abschalten und ist zu ihrer Mutter nach Bayern gefahren. Denkbar und nicht auszuschließen ist auch, daß sie wieder einmal Lust verspürt hat, in die schillernde Welt ihres geliebten Märchenkönigs einzutauchen und durch seine Schlösser zu vagabundieren. Während wir uns Tag für Tag mit gramgebeugten Häuptern in die Redaktion quälen, genießt sie quietschvergnügt ihre Narrenfreiheit. Ich sage es dir! – Wie heißt er übrigens noch?«

»Wer?«

»Na, dieser verrückte König, der in vergoldeten Schlitten durch die Nacht sauste und den Mond anbetete. Dabei salbungsvolle Worte zu seinen schönen Lakaien sprach und unter Welt- und Zahnschmerz litt.«

»Ludwig II.«

»Ja genau! Vielleicht ist sie neuerlich nach Bayern gereist, um sich in seinen Schlössern zu tummeln, oder sie ist zu ihren Verwandten an die See gefahren. Warte mal ab, in einigen Tagen taucht sie gleich Phönix aus der Asche auf, erzählt dir haarklein, was passiert ist, und all deine Sorgen waren unnötig.«

Er nickte ihr aufmunternd zu und wippte mit dem Fuß.

Aus der Küche erklang ein Pfeifton. »Ich muß unser Gespräch unterbrechen, mein Engel, aber das Wasser kocht, und die Pflicht ruft.« Er sprang auf und verschwand.

»Fährst du in die Redaktion?« fragte er wenig später und blickte Lydia über den Rand seiner Tasse an.

»Ja, aber nur auf einen Sprung. Ich will anschließend noch einmal zum Atelier fahren. Vielleicht...«

»Kannst du mich mitnehmen, du Quälgeist? Ich habe Palmai versprochen, ihm in der Küche zu helfen.«

»Hat er immer noch keine Hilfe?«

»Doch, seit heute. Pauli hilft ihm. Aber ich möchte Palmai trotzdem Gesellschaft leisten. Bestimmt gibt es viel zu tun. Bei ihm hat sich für heute abend eine größere Gesellschaft angekündigt.«

»Die mit den schönen Männern?«

»Akkurat richtig geraten!«

»Klar nehm ich dich mit.« Sie steckte sich eine Zigarette in den Mund und hielt Mario die geöffnete Schachtel entgegen.

Der Freund winkte ab.

»Ach, entschuldige, ich vergaß. – Wahrscheinlich hast du recht.« Sie zündete ein Streichholz an. »Katharina erholt sich in entfernten Gefilden, und ich sehe hier Gespenster.«

»Wahrscheinlich!« Mario blies das Streichholz geräuschvoll aus. »Während du deiner unstillbaren Nikotinlust frönst, verlasse ich dich für einige Augenblicke, mein Herzblatt. Ich dusche in Windeseile und ziehe mich pfeilgeschwind an. Hast du solange Zeit?«

»Natürlich!«

Pfeifend verschwand Mario im Badezimmer. Lydia setzte sich auf den Ledersessel neben dem Kamin und betrachtete die Fotografien an der Wand. Auf zwei der großformatigen Schwarzweißbilder war Katharina zu sehen. In kurzen Hosen und dickem Wollpullover steht sie neben dem Grill und lacht in die Kamera. Sie hält ein Stück Fleisch auf eine Gabel gespießt, und Palmai drückt mit einer Knoblauchpresse etwas Saft darauf. Lydia erinnerte sich gut an diesen Tag. Sie hatten zu viert eine Fahrradtour hinaus zur Talsperre gemacht und waren spät am Nachmittag hungrig und müde nach Hause gekommen. Keiner hatte Lust gehabt, Essen zuzubereiten. »Dann alle zusammen!« lautete Palmais Losung. Mario hatte die Kohlen im Grill angezündet, Lydia Tomatensalat gemacht und Katharina und Palmai sich um das Fleisch gekümmert. Katharina war so fröhlich gewesen an diesem Tag, so ausgelassen...

»Lydilein, wenn dir langweilig ist, nimm dir eine Zeitung aus dem Ständer und amüsier dich«, rief Mario aus dem Badezimmer, »oder mach dir Musik an und entspann dich. Neben dem Plattenspieler liegt ›Othello‹.«

Na, wie schön, dachte sie, dann leg ich mich doch einfach daneben. »Ich warte geduldig wie die Gläubigen am Ölberg«, antwortete sie laut, stand auf und ging näher an das Foto heran. Es war tatsächlich lange her, daß sie Katharina so fröhlich gesehen hatte. Auch auf dem Foto daneben lachte die Freundin dieses strahlende Lachen. Das Bild war mit Selbstauslöser gemacht.

»Noch fünf Minütchen, mein Schatz«, tönte es aus dem Badezimmer, »aber du weißt, Schönheit braucht zweierlei. Abends Schlaf und morgens Geduld.«

»Wohl wahr«, murmelte sie und starrte das Bild an. Sie erinnerte sich an den Abend, als wäre er gestern gewesen. Katharina und Palmai hatten einen Einkaufsbummel durch die Stadt gemacht und die beiden Zuhausgebliebenen am Abend zu einer Flasche Sekt eingeladen. Die Flasche war ein »Verdienst«, wie sie stolz erzählten. Vor dem Institut für Marktforschung hatte Palmai einen Freund getroffen.

»Was suchst du heute, Schatz?« hatte der Ungar ihn feixend gefragt. »Alleinstehende Damen, verwitwete Herren oder endlich mal Schwule?«

Der Mann mit dem goldenen Ring im Ohr hatte gegrinst. »Nichts von alldem, ich suche händeringend Ehepaare. Könnt ihr nicht...? Es geht um Putzmittel. Die Befragung dauert höchstens eine Viertelstunde. Ihr würdet mir einen riesigen Gefallen tun.«

Sie waren mitgegangen und hatten sich als frischverheiratetes Ehepaar ausgegeben. Am Abend, als sie zu viert in der Hollywoodschaukel gesessen hatten, war Palmai plötzlich aufgesprungen und hatte den Fotoapparat geholt. »Wir sitzen hier wie zwei alte Ehepaare«, hatte er gesagt und Mario liebevoll über den Arm gestreichelt, »das muß ich festhalten...«

Tänzelnd kam Mario aus dem Badezimmer. Er blieb mit verschränkten Armen mitten im Raum stehen und verbreitete einen süßlichen Geruch. »Von mir aus kann's losgehen.«

Als sie auf die Straße traten, starrte Lydia entgeistert auf ihr Auto. An der Windschutzscheibe ihres Wagens klemmte ein Protokoll.

»Das darf nicht wahr sein!« rief sie so laut, daß Mario erschrokken zusammenzuckte. Sie knüllte das Papier zusammen und ließ es in ihrer Jackentasche verschwinden.

»Das ist schon das zweite in dieser Woche! Wenn das in diesem Tempo weitergeht, kriegt mein Auto nie eine neue Nockenwelle.«

»Laß mich nicht dumm sterben, Schatz, und verrate mir, was eine ›Nockenwelle‹ ist.«

»Das weiß ich nicht. Der freundliche Herr in der Werkstatt hat mir nur gesagt, daß mein Auto eine solche Welle braucht. Und zwar dringend.«

Mario legte den Arm um Lydias Schultern. »Du weißt, Liebes, daß Palmai und ich dir wegen deiner Hilfe im Garten schon lange eine Freude machen wollen. Hättest du was dagegen, wenn wir dir...«

Lydia legte Mario die Hand auf den Mund. »Erstens macht mir die Gartenarbeit bei euch Spaß, zweitens: Schluß jetzt mit diesem leidigen Thema!«

Sie fuhr aus der Parklücke heraus und machte das Radio an.

»Es ist elf Uhr und fünf Minuten. Sie hörten Nachrichten...«

»Stört es dich, wenn ich Musik mache?«

Mario schüttelte den Kopf.

Lydia schob die Kassette in den Recorder und spulte zurück. »Don't leave me this way...«

»Heiliger Blasius! Ist es wieder soweit?« Mario begann mit der flachen Hand auf seinen Oberschenkel zu schlagen. Rhythmisch ließ er den Kopf auf und nieder sausen. »Teufel! Teufel! Da ist Zunder drin! Wirklich atemberaubend.« Schmunzelnd sah er die Freundin an. »Diese Musik hast du aber lange nicht mehr gehört. Hab ich recht?«

Lydia nickte. Sie besaß die Kassette seit vielen Jahren. Sie hatte sie nach einem Rockkonzert in der Sporthalle gekauft. Wochenlang hatte Katharina gebettelt, sie solle zu diesem Konzert mitgehen. Lydia weigerte sich standhaft. »Dich macht meine Musik aggressiv, mich macht deine Musik aggressiv!« argumentierte sie und betonte das Wort »mich« mit Nachdruck. Sie war dennoch mitgegangen. Aber nur, wie sie unterstrich, weil der Freund, mit dem sie für diesen Abend zum Essen verabredet war, ihr eine Absage auf ihren Anrufbeantworter gesprochen hatte. Mit einem triumphierenden »Voilà!« drückte Katharina ihr die Eintrittskarte in die Hand.

Lydia musterte den bunten Papierstreifen neugierig. »Und das ist der Name der Gruppe?«

Katharina starrte sie mit offenem Mund an:

»Die kennst du nicht...?«

Lydia schüttelte den Kopf. »Bedauerlicherweise nein. Muß ich das?«

»Die kennt jeder!«

»Schön, dann wird es Zeit, sie kennenzulernen.«

Entgegen ihren Erwartungen gefiel ihr der Abend. Fast hatte sie es bedauert, nie zuvor zu einem Rockkonzert gegangen zu sein. Die Sporthalle war bis auf den letzten Platz gefüllt. Um Punkt acht war das Licht ausgegangen und die Bühne mit einem Knall erleuchtet worden. Die Zuschauer sprangen von ihren Sitzen auf und empfingen die Musiker mit ohrenbetäubendem Lärm. Sie applaudierten, johlten, pfiffen und schrien. Ein Irrenhaus! dachte Lydia und spürte eine Gänsehaut über ihren Rükken laufen. Aus den Lautsprechern kreischten Töne. Dumpfe Schläge stampften in den Raum. Der Rhythmus gebärdete sich hysterisch. Der Sänger klatschte im Takt. Tausend Hände machten es ihm nach. Die Halle schien zu beben, der Fußboden zu schwanken. Ganz plötzlich kehrte Ruhe ein. Lydia atmete auf. Gespannte Stille im Publikum. Ein Gitarrenton schwebte durch den Raum. Spontaner aufbrandender Applaus, dann wieder Stille wie auf einem Geisterschiff! Die Menschenmasse vor dem Scheinwerferlicht wogte wie ein Kornfeld im Wind. Feuerzeuge wurden in die Luft gehalten. Flammen, wie von Tausenden Kerzen. Eine Prozession, hatte sie gedacht, ein sakraler Raum. Das Publikum verwandelte sich in einen Chor. Auch Katharina sang mit. Der Sänger verstummte, verbeugte sich. Die Lichter über den Köpfen der Menschen erloschen wie Sterne. Die Scheinwerfer auf der Bühne wurden greller. Lichtkegel jagten durch den Raum. Der Sänger riß die Arme über den Kopf. Die Menschen tanzten wie Derwische. Auch Lydia bewegte sich im Takt. Sie spürte die Schläge des Schlagzeugers bis tief in ihren Bauch hinab. Sie schwitzte, atmete hektisch. Ihre Bewegungen wurden schneller und schneller. Der Schweiß tropfte von der Stirn in ihre Augen. Irgendwer rempelte sie an. Es störte sie nicht. Sie war berauscht.

»Wie fühlst du dich?« hatte Katharina ihr ins Ohr gebrüllt.

»Wundervoll!« schrie sie zurück und küßte die Freundin auf den Hals. Eine Geste, über die sie sich im nachhinein wunderte.

Nach dem Konzert hatten sie lange am Fluß gesessen und die Stille genossen. Die Nacht war sommerlich warm gewesen. »Riecht der Fluß nicht phantastisch?« hatte Katharina bei jedem Windstoß gefragt. Lydia hatte genickt und den Geruch von Katharinas verschwitztem Körper eingeatmet...

»Ist dir das nicht zu laut?« Mario schaute Lydia von der Seite an.

»Nein. Dir vielleicht?«

»Aber ich bitte dich, wozu brauche ich Ohren, ich bin Fotograf. Und was Palmai mir mitteilen möchte, lese ich ihm von den Lippen ab!«

Sie machte die Musik aus. Schweigend fuhren sie durch die Stadt.

In der Redaktion herrschte hektische Betriebsamkeit.

»Weißt du, was ich faszinierend finde?« Mario sah den jungen Mann, der mit übereinandergeschlagenen Beinen und nachdenklichem Gesicht vor dem Bildschirm eines Computers saß, fragend an. Der Mann tippte mit dem Zeigefinger auf die Tastatur und schüttelte, ohne aufzublicken, den Kopf.

»Ich habe kürzlich gelesen, warum Delphine uns Menschenkindern überlegen sind. Sie können mit drei Artgenossen gleichzeitig kommunizieren. In diesen heiligen Hallen erscheint mir diese Theorie korrekturbedürftig. Hier zeigt es sich, daß wir dem Delphin letztendlich doch überlegen sind. Denn hier spricht jeder mit jedem und alles zur gleichen Zeit. Und wir sind mehr als drei.«

Der Mann zog die Mundwinkel herunter und musterte Mario mit gespielt vorwurfsvollem Blick.

»Während wir in unserem Schweiße schwimmen, pflegt der Herr vom Feuilleton Witze zu machen. Das ist nicht sonderlich kollegial, mein Lieber, und fördert die Betriebsatmosphäre auf das wenigste. Anstatt unqualifizierte Bemerkungen von dir zu geben, könntest du in dich gehen und hören, was deine innere Stimme dir zum Thema ›Glück‹ einflüstert. Ich brauche eine Überschrift. Nicht lang, eher kurz.«

Mario legte die Hand unters Kinn und stöhnte gequält. »Ach, du dicker Strudelwurm! Was mir zu ›Glück‹ einfällt? Nicht lang, eher kurz? – Na, zum Beispiel mein freier Tag. Schreib doch: Glück, Bindestrich, ein freier Tag, Ausrufezeichen.«

Lydia stupste Mario in die Seite. »Willst du jetzt mitfahren oder nicht?«

»Selbstredend. Ich weiche keinen Fußbreit von deiner Seite.« Er schaute den Mann am Computer mit traurigen Augen an. »Tausendmal bitte ich dich um Entschuldiung, Guido, aber die Würfel sind gefallen. Du hörst es, ich muß weichen, kann dir leider nicht weiterhelfen.«

»Ich werde es überleben.« Der Mann warf Lydia einen langen Blick zu. »Tschüs, ihr beiden.«

»Kruzitürken! Warum schaut er mich nie so an, dieser garstige Mensch? Hab ich etwa keinen Sex-Appeal?« flüsterte Mario ihr ins Ohr und hakte sie unter.

»Ah, Frau Labetzke!« Der Mann in dem hellen Anzug, der im Vorbeigehen durch die Glastür geschaut hatte, kam herein. »Gut, daß ich Sie sehe. Ich habe Ihnen schon auf ihren unmöglichen Anrufbeantworter gesprochen. Das Ding hat sich wieder mittendrin abgeschaltet. Würden Sie heute abend ausnahmsweise einen Musiktermin übernehmen? Die Kessler ist überraschend ausgefallen, und der Termin muß rein! Und zwar in die Wochenendbeilage. Mindestens hundertzwanzig Zeilen und möglichst viele Fotos.«

»Sie wissen doch, wie ungern ich Musiktermine mache!« Lydia starrte das Streichholz im Mundwinkel des Mannes an. Es drohte jeden Moment herauszufallen.

»Ach, papperlapapp, ›ungern‹, ›ungern‹. Wir sind ein regionales Feuilleton, Musiktermine gehören nun mal dazu. Außerdem ist es Wagner, bei diesem Zirkus kennen Sie sich doch aus!«

»Richtig! Heute ist die ›Tristan‹-Premiere, nicht wahr?«

»Exakt, meine Liebe, exakt. Hochkarätige Besetzung! Wird bestimmt ein Erlebnis. Vorausgesetzt, man mag dieses Halali und Halala.«

Mario hielt den Kopf schief, grinste breit und nickte zustimmend.

Lydia blickte gedankenverloren auf das Streichholz. »Stimmt«, sagte sie langsam, »›Tristan und Isolde‹. Wie konnte ich das vergessen. Wo ich mich so darauf gefreut habe! Ich wollte die Premiere unbedingt sehen und...«

»Nu fangen Sie mal nich an zu philosophieren. Jetzt können Sie ja hin. Und anschließend dürfen Sie sich noch auf hundertzwanzig Zeilen austoben.« Er nahm das Streichholz aus dem Mund. »Also was is nu? Tun Sie mir den Gefallen, oder muß ich Sie zu ihrem Glück zwingen?«

Sie fuhr mit der Zunge in ihren rechten Mundwinkel und schaute Mario von der Seite an. Der Freund nickte heftig. »Nockelwelle!« flüsterte er.

»Wat für'n Ding?« Der Redakteur steckte das Streichholz wieder in den Mund.

Lydia grinste. »Die Bemerkung hatte nichts mit Wagner zu tun. – Selbstverständlich tue ich Ihnen diesen Gefallen, Herr Biemel. Gar keine Frage.«

»So gefallen Se mir!« Der Mann nickte zufrieden. »Und denken Sie an die Fotos, Sie wissen doch, der Mensch lebt nicht vom Wort allein.« Er drehte sich um und öffnete die Glastür.

»Eine Frage noch!« Lydia machte einen Schritt auf ihn zu. »Hat Frau Mallack mittlerweile die Illustrationen reingereicht?« Sie blickte den Mann erwartungsvoll an.

Der Mann zog die Stirn in Falten. »Die Mallack? Nee, die ist doch krank, soviel ich weiß. Wahrscheinlich auch so ein Grippe-Kandidat. Im Moment ist die halbe Besetzung siech, haben Sie das noch nicht gemerkt? Zum Haareraufen! Wie soll ein Mensch eine Zeitung machen, wenn er niemanden hat, der ihm hilft!«

»Krank?« Lydia schaute den Mann, der schon wieder die Türklinke in der Hand hielt, erschrocken an. »Was hat sie denn?«

»Keine Ahnung. Um so was kann ich mich nich auch noch kümmern. Mir reicht es schon, wenn ich durch solche Zwischenfälle die Arbeit neu verteilen muß. Wir hatten fest mit den Illustrationen gerechnet. Sie können Ihrer Freundin bestellen, daß ich dieses Mal wirklich sauer bin! Und das ist kein Scherz.«

Er riß die Tür auf und verschwand genauso eilig, wie er gekommen war. Der Geruch seines Rasierwassers schwebte im Raum.

»Fragen Sie doch mal den Kollegen Keller«, rief er im Gang, »ich glaube, der hat mit ihr gesprochen.«

Der junge Mann aus der Sportredaktion schaute Lydia bedauernd an. »Tut mir leid, aber ich habe keine Ahnung, was Katharina hat. Sie hat nichts gesagt. Unglücklicherweise hat sie zu einem völlig unpassenden Zeitpunkt angerufen. Die Redaktion war ein Irrenhaus. Anders kann man das nicht nennen. Wirklich, hier war die Hölle los. Wir hatten den Fernseher an. Qualifikationsspiel Deutschland – Italien. Ich konnte Katharina kaum verstehen.« Er kratzte sich am Kopf. »Aber da fällt mir ein – was erzähle ich für dummes Zeug! –, sie hat gar nicht selbst angerufen, ihre Mutter war am Apparat. Genau, Frau Mallack hat angerufen. Ich habe nur den Namen Mallack gehört und habe automatisch gedacht, es wäre Kathi. Aber es war ihre Mutter. Sie hat irgendwas von Erholung gefaselt und sich in Katharinas Namen für die fehlenden Zeichnungen entschuldigt. Das war alles. Mehr hat sie nicht gesagt. Sie hat einfach aufgelegt. Oder ich habe einfach aufgelegt, weil ich nichts mehr gehört habe. Keine Ahnung.«

Er schwieg und spitzte einen Bleistift.

»Erholung hat sie gesagt?« Lydia schaute den Mann mit weitaufgerissenen Augen an. »Sie hat wirklich ›Erholung‹ gesagt?«

»Ich meine, ja. Aber wer – frage ich dich allen Ernstes – hat in diesem Haus keine Erholung nötig? Wenn ich dich...«

»Hat sie gesagt, wo Katharina ist?«

»Nein. Ich sag dir doch, sie hat einfach aufgelegt.«

»Und sie hat sich auch nicht dazu geäußert, wann Katharina wieder nach Hause kommt? Ich meine, wann sie wieder hier sein wird?«

Der Mann hob entschuldigend die Schultern. »Nein«, sagte er und eilte zu dem Telefon, das aufdringlich zu klingeln begonnen hatte.

Lydia sah Mario fassungslos an.

Der Freund legte den Arm um sie und zog sie mit sich. »Tschüs!« rief er laut und schob Lydia durch die Tür. Schweigend standen sie sich im Lift gegenüber.

»Bilde ich mir das ein, oder ist es kälter geworden?« fragte Lydia, als sie auf die Straße traten.

»Das bildest du dir ein, mein Herz.«

Lydia schloß die Beifahrertür auf. »Verstehst du das?«

»Was gibt es da zu verstehen, Schätzchen. Du hast ja gehört, die halbe Redaktion liegt flach. Ich würde sagen, es gibt zwei Möglichkeiten.« Er holte tief Luft. »Entweder Kathi ist krank, hat so eine scheußliche Grippe, wie viele andere im Moment, oder sie hat die Krankheit als Entschuldigung genommen, weil sie wieder einmal die Illustrationen nicht fertiggemacht hat. Ich habe das Gefühl, sie war faul wie ein schlafendes Murmeltier und brauchte dringend eine Ausrede. Weißt du nicht, beim letzten Mal, die Sache mit der angeblichen Kieferentzündung? Alles Schwindel. Alles erfunden. Lügengeschichten wie die des Freiherrn von Münchhausen. Komm, laß uns fahren! Vielleicht sitzt sie ja in ihren vier Künstler-Wänden und arbeitet wie besessen an ihrem Ruhm. Oder sie hat sich ein Bett in ihr Atelier gestellt und schläft den Schlaf der Gerechten.«

Katharinas Atelier befand sich in dem Teil der Stadt, durch den sich an sonnigen Tagen Ströme von Touristen schoben. Mit Fotoapparaten und Stadtplänen bewaffnet, überquerten sie den Marktplatz, musterten im Schatten der mächtigen Basilika die alten Häuser, den Brunnen und die zierliche Mutter Gottes mit dem goldenen Heiligenschein. Katharina störten die Besucher mit den neugierigen Blicken nicht. Ganz im Gegenteil. Oft beobachtete sie die Flanierenden von ihrem Fenster aus. Manchmal holte sie auch Stift und Zeichenblock und skizzierte mit wenigen Strichen die unterschiedlichen Körperhaltungen. Besonders gerne malte sie die Menschen, die vor der zierlichen Mutter Gottes ein Gebet sprachen, oder die Besucher der Basilika, die mit zurückgelehntem Kopf, die Hand schützend über die Augen gelegt, den Kirchturm hinaufschauten.

Es war der Turm von »St. Johannes«. Katharina hatte das dunkle Gemäuer mit dem wuchtigen Turm, von dem andere Stimmen behaupteten, er würde einem die Luft zum Atmen rauben, in ihr Herz geschlossen. Ihr vermittelte »St. Johannes« den Eindruck, geschützt und gut aufgehoben zu sein. Auch gefiel ihr die schmale Gasse mit dem holprigen Kopfsteinpflaster, den hohen Bürgersteigen und den niedrigen Häusern. In dieser Gasse lag das Atelier. Es gehörte zu einer Reihe roter Backsteinbauten, die sich im Angesicht der Kirche demutsvoll zu ducken schienen. Katharina mochte die schiefen Fassaden mit den kleinen Fenstern. Ihrer Meinung nach sahen sie wie Gesichter mit verschlafenen Augen aus. Am meisten aber begeisterten sie die alten Laternen mit den geschwungenen Gläsern, die sonst nirgends in der Stadt zu finden waren. Sie gaben ein so weiches Licht. Vor allem bei Regen, wenn ihr schwacher Lichtschein ein Muster auf das nasse Pflaster streute.

Bei der Besichtigung des Ateliers war Katharina vom ersten Augenblick an wie verzaubert gewesen. Voller Freude stellte sie fest, daß man aus einem der Fenster, wenn man sich weit genug hinauslehnte, den Fluß sehen konnte. Manchmal, vor allem im Sommer, wehte der Wind den modrigen Geruch des Wassers herüber. Katharina mochte diesen Geruch. Für sie bedeutete er ein Stück Heimat. Wie oft verließ sie das Atelier, um am Fluß spazierenzugehen. Stunde um Stunde lief sie am Ufer entlang und träumte sich an Bord der passierenden Lastschiffe. Sie stellte sich vor, in fremden Häfen auf Seeschiffe umzusteigen und hinaus auf die Meere zu fahren. In ihren Träumen nahm sie die Gestalt von breitschultrigen, braungebrannten Schiffsjungen an, tätowierten Matrosen oder blinden Passagieren.

Am Fluß konnte Katharina die Zeit vergessen. Mitunter saß sie stundenlang auf einem Stein und starrte in die grauen Wassermassen. Dann wieder lief sie am Wasser entlang und sammelte Treibholz.

»Der Strom scheint die Stunden mit sich fortzunehmen«, hatte sie einmal entschuldigend gesagt, als sie verspätet zu einer Verabredung gekommen war. Lydia hatte auf der Treppe von »St. Johannes« gesessen und ihr mürrisch entgegengeschaut. »Paß auf, daß er dich nicht eines Tages mitnimmt«, hatte sie geantwortet.

Von jedem ihrer Spaziergänge brachte Katharina glattgeschliffene Kiesel, die sich schmeichelnd in die Hand schmiegten, mit und legte sie neben die Eingangstür des Ateliers. Lydia nannte die mittlerweile umfangreiche Sammlung »Hünengrab«. »Verrätst du mir, was du da beerdigt hast?« hatte sie irgendwann gefragt. Katharina hatte statt einer Antwort die Fenster geöffnet und das Glockenläuten von »St. Johannes« hereingelassen...

Lydia fuhr langsam auf die dunklen Mauern der Kirche zu.

»Würdest du bitte kurz hupen, Herzchen, damit Palmai sieht, daß wir da sind?« Mario beugte sich nach vorn, um an Lydia vorbei in das Bistro an der Ecke zu schauen. Über dem Eingang leuchtete in grüner Neonschrift der Name »Cherub«.

Der Mann hinter der Theke hob den Kopf und winkte mit einem karierten Geschirrtuch. Mario gab dem Freund durch Handzeichen zu verstehen, er wolle mit Lydia noch hinauf ins Atelier. Palmai nickte und warf ihm eine Kußhand zu.

Lydia drückte mehrmals hintereinander auf den Klingelknopf. Sie beugte den Kopf nach vorn und horchte gespannt. Wenn Katharina da war, hörte man kurz nach dem Schellen die Tür des Ateliers knallen und die Schritte der Freundin auf der Treppe. Meist sprang sie die Stufen hinab. Lydia beugte den Kopf so weit, daß sie mit der Stirn gegen die Tür stieß. »Au!«

Im Hausflur blieb es still. Sie drückte anhaltend auf den Klingelknopf und betrachtete das Messingschild mit dem Schriftzug »Atelier Katharina Mallack«. Sie hatte es der Freundin zum Einzug geschenkt. Eine Tür fiel ins Schloß.

»Aha!« Mario hob den Zeigefinger. »Was höre ich? Das klingt doch ganz nach unserer...«

Lydia schüttelte den Kopf. »Das ist nicht Kathi, das ist die alte Frau Stehmann.«

Die Tür wurde langsam geöffnet. Eine Frau mit schütterem Haar und spitz zulaufendem Gesicht trat heraus. Sie trug einen verschlissenen Kittel und karierte Filzpantoffeln. Unter dem Arm hielt sie ein zusammengeschnürtes Bündel Zeitungen. Die Frau, die seit dreißig Jahren in diesem Haus wohnte und die, seit sie ihren Mann verloren hatte, ein wenig seltsam geworden war, blinzelte die beiden aus wäßrigen Augen an.

Lydia wußte, daß die alte Dame auf einem Ohr taub war. »Guten Tag, Frau Stehmann«, rief sie laut. »Erinnern Sie sich an mich? Ich bin die Freundin von Frau Mallack.«

Die alte Frau schüttelte den Kopf. »Nein, Fräulein Mallack ist nicht da. Sie ist bestimmt verreist. Ich habe sie seit Wochen nicht gesehen. Sonst treffen wir uns schon mal bei den Mülltonnen. Da reden wir miteinander. Aber in der letzten Zeit bin ich immer allein im Hof. Niemand kommt. Nicht einmal mehr die Katze ist da. Sie ist tot.« Sie schwieg einen Moment und fuhr mit brüchiger Stimme fort: »...aber sie hat ja auch gar nicht mehr soviel geredet wie sonst.«

»Wer?« fragte Mario.

»Na, das Fräulein Mallack. Immer hatte sie so traurige Augen. Und so blaß war sie. Vielleicht ist sie krank und ...«

»Hat Sie Ihnen erzählt, daß sie verreisen wollte?« Lydia beugte sich zu der Frau hinunter und brüllte ihr die Frage ins Ohr.

Die Frau schüttelte den Kopf, drehte sich um und ging mit schlurfenden Schritten davon. »Wohin soll sie denn verreist sein? Sie ist doch noch so jung!« murmelte sie. Die Tür schlug krachend ins Schloß.

Mario schaute die Freundin fragend an. »Interessante, rätselvolle Rede. Die Sphinx hätte nicht besser sprechen können. Und nun?«

Lydia blickte der Frau entgeistert hinterher.

»Was um Himmels willen meint...«

»Ich glaube, ich habe eine brillante Idee.« Mario legte den Arm um die Freundin und zog sie sanft über die Straße. Er gab seiner Stimme einen betont fröhlichen Klang. »Wir beide essen jetzt bei meinem Schatz eine köstliche Kleinigkeit zu Mittag. Palmai freut sich, dich zu sehen. Ich freue mich, wenn du etwas ißt. Und du freust dich bei soviel Freude hoffentlich auch. Du hast doch Hunger, Süßes?«

Lydia ließ sich willig von dem Freund über die Straße ziehen.

»Ich habe Hunger, aber...«

»Keine Widerrede, meine süße Zuckerrübe, jetzt wird gegessen. Nahrung ist energiespendend. Zudem hält sie Seele und Leib zusammen und bringt dich auf bessere Gedanken. Schließlich möchte ich, daß es dir gutgeht. Außerdem kannst du dir von Palmai den Atelierschlüssel geben lassen und...«

»Du weißt, wie ungern ich das tue. Ich habe immer das Gefühl zu spionieren. Außerdem mag Katharina es nicht, wenn jemand in ihrer Abwesenheit in ihren...«

»Dann gehst du eben nicht hinauf. Auch gut«, unterbrach der Freund sie und zog sie mit noch mehr Nachdruck neben sich her.

Der »Cherub« war ein kleines Bistro in einem der dunkelroten Backsteinhäuser, die sich rund um die Kirche aneinanderschmiegten. Von Katharinas Atelierfenster konnte man das Ende der Theke und drei der runden Marmortische sehen. Katharina war vom ersten Tag an regelmäßiger Gast in dem Lokal gewesen. Täglich um die Mittagszeit unterbrach sie ihre Arbeit, um an einem der Fenstertische Zeitung zu lesen und einen Cappuccino zu trinken. Als die langjährige Besitzerin des Lokals, eine hagere Frau mit kantigem Gesicht, ihr eines Tages anvertraut hatte, sie werde das Bistro aufgeben und im neuen Teil der Stadt eine Galerie eröffnen, hatte Katharina Palmai dringend zugeredet, das Lokal zu übernehmen. Der Freund, der als Koch in einem Fünf-Sterne-Hotel arbeitete und seit langem davon träumte, ein eigenes Restaurant zu führen, hatte nach nächtelangen Diskussionen, in denen auch Lydia und Mario ihm immer wieder nahelegten, den Schritt zu wagen, zugestimmt. Eine Woche vor seinem vierzigsten Geburtstag hatte er den Vertrag unterschrieben und noch am gleichen Tag einen riesigen Gips-Engel neben dem Eingang aufgestellt. Er hatte die Figur bei einem Trödelhändler im Schaufenster entdeckt und sich auf Anhieb in ihr pausbäckiges Gesicht verliebt. Katharina hatte beim Anblick des dickbauchigen »Geschöpfchens«, wie sie es nannte, die Hände vor den Mund geschlagen. »Wie schön!« hatte sie jubiliert und ihm über die prallen Pobacken gestreichelt.

»Was findest du daran schön?« Nur mit Mühe konnte sich Lydia das Wort »Kitsch« verkneifen.

Die andere hatte fröhlich gelacht. »Wie oft habe ich mich schon gefragt, ob es sie wirklich gibt, diese himmlischen Wesen. Als Kind habe ich fest an ihre Existenz geglaubt. Schließlich hat mein Großvater sich dafür verbürgt. Aber dann, als ich älter wurde, kamen ernstzunehmende Zweifel. Wenn es die Engel im Himmel wirklich gibt, warum zeigen sie sich dann nie, habe ich mich gefragt. Jetzt, wo ich dieses göttliche Geschöpfchen berühren kann, sind alle Zweifel zerschlagen! Ich bin restlos glücklich. Endlich ein Engel zum Anfassen!«

Lydia hatte statt einer Antwort das Gesicht zu einer Grimasse verzogen.

Das Bistro war nicht besonders geräumig, dafür hell und gemütlich. Es gab zwei große und einige kleine Tische und eine reichverzierte Jugendstiltheke, die noch aus der Zeit stammte, als das Lokal eine Metzgerei gewesen war. Auf Katharinas Wunsch hatte Palmai die Wände des Raumes mit Ausstellungsplakaten tapeziert. Im Laufe der Zeit waren die Plakate vergilbt. Auf den Fensterbänken, zwischen Kokospalmen und Kakteen, standen Heerscharen von Engeln. Fast allesamt Geschenke von Gästen. Palmai freute sich über jeden. Am allerliebsten zeigte er sie Katharina. Sie konnte sich über jede der geflügelten Gestalten freuen wie ein Kind. Und sie fand immer neue Namen.

Mario öffnete die Tür. Er packte Lydia an den Schultern und schob sie vor sich her in das Lokal hinein. Warmer Knoblauchduft schlug ihnen entgegen. Aus den Lautsprechern plätscherte leise Musik.

Der Mann hinter der Theke machte den Hereinkommenden ein Zeichen, sich zu ihm zu setzen.

»Palmai hat recht«, sagte Mario und zog Lydia am Arm mit sich.

Palmai Zoltan war Ungar. Er war untersetzt, ein wenig dicklich, hatte ein rundes, ständig glänzendes Gesicht und schräggeschnittene Augen. Sein dickes schwarzes Haar trug er stets zu einem Zopf zusammengebunden. Mit Vorliebe kleidete er sich in flattrige Hosen und übergroße Hemden. Da er sich in seiner Freizeit künstlerisch betätigte und mit Vorliebe Skulpturen aus Speckstein anfertigte, hatte er mit Katharina ein Abkommen getroffen. Er durfte in ihrem Atelier arbeiten, sie dafür in seinem Lokal essen und trinken.

Palmai legte das Geschirrtuch aus der Hand und beugte sich weit über den Tresen.

»Welch lieber Besuch!« Er küßte erst Lydia, dann Mario auf

beide Wangen. »Ich war auf dem besten Wege, die Lust an der Arbeit zu verlieren. Dabei muß ich heute mittag nicht einmal kochen. Pauli steht am Herd und wirbelt wie ein Tausendsassa mit Pfannen, Töpfen und Kasserollen. Habt ihr Hunger?«

Mario warf dem Freund einen verliebten Blick zu. »Was empfiehlst du denn Gutes?«

»Probiert den Kartoffelauflauf mit Champignons! Gezaubert! sage ich euch. Wirklich gezaubert! – Was kann ich noch empfehlen?« Er schob die Unterlippe vor und tippte mit dem Zeigefinger auf seine Brust. »Genau!« Seine Stimme klang freudig erregt, als hätte er nach langem Suchen die Lösung eines Rätsels gefunden. »Paulis überbackene Auberginen.«

Mario schaute Lydia fragend an.

Sie zuckte die Schultern. »Klingt beides verlockend. Such du aus!«

»Gut. Ich werde Pauli in der Küche besuchen und mich vor Ort entscheiden.« Er knipste Palmai ein Auge zu und verschwand.

»Warst du heute schon im Atelier, Palmai?« Lydia schaute den Freund erwartungsvoll an.

»Ja, aber sie ist nicht dagewesen!«

»Sicher nicht?«

Er trocknete ein Weinglas ab und hielt es gegen das Licht. »Ich hätte es bestimmt gemerkt.«

Lydia seufzte laut.

»Jetzt guck nicht so traurig. Sie wird sich schon melden.«

Lydia rutschte auf dem Hocker hin und her und zündete sich eine Zigarette an. »In der Redaktion hat man uns mitgeteilt, Kathi sei krank.«

»Krank?« Palmai stellte das Glas in ein Regal und machte ein besorgtes Gesicht. »Was hat sie denn, die Arme? Etwa die Grippe? Ich glaube, beinah jeder zweite, der hier reinkommt, hustet, niest oder sieht aus, als hätte er erhöhte Temperatur. Ich hab noch nie so viel Kamillentee verkauft wie in den letzten Wochen.« Er ließ einen prüfenden Blick über die vollbesetzten Tische schweifen und schob Lydia einen Aschenbecher zu.

»Ich weiß nicht, was sie hat«, sagte sie langsam. »In der Redaktion wußte niemand Bescheid. Angeblich hat Kathis Mutter angerufen und gesagt, ihre Tochter brauche Erholung.«

»Und wo ihre Tochter ist, hat sie nicht verraten?«

»Nein, leider nicht.«

»Na, vielleicht ist sie ja bei ihr. Wäre doch möglich, oder?« Er wischte mit einem Lappen über die Theke.

»Habe ich mir auch schon überlegt.«

»Es dürfte doch kein großes Problem sein, das rauszukriegen, oder?« Er hob entschuldigend die Hände. »Süßes, ich muß mich um die Gäste kümmern.«

Er verschwand und hinterließ eine Wolke süßlichen Parfums.

Lydia betrachtete die Leuchtschrift auf der Kaffeemaschine, die in raschem Tempo ihre Farben wechselte.

»Guten Appetit, und alle essen mit!« Mario schob den Aschenbecher demonstrativ beiseite und stellte zwei Teller mit dampfendem Kartoffelauflauf auf den Tresen.

»Riecht köstlich!« Lydia drückte die Zigarette aus.

»Was möchtest du trinken? Wein, B ...?«

»Wasser«, unterbrach ihn Lydia.

Während sie die heißen Bissen im Mund herumschob, schaute sie immer wieder zu Katharinas Atelierfenster hinauf. Mario verfolgte ihre Blicke und schüttelte unwillig den Kopf. »Ich glaube, mein Engel, deine Gedanken klumpen sich langsam zu einer Zwangsvorstellung zusammen. Wenigstens beim Essen solltest du versuchen, dich auf das zu konzentrieren, was du dir in den Mund steckst.«

Palmai kam mit einer Schüssel Salat aus der Küche. Er nahm Besteck aus einem Korb und nickte. »Stimmt. Dem ist nichts hinzuzufügen.« Er knipste der Freundin ein Auge zu und brachte den Salat zu einem der Fenstertische.

Lydia schob ihren Teller beiseite und zündete sich eine Zigarette an. »Wenn ich nur wüßte, wo sie steckt.«

»Heilige Jungfrau Maria!« Mario schlug mit der Gabel auf den Tellerrand. »Lydilein, ich glaube, ich muß jetzt mal ein ernstes Wort mit dir reden.« Er aß den Rest von ihrem Teller. »Du tust gerade so, als wäre Katharina seit Jahren verschwunden. Wahrscheinlich wohnt sie vorübergehend bei ihrem neuen Freund

und hat ihrer Mutter erzählt, sie brauche ein wenig Erholung. Vielleicht ist sie auch mit ihm für ein paar Tage weggefahren. Hast du das noch nie gemacht, wenn du frisch verliebt warst? Wahrscheinlich ist es doch so: Du machst dir einen Haufen Sorgen, legst damit den Grundstein für Magengeschwüre, Falten und graue Haare, und sie amüsiert sich derweil irgendwo in südlicheren Gefilden. Rekelt sich in der Sonne, genießt die Wonnen des Leibes, ist fröhlich und guter Dinge und in ein paar Tagen wieder zu Hause. Und das Ende von der Geschichte, all deine Aufregung war völlig unnötig. Verlorene Liebesmühe.«

Mario hob sein Glas und prostete Palmai zu.

»Hat es euch geschmeckt?« fragte der Ungar und stellte die Teller ineinander.

»Herrlich!«

»Danke, Palmai, der Auflauf war wirklich gut.« Lydia schaute Mario von der Seite an. »Ich glaube einfach nicht, daß sie weggefahren ist, ohne mir eine Nachricht zu hinterlassen. Warum sollte sie das tun?«

Lydia schwieg und schaute erneut zum Fenster hinaus.

Mario trommelte mit den Fingern gegen sein Glas. »Unverbesserlich! – Sollen wir uns eine rote Grütze mit Vanillesoße teilen?«

»Von mir aus. – Ich würde so gerne wissen, wo dieser Joachim wohnt. Du kennst nicht zufällig die Adresse?«

Der Freund schlug mit der flachen Hand auf die Theke. »Ich, Schätzchen? Ich preise mich glücklich, seinen Vornamen aus Katharinas Munde vernommen zu haben. Daß sie ihn erwähnt hat, ist genaugenommen eine Sensation. Ansonsten hat sie kein Sterbenswörtchen, keinen Piep über den Mann verloren. Aber sag mal, Liebes, die Frage brennt mir natürlich auf den Lippen, wieso habt ihr eigentlich nie über ihn gesprochen? Redet ihr nicht über amouröse Abenteuer? Hüllt ihr euch in keusches Schweigen?«

»Blödsinn! Natürlich reden wir... Aber du kennst Katharina. Bei ihren Liebschaften hüllt sie sich in der Tat gern in Schweigen. Und bei diesem Joachim hatte ich das Gefühl, sie wollte am liebsten überhaupt nichts erzählen. Deshalb habe ich auch nicht gefragt.«

»Hat es dich nicht interessiert?«

»Doch, schon – natürlich! Oder nein... Ach, ich weiß es nicht!«

»Hast du eine Ahnung, warum sie so offensichtlich kein Wort über den Mann verlieren will? Ist doch seltsam. Verliebte plappern in der Regel in schier unerträglicher Endlosigkeit über das Objekt ihrer Begierde. Warum sie nicht?« Er stand unvermittelt auf. »Entschuldige mich einen Moment. Ich möchte einen Freund begrüßen.«

Lydia nickte und starrte auf die Schrift der Kaffeemaschine. »Sag mal, Palmai, angerufen hat sie auch nicht?« Der Mann hinter der Theke öffnete mit flinken Handgriffen eine Flasche Rotwein.

»Nein, hat sie nicht. Dabei wäre es dringend nötig. Vorgestern sind zwei Rechnungen mit der Post gekommen, und ich weiß nicht, ob ich sie bezahlen soll oder nicht. Warum Kathi nicht wenigstens mal anruft! Aber, na ja, wenn sie krank ist, vielleicht mit einer Grippe im Bett liegt.« Er holte tief Luft. »Also ich hatte mal eine Grippe, da...«

»Was sind denn das für Rechnungen?« unterbrach sie ihn und fügte leise »Entschuldige bitte!« hinzu.

»Strom und Telefon.«

Sie schlug mit der Faust auf die Theke. »Würdest du mir die Schlüssel vom Atelier geben?«

Palmai war erschrocken zusammengefahren. »Himmel noch mal! Natürlich. Aber mußt du Rüpel mich so erschrecken?« Er öffnete eine Schublade und reichte ihr kopfschüttelnd ein Schlüsselbund.

Lydia sprang von ihrem Hocker. »Sie mag es zwar nicht, wenn ich in ihrer Abwesenheit in ihrem Atelier bin. Aber das ist mir jetzt egal. Würdest du Mario ausrichten, daß ich gleich wieder da bin?«

Der Ungar nickte und füllte zwei Gläser mit Wein.

Draußen läuteten die Glocken von »St. Johannes« den Mittag ein. Lydia überquerte schnellen Schrittes und ohne sich nach rechts oder links umzuschauen, die Straße. Sie schloß die Eingangstür auf und tauchte in das dämmrige Licht des Hausflures ein. Die Treppe zum Atelier war schmal und steil. Es hatte lange gedauert, bis Lydia sich an die ausgetretenen Stufen gewöhnt hatte. Wie oft war sie in der ersten Zeit gestolpert. Aber das war lange her!

Katharina hatte das Atelier wenige Tage nach Beendigung ihres Studiums gemietet. Ihr Vater, ein energisch auftretender Rechtsanwalt mit melancholischen Augen und dem Hang, die Dinge düsterer zu sehen, als sie waren, hatte sie morgens aus seiner Kanzlei angerufen und ihr im Telegrammstil von einem Besichtigungstermin am Nachmittag berichtet.

»Was für einen Besichtigungstermin?« hatte Katharina verschlafen gefragt.

»Ich glaube, ich habe ein Atelier für dich gefunden.«

»Ein was –?« hatte Katharina in den Hörer gebrüllt und war schlagartig wach gewesen.

»Ich denke, du bist Künstlerin!« Der Vater hatte einen Kuß durch die Leitung geschickt und aufgelegt.

Katharina war bereits eine Stunde vor dem vereinbarten Termin in der Gasse mit den geduckten Häusern auf und ab gelaufen. Immer wieder strich sie mit der Hand über die verlebten Fassaden. Die Glockenschläge von »St. Johannes« erfüllten die Luft. Pünktlich zur vereinbarten Zeit reichte die Besitzerin des Hauses ihr die Hand. Die weißhaarige Dame, für die Katharinas Vater einen fast aussichtslosen Prozeß erfolgreich abgeschlossen hatte, begrüßte die junge Frau mit einem Augenzwinkern. »Wenn Sie so tüchtig sind wie Ihr Vater, werden Sie einmal eine berühmte Künstlerin werden«, sagte sie und führte Katharina in das Haus mit der verbeulten »Elf«.

Das schmale, leicht schiefe Gebäude stand unter Denkmalschutz. Es war winklig gebaut und ohne jeden Komfort. Es gab keine Briefkästen, keinen Türdrücker, und die Toilette des Ateliers befand sich neben der Kellertür im Erdgeschoß. Trotzdem hatte sich Katharina auf Anhieb in die zwei Räume mit dem unebenen Holzfußboden verliebt. Mit glänzenden Augen unterschrieb sie den Mietvertrag. Lydia erinnerte sich gut an das strahlende Gesicht der Freundin, als sie in die Sparte Beruf das Wort »Künstlerin« malte.

Außer einem Tisch, zwei Stühlen und riesigen Leinwänden hatte Katharina nicht viel in ihrem Atelier. Ein verbeulter Elektro-Ofen sorgte dafür, daß die Temperaturen im Winter nicht unerträglich wurden. Trotzdem bildeten sich in kalten Nächten Eisblumen an den Fenstern. An solchen Tagen wurden die Räume trotz des unaufhörlich surrenden Radiators nicht warm. Katharina machte die Kälte nichts aus. »Es gibt Schlimmeres«, war alles, was sie sagte, wenn Lydia sich zitternd verabschiedete...

Lydia schloß die Tür des Ateliers auf. In dem Raum roch es nach Farbe und abgestandener Luft. Wie selten sie in den letzten Monaten hiergewesen war! Es hatte Zeiten gegeben, da war sie beinah täglich gekommen. Meist hatte sie die leckeren Kokosmakronen aus der Konditorei »Schuster« mitgebracht, sich mit der Tüte im Schoß auf die Fensterbank gesetzt und der Freundin bei der Arbeit zugeschaut. Geredet hatte sie kaum. Sie wollte Katharina nur beobachten. Die andere sah beim Malen so verändert aus. Von einem Augenblick zum anderen wirkte sie gelöst. Der melancholische Zug um den Mund, der an manchen Tagen das Gesicht beherrschte, schien sich aufzulösen, in ein unsichtbares Lächeln zu verwandeln...

Lydia drückte die Tür vorsichtig ins Schloß und lief auf Zehenspitzen über die knarrenden Dielen. Sie öffnete das Fenster, setzte sich auf die Fensterbank und ließ den Blick durch den Raum schweifen. Über den Fußboden verstreut lagen Papierfetzen. Dazwischen standen zwei leere Weinflaschen. Unter dem Tisch ließ eine vertrocknete Rose den Kopf hängen. Sie schien sich über den Rand der Vase zu der zusammengeknüllten Zigarettenschachtel hinunterzubeugen.

Lydias Blick wanderte zu der Staffelei. Sie konnte sich nicht erinnern, das Bild schon gesehen zu haben.

In einem Meer von Blautönen tauchten schemenhaft Hände auf. Sie schwebten aufeinander zu, ohne sich zu berühren. Sie tasteten sich aneinander heran, ohne sich zu treffen.

Lydia gefiel das Bild. Je länger sie es betrachtete, um so näher schienen sich die Hände zu kommen. Die Arbeit erinnerte sie an eine Serie in Blautönen, die Katharina vor einigen Jahren gemalt hatte. Erotische Sequenzen, auf denen weibliche Schattenwesen in ähnlicher Weise aufeinander zu drängten. Lydia hatte die Serie für das Beste erklärt, was die Freundin je gemacht hatte. Katharina war anderer Ansicht gewesen. Der Ausstellung, die ein großer Erfolg wurde, gab sie den Titel »Von wegen verwegen«. Lydia hatte zur Eröffnung eine spritzige Rede gehalten. Die Bilder hatten sie inspiriert. Katharina behauptete später gern, den Verkauf der Bilder allein dieser Rede zu verdanken. Lydia hatte stets widersprochen. »Weil die Bilder gut sind, deshalb hast du sie verkauft.«...

Lydia beugte sich weit zum Fenster hinaus. Sie schaute zum Fluß hinüber und versuchte seinen modrigen Geruch zu erhaschen. Enttäuscht zog sie den Kopf zurück. Sie malte ein Herz auf die verschmutzte Scheibe, wischte den dreckigen Zeigefinger an ihrer Hose ab und schloß das Fenster.

Auf Zehenspitzen durchquerte sie den Raum. Sie hob die Papierfetzen auf, warf die verblühte Rose und die Zigarettenschachtel in den Abfalleimer, leerte den Aschenbecher und säuberte mit schnellen Handgriffen das Waschbecken. In der Tür drehte sie sich noch einmal um. Sie hatte das Gefühl, etwas vergessen zu haben. Es dauerte eine Weile, bis sie die zusammengefalteten Rechnungen zwischen den Farbtöpfen fand. Der Zettel, den sie Katharina an die Tür geklebt hatte, lag mit dabei. Sie knüllte ihn zusammen und spießte ihn wie ein Stück Schaschlikfleisch auf einen der Pinsel. Bevor sie die Tür hinter sich zuzog, warf sie einen letzten Blick auf die Staffelei.

Im Hausflur roch es nach frisch gebackenem Kuchen. Ohne Licht anzumachen, tastete sich Lydia die Stufen hinab. Unten, vor der Haustür, klapperte jemand mit dem Schlüsselbund. Sie beeilte sich, die Treppe hinunterzukommen, und riß die Tür auf. Der Hauseingang war leer. Sie mußte sich getäuscht haben. Drüben, auf der anderen Straßenseite, zogen zwei Männer mit orangefarbenen Westen Mülltonnen über den Bürgersteig. Der jüngere pfiff Lydia anhaltend hinterher.

In dem Bistro war es noch voller geworden. An allen Tischen

wurde gegessen. Mario lehnte hinter der Theke und schlürfte einen Espresso.

»Na, Sherlock Holmes? Oder sollte ich besser Miss Marple sagen? Spuren entdeckt?«

Lydia setzte sich mit einem Achselzucken auf den Hocker. Sie dachte an Katharinas Bild mit den blauen Händen.

»Es sieht aus wie immer. Nur Kathi fehlt.«

»Ich habe gerade noch einmal mit Palmai beratschlagt. Wir sind zu dem Ergebnis gekommen, daß unsere Künstlerin Katharina, wenn sie in der Tat krank sein sollte, was ich immer noch bezweifle, mit großer Wahrscheinlichkeit bei ihrer Mutter ist. Ruf Frau Mallack doch einfach mal an. Vielleicht hat dieses Herumgerätsele dann ein natürliches Ende.«

Sie nickte. »Habe ich mir auch schon überlegt. Ich weiß nur nicht, ob ich die Adresse von ihr habe.«

»Wieso hast du die Adresse von Katharinas Mutter nicht? Du warst doch schon bei ihr zu Besuch? Oder täusche ich mich?«

»Als sie noch hier gewohnt hat, da war ich ab und zu bei ihr. Aber zwischendurch ist sie zweimal umgezogen. Ich weiß nicht, ob ich mir die neue Adresse notiert habe. Ich glaube es fast nicht. Aber, ich will nicht unken. Auf jeden Fall werde ich heute abend...«

»Apropos ›heute abend‹«, fiel ihr Mario ins Wort. »Freust du dich auf ›Tristan und Isolde‹? Wenn ich mich recht besinne, wolltest du immer schon über dieses todessehnsüchtige Liebespaar schreiben, nicht wahr?«

»Ach Gott, die Premiere!« stöhnte Lydia. »Die hatte ich schon wieder vergessen.«

»Verdrängt, mein Schatz. ›Verdrängt‹ nennt man das heute.«

»Sicher wollte ich immer schon mal über ›Tristan und Isolde‹ schreiben. Aber nicht gerade heute!«

»Wann denn, wenn ich fragen darf?«

»Wenn mir danach zumute ist.«

»Ah, ich verstehe. Die Kritikerin ist unpäßlich. Ihr steht heute nicht der Sinn nach Liebe, Drama, Wahnsinn und Tod. Aber was nicht ist, mein Hase, kann ja noch werden.« Er strich ihr über den Kopf.

Lydia sah ihn zweifelnd an. »Glaube ich zwar nicht, aber was soll's. Ich fahre jetzt nach Hause. Vielleicht lege ich mich noch zwei Stündchen ins Bett und bereite mich langsam auf die Katastrophe vor.«

Mario grüßte einen jungen Mann, der zur Tür hereintrat. »Auf welche Katastrophe, um Gottes willen?« fragte er erschrocken.

»Na, auf ›Tristan und Isolde‹.«

»Ach so!« Er atmete erleichtert auf. »Du kannst einen erschrecken! Du solltest unbedingt ein Stündchen schlafen, Lydilein. Es wird sicher eine lange Nacht für dich.«

»Sag Palmai ›Tschüs‹ von mir. Und nochmals danke für das herrliche Essen.«

Sie drückte Mario einen Kuß auf die Wange und verließ das Lokal.

Soll ich wirklich nach Hause fahren? dachte sie und betrachtete das reichverzierte Portal von »St. Johannes«. Sie starrte den weinenden Engel an, der versteckt unter einem Mauervorsprung kauerte. Katharina hatte sie auf die kleine Gestalt aufmerksam gemacht. Lydia drehte sich um und ließ ihren Blick zum Atelierfenster hinaufwandern. Manchmal saß die Freundin dort, schaute hinunter und winkte, wenn sie die andere kommen sah. Heute war das Fenster leer. Nur das Herz auf der Scheibe schwebte wie ein losgelassener Luftballon in der Luft.

Lydia warf ihre Tasche über die Schulter und lief zu ihrem Auto. Atemlos ließ sie sich in den Sitz fallen. »Na, dann los!« Sie fuhr so schwungvoll aus der Parklücke, daß sie das vordere Auto leicht berührte.

Spazierengehen! dachte sie und klopfte wie ein Auktionator, der das letzte Angebot bestätigt, auf das Steuerrad.

Irgendwann im Frühjahr hatte Katharina sie früh am Morgen angerufen und gefragt, ob sie Lust hätte, den Tag mit ihr zu vertrödeln. Sie hatte ja gesagt und war gemeinsam mit der Freundin in den Wald gefahren. Während sich Katharina an den zarten Grüntönen der Blätter begeisterte, berauschte sich Lydia an ihren Monologen über die Kunst. Katharina hörte ihr schweigend zu. Völlig unvermittelt äußerte sie die Vermutung, Lydia müsse in einem früheren Leben »Peripatetikerin« gewesen sein.

Als Lydia wissen wollte, was das sei, antwortete sie: »So was wie wandelnde Philosophen. Reine Kopfmenschen, würde ich sagen.«...

Lydia fädelte sich hupend in einen überfüllten Kreisverkehr ein. Sie las die Hinweisschilder und folgte dem Pfeil »Zoologischer Garten«.

Die Frau hinter dem Kassenschalter war so in die Lektüre ihres Buches vertieft, daß sie die Besucherin nicht bemerkte. Erst als Lydia gegen das Fenster klopfte, blickte sie auf. Sie lächelte verlegen.

Im Zoo herrschte wenig Betrieb. Die Hände tief in den Jakkentaschen vergraben, schlenderte Lydia an den Gehegen vorbei. Der Geruch der Tiere hing wie ein unsichtbarer Schleier in der Luft.

Wie oft war sie diese Wege als Kind gelaufen. Fast jeden Sonntag hatte der Vater sie nach dem Frühstück mit hierhergenommen. Er hatte ihr Geschichten von den Elefanten erzählt, den Affen Namen gegeben und Lydia, wenn sie müde war, auf seinen Schultern getragen. Pünktlich zum Mittagessen waren sie nach Hause zurückgekehrt. Lydia hatte diese Ausflüge an der Hand des Vaters geliebt. Nur ein einziges Mal weigerte sie sich mitzugehen. Es war an dem Morgen, als der Vater ihr mit wütender Stimme erklärte, warum er Katharina nicht mit in den Zoo nehmen würde. »Schluß mit der Bettelei, ein für allemal! Herrgott, ihr seid doch nicht zusammengewachsen!« hatte er gesagt und mit der flachen Hand auf den Tisch geschlagen...

Lydia blieb vor dem Becken stehen, in dem ein Flußpferd regungslos im Wasser lag. Das Tier schaute sie aus trüben Augen an. Ist das jetzt meine Traurigkeit oder deine? dachte sie und ging weiter.

»Was findest du nur an Tieren, die hinter Gittern leben und dich mit toten Augen anschauen«, hatte Katharina sie einmal gefragt. Lydia war die Antwort schuldig geblieben.

Nur ein einziges Mal in all den Jahren war Katharina in den Zoo gegangen. Sie hatte ein Foto von jungen Schneeleoparden in der Zeitung gesehen und sich auf Anhieb in die Tiere verliebt. »Du mußt sie dir anschauen!« drängte sie am Abend. Ihre Augen funkelten. »Diese unbändige Lebensfreude, diese unerschöpfliche Energie! Du hättest sehen müssen, wie sich diese quirligen Kerlchen gebärdeten, als eine Feder aus dem Adlerkäfig zu ihnen herüberflog. Wie entfesselt, sage ich dir. Nicht mehr zu bremsen. Pure, ungetrübte Lebenslust.« Lydia hatte staunend die geröteten Wangen der anderen betrachtet und war wenige Tage später dem Rat gefolgt. Die kleinen Katzen hatten sie amüsiert. So begeistert wie die Freundin allerdings war sie bei weitem nicht gewesen...

»Vorsicht!« sagte eine Stimme. »Ich möchte Sie nicht schmutzig machen.«

Lydia trat einen Schritt zur Seite. Der Mann in der grünen Latzhose und den Gummistiefeln bedankte sich. Pfeifend schob er eine Schubkarre vor sich her. Die Schubkarre war bis zum Rand mit Laub gefüllt. Der modrige Geruch der Blätter erfüllte die Luft. Lydia ging langsamer. Sie mochte diesen Geruch nicht. Katharina dagegen mochte ihn sehr. Sie nannte ihn den »Duft der Vergänglichkeit«. Im letzten Jahr hatte dieser »Duft« fast zu einem Streit zwischen den Freundinnen geführt. Katharina hatte Laub aus dem Wald mit in ihr Atelier genommen und wie Konfetti auf dem Boden verstreut. Lydia machte sich so lange über den muffig riechenden Bodenbelag lustig, bis Kathi ihr drohte, sie hinauszuwerfen. Erschrocken hatte sich Lydia entschuldigt...

Der Weg wurde steiler. Der Mann mit der Schubkarre atmete schwer. Sein stoßweises Luftholen klang wie Stöhnen. Lydia schaute zu den Zebras hinüber. Eines der Tiere wälzte sich abseits der Herde auf dem Rücken. Es scheuerte sein Fell über den Boden und streckte die Beine in die Luft. Zwischen den Hinterläufen schimmerte rosarot das Geschlecht. Eine Farbe wie frisch gebeizter Lachs, dachte Lydia und stolperte. Geistesgegenwärtig griff sie nach dem Geländer. Sie umklammerte das Holz mit beiden Händen und verhinderte mit Mühe einen heftigen Sturz. Wie ein elektrischer Schlag war die Angst, den Boden unter den Füßen zu verlieren, durch sie hindurchgefahren. Ohne es zu wollen, hatte sie einen Schreckenslaut ausgestoßen. Der Mann mit der Schubkarre drehte sich um. Er rang nach Luft und grinste unter seinem Schnurrbart. »Augen auf im Verkehr!«

Lydia errötete. Sie klopfte den Staub von ihrer Hose und richtete sich langsam auf. Der Mann grinste immer noch. Idiot! dachte sie und blickte dem Besucher entgegen, der mit kleinen Schritten den Weg herunterkam. Die Haare des Mannes waren gefärbt, sein Gesicht auffällig geschminkt. Ein weißes Halstuch wehte wie ein Brautschleier hinter ihm her. Er lächelte selbstvergessen. Lydia lächelte zurück.

Es gehört viel Mut dazu, sich nicht zu verstecken, dachte sie und warf einen wütenden Blick zu dem Mann in der grünen Latzhose, der seine Schubkarre mitten auf dem Weg abgestellt hatte und den Besucher mit unverhohlener Neugierde musterte. Lydia verspürte Lust, sich vor ihn hinzustellen, ihm den geöffneten Mund mit Gewalt zuzudrücken und...

Eine blecherne Lautsprecherstimme forderte eindringlich auf, die Absperrungen der Gehege zu beachten.

Lydia warf den Kopf in den Nacken und ging erhobenen Hauptes an dem Mann mit der Schubkarre vorbei. Der modrige Geruch des Laubes hing wie eine Glocke in der Luft. Lydia vergrößerte ihre Schritte und hielt den Atem an. Vor dem Pfeil mit der Aufschrift »Braunbären« rang sie japsend nach Luft.

Warum nicht jetzt schon zu den Bären, dachte sie und folgte dem Pfeil. Vor dem Gehege saß eine junge Frau auf einem Hocker. Sie hielt den Kopf über einen Zeichenblock gebeugt und schien vertieft in ihre Arbeit. Lydia verschränkte die Arme vor der Brust und stellte sich in einiger Entfernung hinter die Frau. Abwechselnd betrachtete sie die Zeichnung und den Bären hinter dem Zaun. So böse sieht er nicht aus, stellte sie fest und ging so weit wie möglich an das Gehege heran.

Der Bär lief unermüdlich auf und ab. Dabei ließ er den Kopf von einer Seite zur anderen pendeln. Sein ständiger Gang hatte das Gras vertrieben und einen erdigen Weg enstehen lassen.

Lydia schaute das Tier voll Zärtlichkeit an. Wie gern hatte sie als Kind hier gestanden! Und wie oft war ihr Vater ungeduldig geworden, weil sie sich weigerte, weiterzugehen. Mit sturem Gesicht bestand sie darauf, einem der Tiere über den Kopf zu streicheln! Wieder und wieder erklärte der Vater ihr, warum es unmöglich sei, Bären anzufassen. »Sie sind gefährlich!« sagte er und trug sie auf dem Arm davon. Sie hatte genickt, geglaubt hatte sie es nicht...

Das Tier schenkte Lydia keinerlei Beachtung. Es schien in einer Welt zu leben, in die Zoobesucher keinen Zutritt hatten. Nicht einmal die Kindergruppe, die sich johlend näherte, störte seinen Gang.

»Die Bären im Zirkus haben wenigstens Quatsch gemacht!« brüllte ein Junge und schwenkte einen Stock wie eine Peitsche.

»Die sind ja auch dressiert, du Zipfelmann!« Das Mädchen mit dem hellblonden Schopf streckte ihm die Zunge heraus. »Das weiß doch jedes Baby!«

Der Junge ließ den Stock zischend durch die Luft sausen. »Ich werde später im Zirkus die Bären dressieren. Wirst schon sehen!«

Lydia schaute den Jungen an und erinnerte sich plötzlich an ihren ersten Auftrag bei der Zeitung. Ganz deutlich waren die Bilder. Der damalige Redakteur, ein grauhaariger Mann, der seinen verfilzten, roten Wollschal auch im Sommer nicht ablegte, drückte ihr zwei Eintrittskarten in die Hand und wünschte »Viel Spaß!«. Ohne die Karten aus der Hand zu legen, rief sie Katharina an. »Du mußt mit mir in den Zirkus gehen«, jammerte sie, »mir fällt zu Artisten und dressierten Elefanten garantiert nichts ein!«

»Immer mit der Ruhe!« sagte die Freundin. »Das kriegen wir schon hin. Schließlich wollte ich früher Clown werden. Habe ich dir das nie erzählt? Ein Clown, der auf dem Seil tanzen kann.«

»Und du meinst, das reicht, um eine Kritik zu schreiben?«

»Ich soll ja nur Anstöße geben. Schreiben mußt du den Kram schon selber.«

Katharina freute sich wie ein Kind auf die Vorstellung. Beim Anblick des blau-roten Zirkuszeltes klatschte sie begeistert in die Hände. Und beim Geruch des Sägemehls zwickte sie die Freundin ausgelassen in den Arm. Lydia merkte es kaum. Ihr war schlecht vor Aufregung. Zweimal, bevor das Licht in der Manege aufflammte, mußte sie nach draußen zu dem Toilettenwagen eilen. Katharina nutzte die Zeit, um bei einer der glitzernden Damen mit Bauchladen eine Tüte klebriges Zuckerzeug zu kaufen. »Das gehört dazu!« sagte sie und klopfte der Freundin, die mit blassem Gesicht neben ihr saß, auf den Oberschenkel. Katharina amüsierte sich köstlich. Alles an diesem Abend war nach ihrem Geschmack. Sie lachte über die Späße der Clowns, spendete dem Zauberer mit dem schwarzen Umhang für jedes Kaninchen aus seinem Hut Applaus und hielt bei den Sprüngen der Artisten hoch oben in der Kuppel den Atem an. Wie ein ungeduldiges Kind rutschte sie auf der Holzbank hin und her, fast so, als hätte sie Angst, irgend etwas zu verpassen. Lydia beobachtete die Freundin fasziniert. Sie vergaß ihre Aufregung, ihre Übelkeit. Später, beim Verfassen des Artikels, schloß sie mehrmals die Augen und rief sich Kathis strahlendes Gesicht in Erinnerung.

»Donnerwetter!« hatte der Redakteur am nächsten Tag gesagt. »Brillant geschrieben! Scheint Ihnen ja wirklich Spaß gemacht zu haben. Die Konkurrenz hat übrigens auch gelobt. War kein schlechter Artikel. Aber lange nicht so gut wie Ihrer. Bei weitem nicht.«...

Der Bär blieb plötzlich stehen. Mit glasigem Blick stierte er ins Leere. Lydia nickte ihm zu und ging um den Ententeich herum zu dem Toilettenhäuschen. Die Frau in dem Wollpullover legte ihr Strickzeug in den Schoß und zeigte auf die erste Tür.

Lydia legte ein Fünfzigpfennigstück auf den Porzellanteller.

»Nicht viel Betrieb heute, nicht wahr?«

»Um diese Zeit ist es fast immer ruhig«, sagte die Frau mit rollendem ›r‹, »aber heute nachmittag ist hier der Teufel los.«

Lydia wünschte ihr einen schönen Tag und lief an den Bären vorbei zum Eingang zurück. Der Kiosk hatte mittlerweile geöffnet. Sie kaufte eine Rolle Kekse und zog eine Postkarte aus dem Ständer. »Die kommt noch dazu. Und eine Briefmarke, bitte.« Sie reichte der Dame einen zusammengeknüllten Geldschein. Das Foto auf der Postkarte zeigte zwei Braunbären. Einträchtig lagen sie nebeneinander in der Sonne. Lydia setzte sich auf eine Bank und streckte die Beine aus. Seltsamerweise taten ihr die Füße weh. Sie zog die Schuhe aus und spielte mit den Zehen in der Luft. Die Karte gefiel ihr. Die Bären sahen aus, als würden sie Wichtiges miteinander besprechen. Die Köpfe dicht zusammengesteckt, schien der eine dem anderen etwas ins Ohr zu flüstern. Lydia schob einen Keks in den Mund. Ein Spatz setzte sich auf die äußerste Ecke der Bank, legte den Kopf schief und schaute sie an. Frechheit siegt, dachte Lydia und warf ihm ein Stück zerbröselten Keks auf den Boden. Der Vogel pickte geschäftig.

Lydia klebte die Briefmarke auf die Karte und schrieb:

Liebste Kathi! Wenn ich nur wüßte... Bitte, melde Dich!

Sie zog ihre Schuhe wieder an, warf dem Spatzen einen Keks auf den Boden und ging zum Ausgang. Die Drehtür summte leise.

»Da vorn ist ein Briefkasten«, sagte die Frau durch ihr Mikrophon und lächelte hinter der Glasscheibe. Lydia warf die Karte in den Kasten und wunderte sich, wieso ihr nie aufgefallen war, daß Briefkastenschlitze wie geöffnete Münder aussahen.

Sie beeilte sich, zu ihrem Auto zu kommen, und fuhr zügig nach Hause. Nur dort, wo die neuen Blitzgeräte an der Straße standen, bremste sie ab.

Sie parkte das Auto vor dem Gartentor, rannte die Treppen hinauf und holte eine Kiste mit Briefen und Postkarten aus ihrem Schreibtisch. Der Anrufbeantworter zeigte ein Gespräch an. Hastig drückte sie die Abhörtaste.

»Hallo, Schatz, ich bin's – deine Mutter. Wie wäre es, wenn wir Freitag zusammen in die Stadt gehen? Ruf mich doch mal an. Was wollte ich noch sagen?« Sie schwieg eine Weile. »Dieser Apparat macht mich ganz verrückt! Immer wenn es schnell gehen soll... Ach ja, ich soll dich von Tante Sophie grüßen. Stell dir vor, sie haben sich einen Hund aus dem Tierheim geholt. Er heißt ›Papageno‹ und hat gleich am ersten Tag...«

Der Pfeifton ertönte.

Sie wird es nie lernen, dachte Lydia und schaltete das Gerät ab. Nach langem Suchen fand sie auf einem abgerissenen Zettel die Adresse von Katharinas Mutter. Erleichtert rief sie die Auskunft an. Langsam und deutlich las die Frau die Telefonnummer der Teilnehmerin »Martha Mallack« vor.

Lydia wählte und wartete gespannt. Es klackte mehrmals in der Leitung. Dann ertönte das Freizeichen. Lydia schaute aus dem Fenster. Auf der Antenne wippte eine Elster. Das Tier drehte den Kopf nach rechts und nach links, als würde es auf jemanden warten.

Am andern Ende meldete sich niemand. »Keiner zu Hause«, seufzte Lydia und knallte den Hörer unsanft auf die Gabel.

Sie trank ein Glas Wein, nahm das Libretto von »Tristan und Isolde« aus dem Regal und legte sich ins Bett. Das Telefon stellte sie neben sich auf das Kopfkissen.

Lydia zog die Decke bis unter das Kinn. »Schlafen, schlafen, nichts als schlafen...«, murmelte sie und entdeckte eine Spinne an der Decke. Langsam tastete sich das Tier über den weißen Putz. Kathi hätte den Raum in diesem Augenblick panisch verlassen. Sie hegte eine kaum zu überbietende Aversion gegen Spinnen und Insekten. Lydia gähnte lautstark und schloß die Augen. Wie gut erinnerte sie sich an die Geschichte mit der Raupe, die ihr die Freundin vor langer Zeit erzählt hatte. Sie hatten im Freibad auf einer Decke gelegen. Katharina war bei jeder Ameise, die über ihren Fuß gelaufen war, aufgesprungen. »Kannst du dir vorstellen, daß ich als Kind eine Raupe mit nach Hause genommen habe?« fragte sie und sah die andere triumphierend an.

Lydia schüttelte den Kopf. Nein! Sie konnte es sich beim besten Willen nicht vorstellen. Nie hatte sie einen Menschen gesehen, der mit solcher Furcht auf Insekten reagierte. Wie hatte Kathi gelitten, als sie damals am Fluß von den Maikäfern überrascht worden waren! Sie gingen auf den Wiesen am Ufer spazieren. Plötzlich flogen Schwärme von Käfern durch die Luft. Klatschend stießen sie gegen alles, was ihnen den Weg versperrte. Katharina rannte schreiend zum Auto zurück. Als Lydia sich wenig später keuchend neben ihr in den Sitz fallen ließ, war die Freundin leichenblaß. Sie zitterte am ganzen Körper. »Ich kann nichts dafür«, stotterte sie und erzählte, wie oft sie vor Wut weinte, wenn sie morgens die Ateliertür aufschloß und ein Nachtfalter an der Decke sie zwang, den Arbeitsraum wieder zu verlassen. Sie kam gegen diese Gefühle nicht an. Sie war regelrecht ohnmächtig. Wenn sie mit Insekten in Berührung kam, schien ihr Verstand zu versagen. Kein Wunder also, daß Lydia die Geschichte mit der Raupe nicht glauben wollte.

»Du ungläubiger Thomas!« schimpfte Katharina. »Es war eine schwarz-gelb gestreifte Raupe. Ich habe sie auf einem Campingplatz gefunden, als ich mit meinen Eltern ein Wochenende an der See war. Die Raupe lief vor mir über den Weg. Ich habe sie in einen Schuhkarton gesetzt und sie ›Milli‹ genannt. In den Karton habe ich Fenster hineingeschnitten und mit durchsichtiger Plastikfolie zugeklebt. Ich habe eine kleine Leiter gebaut und eine Leine hineingespannt, damit die Raupe klettern konnte. Ich wollte ihr beibringen, auf dem Seil zu balancieren, um mit ihr im Zirkus auftreten zu können. Zu Hause habe ich den Karton auf den Balkon gestellt. In der Nacht hat es fürchterlich geregnet und gestürmt. Als ich am Morgen auf den Balkon gegangen bin, hatte Milli sich in einen Schmetterling verwandelt. Toll, nicht? Ich habe ihn natürlich fliegen lassen.«...

Lydia zwang sich, die Augen zu öffnen. Blinzelnd verfolgte sie den Weg der Spinne bis zur Mitte der Decke und schlief dann ein. Als sie erwachte, war es bereits dunkel. Fluchend sprang sie aus dem Bett.

Zum ersten Mal kam sie verspätet zu einem Termin. »Wie konnte das passieren!« schimpfte sie im Auto und suchte verzweifelt einen Parkplatz. Völlig außer Atem rannte sie wenig später die Treppe ins Foyer hinauf. Sie hatte Glück gehabt. Unmittelbar vor dem Eingang war ein Herr in sein Auto gestiegen und weggefahren.

Die rothaarige Dame an der Garderobe machte Lydia ein Zeichen, nicht so zu hetzen. »Noch is Zeit, noch sterben se nich!« rief sie lachend. Lydia nickte ihr im Vorbeilaufen zu und kam schwitzend im ersten Rang an. Leise wurde die Tür hinter ihr geschlossen. Sie ließ sich in den roten Samtsessel fallen und atmete tief durch. Das Haus schien ausverkauft zu sein. Sie schaute sich neugierig um. Kein bekanntes Gesicht in den Reihen. Sie holte ihren Block aus der Tasche und kramte nach einem Stift. In großen Buchstaben schrieb sie: »Isolde und Tristan!« auf das Papier. Der weißhaarige Herr, der neben ihr den Geruch von Veilchenpastillen verströmte, legte den Kopf schief und beugte sich zu ihr hinüber. »Andersherum!« sagte er und lächelte mild.

Lydia lächelte zurück. »Stimmt!«

»Sind Sie Studentin?«

»Nein.«

»Darf ich fragen, warum Sie mitschreiben?«

Nein! dachte Lydia und sagte laut: »Ich bin Journalistin.«

»Wie interessant...«

Das Licht ging aus. Lydia atmete auf und lehnte sich zurück.

»Jetzt bin ich still!« flüsterte der Mann.

Lydia nickte und kicherte plötzlich. Als sie zum ersten Mal in der Oper gewesen war, hatte ihre Mutter sie ausdrücklich ermahnt, während der gesamten Aufführung still »wie ein kleines Mäuschen« zu sein. »Nur zugucken, nicht sprechen und artig sitzen bleiben!« Lydia versprach es mit feierlichem Gesicht. Auf der Bühne erzählten die Schauspieler die Geschichte von »Hänsel und Gretel«. Im Zuschauerraum war es dunkel und still. Lydia zwickte die Samtschleife, die auf ihrem Rücken etwas unglücklich plaziert war. Unruhig rutschte sie auf ihrem Sitz immer weiter nach vorn. Das Spiel auf der Bühne regte sie maßlos auf. Sie wütete innerlich über die herzlosen Eltern und weinte fast, als die Geschwister Hand in Hand durch den Wald irrten. Mehrmals wollte sie ihnen etwas zurufen, aber ihre Mutter hinderte sie daran. Gegen Ende der Aufführung, als sich die Hexe mit der ekligen Hakennase weit in den Ofen hinabbeugte, hielt es Lydia nicht mehr aus. Sie schüttelte die Hand der Mutter ab, sprang von ihrem Sitz auf und schrie lauthals in die Stille hinein: »Tritt sie in den Arsch, Hänsel!«...

Lydia kicherte immer noch. In der Reihe vor ihr drehte sich der Mann mit der schimmernden Glatze um. »Scht!« zischte er und hielt den Finger auf den Mund. Lydia hob entschuldigend die Hände.

Applaus brauste auf. Der Dirigent erschien, verbeugte sich mit Würde und klopfte auf sein Pult. Die ersten zarten Klänge der Ouvertüre erfüllten den Raum. Lydia schloß die Augen und ließ sich von den Tönen aus dem Orchestergraben entführen. Der Vorhang öffnete sich langsam. Nur mit Mühe gelang es ihr, sich auf das Bühnengeschehen zu konzentrieren. Allzu stark war die Wirkung, die die Musik auf sie ausübte. Sie fühlte sich wie betrunken. Am Ende des letzten Aktes, als Isolde in diesem weißen, weiten Kleid mit ausgebreiteten Armen neben dem toten Freund stand und ihr »Mild und leise...« anstimmte, weinte sie beinah. Um die Tränen zu unterdrücken, blinzelte sie unaufhörlich. Hinter ihr schneuzte sich jemand die Nase.

Die Uhr zeigte halb elf, als Lydia endlich an ihrem Schreibtisch saß. Ihre Notizen waren schlecht und eigentlich kaum zu gebrauchen. Ein ums andere Mal schrieb Lydia den Anfang ihres Artikels neu. Wieso konnte sie ihrer Ergriffenheit keine Worte verleihen! Wieso klangen ihre Sätze so banal, so nichtssagend? Sie trank einen Schluck Kaffee und dachte an Katharinas Bild mit den Händen. »Los jetzt!« sagte sie laut, drückte die Zigarette, die im Aschenbecher qualmte, aus und schrieb den Artikel, ohne ein einziges Mal aufzusehen. Nach eineinhalb Stunden lehnte sie sich in ihrem Stuhl zurück. Sie machte ein zufriedenes Gesicht. Die Kritik war ihr gelungen. Oder nicht? Sie nagte an ihrer Unterlippe. Egal, in jedem Falle war sie fertig.

Das Telefon schellte.

Lydia blickte auf die Uhr. Es war kurz vor Mitternacht. Das mußte Katharina sein! Vielleicht war sie im Atelier gewesen, hatte Palmai gesehen, und er hatte ihr erzählt...

»Labetzke«, sagte sie und ihre Stimme klang freudig erregt. Aufgelegt!

Sie hielt den Hörer in der Hand und lauschte auf die Stille in der Leitung.

»Mist!« Sie drückte auf die Gabel und wählte Katharinas Nummer. Das Tuten an ihrem Ohr schien mit jedem Ton lauter zu werden. Unerträglich, dieses Geräusch, dachte Lydia und wählte kurzentschlossen die Nummer von Katharinas Mutter. Sie wartete geduldig. Als sie gerade auflegen wollte, meldete sich eine leise Stimme.

»Mallack?!«

Wie ein Stabhochspringer vor dem Sprung versuchte sich Lydia zur Ruhe zu zwingen. »Guten Abend, Frau Mallack, hier ist Lydia Labetzke. Entschuldigen Sie bitte die späte Störung, ich hoffe, ich habe Sie nicht geweckt, aber...« Lydia hatte plötzlich das Gefühl, all ihre Sorgen seien völlig überflüssig. Wahrscheinlich hatte Mario recht. Kathi war mit ihrem neuen Freund verreist, hatte die Illustrationen in ihrer Verliebtheit vergessen und kurzerhand eine Ausrede gebraucht. Lydia räusperte sich verlegen. »... ich versuche schon den ganzen Tag, Sie zu erreichen. Es klingt vielleicht albern, aber ich mache mir Sorgen, weil ich in der letzten Zeit nichts von Katharina gehört habe und heute morgen eine Karte mit einiger Verspätung von ihr erhalten habe, und da wollte ich Sie fragen, ob Sie wissen... « Sie schwieg.

»Guten Abend, Lydia«, sagte die Frau nach einer langen Pause. »Sie wissen also nicht, daß meine Tochter krank ist?«

»Nein, das weiß ich nicht!« entgegnete Lydia erschrocken. »In der Redaktion konnte mir niemand etwas Genaues sagen. Was hat sie denn, um Gottes willen? Ist ihr etwas passiert? Hatte sie einen Unfall?« Lydias Stimme war immer lauter geworden.

Die Frau schneuzte sich die Nase. »Katharina liegt hier ganz in der Nähe in einer Klinik. Sie hat...« Die Stimme der Frau war noch leiser geworden. »Sie hat versucht, sich das Leben zu nehmen.«

Lydia sank auf den Boden und starrte aus dem Fenster. Im gegenüberliegenden Haus flammte Licht auf. Schemenhaft zeichnete sich ein Mensch hinter den Gardinen ab.

»Sie konnte nur mit Mühe gerettet werden. Sie hat mehr als hundert Schlaftabletten geschluckt«, klang es kaum hörbar an Lydias Ohr.

»Ja... aber, aber...« Lydia begann zu stottern. Tränen erstickten ihre Stimme. »Das kann doch nicht wahr sein«, flüsterte sie. »Das kann doch nicht wahr sein... Kathi soll... das darf nicht wahr sein! Das glaube ich nicht. Nein! Das glaube ich nicht! Sagen Sie, daß das nicht wahr ist, Frau Mallack! Sagen Sie bitte, daß das nicht wahr ist!« Die letzten Worte hatte sie fast geschrien.

»Doch, Lydia, es ist wahr.« Die Frau weinte.

»Aber sie kann doch nicht... – das kann doch nicht! Was ist denn passiert? Was ist denn um Himmels willen passiert?«

»Das frage ich mich immer wieder, Lydia. Ich bin so hilflos. Ich weine mir die Augen aus dem Kopf. Tag und Nacht sitze ich hier und grüble. Ich kann Ihnen keine Antwort geben. Ich bin völlig fassungslos. Ich kann es nicht begreifen. Ich kann es einfach nicht begreifen. Sie war doch immer so fröhlich und ausgeglichen. Und sie hatte doch alles. Ihre Arbeit, ihre Freunde, ihr Zuhause. Und wenn sie in Geldnöten steckte, wir waren doch immer für sie da.« Sie schluchzte laut. »Wie kann sie mir so etwas antun! Sie ist doch mein Kind! Mein einziges Kind! Was habe ich denn noch auf der Welt außer ihr?«

Lydia schwieg. In ihrem Kopf hämmerte es schmerzhaft. »Aber irgend etwas muß doch passiert sein«, murmelte sie und schwieg erneut.

»Katharina kam zu Besuch«, fuhr Frau Mallack nach einer Weile mit zittriger Stimme fort, »völlig unerwartet. Sie hatte sich nicht angekündigt, stand plötzlich vor der Tür und sagte, sie würde gern bleiben, wenn ich nichts dagegen hätte. Ich habe mich natürlich gefreut und gleich das Bett in ihrem Zimmer bezogen. Wir haben uns den ganzen Nachmittag unterhalten. Wir haben Kuchen gegessen, sind spazierengegangen, Kathi hat Klavier gespielt... Es war harmonisch und schön, wie schon lange nicht mehr. Katharina war so gesprächig. Sie wirkte gelöst, ja, ich möchte sagen, glücklich. Am Abend ist sie dann sehr früh zu Bett gegangen. Sie sagte, sie sei müde von der langen Fahrt und wolle sich mal richtig ausschlafen. Morgens früh habe ich sie dann gefunden. Ich wollte sie fragen, ob ich Brötchen holen solle. Und da lag sie vor ihrem Bett. Zuerst habe ich gelacht. Ich habe gedacht, sie wäre in der Nacht aus dem Bett gerollt, ohne es zu merken. Aber dann habe ich gesehen, wie zusammengekrümmt sie dort lag und wie ihr Gesicht...«

Die Stimme der Frau versagte. Lydia hörte das verhaltene Schluchzen ganz nah an ihrem Ohr.

Wie hypnotisiert starrte sie in die Dunkelheit. Das Licht im gegenüberliegenden Haus war gelöscht worden, die Gestalt hinter den Gardinen verschwunden. Lydia preßte den Hörer an ihr Ohr. Ihre andere Hand war zur Faust verkrampft. Eisige Kälte breitete sich in ihrem Körper aus. »Zusammengekrümmt«, hämmerte es in ihrem Kopf. Katharina »zusammengekrümmt« vor dem Bett. Lydia fühlte einen plötzlichen Schwindel. Sie mußte sich auf dem Boden abstützen, um nicht zur Seite zu kippen. Tränen liefen über ihr Gesicht, tropften ins Leere. Mechanisch wischte sie sich mit dem Handrücken über ihre Augen. Der Ring mit dem Mondstein, den Katharina ihr zum letzten Geburtstag geschenkt hatte, hinterließ einen Kratzer. Lydia spürte den Schmerz nicht.

»Frau Mallack, ich... ich weiß nicht...«

Die Frau am Ende der Leitung versuchte ihrer Stimme einen festen Klang zu verleihen.

»Ich verstehe Sie, Lydia, ich verstehe Sie.«

»Kann ich Katharina sehen?«

»Warten Sie noch ein paar Tage. Die Ärzte haben gesagt, Kathi brauche dringend Ruhe.«

»Dringend Ruhe«, wiederholte Lydia, wischte sich mit dem Handrücken erneut über das Gesicht und fuhr mit tonloser Stimme fort:

»Warum hat sie das getan? Haben Sie eine Ahnung, warum sie das getan hat?«

»Nein, Lydia. Ich weiß es nicht. Ich weiß es wirklich nicht. Kathi war mir gegenüber immer sehr verschlossen. Außerdem habe ich sie ja kaum gesehen in den letzten Jahren. Seit dem Tod ihres Vaters ist sie immer seltener zu Besuch gekommen. Sie hat die Traurigkeit meiner Sonntagnachmittage nicht aushalten können, hat sie gesagt.

Und wenn sie mal da war, hat sie mehr mit dem Hund als mit mir gesprochen. Und geschrieben hat sie auch kaum noch. Ich wußte überhaupt nicht, was sie machte. Wenn ich nicht immer wieder von mir aus angerufen hätte, wären wir uns fremd geworden.«

Beide Frauen schwiegen.

»Soll ich Ihnen die Adresse der Klinik geben?« unterbrach Frau Mallack die Stille.

»Ja, ja, natürlich, die Adresse.«

Lydia notierte, was die Frau ihr diktierte.

»Und wie geht es Katharina jetzt?«

»Kathi hat drei Tage im Koma gelegen. Ich habe die ganze Zeit an ihrem Bett gesessen. Kein Auge habe ich zugetan. Ich habe sie nur angeschaut und gebetet. Sie war so blaß, so wächsern, mein Gott, es war schrecklich! Manchmal hat sie ganz leise gewimmert. Und ab und zu hat sie Ihren Namen gerufen, Lydia. Seit sie wieder bei Bewußtsein ist, hat sie so gut wie gar nicht mehr gesprochen. Sie hat fast nur geweint. Sie bekommt Medikamente, und was man sonst mit ihr macht, darüber weiß ich nichts. Die Ärzte sind mir gegenüber sehr zurückhaltend. Sie erzählen eigentlich gar nichts, haben mir nur gesagt, welch großes Glück Katharina gehabt hat. Wenn ich nicht wegen der Brötchen in ihr Zimmer gegangen wäre, dann wäre sie...«

Die Frau schluchzte erneut.

»Verzeihen Sie, Lydia, aber ich kann jetzt nicht...« Sie verabschiedete sich hastig.

Lydia hörte das Klicken in der Leitung. Bewegungslos saß sie auf dem Boden.

Sie sah Katharina vor sich. Lachend, die Hände in die Hüften gestemmt, den Pullover lässig über die Schulter geworfen. Die feuerroten Haare leuchteten in der Sonne.

Lydia wischte sich die Tränen aus dem Gesicht. Warum nur? hämmerte es hinter ihrer Stirn. Ihr Kopf hatte zu schmerzen begonnen. Langsam, wie ein müdes Reptil, kroch der Schmerz ihren Nacken hinunter.

Lydia erhob sich mühsam und löschte das Licht. Regungslos saß sie in der Dunkelheit und lauschte auf das gleichmäßige Tikken der Uhr. Sie starrte aus dem Fenster. Die Nacht war sternenklar. Über ihrem Fenster stand der Mond als schmale Sichel. Wieder und wieder sah sie Katharinas lachendes Gesicht. Wieder und wieder sah sie die andere winkend auf der Straße stehen. Den Pullover lässig über die Schulter geworfen. Das rote Haar leuchtete in der Sonne.

Gegen Morgen stolperte sie frierend ins Bett. Sie zitterte vor Kälte. Selbst die Daunendecke über dem Federbett ließ sie nicht warm werden. Die Kälte schien aus ihrem Inneren nachzuwachsen.

Weinkrämpfe schüttelten sie. Warum hatte sie nichts gemerkt? Sie, die Freundin? Immer mehr Fragen drängten sich auf. Fragen, auf die sie keine Antworten wußte. War Kathi verändert gewesen? Hatte sie sich anders benommen als sonst? War sie selbst anders gewesen? Hatte sie selbst sich anders verhalten?

Wie einen Film ließ sie die letzten Wochen und Monate vorüberziehen. Schluchzend versuchte sie die Bilder anzuhalten, genauer hinzuschauen. Die ersehnte Ruhe konnte sie nicht erzwingen. Immer schneller eilten die Bilder vorbei. Lydia hatte Mühe, überhaupt etwas zu erkennen. Irgendwann brüllte sie »Aufhören!« in die Dunkelheit. Ihre Stimme überschlug sich. Es half nichts. Die Bilder liefen nur noch schneller. Ein Karussell. Eine Geisterbahn. Sie versuchte sich zu konzentrieren. Mit der flachen Hand schlug sie wieder und wieder vor ihre Stirn.

Wie wenig hatten Katharina und sie in der letzten Zeit zusammen unternommen! Gut, sie waren das ein oder andere Mal im Kino gewesen, hatten eine wundervolle Inszenierung von Ibsens »Hedda Gabler« gesehen und waren auch ab und zu am Fluß entlangspaziert, aber die Nächte, in denen sie bei Sekt und Kerzenschein bis in die Morgenstunden hinein geredet hatten, waren rar gewesen.

Warum hatten sie sich so selten gesehen? Waren sie sich absichtlich aus dem Weg gegangen? Lydia schüttelte ihren schmerzenden Kopf. Nein, nein! Von Absicht konnte keine Rede sein. Es mußte andere Gründe geben. Triftige, einsichtige Gründe! Sie überlegte angestrengt.

Richtig! Kathi hatte wenig Zeit gehabt. Sie bereitete eine Ausstellung vor und hatte mit der Rahmung der Bilder und dem Schneiden der Passepartouts mehr Arbeit als gewöhnlich. Allzuoft hatte sie sich verschnitten und fluchend am Telefon erzählt, daß sie schon wieder viel zuviel von dem teuren Papier vergeudet habe. Lydia arbeitete kurze Zeit später an einem Essay über die französische Kunst der Jahrhundertwende und hielt sich mehr im Lesesaal der Universitätsbibliothek als zu Hause auf. Katharina hatte sich wenig für diese Arbeit interessiert. Jedes Gespräch, das Lydia beginnen wollte, erstickte sie im Keim. Über Kunst zu reden langweilte sie. Lydia ärgerte sich über diese Haltung der Freundin. Gesagt hatte sie nichts.

Lydia biß auf ihre Unterlippe. Der Geschmack von Blut legte sich auf ihre Zunge. Das Fragenkarussell in ihrem Kopf drehte sich unaufhörlich weiter.

Hatte Katharina sich zurückgezogen?

Oder war es umgekehrt? Hatte sie sich von Katharina zurückgezogen?

Katharina war oftmals so lustlos gewesen. Häufiger als gewöhnlich klagte sie über Kopfschmerzen. Lydia verspürte keine Veranlassung, den Stimmungen der Freundin auf den Grund zu gehen. Sie brachte aus der Bibliothek ein Buch über Wirbelsäulengymnastik mit und legte es der Freundin kommentarlos neben das Bett. Katharina hatte ihr das Buch nach wenigen Tagen ebenso kommentarlos zurückgegeben...

Erschöpft schlief Lydia ein. Sie knirschte so laut mit den Zähnen, daß sie von dem Geräusch erwachte. Sie schreckte hoch und schlief im nächsten Moment wieder ein. Im Traum lief sie an einem Bärengehege vorbei. Der Bär war wütend und aufgebracht. Er brüllte und schlug mit ungeheurer Wucht gegen den Zaun. Der Zaun drohte jeden Augenblick nachzugeben. Obwohl sie Angst verspürte, lief sie nicht davon. Sie schaute das Tier an und hoffte inständig, der Zaun möge halten. Es wird ein Unglück geben, wenn der Bär herauskommt, dachte sie und entfernte sich langsam. Als sie an hell erleuchteten Häusern vorbeigeht, hört sie plötzlich gellende Schreie hinter sich. Der Bär hat den Zaun eingerissen. Menschen rennen panisch durcheinander. Sie werfen sich gegenseitig zu Boden, stehen stolpernd wieder auf, um im nächsten Augenblick erneut übereinanderzustürzen. Lydia läuft in eines der Häuser hinein. Ohne zu zögern, springt sie die Stufen in den Keller hinab. Der Bär verfolgt sie, sie spürt es ganz deutlich. Warum muß ich auf so schreckliche Weise sterben, denkt sie. Im Keller ist plötzlich eine Frau bei ihr. Die Frau schreit vor Angst. Lydia setzt sich neben die Fremde und streichelt ihr die Hand. Sie nimmt allen Mut zusammen und tröstet sie leise. Der Bär donnert an die Tür. Im nächsten Augenblick ist ein riesiges Loch in der Tür. Das Tier steckt seinen Kopf hindurch. Jetzt geht's ans Sterben, denkt Lydia. Aber etwas Seltsames passiert. Der Bär legt seinen Kopf in ihren

Schoß und läßt sich von ihr streicheln. Sie fühlt sein weiches Fell in ihrer Hand...

Lydia öffnete die Augen und blickte verwirrt um sich. Es war bereits hell. Irgend jemand klopfte laut. Mit müden Bewegungen stieg sie aus dem Bett und ging zur Tür. Jeder Schritt tat ihr weh. Ihr Körper schmerzte wie nach einer übermäßigen Anstrengung. Sie strich ihre Haare aus dem Gesicht und rieb über ihre Augen. Sie brannten wie Feuer.

»Wer ist da?« fragte sie mit tonloser Stimme.

»Das Frühstück!«

Lydia öffnete die Tür und schaute Palmai und Mario an.

»Deine Schelle ist abge...« Palmai verstummte.

»Mein Gott, was ist denn passiert? Du siehst ja schrecklich aus!« Mario stellte die Tasche, aus der ein Weißbrot herausguckte, auf den Boden und nahm Lydia in den Arm. »Lydilein, Liebes, was ist denn um Himmels willen passiert? Du zitterst ja wie Espenlaub.«

Lydia vergrub ihr Gesicht in der süßlich duftenden Wolljacke des Freundes. Sie weinte.

Mario strich ihr über den Kopf und wiegte sie wie ein Kind.

»Ruhig, ganz ruhig. Alles wird gut. Du sollst sehen, alles wird wieder gut! Es gibt nichts, was...«

»Kathi...«, flüsterte Lydia, ohne den Kopf zu heben, »Kathi hat versucht, sich das Leben zu nehmen.«

»Oh, mein Gott.« Palmai legte seine Arme um Mario und Lydia und beugte den Kopf zu ihnen herunter. Schweigend standen sie in der Diele.

Mario löste sich als erster aus der Umarmung. »Woher weißt du das? Hast du mit Katharina selbst gesprochen?«

Lydia schüttelte matt den Kopf.

»Mit ihrer Mutter?«

Sie nickte.

»Hat sie gesagt, wie es Katharina geht?«

Lydia befreite sich aus den Armen des Freundes und lehnte sich an den Türrahmen. Sie starrte auf ihre nackten Füße und schien die beiden Männer für einen Augenblick vergessen zu haben.

»Hat sie gesagt, wie es Katharina geht?« wiederholte Mario lauter als zuvor.

Lydia hob langsam den Kopf. Ihre Augen füllten sich mit Tränen. »Kathi liegt in einer Klinik in Bayern. Sie war zu Besuch bei ihrer Mutter. Frau Mallack sagt, sie sei völlig überrascht gewesen, ihre Tochter zu sehen. Katharina habe ihr Kommen nicht angekündigt. Unerwartet stand sie vor der Tür. Den ganzen Tag ist sie fröhlich gewesen, und abends dann ...« Sie starrte wieder auf den Boden. Ihre Stimme war noch leiser geworden. »Sie hat versucht, sich zu vergiften. Zum Glück hat ihre Mutter sie gefunden, sonst wäre sie ...«

Lydia schlug die Hände vors Gesicht und schluchzte.

Mario streichelte ihr über das Haar. »Weine nur.« Er drückte die Freundin an sich. »Weine nur«, wiederholte er und zog sie neben sich her ins Schlafzimmer. Er drückte sie sanft auf das Bett. »Du bleibst jetzt noch ein wenig liegen«, befahl er mit zärtlicher Stimme und deckte sie zu, »und wir bereiten derweil das Frühstück.«

»Genau«, fügte Palmai hinzu, »und du mußt versprechen, wenigstens eine Kleinigkeit zu dir zu nehmen. Auch wenn dir nicht nach Essen zumute ist. Wenigstens ein, zwei Bissen Brot mit Butter oder ein Stück Honigmelone. – Hast du geschlafen, heute nacht?« Der Freund machte ein besorgtes Gesicht.

Lydia nickte.

Die Männer verließen den Raum. »Wir holen dich, wenn alles fertig ist«, sagte Mario und drehte sich in der Tür noch einmal um. »Alles wird gut, du wirst sehen!«

Lydia verkroch sich unter der Bettdecke. Sie drehte sich auf die Seite, zog die Knie bis fast an das Kinn und umschlang die Beine mit den Armen. »Schnecke spielen«, hatte Katharina das als Kind genannt. Das Bett war ihr Schneckenhaus. Der einzige Ort, an dem sie sich wirklich sicher fühlte. Lydia weinte leise. Jetzt war die Freundin aus diesem Schneckenhaus herausgefallen! Aus der warmen, schützenden Behausung in die kalte Welt gefallen! Dort hatte sie gelegen. Allein, zusammengekrümmt und ...

Lydia spürte Tränen über ihr Gesicht laufen. »Zusammengekrümmt vor ihrem Bett«, hämmerte es in ihrem Kopf. Und wenn Frau Mallack sie nicht gefunden hätte...? Lydia zog die Knie höher und drückte die Beine fester an sich. Sie zitterte.

Wie lange sie so dalag, wußte sie nicht. Als sie die Bettdecke zur Seite schlug und den Kopf ins Freie steckte, hörte sie die Männer in der Küche leise miteinander sprechen. Der Duft von Kaffee und geröstetem Brot zog durch die Wohnung.

»Ich kann es nicht begreifen. Ich kann nicht begreifen, warum sie das gemacht hat«, sagte Lydia, als sie wenig später am Küchentisch saß.

Mario schüttete ihr eine Tasse Kaffee ein. »Ich glaube, niemand von uns kann es begreifen. Weißt du, Lydilein, ich habe dich vor einiger Zeit mit Katharina in der Stadt gesehen. Ich glaube, ihr habt einen Einkaufsbummel gemacht. Zumindest saht ihr danach aus. Ihr hattet beide die Hände voller Plastiktüten. Ich bin an euch vorbeigefahren. Ich habe mich hinterm Steuerrad fast verrenkt, um euch zu winken, aber ihr habt mich nicht gesehen. Ihr habt die Köpfe zusammengesteckt und euch wie ausgelassene Kinder über irgend etwas amüsiert. Ich wollte hupen, aber... Kennst du dieses Gefühl? Du möchtest etwas tun, aber etwas anderes hindert dich daran? Genauso ist es mir in diesem Moment ergangen. Ich wollte hupen, aber ich konnte es nicht. Ich habe euch nur angeschaut. Ihr saht so glücklich aus, und ich hatte Angst, ich könnte dieses Glück zerstören. Ich, ich...« Er verstummte abrupt und hob hilflos die Hände.

Lydia schwieg. Gedankenverloren rührte sie in ihrem Kaffee. »Ich verstehe nicht...«, begann sie und zündete sich eine Zigarette an. Ohne den Satz zu Ende zu sprechen, blickte sie aus dem Fenster.

Auf der Antenne wippten zwei Elstern.

Palmai verteilte Honig auf seinen Toast. »Hast du dir überlegt, wann du Katharina besuchen wirst?« fragte er.

»Frau Mallack hat gesagt, ich soll noch ein paar Tage warten. Katharina braucht Ruhe. Sie wußte selbst nicht genau, was die Ärzte im Moment mit ihrer Tochter machen. Ich habe mir überlegt, morgen in aller Frühe nach Bayern zu fahren. Ich nehme mir Urlaub, suche mir in der Nähe der Klinik ein Hotel, und dann werde ich hören, wann ich Katharina sehen darf.«

»Ist es dein Wunsch, allein zu fahren?«

Lydia nickte.

»Meinst du, es ist gut, wenn du in dieser Situation allein bist?« Marios Stimme klang besorgt.

Lydia kaute auf ihrem Daumennagel und nickte erneut.

Palmai und Mario wechselten einen langen Blick. Der Ungar beugte sich weit über den Tisch. »Wenn du uns brauchst, Liebes, dann rufe an. Wofür haben wir ein schnelles Auto...«

»Genau!« unterbrach Mario den Freund. »Sobald du das Gefühl hast, das Alleinsein nicht mehr auszuhalten, melde dich bei uns, Lydi. Und wenn du finanziell nicht zurechtkommst, ich meine, wenn du Geld brauchst für...«

»Nein, nein! Danke. Das ist lieb von euch, aber ich denke, es wird nicht nötig sein.«

»Wann willst du fahren?« Mario tauchte ein Stück Würfelzucker in seinen Kaffee und steckte es in den Mund.

»Morgen früh.«

»Und was wirst du heute tun? Der Tag hat gerade erst begonnen.«

»Ich habe nachher zwei Termine. Eine Pressekonferenz und einen Atelierbesuch. Die Artikel müssen bis achtzehn Uhr fertig sein. Gott sei Dank. Die Arbeit wird mich ablenken. Wenn ich nur hier herumsitze und grüble, werde ich nicht klüger, allenfalls verrückt.«

»Hast du Lust, heute abend zu uns zu kommen? Wir könnten ein Käsefondue zubereiten, den Kamin anzünden und es uns gemütlich machen. Einfach nur zusammensitzen, ein Glas Wein trinken und Geschichten erzählen. Du schläfst bei uns und wir...«

Lydia winkte ab. »Nein, vielen Dank. Das Angebot ist wirklich nett. Aber ich möchte lieber zu Hause bleiben. Ich möchte allein sein und hoffentlich ein wenig zur Ruhe kommen. Ich werde bestimmt früh zu Bett gehen.«

Wenig später, als die Männer sich im Hausflur von der Freundin verabschiedeten, wiederholte Mario den Vorschlag. »Wenn du es dir anders überlegst, Liebes, komm vorbei. Auch wenn die Uhr bereits Mitternacht geschlagen hat. Wir sind auf jeden Fall für dich da.«

Lydia schaute den Männern vom Fenster aus hinterher. Die beiden winkten aus dem Auto und fuhren hupend davon. Lydia lehnte den Kopf an die Scheibe, schloß die Augen und blieb regungslos stehen. Wenig später ging sie ins Badezimmer, ließ Wasser in die Wanne laufen und drückte einige Tropfen Rosmarinöl hinzu. Die duftende Wärme tat ihr gut. Sie lag in dem heißen Wasser und betrachtete versonnen die Muschel, die auf dem Wannenrand lag. Katharina hatte sie ihr vor langer Zeit geschenkt. Lydia nahm die Muschel in die Hand, drehte sie und schaute hinein. Tief im Inneren herrschte flammendes Rot.

II

Lydia legte ein zwei Tage altes Brötchen auf den Toaster und schaute zum Fenster hinaus. Zwei Raben ließen sich umständlich auf der Antenne nieder.

Wie ein Traum lag der gestrige Tag hinter ihr. Das Frühstück mit Mario und Palmai, die Pressekonferenz und der Galeriebesuch am Nachmittag. Nur mit Mühe war es ihr gelungen, sich auf die Bilder zu konzentrieren. Dennoch waren ihr die Artikel erstaunlich schnell von der Hand gegangen. Vielleicht, weil man sie in der Redaktion in Ruhe gelassen hatte. Nur einmal war der Redakteur hereingekommen, hatte ihr sachte auf die Schulter geklopft und gesagt: »Diese Künstler sind unberechenbar. – Kopf hoch!«

Den Abend hatte sie bei Hannah Triltsch verbracht. Die Nachbarin war über den unerwarteten Besuch sehr erfreut gewesen. Sie küßte Lydia zur Begrüßung stürmisch auf beide Wangen, holte eine angebrochene Flasche Weißwein aus der Küche und zündete – »zur Feier des Tages«, wie sie sagte – die Kugelkerze an, die Katharina ihr vor einiger Zeit geschenkt hatte und die seitdem in der Mitte des Tisches auf einem silbernen Tablett stand. Die Nachricht von Katharinas Selbstmordversuch ließ ihr Lächeln von einem Augenblick zum anderen verlöschen. Nie hatte Lydia die Nachbarin so ernst gesehen. Und nie waren ihr die Falten im Gesicht der Frau aufgefallen, die sich rechts und links des Mundes tief in die Haut eingegraben hatten. Mehrmals am Abend zog Hannah Triltsch ein zusammengeknülltes Taschentuch aus dem Jackenärmel, knetete es in beiden Händen und tupfte sich die unaufhörlich nachrückenden Tränen aus den Augenwinkeln. Mitunter schien die alte Dame alles um sich herum vergessen zu haben. Mit glasigen Augen starrte sie ins Leere, hob geistesabwesend ihr Glas und stellte es, ohne daraus getrunken zu haben, zurück auf den Tisch. Ganz plötzlich erinnerte sie sich wieder an Lydia. Mit einem Ruck hob sie den Kopf, setzte sich noch aufrechter in ihren Sessel als zuvor und bat ihr Gegenüber, weiterzusprechen.

Beim Abschied streichelte sie Lydia lange die Hand und erzählte von einem Jugendfreund, der sich wenige Wochen vor seiner Hochzeit das Leben genommen hatte. »Mit den Schmerzen ist es wie mit den Wunden«, sagte sie, »manche verheilen, und man vergißt sie schnell, andere hinterlassen Narben, und man vergißt sie nie.«

Lydia hatte noch lange in ihrer Küche gesessen. Sie nahm eine Flasche Rotwein aus dem Schrank und machte sich nicht einmal die Mühe, ein Glas zu holen. Schluck für Schluck ließ sie die Flüssigkeit in ihren Mund laufen. Mit jedem Tropfen schienen neue Gedanken durch ihren Kopf zu geistern. Sie blitzten auf und verloschen im nächsten Moment wie Feuerwerkskörper. Sehr plötzlich hatte sie den Wunsch verspürt, Katharina einen Brief zu schreiben. Sie wollte sich bei der Freundin entschuldigen, sie trösten, ihr sagen, daß...

Ja, was eigentlich?

Schon die Anrede fiel ihr schwerer als sonst. Nach drei Versionen zerriß sie das Papier, löschte das Licht und starrte regungslos in die Dunkelheit. Wenn ich nur alles ungeschehen machen könnte, dachte sie und ließ ihre Tränen auf den Tisch tropfen. Wenn ich nur alles mit einer riesigen Flut wegspülen könnte! Sie schüttelte verzweifelt den Kopf. Vielleicht wäre dann alles wie immer. Kathi würde in ihrem Atelier arbeiten. Lydia würde die Freundin anrufen und sich mit ihr verabreden. Gemeinsam würden sie spazierengehen, schwätzen, lachen und sich...

Ganz plötzlich hielt sie den Kopf still. Was hieß denn eigentlich »wie immer«?

Sie ließ den Kopf auf die Tischplatte fallen. Hatte es tatsächlich irgendwann ein »wie immer« gegeben? Und wenn ja, wie sah es aus?

Hinter ihren Schläfen pochte es schmerzhaft. Lydia versuchte sich zu erinnern. Sie schlug mit den Fäusten auf den Tisch, drückte die Stirn noch fester auf die Holzplatte, fast so, als wolle sie die Bilder mit Gewalt aus ihrem Kopf herauspressen. Die ersehnte Bilderflut blieb aus.

Was, wenn sie sich niemals mehr erinnern könnte?

Der Gedanke hatte sie aufgeschreckt. Sie stürzte aus der Küche, schaltete stolpernd das Licht ein. Die Welt um sie herum begann sich zu drehen. Lydia setzte sich auf den Boden, vergrub ihr Gesicht in den Händen und bekämpfte eine aufkommende Übelkeit. Ihr Kopf sank kraftlos nach vorn. Ihre Augenlider flatterten. Sie mußte eingenickt sein. Als sie kurze Zeit später wieder erwachte, lag sie ausgestreckt auf dem Teppich. Der Arm unter ihrem Kopf war eingeschlafen, und aus ihrem Mund tropfte Speichel. Ein schaumiger kleiner See auf einer dunkelroten Blüte. Lydia wischte ihn mit dem Ärmel weg, schrie die Übelkeit und den Schwindel in die Nacht hinaus und suchte mit zitternden Händen zwei ihrer Tagebücher aus dem Regal. Sie löschte das Licht und ging mit den Kladden zurück in die Küche. Mit glühendem Gesicht starrte sie auf die dicht beschriebenen Seiten. Sie las nur dort, wo sie im Gewirr der Buchstaben Katharinas Namen entdeckte.

Wieviel Zeit hatte sie mit der Freundin verbracht...

Da stand es, schwarz auf weiß! Und da! Und da! Warum war ihr nichts von alledem eingefallen? Sie schlug die Hefte mit einem Knall zu.

Ziellos rannte sie durch die Wohnung. Neben dem Bett fand sie ein Glas Rotwein vom Vortag. Sie trank es leer und hielt sich am Fensterrahmen fest. Die Welt war wieder ein Karussell geworden. Mit jedem Atemzug drohte es schneller zu werden. Lydia atmete stoßhaft. Ihr Mund hatte sich mit süßlichem Speichel gefüllt. Sie preßte beide Hände vor die Lippen, versuchte zu schlucken. Die Flüssigkeit verdoppelte sich, verdreifachte sich. Nur mit Mühe schaffte sie den Weg bis ins Badezimmer. Auf Knien lag sie vor der Toilette und würgte übelriechende Flüssigkeit aus sich heraus. Ihr Hals fühlte sich wund an, ihre Nasenschleimhäute brannten. Tränen schossen aus ihren Augen. Sie strömten über die Wangen, passierten den weit geöffneten

Mund und tropften in die säuerlich riechende Flüssigkeit im Klobecken. Wie eine Ertrinkende schnappte Lydia nach Luft. Ihre Augen waren weit aufgerissen. Sie reckte sich in die Höhe und atmete mühsam. Mit großer Kraftanstrengung betätigte sie die Spülung. Das Wasser rauschte. Lydia sank nach vorn. Tropfen spritzten auf ihre Stirn, benetzten ihre Wangen und Lippen. Sie legte ihr Gesicht auf die Klobrille und murmelte den Refrain eines Kinderliedes. Es klang wie eine Meditationsformel. Ihr Magen beruhigte sich langsam. Mit schwerfälligen Bewegungen erhob sie sich, versuchte schwankend ihr Gleichgewicht zu finden. Sie schloß für einen Moment die Augen und preßte ihre Stirn an die Kacheln. Die Steine kühlten angenehm die erhitzte Haut.

Später, im Schlafzimmer, hatte sie auf dem Boden vor dem Spiegel gesessen und schweigend ihr Gegenüber angestarrt. Das Gesicht der Frau erschreckte sie. Wächsern und starr, glich es dem Antlitz einer Toten. Einer Verblichenen. Lydia fuchtelte mit den Armen. Sie gebärdete sich wild, versuchte sich der Zudringlichkeiten dieser anderen zu erwehren. Sie ballte die Fäuste und schlug, fast so, als wäre sie überfallartig von einer Horde unsichtbarer Gegner umgeben, nach allen Seiten um sich. »Ich lebe! Ich lebe!« stammelte sie keuchend und sackte plötzlich kraftlos in sich zusammen. Sie preßte ihre Hände vor die Augen und murmelte erneut den Refrain des Kinderliedes. Ihr Rücken schmerzte. Ihr Hals war eine rohe Wunde. Langsam ließ sie die Hände nach unten sinken. Das Gesicht im Spiegel schaute sie teilnahmslos an. Die Augen schienen schwarz auszulaufen. Dunkle Spuren verschmierter Wimperntusche suchten sich einen Weg entlang der Nase. In den bleichen Zügen schwamm ein unnatürlich roter Mund. Eine Blutlache, dachte Lydia. Der Gedanke amüsierte sie.

Die Frau lächelte nicht zurück. Sie starrte bewegungslos aus ihren schwarz verschmierten Augen und weinte lautlos. Die Tränen auf ihren Wangen verwandelten sich in kohlschwarze Rinnsale. Die unnatürlich roten Lippen bebten. Aus den Mundwinkeln sickerte Speichel.

Lydia wischte sich mit dem Handrücken den Mund ab und

erhob sich. Sie fror plötzlich. Zitternd erinnerte sie sich an das Heizkissen, das sie seit Jahren zwischen ihrer Bettwäsche aufbewahrte. Sie legte sich ins Bett und drückte das Kissen wie einen geliebten Menschen an sich. Die Wärme ließ sie einschlafen. Im Traum hatte sie weitergefroren. Sie war mit Katharina durch einen verschneiten Wald geirrt. Die Bäume sahen wie erstarrte Riesen aus. Blasse, unnahbare Gestalten, die ihre Hände tastend auszustrecken schienen. Wonach suchen diese knochigen Kerle, grübelte Lydia und zog Katharina erschrocken mit sich fort.

Sehr plötzlich war sie aus dem Traum erwacht. Ihr Kopf hatte geschmerzt. Ihr Mund war trocken wie Dörrobst, und ihr Hals brannte. Draußen war es bereits hell gewesen. Sie hatte an die Decke gestarrt und für einen Moment nicht gewußt, wo sie war. Der Blick aus dem Fenster hatte sie beruhigt. Sie war mit behutsamen Bewegungen aus dem Bett gestiegen, hatte heißer und länger geduscht als gewöhnlich und mit tropfenden Haaren die nötigsten Sachen für ihre Reise zusammengesucht...

Es roch plötzlich verbrannt in der Küche. »Mist!« zischte Lydia. Sie stieß das qualmende Brötchen vom Toaster und warf es in den Abfalleimer. Sie goß sich eine zweite Tasse Kaffee ein, trank zwei Gläser Leitungswasser und zündete sich eine Zigarette an.

In der Nacht hatte sie nach Möglichkeiten gesucht, Katharina eine Freude zu machen. Nach reichlichen Überlegungen war sie zu dem Entschluß gekommen, ein Porträt der Freundin anzufertigen. Mindestens vier Seiten sollte es umfassen! Die Idee hatte sie begeistert. Sie würde schreiben, was für ein ungewöhnlich sensibler Mensch die Künstlerin Katharina Mallack war. Wie faszinierend sie in ihren Bildern zu formulieren verstand, was sie im Leben nicht zu zeigen wagte – ihre Gefühle. Und wie sehr ihre Bilder von Widersprüchen kündeten, von Glück und Trauer, Ritual und Ekstase, von Sehnsucht und einer Art Heimweh.

Die Sätze, die sie im Geiste formulierte, wurden länger und länger. Wie bei der Zubereitung eines guten Essens, legte sie gesteigerten Wert auf die Zutaten. Sie spickte die Sätze mit exotischen Fremdwörtern, verfeinerte sie mit erlesenen Metaphern. Einen Moment lang war Lydia berauscht von ihrer Idee. Sie würde einen Text schreiben, der selbst ein Kunstwerk war. Und sie würde Mario bitten, einige Bilder aus dem Atelier zu fotografieren und einen gelungenen Schnappschuß von Katharina aus seiner privaten Fotosammlung herauszusuchen. Kathi würde Augen machen! Es wäre der erste große Artikel über sie und ihre Kunst. Sie würde staunen! Und sie würde Lust bekommen, neue, noch bessere Bilder zu malen. Der Artikel würde Anstoß für sie sein, zu arbeiten, wie eine Besessene zu arbeiten.

Lydia hatte sich an ihren Schreibtisch gesetzt und die ersten Sätze formuliert. Kunstvolle, überschwenglich lobende Wortkonstruktionen. Sie stellte sich Katharinas Gesicht beim Lesen des Artikels vor und wunderte sich, warum sie nicht eher auf die Idee gekommen war, die Freundin zu porträtieren. Später am Abend verwarf sie den Plan kurzentschlossen und entschied sich anders. Anstatt einen Artikel zu verfassen, wollte sie versuchen, einige von Katharinas Bildern zu verkaufen. Immerhin pflegte sie gute Kontakte zu Galeristen. Sie würde die freundliche Frau Sommer aus der »Kunstfabrik« anrufen, den hageren Herrn Nolte und auch den ständig lächelnden Herrn Würzinger! Vielleicht erreichte sie ihr Ziel mit weiblichem Charme. Sie könnte sich ihr beigefarbenes Kostüm anziehen, die hochhackigen Schuhe und die Bilder persönlich vorbeibringen. Sie würde ein wenig Small talk betreiben und, je nachdem, wenn sich die Gelegenheit ergab...

Gegen Morgen hatte sie auch diesen Plan verworfen. Sie stand vor der geöffneten Balkontür, atmete die kühle Luft des nahenden Tages ein und beschloß, gleich nach dem Frühstück zu Katharina zu fahren. Auf dem Weg dorthin wollte sie sich das Schloß Neuschwanstein anschauen. Darüber würde sich Kathi freuen! Da war sie sicher.

Seit Jahren kannte Lydia das Schloß aus den Erzählungen der Freundin. Katharina war oft dort gewesen. Vor allem im Winter, wenn der Touristenstrom verebbt war und der Schnee, wie sie behauptete, die Landschaft verzauberte. Katharina interessierte sich seit jeher für alles, was mit König Ludwig II. zusammenhing. In ihrem eher spärlich gefüllten Bücherregal nahmen die Bildbände über ihn und seine märchenhaften Schlösser den meisten Platz ein. Lydia hatte Katharinas schwärmerische Liebe für den Bayernkönig stets belächelt und nie ganz verstanden. Wie oft hatte sie fassungslos den Kopf geschüttelt, wenn die Freundin wieder einmal ihre Reisetasche gepackt und verkündet hatte, sie müsse für ein paar Tage in Ludwigs »zauberhafte Welt eintauchen«. Allein das Wort »müsse« machte sie so wütend, daß sie Lust verspürte, mit der Faust auf den Tisch zu schlagen und irgendeine Bosheit zu brüllen. Statt dessen biß sie die Zähne aufeinander, tat gelangweilt und verlor sich in Ironie. Katharina hatte Lydias Kommentare stets mit einem Schulterzucken beantwortet und gesagt: »Das ist wie eine Sucht. Man kann ihn nur in seiner Atmosphäre begreifen.« »Wen?« hatte Lydia gegähnt. »Na, den König!«

Lydia verlor über Katharinas Ausflüge, die sie Mario gegenüber aus Versehen als »Ausflüchte« bezeichnet hatte, nie viele Worte. Auch begleitete sie die Freundin auf diesen Reisen nicht. Katharina nahm der anderen das fehlende Interesse nicht übel und verabschiedete sich stets und recht fröhlich mit einem: »Adieu, meine Schöne. Vielleicht beim nächsten Mal!« Von ihren Fahrten, die nie länger als drei Tage dauerten, schickte sie Lydia mindestens ein halbes Dutzend Ansichtskarten. Farbenprächtige Souvenirs, auf deren Vorderseite ein blauer Himmel leuchtete. Er breitete sich über Schlössern und Parkanlagen aus, prangte über Springbrunnen und Blumenrabatten und lächelte selbst über dem Antlitz des exzentrischen Königs. Die Rückseite versah Katharina mit Bleistiftzeichnungen von Schloßansichten. Mitten hinein schrieb sie Zitate aus dem Tagebuch Ludwigs II. Irritierende Äußerungen, wie Lydia fand, in denen es um »Enthaltsamkeit« und »Entsagung« ging. Meist waren die Karten erst angekommen, wenn Katharina längst wieder zu Hause war...

Lydia legte die Zigarette in den Aschenbecher und massierte mit beiden Händen ihren Nacken. Vorhin unter der Dusche hatte sie sich zum ersten Mal gefragt, warum sie die Freundin auf diesen Reisen nie begleitet hatte. Sicher, Kathis übertriebene Königs-Romantik ging ihr auf die Nerven und interessierte sie nicht, aber sie hätte ja wenigstens einmal ihre Begleitung anbieten können.

Jetzt kam es ihr so vor, als hätte Katharina gerade beim letzten Mal erwartungsvoller als sonst auf eine Antwort gewartet. Schweigend hatte sie Lydia angeschaut. Mit diesem dunklen, fast schwarzen Blick, bei dem sie die Augenbrauen leicht nach oben zu ziehen pflegte. Das »Nein!« der Freundin quittierte sie mit einem fast unmerklichen Schulterzucken. Sie warf den Kopf zurück, und ihre Augen verloren den dunklen Schimmer genauso schnell, wie sie ihn angenommen hatten. Katharina war an diesem Abend früher gegangen als gewöhnlich. Lydia erinnerte sich gut. Sie hatten bei Kerzenlicht auf dem Teppich gesessen, Walnüsse geknackt und sich im Radio eine Tschaikowsky-Sinfonie angehört. Katharina wußte erstaunlich viel über das Leben des Komponisten. Mit glühenden Wangen erzählte sie von seiner eigentümlichen Freundschaft zu Nadeschda von Meck, seiner unglücklichen Ehe mit Antonina Miljukowa und seinem mysteriösen Tod in St. Petersburg. Sehr plötzlich sprang sie auf. Sie schaltete das Licht ein und holte stolpernd ihre Jacke von der Garderobe. Daß sie Kopfschmerzen habe und schlafen wolle, sagte sie und verabschiedete sich mit einem flüchtigen »Bis dann!«. Nicht einmal ihr Glas hatte sie leergetrunken...

Lydia trank einen Schluck Kaffee und blickte zu der Antenne hinüber. Einer der Raben machte seltsame Gebärden. Fast sah es aus, als würde er dem anderen drohen.

Mit der Tasse in der Hand ging Lydia zum Küchenschrank und betrachtete die Herzdame. Lächelte sie wirklich?

Lydia ging näher an die Karte heran. Die Frau schien ihr die Rose entgegenzuhalten. Sie schien sie ihr anzubieten! Eine freundliche Geste! Eine freundliche Blume! Und doch – wie gefährlich die Dornen aussahen! Lang und spitz, glichen sie geschärften Klingen.

Lydia seufzte. Wie oft hatte sie die Postkarte in dieser Nacht in die Hand genommen. Wieder und wieder las sie Katharinas Worte. Sie formulierte Fragen über Fragen, doch eine Antwort auf das bohrende »Warum?« hatte sie nicht gefunden...

Lydia trank den letzten Schluck Kaffee, stellte die Tasse in die Spüle und wischte den Tisch ab. Die Karte steckte sie in die Hosentasche.

Die beiden Raben auf der Antenne schienen sich wieder beruhigt zu haben. Einträchtig schaukelten sie nebeneinander im Wind.

Lydia klemmte ihre Reisetasche unter den Arm und lief mit prüfendem Blick durch die Wohnung. Eine Angewohnheit, die sie von ihrer Mutter übernommen hatte und die Katharina stets aufs neue amüsierte.

»Wonach suchst du eigentlich?« hatte die Freundin einmal gefragt. »Weiß ich nicht«, hatte Lydia geantwortet. »Aber ich werde es wissen, wenn ich es gefunden habe.«

Auf den Straßen herrschte noch wenig Betrieb. Lydia schaltete das Autoradio ein. Eine Frauenstimme kündigte eine Diskussion über das Thema »Sterben von Angehörigen« an. Und das am frühen Morgen, dachte Lydia und wechselte in raschem Tempo die Sender.

»... das Abschiednehmen ist mir unendlich schwer gefallen...«, sagte ein Mann mit sanfter Stimme. »Das kann ich nicht behaupten«, unterbrach ihn eine Frau, die wesentlich älter zu sein schien als er, »für mich war es eine wichtige und schöne Erfahrung...«

Lydia schob eine Kassette in den Recorder. Sie wollte nichts von Abschied hören. Allzugut erinnerte sie sich an die Traurigkeit, die nach dem Tod des Vaters Katharinas Leben verändert hatte. Zehn Jahre war das her. Lydia hatte das Gefühl, nichts vergessen zu haben aus dieser Zeit. Die Ereignisse waren so nah und plastisch, als wären sie gestern gewesen. Die Bilder der Trauerfeier schlummerten in ihrem Gedächtnis wie die Sequenzen eines oft gesehenen Filmes. Noch heute hatte sie manchmal das Gefühl, vom süßlichen Geruch der Kränze umgeben zu sein. Es war im Januar gewesen...

Über Nacht hatten heftige Schneefälle die Welt in eine weiße Landschaft verwandelt. Die Grabsteine trugen Schneehauben, und die Schritte auf den verschneiten Friedhofswegen hinterließen Spuren. Frierend standen die Menschen vor der Kapelle. Nur wenige redeten miteinander. Die meisten starrten schweigend auf den gefrorenen Boden. Aus den Nasen und Mündern strömte weißer Atem. Lydia stand dicht neben Katharina. Die

Freundin zitterte. Lydia hakte sie unter und drückte sie fest an sich. Die Freundin hörte nicht auf zu zittern. Um zehn Uhr war die Kapelle geöffnet worden und Katharina an der Seite ihrer Mutter die Treppen hinaufgestiegen. Lydia folgte der Freundin so dicht, daß sie den Geruch der anderen einatmete. Sie konnte den Blick nicht von den schmalen Schultern wenden. Im dämmrigen Licht der Kapelle blieb Katharina abrupt stehen. Wie ein Tier, das Gefahr wittert, verharrte sie regungslos auf der Stelle. Sie bebte am ganzen Körper und griff mit beiden Händen hinter sich. Sie griff ins Leere. Lydia packte die andere an den Schultern und schob sie sanft weiter. Schwankend ging Katharina auf den Sarg zu. Wenige Schritte vor dem blutroten Nelkengebinde blieb sie stehen. Sie faltete die Hände und neigte den Kopf weit nach unten. Ihr Gesicht glich einer Maske, bleich und tränenlos.

Nach der Beerdigung schloß sie sich wochenlang in ihrer Wohnung ein. Die meiste Zeit verbrachte sie im Bett. In ihren Träumen erweckte sie den Vater zu neuem Leben. Er nahm sie in den Arm, strich ihr zärtlich über die Wange und lachte sein strahlendes Lachen. Die Träume blieben nicht schön. Traurig hatte sie es Lydia erzählt. Sie fing an, dem Vater Vorwürfe zu machen. Mit bösen Worten beschimpfte sie ihn, die Tochter im Stich gelassen zu haben. Erst nach Wochen wich die Wut. Lydia erinnerte sich gut an den Morgen, an dem Katharina sie mit einem glücklichen Lächeln empfangen hatte. »Heute nacht ist etwas Wundervolles passiert«, sagte Katharina, und ihre Augen waren fast schwarz. »Ich glaube, ich habe meinem Vater verziehen. Stell dir vor, ich habe geträumt, ich war in meinem Atelier und wollte Rahmen bauen, konnte aber das Holz nicht von der Stelle bewegen. Plötzlich geht die Tür auf, und mein Vater kommt herein. Er nennt mich ›Püppi‹ wie früher, nimmt mir ganz selbstverständlich das Holz aus der Hand und trägt es auf den Tisch hinüber. All mein Kummer ist verflogen. Ich bin glücklich, meinen Vater zu sehen, nehme ihn in den Arm und küsse ihn zweimal hintereinander auf den Mund. – Ich denke«, fügte sie nachdenklich hinzu, »jetzt wird alles gut.«

Nur wenige Wochen nachdem Lydia die Freundin hinter dem braunen Eichensarg gestützt hatte, war auch ihr das Unvorstellbare widerfahren. »Unerwartet – nach einem glücklichen Tag«, wie es in der Karte mit dem schwarzen Rand hieß, war ihr Vater gestorben. Es dauerte lange, bis sie das Unbegreifliche begriffen hatte. Der gesamte Freundeskreis zeigte sich erschüttert und fassungslos. Nur Katharina schien seltsam gefaßt.

»Es gibt keine Zufälle« war alles, was sie sagte. In der folgenden Zeit verlor sie noch mehr an Gewicht und war noch blasser als sonst. Gemalt hatte sie kaum. Nächtelang redete sie über den Tod, lag weinend in Lydias Armen und bettelte sie wie ein Kind an, sie nie zu verlassen ...

Lydia setzte an, ein Wohnmobil zu überholen. Nicht länger über den Tod nachdenken! ermahnte sie sich und betrachtete den Himmel. In raschem Flug zogen Wolken dahin. Einige erinnerten in ihrer Form an Raumschiffe. In rasantem Tempo schienen sie sich ihrem Ziel zu nähern. Auf einer Hochspannungsleitung hatte sich eine Schar Vögel versammelt. Auf den Drähten sehen sie aus wie Noten, dachte Lydia und ließ ihren Blick in Fahrtrichtung wandern. Man sollte ein Lied danach komponieren. Gähnend betrachtete sie die Rückfront des Wohnmobils. An dem Gepäckträger waren zwei Fahrräder festgebunden. Ein bunter Riemen flatterte im Wind. »Mich können Sie mieten« stand in großen Buchstaben auf dem Auto geschrieben. Nicht schlecht, dachte Lydia und gähnte ein zweites Mal. Aus dem Seitenfenster des Wagens schaute ein Hund heraus. Eines seiner Ohren wies steil in die Luft, das andere hing verschlafen neben dem Auge herunter. Lydia hielt die Hand vor ihren aufgerissenen Mund und nickte dem Tier zu. Der Fahrer des Wagens, ein braungebrannter Mann mit Schirmmütze, nickte lächelnd zurück. Er hatte ein Handtuch um seinen Hals gelegt.

Vielleicht sollten Katharina und ich ein paar Tage Urlaub machen, überlegte sie. Wir könnten uns so ein Auto mieten, die Fahrräder auf den Gepäckträger schnallen und irgendwohin fahren. Wir nehmen die Staffelei mit, einige Bücher, Kathis kleinen Holzkohlegrill, packen meinen Kassettenrecorder ein – und ab geht's! Die Himmelsrichtung bestimmt der Zufall. Wir lassen uns durch die Welt treiben, ohne uns darum zu kümmern, wo wir gerade sind. Wind und Sonne sollen uns verwöhnen und der

Sternenhimmel unser stiller Begleiter sein. Wir passieren Grenzen, überqueren Berge, durchstöbern fremde Städte, folgen Flüssen wie Fußspuren und besuchen das Meer. Überall, wo es uns gefällt, da bleiben wir. Wir lernen fremde Menschen kennen, essen ungewohnte Speisen und lassen es uns rundherum gutgehen. Kathi würde bestimmt Spaß daran haben. Sie würden wie die Zigeuner durch die Welt reisen, immer unterwegs und überall und nirgends zu Haus sein. Vielleicht würde Palmai ihnen zwei von seinen Angeln leihen. Sie könnten fischen gehen und...

»Blödsinn!« murmelte sie und schlug auf das Steuerrad. »Völliger Blödsinn!«

Verwundert bemerkte sie den See, der sich glitzernd neben der Autobahn ausbreitete. Sie schaute in den Rückspiegel. Der Wald mit den gelben Tupfen lag wie ein gemustertes Tuch weit hinter ihr. Wieviel Schönes einem entgeht, wenn man törichten Gedanken nachhängt, schimpfte sie im stillen. Der See schimmerte silbrig und blau. Sein Ufer wurde an einigen Stellen von Tannen gesäumt. Hier und da führten Stege ins Wasser. Rechts, auf einer Anhöhe, warb ein Schloß mit der Aufschrift »Seerestaurant« um die Aufmerksamkeit der Vorbeieilenden. Das Haus mit den zwei Türmchen und der erhabenen Terrasse machte einen verträumten Eindruck. Fernab der geschäftigen Fahrbahn schien es in der Sonne vor sich hin zu dösen. Einladend konkurrierten die gelben Schirme mit dem Blau des Wassers. Wie idyllisch es hier ist, dachte Lydia, und wie gemütlich. Dort oben wird man im Sommer herrlich sitzen können. Vor allem abends, wenn sich die Hitze des Tages verflüchtigt hat, ein kühler Wind vom Wasser auf die Terrasse weht... Dann unter einem dieser gelben Schirme sitzen, ein Glas Wein in der Hand, den Blick wandern lassen und dem Plätschern der Wellen lauschen. Die untergehende Sonne beobachten, die anrückende Dämmerung erwarten...

Sie gab ein unwilliges Brummen von sich. Wie komme ich auf lauter so dummes Zeug! Sie schlug erneut auf das Steuerrad und strich mit einer heftigen Handbewegung eine Haarsträhne aus der Stirn. Katharina würde jetzt sagen: »Träum doch weiter! Träume sind der Anfang von Wirklichkeit.«

Lydia seufzte. Auf dem Seitenstreifen lag ein seltsam verrenkter Raubvogel. Die Flügel des Tieres ragten ausgebreitet in die Luft. Der Wind spielte mit dem Gefieder. Lydia schaute weg. Sie preßte eine Hand auf die Windschutzscheibe, anschließend auf ihre Stirn. Die Kälte tat gut. Denn wieder verspürte sie diesen stechenden Schmerz hinter dem rechten Auge. Manchmal breitete er sich in rasantem Tempo in den Hinterkopf aus. Mit gewohnten Griffen begann sie ihre Stirn zu massieren. Dabei ließ sie Daumen und Zeigefinger an den Augenbrauen entlangwandern und über der Nasenwurzel zusammenkommen. Der Druck ihrer Finger wurde stärker. Wie gerne hätte sie jetzt die Augen geschlossen und über die Lider gerieben. Erst leicht, dann immer kräftiger. Eine Bewegung von außen nach innen, bei der Daumen und Zeigefinger am Ende in den Augenhöhlen zu versinken schienen. Diese Berührung nahm zwar nicht den Schmerz, aber sie beruhigte angenehm.

Lydia war, ohne es zu merken, langsamer gefahren. Im Seitenspiegel sah sie das Wohnmobil näher rücken. Blinkend wechselte es auf die linke Spur. Eine Weile fuhren die Autos auf gleicher Höhe nebeneinander her. Der Hund saß jetzt auf dem Beifahrersitz. Der Mann mit der Schirmmütze trug immer noch das Handtuch um den Hals. Er schien zu singen. Seine Lippen klappten auf und zu. Wie Fernsehen ohne Ton, dachte Lydia und schaute hinüber. Der Fahrer des Wohnmobils lachte mit offenem Mund. Er schien mehr Gas zu geben. Langsam schob sich sein Auto an Lydia vorbei. Wie der Gewinner eines Rennens schüttelte er die erhobene Faust als Zeichen des Sieges. Dem Hund, der zu bellen angefangen hatte, bedeutete er, nach drüben zu gucken. Lydia lächelte und blinkte den Davoneilenden hinterher. Der Riemen winkte. Sie hob den Fuß auf dem Gaspedal an und beobachtete, wie der Zeiger der Tachonadel zurückfiel. Das Wohnmobil entfernte sich zusehends. Lydia bemerkte es mit Freude. Sie hatte keine Lust, noch einmal in das lachende Gesicht des Mannes schauen zu müssen.

Am Himmel hatte sich eine der Wolken in ein riesiges Nagetier verwandelt. Mit nach vorn gereckter Nase und weit geöffnetem Maul schien es in rasender Hetze davonzulaufen. Der Schwanz flog in einiger Entfernung hinterher. Lydia suchte den

Himmel ab. Dort hinten! Genau! Das mußte der Verfolger, das mußte der Feind sein! Ein gigantischer Fisch mit grimmigem Gesicht. Eilig schwamm er durch das Blau. Schon bald würde er das Nagetier eingeholt haben. Und was würde in diesem Augenblick passieren? Lydia preßte erneut ihre Hand gegen die Stirn. Er würde in das ihm fremde Wesen hineinfließen, sich ungehindert ausbreiten und ein völlig neues entstehen lassen.

Lydia überlegte, ob sie bei nächster Gelegenheit zu dem See zurückfahren sollte. Sie verspürte plötzlich eine unbändige Lust, auf der Terrasse über dem Wasser zu sitzen, die Augen zu schließen und vor sich hin zu träumen. Sie würde eine Tasse Kaffee trinken, vielleicht ein Stück Obstkuchen mit Sahne essen, den Blick über das Wasser gleiten lassen, entspannen...

Sicher würden die Schmerzen hinter den Schläfen sich beruhigen.

»Blödsinn!« murmelte sie. Die Schmerzen würden sich nicht beruhigen! Das wußte sie aus Erfahrung. Sie würden weiter in der rechten Hälfte ihres Kopfes toben und diese seltsame Hitze hinter den Augen hervorrufen. Das einzige Mittel, die Schmerzen loszuwerden, waren die Tabletten in ihrer Jackentasche.

Wie oft hatte Katharina sie wegen der starken Schmerzmittel getadelt. Lydia hatte der Freundin bei den belehrenden Monologen mit ernstem Gesicht zugehört und als Zeichen ihrer Zustimmung hin und wieder höflich mit dem Kopf genickt. Die Tabletten, die ihr Doktor Wirtz, der trotz fortgeschrittenen Alters seine Praxis nicht aufgab, in regelmäßigen Abständen verschrieb, hatte sie trotzdem geschluckt.

Schon als Kind hatte sie häufig über Kopfschmerzen geklagt. Wie oft war sie aus der Schule gekommen und hatte sich, ohne zu Mittag zu essen und ohne ein Wort mit ihrer Mutter zu wechseln, kalte Waschlappen auf die Stirn gepreßt. Wenn der Kopf sich wie betäubt anfühlte, verschwand sie im Bett. Nicht selten schlief sie bis spät in den Nachmittag hinein. Irgendwann war es ihrer Mutter zu viel geworden. Sie hatte die Klassenlehrerin Frau Fettweiß angerufen und sich ungehalten erkundigt, ob andere Kinder auch so häufig über Kopfschmerzen klagten. Die Antwort der jungen Pädagogin, die erst wenige Monate ihren Beruf ausübte und die sich mit lobenswertem Engagement um jeden einzelnen ihrer Zöglinge kümmerte, war ein eindeutiges »Nein!«. Ganz nebenbei erfuhr Frau Labetzke bei dieser Gelegenheit, daß ihre Tochter im Unterricht zuviel träumte. Kurzentschlossen rief sie Katharinas Mutter an. Frau Mallack antwortete trotz bellenden Hustens bereitwillig auf alle Fragen. Sicher, Katharina war hin und wieder müde, wenn sie aus der Schule kam. Manchmal tat ihr auch der Bauch weh. Öfter sogar, wenn sie recht überlegte. An diesen Tagen wollte sie nur in Ruhe gelassen werden. Sie verweigerte jegliches Essen, zog sich in ihr Zimmer zurück und verlangte nichts als Pfefferminztee. Aber Kopfschmerzen – nein, über Kopfschmerzen klagte sie nie. Ein Hustenanfall hatte das Gespräch abrupt unterbrochen.

Frau Labetzke nahm dieses Telefonat zum Anlaß, Lydia dem langjährigen Hausarzt Doktor Tappert vorzustellen. Sie war, nachdem der alte Herr mehrfach betont hatte, bei dem Kind keine organischen Schäden feststellen zu können, zu dem Ergebnis gekommen, daß Lydia den empfindlichen Kopf ihrer Großmutter geerbt hatte. Da sie der Überzeugung war, Wärme könne Wunder wirken, überraschte sie die Tochter mit einer schwarzen Mütze aus Kaninchenfell. Der Pelz fühlte sich angenehm weich an. Manchmal, während des Unterrichtes, nahm Katharina die Mütze aus Lydias Tornister, legte sie in ihren Schoß und streichelte sie wie ein Tier. Je nachdem, in welcher Richtung sie ihre Hände über das schwarze Fell wandern ließ, leisteten die Haare Widerstand. Das Gefühl, das dabei in den Fingern entstand, gefiel ihr.

Lydia haßte die Mütze. Vor allem wegen der Bänder, an deren Enden zwei unverschämt dicke rote Bommeln hingen.

»Wie Kirschen sehen die aus!« verkündete Frau Labetzke und schien jeden Morgen aufs neue entzückt. »Außerdem wird die Wärme dir guttun«, predigte sie, wenn sie der Tochter eine Schleife unterm Kinn band, und fügte hinzu: »Denk dran! Wer im Unterricht träumt, kriegt Kopfschmerzen.«

Lydia ließ sich die Kopfbedeckung nur widerwillig aufsetzen. In den ersten Tagen weinte sie sogar. Frau Labetzke stimmten selbst die Tränen der Tochter nicht um. »Niedlich siehst du aus!« betonte sie immer wieder und versetzte den Bommeln unter Lydias Kinn einen Klaps, daß sie munter hin und her baumelten. Seit dem Kauf der Mütze hatte sie sich angewöhnt, der Tochter des Morgens vom Balkon aus nachzuschauen. Sie lehnte sich über die Brüstung und winkte so lange, bis das Kind hinter der mächtigen Platane am Rochusplatz verschwunden war. Wenige Meter vor dem Baum drehte sich Lydia ein letztes Mal um und winkte zurück. Kaum war sie hinter der schützenden Platane verschwunden, riß sie die Mütze vom Kopf und stopfte sie mit triumphierendem Lächeln in den Tornister. Katharina machte sich einen Spaß daraus, hinter dem Baum laut »Jetzt!« zu brüllen. Noch Jahre später, als die Mütze für Lydia längst Erinnerung war, hatte sie ab und zu »Jetzt!« gerufen.

Von einem Tag zum anderen unterließ sie diesen Spaß. Anlaß war ein Geschenk ihrer Mutter. Ein Geschenk, das Katharina sich nie gewünscht hatte. Völlig überraschend brachte Frau Mallack der Tochter einen Büstenhalter aus der Stadt mit. »Du bist kein Kind mehr«, sagte sie und legte Katharina das Wäschestück wie eine Drohung aufs Bett. Katharina hob das weiße Etwas mit den roten Blümchen und den Häkchen am Rücken mit zwei Fingern hoch und ließ es angeekelt wieder fallen. Sie schüttelte sich, als wäre eine dieser schwarzen Spinnen, die manchmal im Keller an der Decke saßen, über ihre Hand gelaufen. Obwohl sie ihre Mutter anflehte, den Büstenhalter dorthin zurückzubringen, wo sie ihn hergeholt hatte, blieb Frau Mallack standhaft. Nie zuvor hatte Katharina ihre Mutter so hartnäckig erlebt. Ihr war nichts anderes übriggeblieben, als sich zu fügen. Jeden Morgen zog sie das schreckliche Stück Unterwäsche im Badezimmer an und unten im Hausflur, hinter der Kellertür, wieder aus. Um den Büstenhalter nicht mit in die Schule nehmen zu müssen, versteckte sie ihn im Sicherungskasten. Mittags, wenn sie nach Hause kam, stürmte sie als erstes zum Sicherungskasten, verschwand anschließend hinter der Kellertür und stieg dann mit gemäßigtem Schritt die Treppen hinauf. Lydia hatte die Freundin wegen des Büstenhalters im Sicherungskasten nie aufgezogen. Zu offensichtlich war, wie die andere litt.

Katharina war in dieser Zeit sehr dünn geworden. Lydia wunderte sich erst darüber, ängstigte sich aber schon bald. Zu verändert sah die Freundin aus. Über Nacht war ihr Gesicht ein schmales Dreieck geworden. Die Augen darin blickten seltsam stumpf in die Welt, verweigerten jeglichen Glanz. Auch das lodernde Haar schien ausgeglüht. Nur die Lippen umspielte ein brennendes Rot. Lydia verstand das alles nicht. In der Stadtbücherei zeigte sie Katharina die Bildergeschichte vom Suppenkaspar. »Hier kannst du sehen, was passiert, wenn man immer schmaler wird«, las sie mit eindringlicher Stimme vor. »Am vierten Tage endlich gar der Kaspar wie ein Fädchen war. Er wog vielleicht ein halbes Lot – und war am fünften Tage tot.« Das letzte Wort hatte sie fast geschrien. Katharina klappte das Buch mit einer wegwerfenden Handbewegung zu und erzählte Lydia stolz, daß sie in drei Tagen nicht mehr als zwei Brötchen gegessen habe. Fassungslos beobachtete Lydia in den nächsten Wochen den »Schrumpfungsprozeß« der Freundin. Immer öfter bot sie Katharina in der Pause ihr Schulbrot an. Immer öfter kaufte sie Katharina auf dem Nachhauseweg eine Tüte mit erlesenen Köstlichkeiten. Die Freundin griff nicht zu. Selbst bei frischen Nougattalern und Sahnehörnchen dankte sie mit diesem betont höflichen »Nein, danke!«, das sie sich angewöhnt hatte und das Lydia schon nach kurzer Zeit verhaßt war. Schon bald begannen Hosen und Pullover um ihren Körper zu schlackern. Regelrecht verloren sah sie darin aus. Im Turnunterricht, wenn sie den schwarzen Gymnastikanzug trug, konnte man sehen, wie unnatürlich weit die Hüftknochen vorstanden. Lydia flehte die Freundin an zu essen. Katharina schüttelte nur den Kopf. Einige der Mitschülerinnen fingen an, hinter vorgehaltener Hand zu tuscheln, andere meldeten sich laut und deutlich zu Wort. Auch Frau Fettweiß äußerte sich besorgt über Katharinas Aussehen und beschrieb in einem Brief an die Eltern die Gefahren einer »Magersucht«. Frau Mallack teilte die Sorge der jungen Pädagogin nicht. »Kinder und Tiere verhungern nicht!« sagte sie und kümmerte sich nicht weiter um den Gewichtsverlust der Tochter. Auf Anraten der Hausärztin brachte sie Katharina allerdings wenig später zu einer Schulpsychologin.

Katharina erzählte Lydia viel von der Frau mit den grauen

Haaren und dem breiten Lächeln. Sie gefiel ihr. Genauso der Arbeitsraum, an dessen Tür in lilafarbener Schrift »Marie-Charlotte Gütt« stand. Er befand sich im siebten Stock eines Hochhauses und duftete stets nach frischen Blumen. Katharina, die während der ersten Stunden bei der Psychologin gerne schwieg, nutzte die Zeit, um den Blick aus dem Fenster schweifen zu lassen. »Der Himmel kommt einem ganz nah vor, so hoch über den Dächern der Stadt«, vertraute sie der Freundin an. Sechs Monate lang fuhr sie jeden Donnerstagnachmittag mit dem Lift dort hinauf. Dann mußte sie sich von Frau Gütt und dem duftenden Raum verabschieden. Zugenommen hatte sie nicht, aber der Glanz in ihren Augen war zurückgekehrt, und auch ihr Haar schien wieder Feuer gefangen zu haben. Sie blieb dünn, und wohl jeder gewöhnte sich an ihr Aussehen. Lydia konnte sich schon bald nicht mehr vorstellen, wieviel voller Katharinas Gesicht gewesen war, wieviel runder ihre Schultern, wieviel weicher ihre Hüften, Beine und Arme. Auch Katharina schien es vergessen zu haben. Ihre größte Freude war, den Büstenhalter wegzuwerfen. Ihre Mutter hatte es nach langem Betteln erlaubt. »Na ja, gut«, lautete ihr Kommentar, »bei deiner ›Knabenfigur‹ brauchst du den ja vorläufig nicht.« Katharina ließ das ungeliebte Wäschestück an zwei Fingern über der geöffneten Mülltonne baumeln und dann mit einem Freudenschrei hineinfallen...

Lydia rieb abwechselnd über das eine, dann über das andere Auge. Der Schmerz hinter ihrer Stirn war aggressiver geworden.

Schade, keine Ausfahrt in Sicht! Wie gerne würde sie jetzt auf der Terrasse am See eine Pause machen. Sie würde sich ein Glas kalte Limonade bestellen und zwei Kopfschmerztabletten einnehmen. Sie trat fester auf das Gaspedal und überholte den blauen Peugeot, der schon einige Zeit vor ihr hertrödelte. Ohne den Blinker zu setzen, scherte sie knapp vor dem Wagen wieder ein. Sie schaute in den Rückspiegel und überlegte, ob sie sich für ihre unhöfliche Fahrweise entschuldigen sollte. Der Fahrer des blauen Wagens zeigte ihr einen Vogel. Lydia zuckte mit den Schultern. »Dann nicht, mein Freund!« murmelte sie, drehte sich um und drohte ihm mit dem Zeigefinger.

»Oh, wie schön!« rief sie erfreut. Sie hatte auf dem Rücksitz eine Tafel Schokolade entdeckt. Einem versunkenen Schatz gleich, war die Süßigkeit unter der Armlehne verschwunden. Nur eine Ecke ragte hervor. Lydia überlegte. Die Schokolade mußte seit dem letzten Besuch bei ihrer Mutter dort liegen. Wahrscheinlich war sie aus einer der Tüten herausgefallen. Frau Labetzke pflegte vor jedem Besuch ihrer Tochter ausgiebig einzukaufen. Meist fuhr sie mit ihrer Freundin Theodolinde, die sie liebevoll Theo nannte, zum Einkaufsbummel in die Stadt. Vollbepackt und guter Dinge kamen die beiden von diesen Ausflügen zurück. Die prallgefüllten Tüten, die Lydia später schimpfend zu ihrem Auto schleppte, enthielten alles, was Frau Labetzke für wichtig erachtete. In einer Tüte, ganz zuoberst, fand sich regelmäßig ein Plastikschälchen mit selbstgemachten Frikadellen. Wie oft hatte Lydia ihre Mutter gebeten, die Einkäufe für sie zu unterlassen.

»Ich bin kein Kind mehr, Mama«, sagte sie, »ich kann für mich selber sorgen.«

»Du hast ja recht, Lydi-Schatz«, antwortete die Mutter, »aber laß mir doch die Freude. Ich habe doch sonst niemanden, für den ich sorgen kann. Und diese Nachmittage mit Theo machen mir viel Spaß...«

Lydia streckte sich nach hinten und fingerte nach der Schokolade. Es dauerte eine Weile, bis sie die knisternde Packung in der Hand hielt. Sie las das Etikett und verzog das Gesicht. Wie oft hatte sie ihrer Mutter gesagt: keine gefüllte Schokolade! Jede andere, nur keine gefüllte Schokolade! Dieses klebrige Zeug im Mund war ihr ein Greuel! Ihre Mutter mußte eine andere Sprache sprechen. Anders war es nicht zu erklären. Oder sie hörte nicht zu, wenn ihre Tochter etwas sagte. Lydia riß das Papier ab und warf es auf den Boden. Sie schob die Bissen im Mund herum, lutschte die Schokolade ab und spuckte die Cremefüllung aus dem Fenster.

»Ekelhaft!« schimpfte sie und wischte sich mit dem Handrücken den Mund ab. Mißmutig trommelte sie mit den Fingerspitzen auf ihren Bauch. Warum habe ich nichts zu trinken mitgenommen? Und warum kommt nicht endlich mal ein Rasthof?

Seufzend betrachtete sie die Landschaft. Die Gegend war

ländlich. Zu beiden Seiten der Autobahn wellten sich Wiesen und Felder. Hier und da waren Bauernhöfe eingestreut. Sieht aus wie die aufgeschlagene Seite eines Bilderbuches, dachte sie und trommelte einen schnelleren Rhythmus auf ihren Bauch.

Ein Autobahnschild kündigte eine Ausfahrt an. »Ah!« stieß sie erfreut aus und wiegte im nächsten Moment den Kopf hin und her. Unschlüssig nagte sie an ihrer Unterlippe, gab seltsame Laute von sich. Was mache ich? Fahre ich zu dem See zurück oder nicht?

Sie überlegte zu lange. Verärgert drückte sie den Fuß fester auf das Gaspedal.

An der nächsten Ausfahrt kündigte ein weißer Pfeil eine Autobahnkirche an. Das ist die Entscheidung! Wo eine Kirche ist, ist auch ein Café. Ein gemütliches Dorfcafé mit einer freundlichen Kellnerin und leiser Musik im Hintergrund. Sie würde einen Cappuccino trinken, einen frisch gepreßten Zitronensaft schlürfen und zwei Schmerztabletten schlucken.

Lydia verließ die Autobahn und folgte den Pfeilen. Nach wenigen Metern rümpfte sie die Nase und verzog angeekelt das Gesicht. Es roch nach Kuhmist. Ein Geruch, den sie nicht ausstehen konnte.

»Was hast du gegen Kühe?« hatte Katharina sie einmal gefragt. Lydia ließ sich Zeit mit der Antwort. In allen Einzelheiten erzählte sie von den Herbstferien auf dem Bauernhof, die sie als Kind nur widerwillig angetreten hatte. Lang und breit beschrieb sie den Geruch des Hofes und die Ausdünstungen der Stallungen, die sie genauso ekelten wie das unappetitliche Wiederkäuen der Tiere. Sie erinnerte sich an den Sturz in einen breiigen, stinkenden Kuhfladen, über den ihre Eltern und Lukas, der Sohn des Bauern, noch Tage später gelacht hatten, und an die Flucht vor »Else«, einer massigen Kuh, die sie mit steil erhobenem Schwanz verfolgt hatte. »Reicht dir das als Antwort?« schloß sie.

Katharina schaute die Freundin erstaunt an. »Warum bist du vor der Kuh weggerannt?«

»Ganz einfach – weil sie mich verfolgt hat!«

»Hast du etwa Angst vor Kühen?«

Lydia machte ein trotziges Gesicht. »Ja, hab ich. Hast du was dagegen?«

»Nein, nein, Gott bewahre. Nur... Ich verstehe es nicht. Kühe sind überaus zärtliche Tiere. Sie haben so sanfte Augen und so weiche, feuchte Nasen. Hast du jemals darauf geachtet, wieviel Liebe in ihrem Blick liegt? Wieviel Seele? Wie kann man vor solchen Tieren Angst haben?«

Lydia zog die Augenbrauen nach oben. »Wie kann man vor Spinnen Angst haben?« fragte sie und hängte ein schnippisches »hm?« an das Ende des Satzes.

Katharina hatte geschwiegen und nachdenklich mit dem Kopf genickt...

Lydia steckte sich eine Zigarette an. Sie spitzte den Mund, hob und senkte den Kopf, drehte ihn nach rechts und links und pustete den Qualm wie Frischluftspray aus einer Sprühflasche um sich herum. Lautlos prallte er gegen die Windschutzscheibe, quoll in wabernden Nebelschwaden auseinander. Das reicht nicht, stellte sie schnüffelnd fest und drückte die Zigarette im Aschenbecher aus. Sie zog ihren Pullover am Ausschnitt ein Stück nach vorn, steckte die Nase in die Öffnung und atmete den warmen Geruch ihres Körpers ein.

Rechts und links der Straße reihten sich Bauernhöfe aneinander. Gepflegte Backsteinbauten, deren Türen von Kornkränzen geschmückt wurden. Auf dem Dach einer Scheune saßen Tauben in einer Reihe. Ein Hofhund zerrte kläffend an seiner Kette. Menschen waren nicht zu sehen. Die Häuser schienen Spalier zu stehen für die kleine Kirche auf der Anhöhe. Lydia fuhr direkt auf das Gebäude zu. Sie ließ den Pullover zurückschnellen, öffnete das Fenster einen Spaltbreit und schnupperte. »Sehr schön!« murmelte sie und beschloß, zuerst die Kirche zu besichtigen und sich anschließend ein gemütliches Café zu suchen.

Im Gegensatz zu Katharina interessierten sie Kirchen nicht als Orte der Besinnung und des Gebetes, sondern als Kunstwerke. Sie konnte sich ausgiebig mit Altarbildern und Wandmalereien beschäftigen. Vor allem, wenn die Gemälde alt und die Farben ausgeblichen waren. Auch entschlüsselte sie gern die Motive auf den bleiverglasten Fenstern oder die Szenarien in den Holzschnitzereien der Chorgestühle. Katharina hatte sie wegen dieser profanen Haltung, wie sie es nannte, oft getadelt.

Lydia zuckte unmerklich mit den Schultern und stellte ihr Auto unterhalb der Kirche ab. Auf dem Parkplatz standen einsam zwei Motorräder.

Das weißgetünchte Gemäuer lag erhaben über dem Dorf. Stolz reckte es seinen Turm in die Höhe. Auf der Spitze glänzte golden ein Hahn in der Sonne. Damals, im Geschichtsunterricht, hatte die verwachsene Frau Koller mit den viel zu kurzen Beinen gefragt, ob irgendwer sich vorstellen könne, warum Kirchen so hoch seien. Alle Kinder schwiegen. Lydia betrachtete die Lehrerin und brüllte, ohne sich zu melden, in den Raum: »Damit die Menschen sich klein fühlen.«

Frau Koller nickte wohlwollend mit dem Kopf. Katharina schlug mit der Faust auf den Tisch und schrie: »Quatsch! Weil Gott so groß ist...«

Lydia blieb vor dem schmiedeeisernen Tor stehen und schaute durch eine der Rosetten. Wie durch ein Schlüsselloch betrachtete sie den dahinterliegenden Kirchhof. Efeu überflutete Teile des Weges, schlängelte sich wellengleich jedem Hindernis entgegen. Wie Wasser umspülte er die Grabsteine, die vornübergeneigt aus dem Boden ragten.

Lydia drückte die Klinke des Tores hinunter und stemmte sich mit ihrem ganzen Gewicht dagegen. Nur zögernd öffnete sich das Tor. Ein langgezogener, leidender Ton entrang sich den Scharnieren. Du brauchst Labung aus einem Ölkännchen, dachte Lydia und tätschelte das Tor wie den Kopf eines müden Hundes. Vorsichtig stieg sie die ausgetretenen Stufen zu der Kirche hinauf. An den Rändern breitete sich Moos wie ein Teppich aus. Irgendwo gackerten Hühner. Eine Taube gurrte laut. Auf dem ersten Treppenabsatz blieb Lydia stehen und schaute über die roten Dächer der Höfe. Von Dorf kann man wohl kaum sprechen, allenfalls von einer Ansammlung von Bauernhöfen! Sie schloß für einen Moment die Augen, drückte mit den Fingern gegen ihre Nasenwurzel und ging weiter. Der Wind kühlte wohltuend ihre Stirn.

Neben dem Eingang saßen zwei Männer auf einer Mauer. Sie

trugen blau-weiße Lederanzüge, hatten ihre Helme auf den Boden gelegt und ihre Füße darauf gestellt. Erwartungsvoll blickten sie Lydia entgegen.

Lydia grüßte. Die Männer grüßten zurück.

»Entschuldigung, haben Sie Feuer?« fragte der eine und hielt eine Zigarette in die Höhe.

Lydia nickte und ging auf die beiden zu. Aus der Nähe betrachtet schienen sie älter zu sein, als Lydia im ersten Moment angenommen hatte. Sie griff in die Innentasche ihrer Jacke und reichte dem einen ihr Feuerzeug. »Wissen Sie, ob hier irgendwo ein Café oder eine Eisdiele ist, wo man etwas trinken kann?« fragte sie und blickte die Männer abwechselnd an.

»Wir haben nichts gefunden«, sagte der jüngere von beiden und gab Lydia das Feuerzeug zurück. »Dieser Ort scheint nur aus Bauernhöfen zu bestehen. Nicht einmal einen Bäcker oder ein Lebensmittelgeschäft gibt es hier. Aber vielleicht haben Sie mehr Glück und ...«

»Zur Not nehmen Sie das da!« fiel der andere ihm ins Wort und wies auf die Blechgießkanne neben der Tür.

Lydia lächelte müde und nickte. Sie steckte ihr Feuerzeug in die Jackentasche, drehte sich um und öffnete die Tür mit den kunstvollen Beschlägen. Leise ließ sie das schwere Holz hinter sich ins Schloß fallen. In dem Raum war es kühl. Der Geruch von brennenden Kerzen lag in der Luft. Lydia schaute sich neugierig um. Ihre Augen brauchten ungewöhnlich lange, um sich an die Lichtverhältnisse zu gewöhnen. Vor dem Altar stand ein ausladender Blumenstrauß. Rechts an der Wand tanzten Flammen vor einem Heiligenbild. Lydia ging langsam auf den Altar zu. Ihre Absätze klackten auf den Steinfliesen. Vor dem Altar blieb sie stehen und legte den Kopf in den Nacken. Ausdauernd ließ sie den Blick wandern. An den bemalten Fenstern blieb er hängen. Was soll das sein? Das Paradies? Sie fröstelte. Die Hände in den Jackentaschen, ging sie zum Eingang zurück und setzte sich an den äußeren Rand der letzten Bank. Hoch oben über dem Altar schwebte der Gekreuzigte. Die Fäden, die das Kreuz hielten, waren kaum zu erkennen.

Lydia massierte ihre Stirn und schloß für einen Moment die

Augen. Der Schmerz in ihrem Kopf überschwemmte bereits ihren Nacken. Erschrocken zuckte sie zusammen. Die Turmuhr hatte dumpf geschlagen. Die Töne verhallten langsam. Lydia verschränkte die Arme vor der Brust und betrachtete die flakkernden Kerzen auf dem schmiedeeisernen Ständer. Sie ließen das Heiligenbild an der Wand irritierend leuchten. Lydia stand auf und ging auf Zehenspitzen an das Bild heran. Donnerwetter! Eine Maria mit roten Haaren! Das Gesicht der Frau war rundlich und blaß. Aus dunklen Augen schaute sie den Betrachter an. Oder schaute sie durch ihn hindurch? Lydia ging näher an das Bild heran. Glänzte da eine Träne in dem rechten Augenwinkel? Lydia beugte sich weit nach vorn. Erschrocken sprang sie zurück. Sie hatte sich so weit zu dem Bild hinübergelehnt, daß eine Haarsträhne Feuer gefangen hatte. Für einen Augenblick roch es verbrannt. Sie weint tatsächlich! Lydia schüttelte den Kopf und zündete eine Kerze an. Auf Zehenspitzen ging sie zurück zum Eingang und verließ den Raum so leise, wie sie hereingekommen war.

Draußen hielt sie sich die Hand vor die Augen. Die Herbstsonne blendete sie. Sie war allein. Die Motorradfahrer waren weg. Langsam stieg Lydia die Treppen hinab. Das schmiedeeiserne Tor stand offen. Sie zog es hinter sich zu und blickte unentschlossen um sich. Menschen schien es in diesem Ort nicht zu geben. Nur Mauern und Efeu. Doch! Dort hinten. Eine Frau in einer gelben Strickjacke schob eine Schubkarre durch den Garten. Der Hund neben ihr bellte.

»Entschuldigen Sie...«, rief Lydia laut. Unlustig verzog sie das Gesicht. Ein Trecker mit einer Ladung Stroh bog um die Kurve und versperrte ihr ratternd die Sicht. Als der Anhänger endlich vorüber war, war die Frau mit der Schubkarre verschwunden. Na ja, wie sagt Kathi immer: »Stroh macht froh!«

Die Motorradfahrer hatten recht gehabt. Es gab tatsächlich nur Bauernhöfe. Die müssen doch irgendwo ein Café haben, murrte Lydia und bog an dem Schild »Heiligkreuzweg« nach rechts ab. In der Mitte der Straße schmiegten sich zwei Kastanien schützend über einem Kreuz aneinander. Der Weg endete vor einem Friedhof.

Das darf nicht wahr sein! Lydia schaute entsetzt auf die Gräberreihen. Sie fröstelte. Von dem Mäuerchen neben dem Eingang triefte Efeu. Im dunklen Grün schlief eine Katze. Lydia betrachtete das Tier. Das Fell glänzte rostfarben.

Vor nicht allzulanger Zeit hatte Katharina sie gefragt, ob sie sich vorstellen könne, schon einmal als Tier auf dieser Welt gelebt zu haben. Lydia hatte verneint. »Aber wenn du dir ein Tier aussuchen müßtest...«, sagte Katharina und betonte das Wort »müßtest« mit Nachdruck. Lydia überlegte lange, schwankte zwischen einem Leoparden und einem Panther und konnte sich am Ende nicht entscheiden. Als Katharina sie bettelnd zu einer Antwort drängte, fiel ihr, zu ihrer eigenen Überraschung, nur »Elefant« ein. »Dann wären wir uns nicht begegnet«, seufzte Katharina, »denn ich wäre ein Adler gewesen, irgendwo in einem felsigen, unwegsamen Gebirge.« »Warum wären wir uns nicht begegnet?« unterbrach Lydia. »Denk doch mal an Hannibal!« Katharina hatte sie angeschaut und dieses helle, fröhliche Lachen gelacht, das Lydia so gern hörte. »Hannibal! Wie konnte ich Hannibal vergessen...«

Die Katze rekelte sich und schaute Lydia aus bernsteinfarbenen Augen an. Lydia ging näher an das Tier heran. Sie setzte sich auf die Mauer und streichelte ihm über den Kopf. Das Fell fühlte sich warm und weich an. »Und wer warst du in einem früheren Leben?« fragte sie leise. Die Katze schnurrte zufrieden. Lydia schaute zum Himmel hinauf. Eine Wolke hatte sich vor die Sonne geschoben. Der Wind schien kühler als zuvor. Sie klopfte dem Tier sachte auf den Rücken, warf einen Blick über die eng aneinandergereihten Grabsteine, sprang auf und rannte, ohne ein einziges Mal stehenzubleiben, zu ihrem Auto zurück.

Sie schob die Kassette in den Recorder, drehte die Musik lauter als gewöhnlich und folgte den Schildern zur Autobahn. Die Tachonadel schnellte spielerisch durch das Halbrund. Selbst dort, wo plattgefahrene Erdklumpen der Straße ein bizarres Muster verliehen, weigerte sich Lydia, das Tempo zu drosseln. Nicht einmal den Schildern mit der Aufschrift »Vorsicht, verschmutzte Fahrbahn« schenkte sie Beachtung. An einer Bushaltestelle unterbrachen zwei Männer ihr Gespräch. Kopfschüttelnd schauten sie der Fahrerin des schwarzen Wagens hinterher. Lydia sah im Rückspiegel, wie der kleinere von beiden ihr mit seinem Spazierstock hinterherdrohte. Es interessierte sie nicht.

Aufatmend erreichte sie die Autobahn. Zügig und ohne zu zögern fädelte sie sich in den fließenden Verkehr ein. Der Busfahrer hinter ihr hupte. Lydia hörte es nicht; die Musik in ihrem Auto schluckte jedes Geräusch. Sie überholte häufig, las im Vorbeifahren die Reklamesprüche auf den Planen der Lastkraftwagen und wunderte sich, wie viele Getränkewagen unterwegs waren. Sie beugte sich zur Seite und ließ ihre Hand unter dem Nachbarsitz verschwinden. Es war schon vorgekommen, daß eine der Dosen mit der zuckersüßen Limonade, die ihre Mutter ihr beim Abschied noch schnell auf den Beifahrersitz stellte, heruntergefallen und unter den Sitz gerollt war. Suchend tastete Lydia über den Boden. Enttäuscht zog sie die Hand zurück. Sie pustete die Staubflocke von ihrem Finger und wischte die Hand an ihrer Hose ab. Egal! dachte sie, die Limonade schmeckt sowieso widerlich.

In einiger Entfernung tauchte eines dieser großen blauen Autobahnschilder auf. Schon von weitem versuchte Lydia die Worte auf dem Schild zu entziffern. »Na endlich!« frohlockte sie.

Als sie wenig später auf den Rastplatz abbog, vergaß sie erneut, den Blinker zu setzen. Die Fahrerin hinter ihr ließ die Scheinwerfer zweimal aufblitzen. Lydia beachtete es nicht. Sie machte die Musik aus, fuhr im Schrittempo über den Parkplatz und warf einen Blick in das hell erleuchtete Restaurant. An einigen Fenstertischen wurde noch gefrühstückt.

Lydia stieg aufatmend aus ihrem Auto. Sie rieb über ihre Augen, massierte ihren Nacken und preßte für einen Augenblick beide Handflächen gegen ihre Stirn. Der Duft von Kaffee lag in der Luft. An der Heckscheibe des Nachbarwagens prangte ein himmelblauer Aufkleber. »Ludwig II., König von Bayern« stand am oberen Rand geschrieben. Am unteren Rand war das Todesjahr des Königs festgehalten. Die Zahl – 1886 – war mit einem weißen Kreuz versehen. Lydia beugte sich ein wenig nach vorn. Hinter dem Antlitz des jungen Königs breitete sich Wasser aus.

Ein See mit dunkelgrünem Schilf, aus dessen Mitte ein Kreuz emporragte. Es war mit Blumen geschmückt. Rechts daneben erhob sich blütenweiß das Schloß Neuschwanstein. Erschrocken tat Lydia einen Schritt zur Seite. Der Fahrer des Wagens hatte den Motor angelassen und ließ das Fahrzeug langsam rückwärts rollen.

Lydia warf ihm einen wütenden Blick zu und lief zu dem Restaurant. In Gedanken versunken zwängte sie sich zu einem Mann in die Drehtür. Er schaute sie empört an. Lydia musterte ihn mit hochgezogenen Brauen und ließ ihm mit einer höflichen Geste den Vortritt in das Restaurant. Der Mann ging, ohne sie eines weiteren Blickes zu würdigen.

In dem Restaurant war es voll. Offensichtlich war eine Reisegruppe angekommen. An fast allen Tischen saßen alte Frauen und unterhielten sich. Der Raum war erfüllt von ihrem Geschwätz, ihrem Lachen und dem Duft ihrer Parfums. Katharina behauptete steif und fest, alte Frauen hätten alle den gleichen Geruch an sich. Lydia hatte es aufgegeben, der Freundin in dieser Angelegenheit zu widersprechen. Zu hartnäckig bestand die andere auf ihrer Meinung. Hier aber hätte sie endlich einmal die Möglichkeit gehabt, der Freundin diese kindische These zu widerlegen.

Am Fenster wurde ein Tisch frei. Ein Mann mit Schnauzbart half seiner Begleiterin in den Mantel und rückte die Stühle zurecht. Lydia setzte sich mit dem Rücken zur Scheibe und ließ ihren Blick über die Gesichter der Anwesenden gleiten. Ein Meer von Falten und Runzeln, dachte sie und schätzte keine der Frauen jünger als siebzig Jahre. Die meisten hatten schneeweißes Haar. Zwei der Frauen rauchten. Für Katharina waren alte Frauen, die in der Öffentlichkeit rauchten, ein Greuel. Warum bloß? wunderte sich Lydia und bestellte ein Kännchen Kaffee und ein Glas Orangensaft. Sie zündete sich eine Zigarette an und begann mit dem rechten Bein zu wippen. Plötzlich war diese Unruhe wieder da. Lydia stand auf und setzte sich andersherum. Auch der Blick aus den blankgeputzten Fenstern beruhigte sie nicht. Zum Glück brachte der Kellner ihre Bestellung. Sie schluckte hastig zwei Schmerztabletten, bezahlte an der Theke und verließ das Lokal.

Draußen wies ein Schild den Weg zu einem Aussichtspunkt. Lydia nahm ihre Jacke aus dem Auto und warf sie über die Schulter. Schon nach wenigen Schritten spürte sie Ruhe in ihren Körper einkehren. Sie zog die Jacke an, steckte die Hände in die Taschen und atmete tief durch. Der sandige Boden unter ihren Füßen gab bei jedem Schritt nach.

Was Katharina wohl in diesem Augenblick macht? Ob sie frühstückt?

Für die Freundin, die das Essen tagelang vergessen konnte, war das Frühstück die einzige Mahlzeit, die sie einigermaßen regelmäßig einnahm. »Der Tag muß wenigstens gut anfangen«, sagte sie gern, wenn sie den Tisch mit dem wenigen füllte, was ihr meist leerer Kühlschrank zu bieten hatte. Wie oft machte Lydia Katharina Vorhaltungen über die Auswirkungen schlechter Ernährung und die Folgen chronischen Vitaminmangels. Druckreife Vorträge hielt sie und scheute sich nicht, am Ende sogar das Wort »Skorbut« in den Mund zu nehmen. Meist kochte sie nach solchen schulmeisterlichen Belehrungen, bei denen die andere stets ein höfliches Gesicht machte, für mehrere Tage im voraus und brachte der Freundin kleine Portionen, in Schüsseln und Schälchen verpackt, mit. Katharina ließ sich stets lobend über den appetitlich duftenden Inhalt aus und nannte Lydia liebevoll ihr »Rotkäppchen«. Gegessen hatte sie selten etwas. Meist fand Lydia das verschimmelte Essen Wochen später im Kühlschrank. Mit angeekeltem Gesicht und manchmal sogar mit Tränen in den Augen schüttete sie es in die Toilette. Wie oft schwor sie sich in diesen Augenblicken, nie wieder etwas mitzubringen. Katharina entschuldigte sich mit diesem Lächeln, das sie von einem Augenblick zum anderen so viel jünger aussehen ließ, streichelte der Freundin über den Arm und versprach mit sanfter Stimme, beim nächsten Mal alles aufzuessen...

Der Weg machte plötzlich einen scharfen Rechtsbogen und mündete in eine Wiese. In ihrer Mitte lud ein Holzpavillon zum Verweilen ein. Auf dem spitzen Dach wehte ein roter Wimpel. Lydia lief vorsichtig über das Gras. Von den Halmen kullerten Tautropfen auf ihre Schuhe. Wie Perlen, dachte sie und lehnte sich an einen der dunklen Balken. Seufzend verschränkte sie die

Hände hinter ihrem Rücken. Der Platz gefiel ihr. Man konnte weit über das Land schauen. Nur der Horizont schien den Blick aufzuhalten. Lydia verspürte Lust, sich ins Gras zu setzen. Sie beugte sich hinunter und strich mit der flachen Hand über die Halme. Schade, der Boden war zu naß! Sie strich erneut über die Halme. Die Berührung kitzelte. Lydia wischte die Hand an ihrer Hose trocken und betrachtete die Innenfläche. Wenn sie die Finger nach allen Seiten abspreizte, ließ die Hautstruktur der Handfläche ganz eindeutig ein »M« erkennen. »Das bedeutet Mallack«, hatte Kathi einmal im Spaß gesagt und war das »M« mit der Fingerspitze entlanggefahren. Kichernd entzog Lydia der Freundin die Hand. »Quatsch!« antwortete sie, »es bedeutet Mut!«...

Lydia hob den Kinderhandschuh auf, der in einiger Entfernung im Gras lag. Der Handschuh hatte sich voll Wasser gesogen. Aus den bunten Fasern fielen Tropfen. Mit Schwung warf Lydia ihn in den Pavillon. Leise klatschend landete er auf der Bank. Lydia schloß für einen Moment die Augen. Die Sonne ließ das Holz duften. Lydia mochte diesen Geruch. Er erinnerte sie an...

Mein Gott, wie lange war das her! Katharina und sie waren Kinder gewesen. Fast jeden Nachmittag spielten sie zusammen im Mallackschen Hof. Mit Vorliebe bauten sie Hütten unter dem alten Kirschbaum. Das Holz dazu bekamen sie von dem dicken Herrn Knops, dem die Schreinerei im Nachbarhof gehörte. Der Mann mit der blauen Latzhose und der Schirmmütze, der so schallend lachen konnte und der so gerne Schlager pfiff, wenn er über den Hof ging, freute sich immer, wenn er die beiden Mädchen sah. Noch mehr freute er sich, wenn sie ihn besuchten und ihn um Holz anbettelten. Manchmal, wenn er sie im Hof spielen hörte, guckte er über die Mauer, machte leise »Pssst!« und winkte sie zu sich heran. »Wollt ihr Holz?« flüsterte er und wußte, daß sie nicken würden. Er hob sie über die Steine, führte sie in die hinterste Ecke einer der duftenden Hallen und zeigte ihnen einen Stoß Bretter. Bevor sie sich die Bretter nehmen durften, setzte er sie für einen Moment auf seinen Schoß und gab ihnen von den Honigbonbons, die er in seiner Brusttasche aufbewahrte. Katharina und Lydia mochten Herrn Knops und konnten nicht verstehen, warum Frau Mallack ihnen eines Tages verbot, Holz von ihm zu holen. Nur murrend fügten sie sich und bauten die Hütten von Stund an aus Decken und Kartons. Herr Knops guckte nur noch selten über die Mauer. Wenn er es tat, warf er den Mädchen einen verstohlenen Blick zu und winkte ihnen verschämt zu. Seine blaue Mütze verschwand genauso schnell hinter den Steinen, wie sie dort aufgetaucht war. Holz und Honigbonbons bot er ihnen nicht mehr an. Niemand sprach mehr von dem Mann mit der blauen Latzhose.

Erst Jahre später wurde er wieder Gesprächsstoff. Lydia konnte sich gut an den Tag erinnern. Katharina war dreizehn, als das Unglück, wie ihre Mutter es nannte, passierte. Sie erfuhr es beim Mittagessen. Der Vater las die Meldung mit ernster Stimme aus der Zeitung vor. Herr Knops hatte Selbstmord begangen. Er hatte seinen Wagen auf einen Parkplatz in der Nähe des Stadtwaldes gefahren, hatte einen Schlauch vom Auspuff ins Innere des Wagens geführt und war, als Jogger ihn morgens früh fanden, seit Stunden tot gewesen. In einem Abschiedsbrief entschuldigte er sich bei seiner Frau und bei seinen beiden Söhnen. »Der war doch pervers«, flüsterte Frau Mallack ihrem Mann zu. Katharina schnitt den Zeitungsartikel aus und bewahrte ihn in der Schublade auf, wo sie besonders schöne Muscheln und Steine sammelte. Monate später, als sich längst niemand mehr an Herrn Knops zu erinnern schien, vertraute sie Lydia auf dem Schulweg an, daß sie oft an den Mann mit dem schallenden Lachen denken müsse. Vor allem abends, wenn sie im Bett lag. Sie sah sein Gesicht und hörte deutlich seine Stimme. Meistens mußte sie in diesen Momenten weinen...

Lydia stöhnte. »Ach, Kathi!« flüsterte sie und streichelte den Balken. Das Holz schien unter der Berührung intensiver zu duften. Lydia atmete den Geruch gierig ein. Genauso hatte es damals in den Hütten unter dem alten Kirschbaum gerochen. Dort in den mühsam zusammengezimmerten Behausungen, wo sie mit Katharina so oft und gern spielte. Nur selten zankten sie sich! Wenn es dazu kam, war der Grund stets der gleiche. Lydia bestand darauf, »Mutter und Kind« zu spielen, Katharina aber weigerte sich, das »Kind« zu sein. Mit Regelmäßigkeit setzte Lydia ihren Willen durch. Sie schluchzte so lange, bis ihr die Luft wegblieb. Aus Angst, die Freundin könnte noch weiter wie eine Erstickende nach Luft ringen, gab Katharina stets nach. Nur einmal nicht. Es war an dem Abend gewesen, als Lydias Eltern zu einer Hochzeit eingeladen waren und die Tochter für eine Nacht bei den Mallacks einquartiert hatten. Frau Mallack erwartete selbst Besuch und ließ die Mädchen bis nach Einbruch der Dunkelheit im Hof spielen. Anstelle von »Mutter und Kind« hatten sie in ihrer Hütte »Hochzeit« gespielt...

Lydia massierte ihren Nacken und lächelte fast unmerklich. Sie streckte die Arme in die Luft und strich mit beiden Händen über das warme Holz. Es fühlte sich angenehm glatt an. Hier und da waren Herzen, Namen und Jahreszahlen in den Balken geritzt. Lydia spürte die Unebenheiten unter den Fingerkuppen. Sie legte ihren Kopf nach hinten und drehte ihn langsam von einer Seite auf die andere. Ihre Halswirbel knackten leise. Ein unangenehmes Geräusch! Manchmal, wenn Katharina in Gedanken versunken war, begann sie mit den Fingern der einen Hand an den Fingern der anderen Hand zu ziehen. Ein noch unangenehmeres Geräusch. Lydia konnte es nicht ertragen. Meist brüllte sie schon »Hör auf!«, wenn die andere noch damit beschäftigt war, ihre Hände geistesabwesend in Position zu bringen.

Lydia hielt den Kopf still und massierte ihre Stirn. Von weitem war das monotone Summen der Autobahn zu hören. Es klang wie ein Schwarm Bienen. Oben am Himmel kreiste ein Raubvogel. Mit ausgebreiteten Schwingen segelte er durch die Luft. Lydia beobachtete das Tier. Der Raubvogel zog kleiner werdende Kreise und ließ sich plötzlich tiefer fallen. Er schien am Boden etwas entdeckt zu haben, was seine Aufmerksamkeit erregte. Was mag das für ein Vogel sein? dachte Lydia. Kathi würde es ihr sagen können. Sie interessierte sich für Raubvögel. Das Tier stieß einen schrillen Schrei aus und flog mit kräftigen Flügelschlägen davon. Lydia blickte ihm hinterher, bis es als winziger Punkt zwischen den Wolken verschwunden war. Langsam ließ sie den Kopf nach vorn sinken und betrachtete die Landschaft, die sich vor ihr ausbreitete. Die Aussicht gefiel ihr. Der Blick verlor sich weit über Wiesen und Felder. Erst am Horizont wurde er von einer Bergkette aufgehalten. In einiger Entfernung, dort, wo sich die Wiesen und Felder nach oben wölbten, fuhr ein weißer Lieferwagen. Wie klein er aussah! Wie ein Spielzeugauto. Der Wagen verschwand in einem Wäldchen. Im nächsten Augenblick kam er wieder zum Vorschein. Aber nicht dort, wo Lydia ihn erwartet hatte. Der Fahrer hatte offensichtlich gedreht und fuhr denselben Weg zurück, den er gekommen war.

Lydia stieß ein erstauntes »Oh!« aus. Sie erinnerte sich plötzlich an einen Tag im letzten Sommer. Die Vergangenheit war zum Greifen nah. Lydia schloß die Augen und ließ die Bilder kommen und gehen. Es war ein besonders heißer Tag gewesen. Ein »Jahrhundert-Tag«, wie man abends in den Nachrichten hören konnte. Früh am Morgen fuhren Katharina und sie mit den Fahrrädern zur Talsperre hinaus. Der Badestrand war schon erstaunlich voll gewesen. Vor allem Frauen mit Kindern waren da. Die meisten saßen nackt auf ihren Decken und unterhielten sich. Die Kinder spielten nah am Ufer. Aus Sand, leeren Flaschen, Dosen und allerlei anderem bauten sie Burgen. In regelmäßigen Abständen riefen die Frauen die Kinder zu sich und cremten sie mit flinken Händen ein. Der Geruch von Sonnenöl lag in der Luft. Lydia schlug einen Platz mitten im Gedränge vor. Sie mochte es, mit geschlossenen Augen vor sich hin zu dösen und dem Geplapper der Kinder zu lauschen. Auf Katharinas Wunsch allerdings breitete sie die Decke hinter einem Busch aus. Der Boden duftete nach Sommer, und auf der Haut standen innerhalb kürzester Zeit Schweißperlen. Die beiden schwammen viel an diesem Tag, bespritzten sich wie Kinder mit Wasser, verzehrten gemeinsam ihre Butterbrote und schliefen nebeneinander in der Sonne. Lydia benutzte ihren Badeanzug als Kopfkissen.

Am späten Nachmittag, als die Sonne weit herumgewandert war und Katharina und Lydia schon lange im Schatten gelegen hatten, war es an der Talsperre stiller geworden. Das Kindergeschrei war nach und nach verebbt. Als es völlig verstummt war, hatten Katharina und Lydia ihre Decke weiter unten am Wasser aufgeschlagen. Sie lagen dicht nebeneinander, schauten in den Himmel und lauschten dem leisen Plätschern des Wassers. Lydia erinnerte sich an besonders schöne Erlebnisse aus gemeinsam verbrachten Ferien. Katharina unterbrach sie ständig. Sie zeigte auf den Himmel, wies auf die herrlichen Farben und die wechselnden Blautöne des Wassers. Als die Sonne blutrot am Horizont verschwunden war, hatten sie sich angezogen und ihre Fahrräder geschoben. Vor einem Feld blühender Sonnenblumen blieb Lydia stehen. »Schau doch nur, wie sie mir alle die Köpfe zudrehen. Wie die Gesichter von Menschen«, kicherte sie und rief im nächsten Moment laut: »Meine sehr geehrten Damen und Herren, heute werde ich Ihnen von der ›Liebe‹ erzählen. Ich bitte Sie, ausnahmsweise nicht mitzuschreiben, sondern genau zuzuhören.« Sie bewegte die Hände geziert auf und ab. »Weil die Liebe mit Worten nicht zu erhaschen ist und jeder sie selbst erleben muß, schweige ich.« Katharina spendete Applaus. »Eine wundervolle Rede. Und wie interessiert sie dich alle angeschaut haben.«

Langsam gingen sie durch die Felder nach Hause. Jeder ihrer Schritte wirbelte Staubwolken auf. Mitten im Gespräch blieb Katharina plötzlich stehen. »Schau!« sagte sie und legte ihr Fahrrad vorsichtig auf den Boden. Am Rande des Weges lag eine Schwalbe. Sie lag im Staub, spreizte die Flügel vom Körper und hielt den Schnabel weit geöffnet. Aus schwarzen Augen blickte sie die Herannahenden an.

»Sie stirbt!« jammerte Lydia und näherte sich dem Tier wie Katharina auf Zehenspitzen. »Warum soll sie sterben?« Katharina schüttelte verständnislos den Kopf. Sie hob die Schwalbe mit beiden Händen vom Boden auf und warf sie in die Luft. »Sieht nicht so aus, als würde sie sterben!« strahlte sie und winkte dem Vogel hinterher. Lydia starrte die Freundin fassungslos an. »Du auch?« fragte Katharina lachend und streckte die Hände nach ihr aus.

Abends hatten sie in der kleinen Pizzeria gegessen und mehrmals hintereinander auf den Tag angestoßen. Später saßen sie bei Kerzenschein in Katharinas Atelier und tranken Rotwein aus der Flasche. Durch die weit geöffneten Fenster wehte der warme Geruch der Straße herein. Lachend erinnerten sie sich an früher. An ihre Erlebnisse mit der ersten Menstruation. Erst erzählte Lydia, anschließend Katharina. Sie stellten viele Ähnlichkeiten fest. Beide hatten sie beim Anblick des Blutes geglaubt, sterben zu müssen, und beide hatten die dreckigen Schlüpfer heimlich weggeworfen. Lydia klemmte ihre Unterhose auf dem Speicher hinter einer losen Dachpfanne ein, Katharina vergrub die ihre im Hof hinter den Tonnen. Ihr Geheimnis behielten sie nicht lange für sich. Die Mütter hatten es gelüftet. Sowohl Frau Mallack als auch Frau Labetzke hatten das seltsame Verhalten der Töchter mit mütterlichem Instinkt gedeutet. Sie stellten Pakete mit Damenbinden ins Badezimmer und notierten in einem extra dafür angelegten Vokabelheft das Datum des einsetzenden Blutstromes. Lydia mußte es am Mittagstisch ihrem Vater erzählen. Katharina durfte kein Wort darüber verlieren.

Kichernd erinnerte sich Katharina, wie Lydia beim Fußballspielen an der Kirche die Binde aus dem Schlüpfer gefallen war. Lydia trug ihren Schottenrock mit der goldenen Sicherheitsnadel. Sie saß auf der Kirchentreppe, aß Zuckererdbeeren und schaute dem Spiel zu. Weil Katharina sie immer wieder anbettelte mitzuspielen, stand sie schließlich auf und stellte sich zwischen die beiden Pullover, die das Tor bildeten. Nach dem ersten abgewehrten Schuß stand sie stocksteif und stierte auf den Bürgersteig. Zwischen ihren Füßen lag die Binde. Gebogen wie ein Schiffchen und blutrot verschmiert. Lydia starrte sie an und wußte nicht, was sie tun sollte. Bevor irgend jemand das Malheur bemerkte, war Katharina herbeigerannt. Mit erhitztem Gesicht kickte sie die Binde in den Rinnstein und weiter in den Gulli. Lydia küßte der Freundin vor Dankbarkeit die Hand.

Um auf jede Erinnerung anstoßen zu können, hatten sie das Atelier verlassen und eine zweite Flasche Wein geholt. Spät in der Nacht, als sie angetrunken durch das Treppenhaus stolperten, hatte Katharina, nachdem sie sich auf der Straße von Lydia verabschiedet hatte, ihre Staffelei ins Auto gepackt und war am nächsten Morgen in aller Herrgottsfrühe aus der Stadt hinausgefahren. Bei Einbruch der Dunkelheit war sie müde und über Rückenschmerzen klagend zurückgekommen. Das Bild hatte sie im Auto gelassen. Als Lydia danach fragte, winkte Katharina nur ab. Lydia nahm der Freundin kommentarlos die Autoschlüssel aus der Hand und holte das Bild aus dem Kofferraum. Schon im Hausflur hielt sie es mit gestreckten Armen von sich weg und betrachtete es staunend. Die Landschaft mit dem dunklen Dreieck in der Mitte gefiel ihr auf Anhieb. Lydia lief die Treppen hinauf, stellte das Bild vor das Fenster, richtete ihre Schreibtischlampe darauf und erklärte es atemlos für das Beste, was Kathi in der letzten Zeit gemacht habe. Katharina stand im Türrahmen und schüttelte ungläubig den Kopf.

»Findest du es wirklich gut?« hatte sie später am Abend gefragt. »Natürlich finde ich es wirklich gut!« Lydia hob ihr Glas und prostete der Freundin zu. Am nächsten Tag hatte Katharina Lydia das Bild mit einer großen Schleife versehen geschenkt. Seitdem hing es in ihrem Schlafzimmer, gleich über dem Bett...

Lydia streichelte den Pfosten wie die Wange eines geliebten Menschen. Sie warf einen letzten Blick über die Landschaft und lief langsam den Weg zum Parkplatz zurück. Katharina hatte ihr in jener Nacht zum wiederholten Male erzählt, woher sie die Narbe an der Stirn hatte. Es war passiert, als sie ungefähr sechs Jahre alt gewesen war. Frau Mallack hatte der Tochter das Fahrradfahren beibringen wollen. Auf abschüssiger Straße setzte sie das Kind auf den Sattel und hielt das Fahrrad am Gepäckträger fest. »Ich halte dich!« rief sie und lief keuchend hinter der Tochter her. Katharina trat die Pedale schneller und schneller. Sie lachte hell. Plötzlich, ganz ohne Grund, drehte sie sich um. Die Mutter stand oben auf dem Hügel und winkte. Katharina ließ vor Schreck den Lenker los und stürzte vornüber auf den Asphalt. Die Wunde blutete stark und mußte genäht werden...

Auf dem Parkplatz war es voller geworden. Lydia ahnte, daß der junge Mann mit der bunten Umhängetasche sie ansprechen würde. Zielstrebig kam er auf sie zu. Er trug eine ausgewaschene Jeans und einen Wollpullover mit Rollkragen. Unterhalb des Halses glänzte eine silberne Anstecknadel. Zwei Masken, die sich dicht aneinanderschmiegten. Eine fröhliche und eine traurige.

»Entschuldigen Sie, bitte. Können Sie mich ein Stück mitnehmen?«

Lydia schaute den Mann an. Irgend etwas in seinem Lächeln gefiel ihr. Außerdem war die Anstecknadel mit den Masken schön. Katharina besaß eine ähnliche.

»Wenn Sie auf keiner Unterhaltung bestehen, können Sie mitfahren.«

»Soll mir recht sein.«

»Haben Sie Gepäck?«

»Nein, nur die Tasche hier.«

»Und wo wollen Sie hin?«

»Zum nächsten Rastplatz. Dort wartet meine Freundin auf mich. Wir haben... ach so, ich vergaß, keine Unterhaltung.«

Lydia nickte mit dem Kopf und schaute ihn an. Der Mann verzog keine Miene.

»Mein Wagen steht da drüben.« Mit ausgestrecktem Arm wies sie in die Richtung.

Schweigend gingen sie nebeneinander her. Aus einem Auto klangen Kinderstimmen.

»Pardon, ist ein Tick von mir«, Lydia lief um ihren Begleiter herum, »aber ich gehe lieber auf der linken Seite.«

»Vielleicht mögen Sie niemanden zu nah an Ihrem Herzen.«

Lydia runzelte die Stirn.

Der Mann hob entschuldigend die Hände und deutete mit einer Geste an, ab jetzt zu schweigen. Er verbreitete einen süßlichen Geruch im Auto. Lydia kannte diesen Duft. Am liebsten hätte sie laut »Pfui Teufel!« geschrien. Statt dessen klappte sie den Aschenbecher auf und sagte mit freundlicher Stimme: »Wenn Sie möchten, können Sie rauchen.«

Der Mann schüttelte den Kopf. »Danke, ich rauche nicht.«

Widerwillig atmete Lydia den Geruch des süßlichen Parfums ein. Katharina besaß seit einiger Zeit Räucherstäbchen, die einen ähnlichen Duft verströmten. Angeblich das Aroma von Rosen. Lydia konnte darüber nur den Kopf schütteln. Rosen rochen ihrer Meinung nach völlig anders. Katharina hatte die Räucherstäbchen in Palmais Lokal geschenkt bekommen. Seitdem lag die gelbe Packung, auf deren Vorderseite eine indische Göttin von zwei Elefanten bewacht wurde, auf ihrem Tisch. Mit strahlenden Augen hatte sie Lydia von diesem Abend erzählt. Es war ein Freitag gewesen. Sie saß in ihrem Atelier und rührte Farben an, als Palmai mehrmals hintereinander schellte und sie mit erhitztem Gesicht bat, eine Stunde in der Küche auszuhelfen. Er war von einer Gruppe Frauen überrascht worden, die, ohne sich vorher angemeldet zu haben, einen Geburtstag bei ihm feiern wollten. Katharina tat dem Freund den Gefallen gerne. Sie putzte Salat, kochte Nudeln, klopfte Fleisch und servierte später am Abend an einigen Tischen. Die Gastgeberin, eine Frau mit schulterlangen blonden Haaren und einer »sehr weiblichen Figur«, wie Katharina sich ausdrückte, war nach Mitternacht allein zurückgeblieben. Nach einem lauten und fröhlichen Abschied von den anderen verlangte sie die Rechnung und lud Katharina zu einem Glas Sekt ein. Die beiden duzten sich sogleich und stießen mit klingenden Gläsern auf Johannas Wohl an. Katharina erzählte von ihrer Arbeit im Atelier und Johanna von ihrem Lehrauftrag an der Universität. Sie war Dozentin für Skandinavistik und besuchte in ihrer Freizeit Vorlesungen an der philosophischen Fakultät. Da sie erst seit kurzem wieder in ihrem Beruf tätig war, konnte sie von den »wissenschaftlichen Diskursen«, wie sie sagte, gar nicht genug bekommen. Vor allem psychoanalytische Theorien interessierten sie. Katharina gefiel die Art, mit der die andere über die Faulheit vieler Studenten, die überfüllten Seminare, ihre Leidenschaft fürs Fahrradfahren und die Streitereien mit dem pubertierenden Sohn redete. Sie bewunderte die Leichtigkeit und die Bilderflut der Rede und ertappte sich immer wieder dabei, wie sie die auffallend schmalen Handgelenke der Frau anstarrte.

Als Palmai hinter den letzten Gästen die Tür schloß, blickte Johanna erstaunt auf die Uhr. »Unglaublich!« Sie schrieb ihre Adresse auf einen Bierdeckel und forderte Katharina auf, sie in nächster Zeit zu besuchen. Sie fischte ein Paket Räucherstäbchen aus den Geschenken heraus und schob es über den Tisch. »Damit du meine Einladung nicht vergißt, eine duftende Erinnerung«, sagte sie und schüttelte Katharina zum Abschied lange die Hand.

Katharina hatte die Räucherstäbchen seit diesem Abend auf

ihrem Tisch liegen. Ab und zu, wenn sie sich mit Lydia unterhielt, nahm sie die Packung in die Hand, hielt ihre Nase in die Öffnung, schnupperte einige Male und legte sie dann wieder zurück. Lydia schüttelte angeekelt den Kopf. Sie mochte den Geruch nicht. Er war ihr zu aufdringlich. Jedesmal, wenn Katharina eines der zierlichen Hölzer anzündete, öffnete sie demonstrativ das Fenster...

Der Mann schaute Lydia von der Seite an.

»Danke fürs Mitnehmen«, sagte er, als er ausstieg.

Bevor er die Tür zuschlug, steckte er noch einmal den Kopf in den Wagen und lächelte breit. »Setzen Sie sich bei Gelegenheit an einen See, und versuchen Sie mal, an nichts zu denken.«

Lydia nickte und winkte beim Anfahren. Sie kurbelte das Fenster hinunter und atmete tief durch.

Katharina las, seit sie sich mit Johanna regelmäßig in der Universität traf, auffallend viel. Neben ihrem Bett, wo gewöhnlich Skizzenblöcke und Stifte lagen, stapelten sich plötzlich Bücher. Ein Anblick, an den sich Lydia, wie sie der Freundin im Scherz ins Ohr flüsterte, erst gewöhnen müsse. »Nutrimentum spiritus – Nahrung des Geistes«, antwortete Katharina nur und stapelte weiterhin Bücher. Wenig später begann sie Listen mit Buchtiteln anzufertigen. Sie trug sie kleingefaltet in ihren Jackentaschen oder befestigte sie mit Stecknadeln über ihrem Kühlschrank an der Wand.

Lydia hielt sich in dieser Zeit häufig in Katharinas Küche auf. Unauffällig studierte sie die Zettel über dem Kühlschrank, lernte die Titel, in denen Begriffe wie »präödipal« und »Trauma« eine wesentliche Rolle spielten, wie Englisch-Vokabeln auswendig. Bei ihren Streifzügen durch die Antiquariate der Stadt wurde sie manchesmal fündig. Katharina freute sich über die mit ironischen Widmungen versehenen Geschenke der Freundin und fand es völlig nebensächlich, wie vergilbt, fleckig oder voller Notizen die Bücher waren. Sie strich die Titel auf dem Zettel an der Wand durch und schrieb schon wenige Tage später neue darunter. Lydia hatte das Gefühl, die Buchtitel quollen wie Hefeteig auseinander. Die meisten konnte sie sich selbst nach mehrfachem Lesen nicht merken. »Warum so unsinnig viele Fremdwörter?« fragte sie die Freundin. »Vielleicht, weil die Inhalte genauso unsinnig sind«, lachte Katharina.

Als sie sich nach einem gemeinsamen Fernsehabend wieder einmal früher als gewöhnlich verabschiedete, fragte Lydia sie im Hausflur nach dem Grund ihres plötzlichen Interesses für psychoanalytische Literatur. Katharina stand im Türrahmen und ließ den Autoschlüssel von einer Hand in die andere wandern. Sie trug die engen verwaschenen Jeans und das weite weiße Seidenhemd mit den zwei Flecken unterhalb des Kragens. Lydia gefielen die grünen Spritzer. Sie hatten, wenn man aus der Nähe und sehr genau hinschaute, die Form zweier Gesichter. Außerdem paßte das Grün so gut zu Katharinas roten Haaren. Lydias Frage beantwortete die andere mit einem schier endlosen Wortschwall. Sie redete so erregt, daß sich ihre Wangen röteten. Ein Zustand, der in ihrem Gesicht eine Seltenheit war. Die Röte kroch über den Hals bis tief in den Ausschnitt hinunter. Lydia beobachtete die Wanderung der Farbe nicht ohne Erstaunen. Katharina wiederum beobachtete die Freundin und schwieg mitten im Satz. Mit gesenktem Blick verabschiedete sie sich und eilte die Treppen hinunter. Lydia wartete, bis sie die Haustür ins Schloß fallen hörte. Beim Klang des vertrauten Geräusches bemerkte sie, daß Katharina ihre Frage nicht beantwortet hatte...

Lydia zündete sich eine Zigarette an. Sie öffnete das Fenster einen Spalt weit und blies den Qualm durch den schmalen Schlitz hinaus ins Freie. Nach nur wenigen Zügen warf sie die Zigarette hinaus. Ihr Hunger machte sich mittlerweile deutlich bemerkbar. Sie tastete in dem Handschuhfach herum und brachte einen Hustenbonbon zum Vorschein. Mit triumphierendem Blick steckte sie ihn in den Mund. Nur kurze Zeit später spuckte sie ihn wieder aus. »Ich wußte es!« murmelte sie. »Einer mit Füllung.«

Rechts und links der Autobahn breitete sich seit einiger Zeit Wald aus. Die Bäume leuchteten in rostigen Rottönen. Hier und da waren gelbe Flecken eingesprenkelt. Was für ein Farbenspektakel! Kathi würde sich in Begeisterungsstürmen verlieren. Sie konnte sich an den Farben der Natur wie an Champagner berauschen. Vor allem im Frühling, wenn die Welt in unzähligen Grüntönen explodierte. Katharina faszinierten diese Farbnuancen jedes Jahr aufs neue. »Irgendwann werde ich sie zählen«, hatte sie einmal mit Inbrunst gesagt und wieder eine dieser euphorischen Reden gehalten. Lydia hörte Katharina bei diesen Monologen gerne zu. Die andere war in diesen Momenten kaum wiederzuerkennen. Sogar ihre Stimme klang verändert. Manchmal brachte Lydia Katharina bei ihren gemeinsamen Spaziergängen mit geschickt gewählten Stichwörtern dazu, von den Farben der Natur zu reden...

Lydia warf einen Blick auf die Uhr. Der Stand der Zeiger entlockte ihr ein ungläubiges Staunen. Kein Wunder, daß ihr Magen seit geraumer Zeit aufdringlich knurrte. Sie holte eine Mappe aus dem Handschuhfach und breitete eine der gefalteten Landkarten auf dem Beifahrersitz aus. Mit Mühe gelang es ihr, einen Blick in die Karte zu werfen. »Das hat so keinen Zweck!« Sie faltete die Karte mit einer Hand wieder zusammen und ließ sie im Handschuhfach verschwinden. In einiger Entfernung kündigte ein Schild ein Autobahnkreuz an. »Na, also!« Lydia stieß einen erleichterten Seufzer aus. Jetzt konnte es nicht mehr weit sein! Jetzt würde sie es bald geschafft haben.

Sie verließ die Autobahn und fuhr durch dichten Wald. Rechts und links der Straße waren in kurzen Abständen Wanderwege ausgewiesen. Auf den Parkplätzen standen vereinzelt Autos. Menschen waren nicht zu sehen. Die Sonne, die durch das Laubdach schien, zeichnete ein Muster auf die Straße. Jeder Windstoß, der die Baumkronen schüttelte, veränderte dieses Muster. Ein riesiges Kaleidoskop und ich mittendrin, dachte Lydia und kurbelte das Fenster herunter. Der Wald duftete nach Sommer. Vielleicht sollten Kathi und ich wandern gehen. Wir könnten uns eine Route ausdenken und mit Rucksäcken von Pension zu Pension marschieren. Dann hätten wir genügend Zeit zu reden. Genügend Zeit, über alles zu reden...

Die Straße wurde schmaler und kurvenreicher. Lydia kam es einen Moment lang so vor, als rückten die Bäume näher an den Asphalt heran, umklammerten ihn wie zugreifende Hände. Sie fuhr schneller. Es dauerte nicht lang, und sie hatte den Reisebus eingeholt, der in einiger Entfernung schon mehrmals hinter den Kurven verschwunden und wieder aufgetaucht war. »Mit uns der Sonne entgegen« stand auf der Rückseite des Busses. Unter dem Schriftzug versank eine blutrote Sonne zwischen Palmen im Meer. Von mir aus gerne, dachte Lydia und fluchte plötzlich laut. Der Bus fuhr ächzend eine Steigung hinauf und stieß stinkende schwarze Wolken aus seinem Auspuff. Eilig kurbelte sie ihr Fenster hoch. Aus dem Rückfenster des Busses winkten ihr zwei Jungen. Beide hatten blondes, akkurat zur Seite gescheiteltes Haar und blasse, runde Gesichter. Lydia winkte zurück. Sie zeigte auf den qualmenden Auspuff und hielt sich die Nase zu. Die Jungen lachten mit aufgerissenen Mündern. Sie spielten Karten.

Als Kinder hatten Katharina und sie eine Zeitlang Autoquartett gespielt. Katharina liebte das Spiel um PS-Zahlen, Höchstgeschwindigkeiten und Hubräume. Lydia teilte die Begeisterung der Freundin nicht. Dennoch spielte sie mit, wenn Katharina die durchsichtige Schachtel mit den glatten Karten aus der Jackentasche zog. Sogar in der Straßenbahn. Da Katharina schlecht verlieren konnte, führte das Spiel zu ständigem Streit. Kurz entschlossen nahm Lydia die Karten eines Morgens an sich und warf sie in der großen Pause in den Abfalleimer vor dem Schulhof. Der Freundin erzählte sie am Nachmittag, sie habe die Karten verloren...

Die Jungen in dem Bus winkten. Lydia winkte zurück und zündete sich eine Zigarette an. Einer der beiden zeigte auf die Zigarette und hielt sich die Nase zu. Der andere schlug ihm anerkennend auf die Schulter. Lydia lachte. Ihr fielen plötzlich die Frauen auf dem Rastplatz ein. Damals, als sie mit Katharina im winterlichen Venedig gewesen war, hatte der Anblick einer Gruppe alter Frauen Katharinas melancholische Stimmung noch verstärkt. Lydia verstand die Freundin wieder einmal nicht. Sie empfand die Frauen, die nach und nach aus einem Reisebus ausstiegen, alles andere als bedrückend. »Ich weiß gar nicht, was du hast. Die Mädels haben doch eine Menge Spaß«, sagte sie. »Kommen in die Lagunenstadt, genießen die Atmosphäre, schauen sich den herrlichen Lido an...«

»Meinst du, wir sehen später auch so aus?« unterbrach sie Katharina.

»Na klar! Warum denn nicht?«

Später, auf der Rückreise, als sie schweigend im Auto saßen, fiel Lydia auf, daß Katharina erst nach diesem Erlebnis sehr still geworden war. Lydia hatte die Tage in Venedig trotzdem genossen. Sie saß neben der stummen Freundin, beobachtete das Treiben in den Kanälen, atmete den modrigen Geruch des Wassers ein und lauschte auf das Geschwätz der Touristen...

Lydia drückte die Zigarette aus und packte das Steuerrad fester. Ihre Hände spannten sich zu Fäusten. Warum hatte sie Kathis Ängste damals nicht ernst genommen? Warum hatte sie die andere nicht angehört, sie zu einem Gespräch animiert? Warum hatte sie nicht wenigstens ein einziges Wort über die Situation verloren?

»Warum?!« brüllte sie und erschrak über ihre eigene Stimme.

Die Jungen hinter der Scheibe waren verschwunden. In dem Fenster spiegelten sich die Bäume. Lydia gab Gas und überholte den Bus. Sicher gab es Gründe, warum sie Katharinas Schweigen akzeptiert hatte. Vielleicht war sie wieder einmal mit einem längeren Artikel beschäftigt gewesen und hatte im Geiste formuliert, oder sie hatte Ärger in der Redaktion gehabt und war froh, in Begleitung der Freundin ein wenig Ruhe zu tanken, oder sie war verliebt... Ja, genau! Sie erinnerte sich. Sie war verliebt gewesen. In einen Schriftsteller mit Namen Sebastian von Gromkow. Sie hatte ihn bei einer Autorenlesung kennengelernt und ihm einen Brief geschrieben...

Sie stieß einen Freudenschrei aus. Vor ihr, am Berg, umgeben von Wald, lag »Neuschwanstein«. Strahlend weiß leuchtete es in der Sonne. Es schien sich zum Himmel hinaufzurecken, die Türme wie Arme weit nach oben zu strecken. Lydia lehnte sich über das Steuerrad, um das Schloß besser sehen zu können. Der Anblick ließ eine seltsame Erregung in ihr aufsteigen. So schlank und zierlich, zart und zerbrechlich hatte sie es sich nicht vorgestellt. Mit schief gestelltem Kopf starrte sie hinauf.

Der Bus, der ihr entgegenkam, hupte anhaltend. Erschrocken riß Lydia das Steuer herum. Der Beifahrer mit dem Mikrophon in der Hand drohte mit erhobenem Zeigefinger. Lydia murmelte eine Entschuldigung und beugte sich erneut über das Steuerrad. Das Schloß war verschwunden.

Jetzt muß der Ort kommen, von dem Katharina so oft gesprochen hat. In gemäßigtem Tempo fuhr sie um eine Kurve. Richtig! Da war das Ortsschild und da die Holztafel mit dem Willkommensgruß in fünf Sprachen. Lydia fuhr auf den ausgewiesenen Parkplatz und stellte ihr Auto neben einen Holzkübel mit Geranien.

Sie stieg aus, stemmte ihre Hände in die Hüften und reckte sich. Aus Versehen berührte sie eine der Geranien. In roten Tropfen regneten die Blütenblätter auf den Boden. Lydia hob einige auf, steckte sie in ihre Jackentasche und ging zum Ausgang des Parkplatzes. Vor der Wanderkarte blieb sie stehen. Neugierig studierte sie die Wege und Zeichen. Dies also ist mein Standort, dachte sie und betrachtete das rote Fähnchen. Schräg darüber war das Schloß Neuschwanstein eingezeichnet. Nanu – da ist ja noch ein Schloß! Der Name schien ihr unbekannt. Hatte Katharina ihr jemals von »Hohenschwangau« erzählt? Sie konnte sich nicht erinnern.

Lydia hatte ihre Tasche vergessen. Sie rannte zu ihrem Auto zurück, klemmte die Reisetasche unter den Arm und lief in den Ort. Zwei Frauen in Kniebundhosen kamen ihr entgegen. Sie unterhielten sich laut über Kohlrouladen und panierte Schnitzel. In einiger Entfernung folgten zwei Männer. Schweigend gingen sie nebeneinander her. Die Gamsbärte an ihren Hüten wippten im Takt. Aus einem Hof schallte Hundegebell. Eine wütende Männerstimme ließ es verstummen. Lydia blieb einen Moment stehen. »Hotel Ludwig der Bayer« las sie und zog die Stirn in Falten. Klingt gut und sieht einladend aus! Kommt in die nähere Auswahl. Langsam ging sie weiter. Die Sonne hatte die Luft zwischen den Häusern erwärmt. Der Geruch von Holz vermischte sich mit dem Duft der Geranien. In üppiger Pracht wogten die Blüten vor Fenstern und Balkonen. Als wäre ich in den Sommer zurückversetzt, dachte Lydia und zog ihre Jacke aus. Aus dem Hotel »Zum goldenen Ochsen« kamen drei Japanerinnen. Sie hakten sich unter und liefen kichernd über die Straße.

Ihre Haare glänzten schwarz in der Sonne. Vor dem Schaufenster eines Souvenirgeschäftes blieben sie stehen.

Lydia folgte der Straße bis zum Ufer eines Sees. Das mußte der »Alpsee« sein. Katharina hatte ihr oft von dem Gewässer erzählt.

Lydia versprach dem See, später wiederzukommen, und lief zurück in den Ort. Sie entschied sich für ein Hotel mit Blick auf das Schloß. Das Haus gefiel ihr. Der mittlere Teil schien alt zu sein, die Flügel und der Wintergarten nachträglich angebaut. Auf der Terrasse waren Sonnenschirme aufgespannt. Einladend breiteten sie ihre bunten Dächer aus. Auf dem Messingschild über der Tür schaukelte der Name »Ilse«.

Ilse klingt gut, dachte Lydia und stieg die Stufen hinauf. Wie sagt Kathi immer, wenn ihr irgend etwas nicht gelingt? »Meine Frau, die Ilsebill, will wohl nicht, als ich wohl will...«

In der Hotelhalle spielte leise Musik. Der Raum war klein und mit dunklem Holz getäfelt. An den Wänden hingen Kupferstiche. Neben der Treppe, in einer weiß getünchten Nische, stand die Heilige Barbara mit dem Turm im Arm.

»Wenn es möglich ist«, sagte Lydia zu der Dame an der Rezeption, »hätte ich gerne ein Zimmer mit Blick auf das Schloß.«

Die Dame setzte die Brille auf, die an einer Kette um ihren Hals hing, und blätterte in einem Buch. Lydia stellte ihre Tasche auf den Boden und drehte vorsichtig den Ständer mit den Postkarten. Viele der Motive waren ihr seltsam vertraut. Vor allem das Gesicht des jungen Königs.

»Da haben Sie Glück, heute früh ist die Nummer siebzehn frei geworden«, sagte die Frau und blickte auf.

»Wie schön!« Lydia zog eine Karte mit dem Gesicht des jungen Ludwig aus dem Ständer. »Den nehme ich mit. Sozusagen als Einstimmung.«

»Da tun Sie recht dran.« Die Frau lächelte und reichte Lydia einen Zimmerschlüssel mit einer roten Kugel.

»Meine Güte, ist der Anhänger schwer!«

»Ja, die Kugel ist aus Blei. Das haben wir mit Absicht gemacht. Sie glauben gar nicht, wie oft die Gäste den Schlüssel aus Versehen mitnehmen und dann verlieren oder irgendwo liegenlassen. Für uns ist das sehr ärgerlich und mit viel Unannehmlichkeiten verbunden. Die Bleikugel soll verhindern, daß die Gäste die Schlüssel unbemerkt einstecken.« Sie schmunzelte. »Und dennoch, ich habe vor Jahren eine junge Frau erlebt, die hat ihn trotz der Bleikugel mitgenommen. Den ganzen Tag ist sie mit dem Schlüssel in der Hosentasche herumgelaufen. Sie hat es nicht gemerkt. Sie hat sich nur gewundert, warum ihre Hose an der einen Seite so merkwürdig herunterhing. Witzig, nicht?«

Lydia nickte und überlegte, ob sie sich nach der Haarfarbe der Frau erkundigen sollte. Da zwei Männer mit Koffern den Raum betraten, schwieg sie.

Sie nickte der Frau zu, nahm ihre Tasche und stieg die Treppe hinauf. Die Bleikugel ließ sie in Brusthöhe hin und her pendeln.

Das Zimmer mit der Nummer siebzehn lag am Ende eines schmalen Ganges. Dicke Teppiche ließen den Schritt angenehm federn. Merkwürdigerweise roch es nach Bohnerwachs. Katharinas Atelier hatte in den ersten Tagen ähnlich gerochen. Die Freundin war darüber sehr unglücklich gewesen. Gleich am ersten Tag schrubbte sie den Holzfußboden mit übelriechender Lauge.

Lydia stand mit gerümpfter Nase im Türrahmen. »Was, um alles in der Welt, tust du? Findest du nicht, das Bohnerwachs riecht bedeutend angenehmer als dieses Zeug?«

Katharina preßte die Lippen aufeinander und schüttelte den Kopf. Später vertraute sie Lydia an, daß der Geruch von Bohnerwachs sie seltsamerweise an Särge erinnere...

Sesam, öffne dich! Lydia stupste die Tür mit der Schulter auf. Ein heller Ton, wie von einer Oboe, erklang. Das Zimmer war hell und gemütlich und duftete nach Holz. Lydia stellte ihre Tasche auf das Bett und zog die Gardinen auseinander. Hoch oben, inmitten des Waldes leuchtete die Burg. Kein schlechter Platz, um sich dem Getriebe der Welt zu entziehen! dachte Lydia.

Sie schaute auf die weißen Türme und zündete sich eine Zigarette an. Katharina schien ihr auf einmal weit entfernt. Vielleicht sollte ich jetzt in die Klinik fahren, überlegte sie. Der Weg dorthin war nicht weit, sie hatte es sich bei Frau Triltsch auf einer Karte angeschaut. Sie würde nicht länger als eine Stunde brauchen...

Lydia schluckte. Ihr Magen krampfte sich zusammen. Der kurze, heftige Schmerz trieb Schweißperlen auf ihre Stirn. Was, wenn man sie nicht vorließ? Was, wenn man sie schon am Eingang abwies? Immerhin gehörte sie nicht zur Familie. Sie war die Freundin, nicht mehr und nicht weniger. Als Freundin hatte sie in der Klinik nur dann etwas zu suchen, wenn die andere es wollte.

Lydia drückte die Zigarette aus. Sie preßte ihre Hände in die Magengegend, setzte sich auf die Bettkante und starrte zum Fenster hinaus. Was hatte Frau Mallack am Telefon gesagt...? Katharina brauche Ruhe! Und wenn sie gelogen hatte? Wenn sie das Märchen von der »nötigen Ruhe« erfunden hatte? Aber warum sollte sie die Wahrheit verschweigen? Warum ein Märchen erfinden? Vielleicht – um sie zu schonen. Vielleicht hatte Katharina der Mutter aufgetragen, die Freundin abzuwimmeln. Vielleicht hatte Katharina der Mutter anvertraut, die Freundin unter gar keinen Umständen sehen zu wollen. Ja, so mußte es sein! Und Frau Mallack hatte der Tochter den Gefallen getan und nicht gewußt, wie sie es der Frau am Telefon beibringen sollte. Nach all den Jahren der Freundschaft...

Lydias Magen schmerzte aufdringlich. Das Schloß vor ihren Augen verschwamm zu einem weißen Fleck.

Sie ballte die Fäuste. Blödsinn! Warum soll Kathi mich nicht sehen wollen? Schließlich hat sie mir die Karte geschrieben! Schließlich hat sie auf dieser Karte das Wort »Liebe« benutzt!

Sie zündete sich schon wieder eine Zigarette an. Aber die Karte hat sie mir geschrieben, bevor...

Lydia sprang auf, zog die Herzdame aus der Hosentasche und musterte sie mit gierigen Blicken. Die Frau mit der Blume im Haar lächelte. Auffordernd streckte sie der Betrachterin die Rose entgegen. Lydia atmete erleichtert auf. Sie stellte die Karte auf den Nachttisch und lehnte die Ansichtskarte mit dem Gesicht des jungen Ludwig daneben.

Erneut schaute sie zum Schloß hinüber. Das blasse Gemäuer

schien näher gerückt zu sein. Der Wind trieb Wolken am Himmel entlang.

Lydia schmiß die Zigarette in die Toilette und verließ das Zimmer. Ihr Magen hatte sich beruhigt. Während sie langsam die Treppen hinunterlief, warf sie einen Blick auf die geschnitzten Figuren in den Mauernischen. Zarte Madonnen mit blassen, unschuldigen Gesichtern. Vor ihr stand die heilige Elisabeth von Thüringen. In demutsvoller Haltung barg sie den Arm voller Rosen. Lydia berührte sie im Vorbeigehen am Fuß.

In der Gaststube waren alle Tische besetzt. Unentschlossen blickte Lydia um sich. Die Frau von der Rezeption winkte ihr mit der Serviette, sich zu ihr zu setzen.

»Gefällt Ihnen Ihr Zimmer?«

Lydia rückte ihren Stuhl zurecht. »O ja, der Blick auf das Schloß ist wirklich schön.«

»Sie werden heute abend erst staunen. Das Schloß wird mit Einbruch der Dunkelheit angestrahlt.«

»Ja, das habe ich schon gehört.«

»Wollen Sie Urlaub bei uns machen?«

»Nein. Ich bin auf der Durchreise.«

Ein Kellner in schwarzer Hose und weißem Hemd hielt Lydia eine Speisekarte entgegen.

Sie bedankte sich und griff danach. Der junge Mann mit dem silbernen Ring im Ohr deutete eine Verbeugung an. »Möchten Sie etwas trinken?«

Lydia schaute ihn an. Der Mann hatte wasserblaue Augen. Um seinen Mund spielte ein Lächeln.

»Eine Tasse Kaffee, bitte.«

»Vielleicht können Sie sich trotzdem erholen«, setzte die Frau das Gespräch fort. »Zum Erholen sind Sie hier goldrichtig. Atmen Sie beim Laufen nur recht tief durch. Dann werden Sie merken, wie zart die Luft hier ist. Hoffentlich haben Sie Glück mit dem Wetter. Wenn es wie in den letzten Tagen bleibt, werden Sie sich in unsere Landschaft verlieben.«

»Von dieser Liebe habe ich schon viel gehört.«

»So?« Die Dame lächelte und widmete sich einem dampfenden Apfelstrudel.

Lydia blickte den Kuchen ungeniert neugierig an. »Der riecht ja verführerisch.«

»Und der schmeckt, wie er riecht, sage ich Ihnen. Unbedingt empfehlenswert und ein absolutes Muß für Menschen, die sich erholen wollen.«

Lydia gab dem Kellner die Speisekarte zurück. »Ich möchte bitte auch so einen Apfelstrudel.«

Der Mann lächelte.

»Haben Sie unsere Maulwürfe schon gesehen?« Die Frau deutete mit der Gabel zur Fensterbank hinüber.

Lydia nickte. Die Tiere waren ihr gleich beim Betreten des Hotels aufgefallen. Sie hatten in der Eingangshalle auf einem Regal gestanden. »Ist das Handarbeit?« fragte sie höflich.

»Ja, Sackleinen, gefüllt mit Reis.«

»Haben Sie die gemacht?«

»O nein, Gott bewahre, ich wüßte nicht, wann. Außerdem habe ich zwei linke Hände, sagt man nicht so? Ich kann weder stricken noch häkeln, noch basteln... Nein, nein! Für mich ist eine solche Beschäftigung gar nichts. Aber wir haben einen Freund. Er hat weiter unten im Dorf ein Kunsthandwerkgeschäft. Ganz kleiner Laden. Wenn Sie die Straße bis zum See hinunterlaufen, sehen Sie ihn auf der rechten Seite. Alois von Allmen heißt der Mann. Im Gegensatz zu mir besitzt er sozusagen zwei rechte Hände. Er stellt die Maulwürfe seit einigen Monaten her. Gefallen sie Ihnen?«

»Gefallen wäre übertrieben. Aber ich werde trotzdem einen mitnehmen. Meine Freundin sammelt Maulwürfe.«

Die Frau legte ihr Besteck auf den Teller und tupfte sich mit der Serviette vorsichtig den Mund ab.

»Maulwürfe, das ist interessant. Wir haben seit Jahren einen Gast, der sammelt Porzellan-Eulen. Er nennt sie ›Schmuckstücke‹, seine Frau ›Staubfänger‹. Na ja, die Geschmäcker sind verschieden. Soso, und Ihre Freundin sammelt Maulwürfe.«

Lydia nickte.

Katharina besaß Maulwürfe aus Holz, Porzellan, Plüsch und Ton. Ihre »Maulis«, wie sie die Tiere liebevoll nannte. Die mittlerweile recht umfangreiche Sammlung stand auf dem Spiegelschrank ihres Badezimmers. Prachtstück der Sammlung war ein zierliches Exemplar aus Silber. Lydia hatte es vor Jahren bei einem Goldschmied in Auftrag gegeben. Es war ein Geburtstagsgeschenk, versteckt auf einer Torte mit Marzipanrosen. Erst beim Ausblasen der Kerzen hatte Katharina das eingewickelte Tier entdeckt. Mit einem Freudenschrei hatte sie es ausgepackt.

Auf Lydias Frage, warum sie gerade Maulwürfe sammle und nicht Igel, Schnecken oder sonst ein Getier, hatte Katharina ein nachdenkliches Gesicht gemacht. Sie saßen auf dem Balkon und genossen die letzten Sonnenstrahlen des Tages. Unten im Hof spielten Kinder. Katharina beobachtete die aufsteigenden Sektperlen in ihrem Glas und sagte: »Findest du es nicht faszinierend, daß Maulwürfe kilometerlange Gänge bauen und sich nie verlaufen?«

Lydia zuckte mit den Schultern. »Und? Was ist daran so faszinierend?«

»Na, daß sie sich nicht verlaufen!«

Wenig später erzählte sie ein Erlebnis aus Kindertagen. Es war im Sommer gewesen. Wie alt sie damals war, konnte sie nicht sagen. Sie erinnerte sich nur, daß ihre Eltern allein nach Italien in Urlaub fahren wollten und die Tochter aus diesem Grund zu den Großeltern brachten. Beim Abschied weinte Katharina herzzerreißend. Schluchzend schaute sie vom Küchenfenster aus dem Auto nach. Sie winkte, bis es hinter den Bäumen verschwunden war. Die Großmutter nahm Katharina auf den Schoß und streichelte ihr über den Kopf. Den ganzen Nachmittag versuchte sie, das Kind zu trösten. Am Abend, als Katharina in ihren Armen endlich eingeschlafen war, überlegte sie ernsthaft, ob sie am nächsten Tag mit der Enkelin bei dem freundlichen Doktor Többe vorsprechen sollte.

Am folgenden Morgen hatte sie die Idee vergessen und Katharina sich beruhigt. Blaß und mit geschwollenen Augen ging sie an der Großmutter vorbei in den Hof. Ohne zu merken, wie die Zeit verflog, trudelte sie auf der Schaukel hin und her. Plötzlich entdeckte sie ein Tier unter dem Johannisbeerstrauch. Sie sprang von der Schaukel, betrachtete es neugierig und hob es schließlich auf. Es war ein toter Maulwurf. Vorsichtig streichelte sie ihm über das glänzende Fell. Es fühlte sich so weich an. Wie Samt! Wieder und wieder strich sie dem Tier über den Rücken, rieb sogar ihre Wange daran. Eine Weile lief sie mit dem Maulwurf in der Hand durch den Garten, dann setzte sie sich auf die Schaukel und legte ihn in ihren Schoß. Mit einer Hand hielt sie sich fest, mit der anderen streichelte sie den Maulwurf. Noch nie hatte sie etwas so Weiches und Schönes an ihren Händen gespürt. Sicher, der Großvater hatte vor einiger Zeit ein Karnickel geschlachtet und ihr eine der Pfoten geschenkt. Die Pfote fühlte sich auch schön an. Aber dieses Tier in ihrem Schoß fühlte sich noch viel schöner an. Katharina saß auf der Schaukel, drückte den Maulwurf fester in ihren Schoß und stieß sich behutsam mit den Füßen vom Boden ab. Sie legte den Kopf in den Nacken und schaute in das sommerliche Blau des Himmels. Mit geschlossenen Augen summte sie das Lied, das die Großmutter ihr am Abend im Bett beigebracht hatte.

Plötzlich kletterte Leo über den Zaun. Der Junge aus dem Nachbarhaus war klein, dick und zwei Jahre älter als Katharina. Fast immer hatte er einen verschmierten Mund und dreckige Hände. Katharina mochte den Jungen, den die Nachbarkinder »Dickerchen« oder »Specki« riefen. Leo mußte sie schon eine Weile auf der Schaukel beobachtet haben. Kaum war er über den Zaun in den Hof gesprungen, stellte er sich breitbeinig vor Katharina hin, stemmte die Hände in die Hüften und schaute sie herausfordernd an. Sie solle ihm sofort den Maulwurf geben, sagte er und preßte seine mit Schokolade verschmierten Lippen aufeinander. Katharina, die sich über Leos Erscheinen so erschreckt hatte, daß sie beinah hintenüber von der Schaukel gefallen wäre, gab nur ein trotziges »phh!« von sich und legte ihre Hände schützend über den Maulwurf. Zum ersten Mal nannte sie Leo »Specki« und forderte ihn auf, den Hof ihrer Großeltern zu verlassen. Da sich der Junge nicht von der Stelle rührte, drohte sie ihm, ihn zu verraten. Sie wollte seiner Mutter erzählen, wie oft er sich heimlich in den Keller schlich und eingemachte Pflaumen aß. Leo bezeichnete sie als »Petze« und holte die Kohlenschaufel aus dem Stall. Er schaute sich im Garten um und grub schließlich ein Loch neben dem Zaun. Mit ernstem

Gesicht forderte er Katharina auf, das Tier hineinzulegen. Katharina weigerte sich mit trotziger Stimme, zeigte ihm einen Vogel und weinte schließlich. Sie stimmte erst zu, als der Junge ihr ins Ohr flüsterte, sie würde krank werden, wenn sie den Maulwurf nicht losließe. So krank, daß sie selbst in ein solches Loch müsse. Woher er das wissen wolle, schluchzte sie. »Das sagt mein Vater«, antwortete Leo, »und der ist Arzt.« Ohne weiter zu protestieren, legte Katharina das Tier in die Erde. Abends im Bett hatte sie immer noch das Gefühl, das seidige Fell des Maulwurfes an ihren Fingern zu spüren...

Die Frau von der Rezeption hatte ihren Apfelstrudel aufgegessen und erhob sich. Sie nahm die Strickjacke, die über der Rükkenlehne ihres Stuhles hing, und nickte Lydia zu. »Da ich zu tun habe, muß ich Sie jetzt allein lassen.«

Lydia aß ihren Apfelstrudel, ohne von ihrem Teller aufzugukken. Zum ersten Mal wunderte sie sich darüber, daß Katharina Maulwürfe sammelte. Nachdenklich schob sie die Rosinen durch die Vanillesoße und schubste sie mit dem Finger auf die Gabel. Sie bemerkte nicht, daß der Kellner an den Tisch herantrat und sich weit zu ihr hinunterbeugte.

»Ist der Strudel recht?« fragte er nah an ihrem Ohr.

Lydia zuckte zusammen. Fast hätte sie sich verschluckt. Sie starrte verlegen auf ihren Teller und nickte. Das Rasierwasser des Mannes roch angenehm. Lydia schaute dem Kellner hinterher. Der Mann war groß und schlank, hatte dichtes schwarzes Haar und schien unter dem weißen Hemd einen muskulösen Oberkörper zu verbergen. Lydia nahm die letzte Rosine mit den Fingern, knüllte die Serviette zusammen und schob den Teller in die Mitte des Tisches. Der Kellner bedankte sich für das Trinkgeld und hielt ihr die Tür auf.

In der Hotelhalle war eine Gruppe Japaner angekommen. Lydia stieg über Koffer und Fototaschen. »Entschuldigung! Sorry!« sagte sie immer wieder. Mühsam bahnte sie sich den Weg zu dem Regal mit den Maulwürfen. Sie nahm eines der Tiere in die Hand und strich ihm mit dem Zeigefinger über den Kopf. Der Maulwurf schaute sie aus großen, erstaunten Augen an.

»Nice!« sagte eine Japanerin, die neben Lydia stand, und fügte hinzu: »A mouse?« Lydia schüttelte den Kopf. Da ihr das englische Wort für Maulwurf nicht einfiel, zuckte sie nur bedauernd die Schultern.

An der Rezeption schienen die Verhandlungen mit dem japanischen Reiseführer beendet zu sein. Der Mann mit dem karierten Jackett und dem Namensschildchen am Revers gab das Zeichen, ihm die Treppe hinauf zu folgen. Wie eine Karawane setzte sich die Gruppe in Bewegung. Von einem Moment zum anderen war es wieder still in der Halle. Die Musik tönte leise von irgendwoher.

»Das ist er?« Die Dame an der Rezeption nahm Lydia den Maulwurf aus der Hand.

Lydia nickte. »Jawohl, dieser und kein anderer.«

»Soll ich ihn als Geschenk einpacken?«

»Nein, nein! Lassen Sie ihn, wie er ist.«

»Da wird sich Ihre Freundin bestimmt freuen.«

»Das hoffe ich.«

Lydia stieg langsam die Treppen hinauf. Sehr plötzlich fühlte sie sich allein. Sie streichelte dem Maulwurf über den Kopf und setzte ihn neben sich auf das Bett. Draußen begann es bereits zu dämmern. In einigen der umliegenden Häuser brannte Licht. Das Schloß lag düster am Berg. Es schien tiefer in den Wald hinein gerückt zu sein. Fast sah es aus, als wolle es sich verstekken. Vor wem verkriechst du dich, dachte Lydia. Vor den Menschen? Vor dem Touristenstrom, der dich tagtäglich wie eine Flutwelle überschwemmt?

Sie legte sich aufs Bett und betrachtete die Zimmerdecke. Mit der flachen Hand rieb sie über ihren Bauch. Der Apfelstrudel lag ihr unangenehm schwer im Magen. Wahrscheinlich habe ich wieder zu hastig gegessen, schimpfte sie und öffnete den Reißverschluß ihrer Hose. Mit sanftem Druck fuhr sie fort, ihren Bauch zu reiben. Kreisbewegungen sollten es sein, hatte sie in einem von Katharinas Büchern über Bauchbeschwerden gelesen. Lydia atmete tief ein und aus, versuchte sich zu entspannen. Sie schob den Pullover und das Unterhemd ein Stück nach oben und berührte die nackte Haut, die sich warm und weich anfühlte. Lydia schloß die Augen und sah für einen Moment das makellos weiße Schloß vor sich. Sie fiel in einen Schwebezustand zwischen Wachen und Schlafen und schlief für Augenblicke wirklich ein. Im Traum sieht sie ganz deutlich Katharina. Die Freundin steht am Meer. Wasser umspült ihre Füße. Sie trägt eine kurze Hose und das weiße Hemd mit dem tiefen Ausschnitt. Über dem Hosenbund hat sie das Hemd verknotet. Der Bauchnabel ist zu sehen. Die Haut ist von der Sonne gebräunt. Herausfordernd lächelt sie Lydia an. Ihre Augen glänzen. Das Haar leuchtet wie loderndes Feuer. Mit dem Finger gibt sie Lydia ein Zeichen, näher zu treten. Lachend wirft sie den Kopf in den Nacken. »Was ist los?« ruft sie. »Keine Lust?«

Lydia öffnete erschrocken die Augen. Auf dem Flur fluchte jemand laut. Der Mann schien etwas in seinem Zimmer vergessen zu haben. Lydia hörte Schritte, Schlüsselklappern und eine Tür, die krachend ins Schloß fiel. Dann war es wieder still. Auf der Straße startete jemand ein Auto und ließ den Motor aufheulen. Von irgendwoher schallten Kirchenglocken.

Lydia schloß erneut die Augen und lauschte dem eigenen Atem. Wo eben die Freundin gelächelt hatte, breitete sich schwarzer Nebel aus. In dieses Schwarz eintauchen und sich selbst spüren! Sich zu berühren tat Lydia gut. Ihr Bauch entspannte sich, wurde weich. Langsam glitt ihre Hand am Bauchnabel vorbei. Vorsichtig tasteten die Finger sich einen Weg in die Tiefe. Sie zögerten, verweilten, wanderten entschlossen weiter. In der Mulde zwischen den Oberschenkeln blieben sie liegen. Mit sanftem Druck bewegte Lydia ihre Hand in die Wärme hinein. Ihr Atem wurde schneller, ihre Achselhöhlen sammelten Schweiß. Sie rieb fester. Ihr Körper begann zu zittern. Zuerst leicht, dann stärker. Lydia ließ sich von dem Nebel aufsaugen. Willenlos tauchte sie in das Schwarz ein, glitt tiefer und tiefer. Von weither drang ein Stöhnen zu ihr...

Es dauerte lange, bis sie die Augen öffnete. Sie legte die feuchte Hand unter ihr Gesicht, atmete den Geruch ihres Körpers ein und seufzte zufrieden. Langsam drehte sie den Kopf zur Seite und schaute zu dem Schloß hinüber. Für einen Moment hatte sie das Gefühl, es sei näher gerückt.

Einige Zeit später verließ sie das Hotel. Die Hände tief in den Taschen vergraben, schlenderte sie durch den Ort. Vor dem hell erleuchteten Schaufenster eines Souvenirgeschäftes blieb sie stehen. Ein Glasschwan mit geschwungenem Hals zog ihren Blick magisch an. Der Schwan gefiel ihr. Kurz entschlossen öffnete sie die Ladentür. Obwohl ein Glockenton ihr Kommen ankündigte, blieb sie allein. Neugierig schaute sie sich um. Den Schwan konnte sie nirgends entdecken. Sie griff nach einer Glaskugel und hielt sie gegen das Licht. Die Kugel schillerte bunt wie eine Seifenblase.

»Ich komme sofort!« kündigte eine Stimme hinter einem roten Samtvorhang an.

Lydia legte die Kugel zurück und nahm einen blauen Glasfisch aus dem Regal. Vor Jahren hatte sich Katharina einen solchen Fisch gewünscht. Lydia hatte mit Ausdauer gesucht. Die Fische in den Vitrinen der Kaufhäuser waren weiß, gelb und rot – nie blau. Der Zufall kam ihr zu Hilfe. An einem Nachmittag, als sie die Suche schon aufgegeben hatte, parkte sie vor einem Blumenladen. Schon beim Aussteigen fiel er ihr ins Auge. Ein blauer Delphin, der fröhlich aus den Wellen emporschnellte.

»Oh, da haben Sie Pech, der ist unverkäuflich«, sagte die Frau hinter der Ladentheke und strich ihre Hände an der Schürze ab. »Der gehört zur Dekoration.«

Nachdem sie sich Lydias Geschichte von der erfolglosen Jagd nach dem blauen Fisch angehört hatte, war sie zum Telefon geeilt und wenig später lächelnd wiedergekommen. »Die Chefin hat beschlossen, Sie können ihn haben.«

Lydia hatte ihn gekauft, und Katharina hatte gestrahlt wie ein Kind am Weihnachtsabend...

»Das ist Murano-Glas«, sagte der schmächtige junge Mann, der hinter dem roten Samtvorhang hervorgekommen war. Lydia stellte den Fisch vorsichtig in das Regal zurück.

»Ich suche den Schwan mit dem schwarzen Hals, den Sie im Fenster haben.«

Der Mann machte ein nachdenkliches Gesicht. »Ein Schwan mit schwarzem Hals«, murmelte er und hob den Zeigefinger. »Ah, ich weiß. Auch Murano-Glas. Moment, ich muß ihn aus der

Auslage holen. Es ist der letzte. Wir müssen ihn erst wieder bestellen. Uns sind, sozusagen, die Schwäne ausgegangen.«

Während Lydia mit Daumen und Zeigefinger den Hals des Tieres entlangstrich, klingelte die Türglocke.

»Überlegen Sie in Ruhe, und schauen Sie sich auch in der oberen Etage um, wenn Sie möchten«, empfahl der Mann und wandte sich dem älteren Paar zu, das hereingekommen war.

»Suchen die Herrschaften etwas Buntes oder lieber etwas Unifarbenes?« hörte Lydia ihn fragen.

Ohne den Schwan aus der Hand zu legen, stieg sie die Treppe hinauf. In den hell erleuchteten Vitrinen glitzerten Lampen mit geschliffenen Glastropfen, Gläser und Karaffen. Hier finde ich nichts für Kathi, dachte Lydia und blieb einen Moment vor einer blauen Karaffe stehen. Dann stieg sie die Treppe wieder hinunter.

Die älteren Herrschaften an der Kasse hatten sich für eine Vase entschieden.

»Allerliebst!« flötete die Frau und hielt die Vase mit dem Bild Ludwigs II. in die Höhe. »Wie melancholisch er dreinschaut! Als hätte er seinen mysteriösen Tod vorausgeahnt. Er hatte doch einen mysteriösen Tod, nicht wahr? Ich meine, sein Ende ist bis heute geheimnisumwittert.«

Der Verkäufer wickelte die Vase in Zeitungspapier. »Ja, ganz richtig. Der König starb einen seltsamen Tod. Was damals passiert ist, weiß niemand. Es gibt viele Spekulationen und einige Beobachtungen aus dem Leichenzimmer.«

»Was für Beobachtungen?« wollte die Frau wissen.

»Zum Beispiel, daß die Leiche keine Verletzungen aufwies und im Gesicht des Königs ein merkwürdiges, unheimliches Lächeln spielte.«

»War es Selbstmord, was meinen Sie?« fragte der Mann.

Der Verkäufer zuckte die Schultern. »Wenn der Starnberger See reden könnte, würden wir es wissen. Da er aber, nach wie vor, beharrlich schweigt, wird der Tod des Königs für alle Zeit ungeklärt bleiben. – Soll ich die Vase in Geschenkpapier einpacken?«

»Ja, bitte«, beeilte sich die Frau zu antworten und fuhr, ohne Luft zu holen, fort: »Es war Selbstmord! Da bin ich sicher. Ich habe gelesen, der König war ein seelisch schwer gestörter Mensch. Bei Tage schlief er, und in den Nächten feierte er Freßorgien. Außerdem soll er seinen Arzt, den Geheimrat von Guddon, ermordet haben.«

Der Verkäufer schaute sie einen kurzen Moment nachdenklich an. »Gudden«, verbesserte er höflich und holte einen Bogen glänzendes Papier aus einer Schublade. »Sie haben sich ja genauestens inform...«

»Ja, ich habe eine Menge gelesen. Ich liebe geschichtliche Bücher«, unterbrach ihn die Frau und schaute ihren Begleiter auffordernd an. Der Mann nickte zustimmend.

Der Verkäufer faltete sorgfältig das Papier. Bedächtig schlug er die Ecken um und drückte sie mit zwei Fingern zusammen. »Ob der König den Geheimrat von Gudden ermordet hat, ist ungeklärt. Auch dieses Geheimnis bewahrt der See. Wissen Sie, gnädige Frau, ich glaube, unser König war ein sehr einsamer Mensch. Durch das viele Alleinsein ist er im Laufe der Zeit ein wenig seltsam geworden. Ob er sich deshalb das Leben genommen hat...?« Der Mann zuckte erneut mit den Schultern. »Er hatte ein poetisches Gemüt, behaupte ich immer, er war ein Träumer. Die profane Welt mit ihrem Alltag interessierte ihn wenig. Er beschäftigte sich lieber mit der Kunstwelt Richard Wagners. Mit Inszenierungsproblemen, Bühnenbildern und Kostümen. Dabei dienten ihm seine Schlösser als Kulissen.« Er riß ein Stück Tesafilm von einer Rolle und klebte die sorgsam zusammengefalteten Ecken fest. »Was die wenigsten Menschen wissen, hier in Neuschwanstein hat er gar nicht viel Zeit verbracht. Viel öfter und viel lieber war er in Schloß Linderhof. Ein reizendes Anwesen im Graswangtal. Der König ist seinerzeit mit der Kutsche dort hinübergefahren. Besonders gern bei Nacht.« Er lächelte. »Sie sollten natürlich bei Tag fahren. Es ist gar nicht weit. Waren Sie schon dort?«

»Nein, in Linderhof waren wir noch nicht.« Die Frau schüttelte so vehement den Kopf, daß ihre Ohrringe hin und her flogen.

»Sie sollten sich dieses Schloß unbedingt anschauen. Es ist ganz anders als Neuschwanstein. Viel kleiner und intimer. Jeder

Raum ist einzigartig und in seiner Schönheit kaum zu überbieten. Der Spiegelsaal mit dem Lapislazuli-Kamin zum Beispiel, das Arbeitszimmer und natürlich das Schlafzimmer. Ein herrlicher Raum. Der Blick aus dem Fenster auf die Kaskade, die Blumengirlanden aus Meißner Porzellan, die blaue Kugel...«

»Was für eine blaue Kugel?« Die Frau beugte sich neugierig über den Tresen.

»Wenn ich mich nicht täusche, ist es eine Lampe. Aber ich weiß es nicht genau.« Er zuckte entschuldigend mit den Schultern. »Sie sehen, Sie müssen selbst hinfahren. Aber glauben Sie mir, es lohnt sich. Im milden Licht der blauen Kugel werden Sie dem Geheimnis des Königs auf die Spur kommen.« Er lächelte vielsagend, zog ein Stück Band von einer Rolle und kräuselte es mit der Schere.

»Was denn für ein...«

»Aber bitte, junge Frau, Sie sollen unseretwegen nicht warten müssen!« unterbrach der Mann seine Begleiterin und bat Lydia vorzutreten. Lydia bedankte sich und bezahlte den Schwan. Die Dame neben ihr war von einer Wolke aufdringlichen Parfums umgeben.

»Sagen Sie«, fragte sie den Verkäufer, der sie mit kleinen Schritten zur Tür begleitete, »ich habe natürlich Ihrem Gespräch gelauscht. Kennen Sie zufälligerweise die Tagebücher von Ludwig II.?«

Der Mann sah sie erstaunt an. »Aber ja.«

»Würden Sie mir in zwei Sätzen verraten, was da drin steht?«

»In zwei Sätzen ist das schwerlich möglich. Es sind erschütternde Dokumente. Selbstvorwürfe, Schwüre, Vorsätze, Beteuerungen, Gebete und Anrufungen. Der König schrieb all das hinein, wofür er sich tief in seinem Innersten schämte. Dinge, von denen niemand etwas wissen sollte. – Reicht Ihnen das?« Der Mann hielt ihr die Tür auf und verabschiedete sich mit einer höflichen Verbeugung.

»O ja. Vielen Dank.«

»Ich habe zu danken. Auf Wiedersehen und einen schönen Abend.«

Lydia trat auf die Straße hinaus. Es war mittlerweile dunkel geworden. Der Himmel war sternenklar und die Luft kühl. Lydia schlug den Kragen ihrer Jacke hoch und lief zum Hotel zurück.

»Haben Sie einen Spaziergang gemacht?« fragte die Dame an der Rezeption.

Lydia nickte. »Es ist herrlich draußen.« Sie überlegte, ob sie der Frau den Schwan zeigen sollte. Statt dessen nahm sie eine Illustrierte aus dem Ständer und ging in den Wintergarten. Sie setzte sich an einen der Fenstertische und blätterte lustlos in der Zeitung herum. Irgendwer hatte das Riesenkreuzworträtsel auf Seite drei gelöst und bis auf wenige Begriffe alles gewußt. Wie kann man so viele Flüsse kennen, wunderte sich Lydia und überschlug einige Seiten. Katharina hatte während der Schulzeit mit Begeisterung Kreuzworträtsel gelöst. Lydia langweilten die ewigen Fragen. Meist zuckte sie nur mit den Schultern, wenn die andere sie um einen Begriff anbettelte. Einmal, sie erinnerte sich gut, lag sie in ihrem Zimmer auf dem Boden, hörte Musik und träumte von dem dunkelhaarigen Thomas, der seit einigen Wochen im Nachbarhaus wohnte. Katharina saß am Schreibtisch und suchte im Schulatlas eine Stadt in Südspanien. »Mit sechs Buchstaben und L in der Mitte«, murmelte sie und jubilierte, als sie die Lösung gefunden hatte. Sie legte sich neben Lydia auf den Boden, stupste die Freundin unsanft in die Seite und forderte sie auf, mitzudenken. »Wunderlicher Aufzug«, sagte sie und schaute die Freundin forschend an. »Pater noster«, antwortete Lydia und wurde blutrot, als Katharina sich kreischend über den Boden rollte. »Zuviel Liebe macht doof!« japste sie und legte ihren Kopf einen Atemzug lang auf Lydias Bauch. Am nächsten Tag wurde in der Schule Schillers »Wilhelm Tell« mit verteilten Rollen gelesen. Katharina malte über den Text das Bild einer nackten Frau. Als der Deutschlehrer, Herr Schulze, die Lesung unterbrach und Katharina bat, den Inhalt der Szene mit wenigen Worten zu schildern, blickte sie erschrocken auf. »Die Artgenossen unterhalten sich...«, stotterte sie. Lydia schlug mit der flachen Hand auf den Tisch und lachte so laut, daß sich einige der Mitschülerinnen erstaunt umdrehten.

»Zuwenig Liebe macht auch doof!« flüsterte sie Katharina kichernd ins Ohr...

Lydia blätterte weiter. Neben einer Reklame für alkoholfreies Bier stand in großen Buchstaben:

»Machen Sie jetzt Ihren Persönlichkeitstest.«

»Möchten Sie etwas trinken?« Die Frau mit der blütenweißen Schürze über dem Dirndl lächelte.

»Einen Viertelliter trockenen Weißwein, bitte.«

»Gerne. – Den Test habe ich gestern auch gemacht«, sagte sie immer noch lächelnd und zündete die Kerze an, die auf dem Tisch stand. »Der ist spaßig.«

Lydia betrachtete das ovale Muttermal im Gesicht der jungen Frau. »Na, da bin ich ja mal gespannt.« Sie las die erste Frage:

»Was fällt Ihnen zu Glück ein?«

Lydia dachte an ihre erste Gallenkolik. Obwohl sie sich bemühte, ihre Phantasie in eine andere Richtung zu lenken, hielten ihre Gedanken hartnäckig daran fest. Es war während des Studiums, kurz vor der Zwischenprüfung, gewesen. Lydia hatte sich mit der mittelhochdeutschen Lautverschiebung beschäftigt und Katharina sich in einen Biologiestudenten verliebt. Sie hatte den Mann mit den langen blonden Haaren in der Bibliothek kennengelernt. Nur wenige Wochen später fuhr sie mit ihm in die Schweizer Berge. Lydia lag während dieser Zeit mit Bauchschmerzen im Bett. Nichts interessierte sie. Nicht einmal das klingelnde Telefon. Als Katharina mit frischer Gesichtsfarbe und einer riesigen Tafel Schokolade aus ihrem Urlaub zurückkam, war sie über Lydias Aussehen mehr als erschrocken. Sie quartierte sich noch am selben Tag bei der Freundin ein und versorgte sie von früh bis spät. Mehrmals am Tag kochte sie Tee, bettelte Lydia an, ein wenig Zwieback zu essen, schüttelte die Bettdecke auf, schob sie ihr bis unter das Kinn und las ihr Märchen der Brüder Grimm vor. Schon nach drei Tagen fühlte Lydia sich deutlich besser. Ihre Gesichtsfarbe kehrte zurück und auch der Appetit. Katharina bemerkte es mit Freuden. Fröhlich tauschte sie das Märchenbuch gegen eine »Einführung in das Mittelhochdeutsche« ein. Die Prüfung, die Lydia kurze Zeit später absolvierte, bestand sie mit Eins...

Lydia trank einen Schluck Wein und las die Frage ein zweites Mal:

»Was fällt Ihnen zu Glück ein?«

Sie sah Katharina auf der Bettkante sitzen, das Märchenbuch aufgeschlagen im Schoß. Die Freundin lächelt dieses Lächeln, bei dem sich in der Wangenpartie Grübchen bilden. Bei diesem Lächeln verwandeln sich ihre Augen in schwarze Spiegel...

Lydia wippte ungeduldig mit dem Fuß. Es wird doch wohl möglich sein, diese dummen Fragen zu beantworten! dachte sie und las die vorgegebenen Antworten. Ohne lange zu grübeln, machte sie Kreuze, zählte Punkte zusammen und las als Testergebnis: Herzlichen Glückwunsch, Sie sind ein Glücksschwein!

Lydia legte die Zeitung beiseite, zündete sich eine Zigarette an und schaute der Kellnerin bei der Arbeit zu. Der Wintergarten hatte sich gefüllt. Die meisten Tische waren besetzt, und die junge Frau hatte alle Hände voll zu tun. Sie lächelte unermüdlich. Dabei schien das Muttermal auf ihrer Wange zu hüpfen.

»Sie wollen schon gehen?«

Lydia nickte und zählte eine Handvoll Münzen auf den Tisch. »Ja, ich möchte mich mal so richtig ausschlafen.«

»Können wir auch zahlen?« Der Mann am Nebentisch winkte mit seinem Portemonnaie.

»Ich komme sofort.«

Die Kellnerin wünschte Lydia eine gute Nacht und wandte sich dem Nachbartisch zu.

In der Hotelhalle war es leer. Nicht einmal die Dame von der Rezeption war da. Lydia steckte die Illustrierte zurück in den Ständer, nahm ihren Zimmerschlüssel aus dem Fach und ging langsam die Treppen hinauf. Im Vorbeigehen berührte sie die heilige Elisabeth aus Thüringen am Kopf.

In dem Flur war es still. Nur aus einem Zimmer drangen gedämpfte Stimmen. Lydia schloß ihre Tür auf, atmete den Geruch des Holzes ein und drehte den Schlüssel zweimal herum. Auf dem Kopfkissen, neben dem Maulwurf, lag eine kleine Tafel Schokolade. Lydia setzte sich aufs Bett und schaute zu dem hell erleuchteten Schloß hinüber. Stolz sieht es aus, dachte sie und packte die Schokolade aus.

Wie oft hatte sie sich als Kind vor dem Schlafen eine Süßigkeit gewünscht. Immer vergebens. Beneidenswert anders war es Katharina ergangen. Zumindest dann, wenn sie bei ihren Großeltern zu Besuch war. Dort gab es jeden Abend ein Betthupferl. Obwohl der Großvater ab und zu über diese Sitte schimpfte, ließ sich die Großmutter nicht davon abbringen. »Das gibt schöne Träume«, sagte sie und trat Abend für Abend mit der rosafarbenen Dose an das Bett der Enkelin. Oft blieb sie noch lange auf der Bettkante sitzen, erzählte dem Kind Geschichten oder brachte ihm Lieder und Gedichte bei. Manchmal sprach sie auch ein Gebet. Lydia war stets neidisch, wenn Katharina von den Betthupferln der Großmutter erzählte. Wie sehr wünschte auch sie sich eine Oma, die Bonbons brachte, Geschichten erzählte, zu der man ins Bett krabbeln durfte und bei der man sogar auf dem nackten Bauch reiten durfte. Eine Oma, die zuhörte und die schon zum Frühstück Vanillepudding kochte, über den sie zuckersüße Himbeersoße laufen ließ.

Ihre Großmutter tat nichts von alledem. Sie hielt strenge Diät, lächelte selten und verlangte von ihrer Enkelin vor allem Disziplin. Besonderen Wert legte sie auf Tischmanieren und einen Knicks bei der Begrüßung. Lydia mochte die Frau mit den graublauen Haaren nicht sonderlich. Die Ferien bei ihr waren ihr ein Greuel und die Anrufe an jedem Samstagabend eine lästige Pflicht. Auch ärgerte sie die Selbstverständlichkeit, mit der die Großmutter bei ihren Besuchen in ihrem Zimmer einquartiert wurde! Sie selbst mußte in dieser Zeit auf einer Liege im Wohnzimmer schlafen. Das Schlimmste aber war der Geruch. Selbst dann, wenn die alte Frau abgereist war, erinnerte der Lavendelduft noch tagelang an ihren Besuch. Wie eine Drohung lag er in der Luft. Einmal, als Lydia mit der Freundin zusammen alle Stofftiere »zum Lüften« an der Großmutter vorbei aus dem Zimmer schleppte, gab die alte Dame ihr eine schallende Ohrfeige. Katharina hatte von Anfang an gewußt, daß die Frau mit den graublauen Haaren keine »richtige Oma« sei...

Lydia lutschte die Schokolade und zog Schuhe und Strümpfe aus. Barfuß ging sie ins Badezimmer. Der Fußboden war angenehm warm. Sie lehnte sich an den Türpfosten und betrachtete ihr Gesicht im Spiegel über dem Waschbecken. In ihren Mundwinkeln klebte Schokolade. »So also sieht ein Glücksschwein aus«, murmelte sie. Tränen liefen über ihre Wangen.

Obwohl es noch früh am Abend war, löschte sie das Licht, zog den Vorhang und die Gardinen zur Seite und legte sich ins Bett. Sie schob das Kissen unter ihren Kopf und schaute zu dem hell erleuchteten Schloß hinüber. Blaß und geheimnisvoll ragte es aus dem Wald hervor. Die Schatten der Bäume tanzten an den Wänden. Unnahbar sieht es aus, dachte Lydia und wischte sich mit dem Ärmel Tränen aus dem Gesicht. Sie lehnte sich zurück und schloß die Augen. Auf dem Gang waren Schritte und leises Flüstern zu hören. Irgend jemand kicherte. Ein Schlüssel wurde klappernd herumgedreht, dann herrschte wieder Stille. Nur der Wecker auf dem Nachttisch tickte leise. Das Bett roch nach Waschmittel und Stärke. Lydia rutschte unter der Zudecke weiter nach unten, schmiß die Kopfkissen auf den Boden und schloß erneut die Augen. Das rhythmische Ticken des Weckers wurde zu einer leisen Melodie. Vor nicht allzulanger Zeit hatte Katharina ihr erzählt, daß ihr Herzschlag sie mitunter am Einschlafen hindere. Sie hatte blaß ausgesehen, und ihre Unterlippe war seltsam zerbissen gewesen.

Merkwürdig, dachte Lydia, wie kann man vor dem eigenen Herzschlag Angst verspüren? Ohne eine Antwort zu finden, schlief sie ein. Stunden später erwachte sie schweißgebadet. Regungslos, mit weit aufgerissenen Augen lag sie in der Dunkelheit. Sie zwang sich, Licht anzumachen und warf einen Blick auf den Wecker. Es war kurz nach drei. In dem Hotel war alles still. Auch von der Straße war kein Geräusch zu hören. Lydia stand auf und schaute aus dem Fenster. Das Schloß lag irgendwo in der Finsternis. Ob Katharina schläft?

Lydia dachte an den Traum, aus dem sie gerade erwacht war. Sie war spazierengegangen. Allein. Irgendwo zwischen Wiesen und Feldern. In einer Umgebung, in der sie sich ungewohnt frei fühlte. Es war eine seltsam stille Welt. Kein Lüftchen regte sich. Kein Laut war zu hören. Alles schien erstarrt. Plötzlich, wie von Geisterhand, stand eine Frau inmitten der Wiese. Sie trug ein langes schwarzes Kleid und einen schwarzen Hut. Ihr Gesicht wurde von einem Schleier verdeckt. Grünliches Licht umschmeichelte ihren Körper. Wie von unsichtbaren Fäden gezogen, ging Lydia auf die Gestalt zu. Mit jedem Schritt wurde der Lichtkranz der Frau heller. Wie hypnotisiert starrte Lydia sie an. Nie zuvor hatte sie eine so schöne Gestalt gesehen. Sie betrachtete die Hände der Fremden. Sie waren schmal und blaß, die Fingernägel auffallend lang. Lydia wußte plötzlich, wer die Gestalt war. Vor ihr stand der Tod. Ein stummer Schrei entrang sich ihrem Mund. Sie wollte weglaufen, aber ihre Beine gehorchten nicht. Die Frau schaute sie unentwegt an, hob ihre schmale, blasse Hand und machte ihr ein Zeichen, näher zu treten. An dieser Stelle war Lydia erwacht...

Irgendwo bellte ein Hund mit heiserer Stimme. Ob Tiere auch schlecht träumen? Lydia fröstelte. Sie ging zurück ins Bett, zog die Bettdecke bis unter das Kinn und löschte das Licht.

Als sie am Morgen erwachte, schien die Sonne zum Fenster herein. Nebenan im Zimmer duschte jemand. Mit geschlossenen Augen lauschte Lydia dem Rauschen des Wassers. Obwohl sie an Katharina denken wollte, blieb das Gesicht der Freundin seltsam verschwommen. Nur ihr Geruch schien auf einmal im Zimmer zu sein. Lydia öffnete die Augen. Das Schloß lag im Sonnenlicht.

»Haben Sie gut geschlafen?« fragte die Dame an der Rezeption und fuhr, ohne eine Antwort abzuwarten, fort:

»Sie können im Wintergarten frühstücken.«

Lydia nahm eine Tageszeitung aus dem Ständer. Die hübsche Kellnerin mit dem Muttermal auf der Wange lächelte genauso freundlich wie am Abend. Lydia bestellte Kaffee und holte sich Brötchen, Butter und Marmelade vom Büfett. Der Traum der letzten Nacht ließ sie nicht los. Immer wieder sah sie die Frau mit der grünlichen Aura vor sich. Während sie in ihr Brötchen biß, las sie die Zeitung. Eine Angewohnheit, über die Katharina jedesmal schimpfte. Eine kleine, unauffällige Meldung am unteren Seitenrand erregte Lydias Aufmerksamkeit. Endlich hatte man die Identität des Mannes geklärt, der sich vor einiger Zeit im Nachbarort das Leben genommen hatte. Der Mann hatte sich in einem Freibad mit einem Fahrradschloß an die unterste

Sprosse einer Beckenleiter gekettet und den Schlüssel weggeschleudert. Als am Morgen das Wasser einlief...

Lydia legte die Zeitung beiseite und schaute zum Fenster hinaus. Ihre Hände zitterten. Was konnte einen Menschen dazu treiben, sich solch einen Tod zu diktieren? Wieviel Selbsthaß war nötig, um sich etwas so Grausames anzutun? Oder war es der Haß auf jemand anderen?

»Ihr Kaffee.«

»D... Danke.«

»Ist Ihnen nicht gut?«

»Doch, doch!« Lydia begann zu stottern. »Ich habe nur gerade von dem Mann gelesen, der sich...«

»Sie meinen den Selbstmörder?« unterbrach sie die Kellnerin.

Lydia nickte.

»Das war eine schaurige Geschichte. Die Bademeisterin, die ihn gefunden hat, war tagelang nicht ansprechbar. Sie hat unter Schock gestanden! Niemand wußte, wer der Tote war. Er hatte keine Papiere bei sich. Als vermißt war er auch nicht gemeldet. Der Mann war noch sehr jung. Erst jetzt weiß die Polizei, daß er ein Österreicher war. Ein Freund hat ihn identifiziert.«

»Fräulein!«

Sie richtete sich auf und drehte sich um. »Ich komme sofort!« rief sie und wandte sich wieder ihrer Gesprächspartnerin zu. »Wie kann man so etwas Schreckliches tun. Können Sie das verstehen?«

Lydia schüttelte matt den Kopf.

»Ich auch nicht! Das Leben einfach wegschmeißen. Von dem Unglück, das man über die Familie bringt, gar nicht zu reden! Na ja, vielleicht hat er Rauschgift genommen. Von diesem Zeug liest man ja andauernd.« Sie zuckte mit den Schultern und ging.

Lydia schaute auf ihren Teller. Sie faltete die Serviette zusammen und legte sie auf die Brötchenhälfte mit der blaßgelben Marmelade. Auf der Straße wurde laut gelacht. Zwei Männer in Kniebundhosen und Lodenjacken gingen vorbei. An ihren Hüten wippten Gamsbärte.

Lydia sprang auf, griff nach ihrer Jacke und verabschiedete sich eilig.

»Warten Sie!« rief die Kellnerin und kam hinter der Theke hervor. Sie wünschte einen schönen Tag und steckte Lydia einen Apfel in die Jackentasche. »Für unterwegs!«

Lydia bedankte sich und verließ den Raum. Fast wäre sie in der Tür mit einem Mann zusammengestoßen.

Der Ort lag im Sonnenlicht. Die Luft war frisch und duftete würzig. Eine Kutsche fuhr vorbei. Der Geruch der Pferde blieb zwischen den Häusern hängen. Lydia versuchte die Gedanken an den Mann in dem Schwimmbecken zu verdrängen. Es gelang ihr nicht. Immer wieder sah sie seine Gestalt auf dem Grund eines hellblau gekachelten Beckens liegen. Die Konturen des Körpers zeichneten sich scharf ab, das Gesicht blieb undeutlich, ein bleicher Fleck auf blauem Grund. Das Wasser schien mit dem Fremdkörper zu spielen. Wie eine Wasserpflanze ließ es ihn sachte hin und her schwingen. Lydia erinnerte sich an einen widerlichen Vortrag, den die Freundin ihr im letzten Sommer gehalten hatte. Sie hatten auf dem Hausboot unten am Fluß einen Kaffee getrunken, und Katharina hatte über ihre finanzielle Notlage philosophiert. Nachdenklich äußerte sie die Idee, einem Schwesternorden beizutreten. Der Wirt des Schiffes hatte ihr grinsend den Rat gegeben, lieber an Bord zu bleiben und nach Wasserleichen Ausschau zu halten. Die Polizei würde jeden Fund honorieren. Sachlich und nüchtern wie ein Gerichtsmediziner hatte sich Katharina daraufhin über Wasserleichen ausgelassen. Sie referierte über spezifische Verletzungen, aufgetriebene Leiber und kleine Abschürfungen der Haut an bloßliegenden Körperteilen...

Lydia verzog angewidert das Gesicht und blieb vor dem Souvenirgeschäft stehen. Dort, wo der Schwan gestanden hatte, lag ein Porzellanteller mit dem Gesicht Ludwigs II. Der König blickte Lydia aus verträumten Augen an. Um seinen Mund spielte ein Lächeln. Lydia steckte die Hände in die Taschen und lief mit energischen Schritten durch den Ort.

Wie ein Spiegel lag der Alpsee in der Landschaft. Berge und Himmel schienen ihr eigenes Bild zu genießen. Lydia atmete tief durch. Schon als Kind hatte sie das Wasser geliebt. Auf einer dreitägigen Schiffsfahrt mit ihren Eltern war sie nicht müde geworden, die schäumende Gischt zu beobachten. Stundenlang hatte sie am Bug gestanden und in die Tiefe gestarrt. Es gab eine Fotografie, auf der sie weit über die Reling gebeugt nach unten guckte. Katharina hatte quengelnd darauf bestanden, dieses Bild zu bekommen.

»Warum willst du es haben?« Lydia hatte die Freundin verständnislos angeschaut.

»Weil es so schön deine unstillbare Sehnsucht nach dem Fruchtwasser zeigt«, hatte sie gelacht...

»So ein Quatsch!« Lydia hob einen Stein auf und schmiß ihn in den See. Klatschend durchbrach er die Wasseroberfläche. Für einen Moment schien der Spiegel gesprungen. Weder die Berge noch der Himmel konnten ihr eigenes Bild genießen. Lydia warf einen zweiten Stein, einen dritten, schließlich eine ganze Handvoll. Prasselnd ging der Steinregen auf dem Wasser nieder. Der See ließ sich nicht aus der Fassung bringen. Mühelos schluckte er die Steine, die Geräusche, alles, was seine Ruhe störte. Das Wasser beruhigte sich langsam. Die Oberfläche glättete sich. Die Kreise verschwanden.

Lydia hockte sich auf den Boden und stützte ihr Gesicht in die Hände. Sie seufzte. Irgend etwas ließ eine nie gekannte Sehnsucht nach Katharina in ihr aufsteigen. Sie schloß für einen Moment die Augen. Morgen früh würde sie die Freundin sehen! Morgen früh würde sie Katharina in ihre Arme schließen! Hatte sie Angst vor dem Treffen? Nein! Angst hatte sie nicht. Aber was war es dann? Was ließ ihr Herz bei dem Gedanken an das Wiedersehen so viel schneller schlagen? Was ließ ihre Hände feucht werden?

Sie wußte es nicht. Sie warf einen letzten Stein in das Wasser, stand auf und ging zurück in den Ort. Dort, wo die Kutschen nach Neuschwanstein standen, hatten sich mittlerweile einige Menschen eingefunden. Zwei vollbesetzte Kutschen entfernten sich klappernd. Die anderen warteten in einer ordentlichen Reihe auf Kundschaft. Während die Pferde bewegungslos vor den Wagen träumten, unterhielten sich die Kutscher auf der Straße.

Lydia bog in den Wald ein. Die Sonne ließ das Laub leuchten.

Von oben mußte der Wald wie loderndes Feuer aussehen. Der Weg zum Schloß war menschenleer. Lydia hörte noch eine Weile das Schnaufen der Pferde und die Unterhaltung der Kutscher. Ab und zu raschelte ein Vogel im Laub. Je höher sie kam, um so stiller wurde es. Von den Bäumen segelten bunt gefärbte Blätter lautlos zu Boden. Was für eine Ruhe, dachte Lydia. Sie lauschte angestrengt. Nichts störte die Stille. Keine Stimmen, kein Hufgetrappel – nichts. Nicht einmal ihre eigenen Schritte waren zu hören. Der Waldboden leistete keinen Widerstand. Er paßte sich den Tritten an. Lydia fühlte sich plötzlich unwohl. Suchend schaute sie um sich. Weit und breit war niemand zu sehen. Sie war allein. Sie ging schneller, pfiff eine Melodie und schlug abwechselnd mit den Händen auf ihre Oberschenkel. Der Wald schluckte die Geräusche wie der See die Steine.

Lydia hob ein gelb gefärbtes Blatt auf und zerbröselte es knisternd zwischen den Fingern. Ihr fielen Zeilen eines Gedichtes ein, das sie in der Schule auswendig lernen mußten. »Die Blätter fallen, fallen wie von weit... Wir alle fallen...« Sie konnte sich an keine weiteren Zeilen erinnern. Sie wußte nur, daß Katharina das Gedicht vor der Klasse aufsagen mußte. Sie stand neben dem Pult und hielt die Hände wie zum Gebet gefaltet. Mehrmals wurde sie ermahnt, lauter zu sprechen. Durch das Fenster schien die Sonne. Sie ließ das Haar des Mädchens wie frisches Blut leuchten. Katharina hatte plötzlich geweint...

Von weitem waren Kinderstimmen zu hören. Fröhlich schallten sie durch den Wald. Ein Mann mit zwei Jungen kam den Weg hinunter. Die beiden Jungen hielten Kastanien in den Händen und zankten sich, wer die größeren Früchte besaß. Der Mann und die Kinder grüßten freundlich.

Im Innenhof des Schlosses herrschte bereits Betrieb. Sprachengewirr wie beim Turmbau zu Babel, dachte Lydia und setzte sich auf eine Bank. Allzu zügig war sie den Berg hinaufgelaufen. Schwitzend und ein wenig außer Atem schaute sie sich um. Das also war die Welt des menschenscheuen Königs. Sie betrachtete die hohen Mauern, die Wandmalereien und die gezackten Zinnentürme. Der Hof des Schlosses kam ihr vor wie eine Theaterkulisse. Ihr Blick fiel auf zwei junge Männer, die abwechselnd vor der Kamera posierten. Beide lächelten verliebt.

Lydia hielt das Gesicht in die Sonne, lehnte sich zurück und schloß die Augen.

»Verzeihen Sie vielmals, daß ich Sie so ungeniert in Ihrer Ruhe störe. Aber würde es Ihnen etwas ausmachen, ein Foto von meiner Frau und mir zu machen?«

Lydia öffnete die Augen und schaute in das faltige Gesicht eines Mannes.

Sie nahm den Fotoapparat und erhob sich.

Der Mann trug eine Lodenjacke und eine Cordhose. Er ging zu einer Frau in einem weinroten Wollkostüm und legte den Arm um sie. »Sie brauchen nur die Schärfe einzustellen und auf den Auslöser zu drücken. Eine recht simple Angelegenheit«, rief er und nickte aufmunternd.

»Vielen Dank«, sagte der Mann, als Lydia ihm die Kamera reichte, »das war reizend von Ihnen.« Er verabschiedete sich höflich und wünschte einen angenehmen Tag. Die Frau in dem weinroten Kostüm winkte.

Lydia schaute dem Paar hinterher und lachte plötzlich. Sie erinnerte sich an das Bild, das ein Hafenarbeiter von Katharina und ihr gemacht hatte. Es war auf einer Insel kurz vor ihrer Abreise entstanden. Sie waren durch den Hafen geschlendert. Ein Mann in verschlissenen Hosen hatte sie beobachtet und gefragt, ob er sie fotografieren solle. Sie hatten sich mit einigen Münzen bedankt. Als sie das Bild später sahen, amüsierten sie sich tagelang. Der überwiegende Teil des Fotos bestand aus Himmel und Meer. Rechts unten, am Bildrand, schwammen zwei Köpfe. Katharina hatte das Foto auf Pappe geklebt und noch mehr Wasser und Himmel drumherum gemalt...

Lydia lief quer über den Hof. Vor dem Schloßeingang wartete eine lange Schlange Menschen darauf, zu einer der Führungen eingelassen zu werden. Lydia ging an den Wartenden vorbei und kaufte sich an dem Kiosk neben der Kasse eine zweite Postkarte mit dem Gesicht des jungen Ludwig. Je öfter sie den König anschaute, um so deutlicher schob sich Katharinas Gesicht vor das abgebildete.

Lydia lief um das Schloß herum und folgte einem ausgewiesenen Wanderweg. Als sie in den Schloßhof zurückkehrte, stand die Sonne bereits tief am Himmel. Vor dem Eingang warteten nur noch wenige Menschen. Einige saßen auf dem Boden. Lydia kaufte sich eine Eintrittskarte und einen zehnseitigen Schloßführer. Sie lehnte sich an das Geländer, schlug das Heftchen auf und las: »König Ludwig II. wurde am 25. 8. 1845 im Schloß Nymphenburg zu München geboren. Schon im Alter von neunzehn Jahren wurde er am 10. 3. 1864 nach dem Tode seines Vaters, Maximilian II., König von Bayern. Am 22. 1. 1867 verlobte er sich mit Prinzessin Sophie von Bayern, einer Schwester der Kaiserin Elisabeth von Österreich, jedoch wurde diese Verlobung am 10. 10. 1867 wieder aufgelöst. Ludwig II. blieb bis zu seinem Tod allein...«

Lydia überschlug einige Seiten. »Über den jäh abfallenden Felsen der Pöllathschlucht erhebt sich das Schloß Neuschwanstein...«

Die Eingangstür wurde geöffnet. Eine untersetzte Dame in einem enganliegenden blauen Kostüm holte die Wartenden ab. Sie trug eine weiße Bluse und eine Blume im Knopfloch. Sie lächelte professionell, bat darum, in den Zimmern nichts zu berühren und nicht zu fotografieren. »›Ein ewig Rätsel will ich bleiben‹, hat der König gesagt und ist es geblieben«, begann die Frau ihren Vortrag. Sie erzählte von der unglaublichen Schönheit des jungen Königs, seinem traurigen Ende im Starnberger See, seiner Leidenschaft für die Musik Richard Wagners, dem selbstlosen Mäzenatentum und seinen Schwierigkeiten mit dem anderen Geschlecht. Dabei ließ sie ihre Stimme auf und ab hüpfen, strich in regelmäßigen Abständen ihren Rock glatt und machte ein Gesicht, als täte es ihr persönlich leid, daß König Ludwig II. von Bayern offensichtlich homosexuell war.

Lydia staunte. Der war schwul? Das hatte Katharina ihr nie gesagt. Die Frau bat um Ruhe. Das junge Pärchen, das mit zwei Kopfhörern an einen Walkman angeschlossen war, hatte sich laut unterhalten. Sie drohte den beiden mit dem Zeigefinger und blickte lächelnd in die Runde.

»Nach dem allerhöchsten Willen Seiner Majestät des Königs

sollte das Schloß, in dem wir uns hier befinden, im romanischen Stil erbaut werden. Der Grundstein wurde im Jahr achtzehnhundertneunundsechzig gelegt. Der kunsthistorische Rang des Bauwerkes ist umstritten. Das Schloß ist ein aus dem Geist des Historismus konzipiertes Gesamtkunstwerk. Es ist, und das werden Sie noch sehen, inspiriert von der Opernwelt Richard Wagners. – Wir kommen ins Schlafgemach.« Sie nickte den Anwesenden zu und machte mit der Hand ein Zeichen, weiterzugehen. Beim Anblick des Schlafzimmers ging ein Raunen durch die Gruppe.

»Ludwig II. besaß eine Vorliebe für prunkvolle Schlafzimmer«, fuhr die Dame lächelnd fort, »und so weist dieser im spätgotischen Stil gehaltene Raum herrliche Eichenholzschnitzereien auf. Die Schnitzereien am Fuße des Bettes versinnbildlichen in Anspielung auf das symbolische Verhältnis von Schlaf und Tod die Auferstehung Christi.«

Die Frau machte eine Pause, wartete, bis die Dame mit dem Kopftuch sich die Nase geputzt hatte, und erzählte, daß die Wandbilder im gesamten Schloß auf Gobelinstoff gemalt seien und Szenen aus der Tannhäuser-Sage und der Lohengrin-Sage darstellten.

»Hier, im königlichen Schlafzimmer«, betonte sie und zog die Tür leise zu, »wählte Ludwig II. Themen aus ›Tristan und Isolde‹. Dort über dem Baldachin des Waschtisches – ich bitte, den silbernen Schwan zu beachten, aus dem fließendes Wasser kam – sehen Sie Tristan und Isolde eng umschlungen im Garten der Burg Kornwall...«

Lydia trat näher an das Bild heran. Wie hingebungsvoll Isolde in den Armen des Geliebten lag! Ihr weißes Kleid umspülte sie wie Wasser. Über den geöffneten Haaren leuchteten blaßrote Rosen.

Obwohl sich Katharina mit der Musik zu »Tristan und Isolde« nicht anfreunden konnte, las sie dennoch mit Begeisterung das Libretto. Wie erstaunt war Lydia, als die Freundin ihr eines Tages erzählte, daß sie Stunden damit verbracht hatte, ein Anagramm des Titels zu erstellen. Sie hatte die sechzehn Buchstaben von »Tristan und Isolde« auf ein Blatt Papier geschrieben und bis Mitternacht an der selbstgestellten Aufgabe herumgetüftelt. Am Ende hatte sie tatsächlich ein Satzfragment gefunden, in dem alle Buchstaben enthalten waren.

»Und? Mach es nicht so spannend! Was ist rausgekommen bei deinem Rätsel?« fragte Lydia ungeduldig.

»An Todeslust in dir«, antwortete Katharina mit triumphierender Stimme...

»Dürfte ich auch Sie ins Arbeitszimmer bitten!« Die Frau in dem blauen Kostüm berührte Lydia leicht am Arm.

»Aber selbstverständlich... Entschuldigung...« Lydia spürte eine heiße Röte in ihr Gesicht schießen. Es war ihr peinlich, allein im königlichen Schlafzimmer zu stehen, während der Rest der Gruppe sich längst nebenan versammelt hatte.

»Aber Sie brauchen sich doch nicht zu entschuldigen.« Die Frau lächelte und schob Lydia vor sich her. »Diese Welt hier herinnen, die kann einen schon verzaubern! Nicht ungefährlich, sage ich immer!«

Sie schloß die Tür, wandte sich mit einem noch breiteren Lächeln der Gruppe zu und erzählte, daß der König nichts so sehr wie die Einsamkeit liebte und sich nachts in einer Grotte in Lohengrin zu verwandeln pflegte.

Warum nicht? dachte Lydia und betrachtete einen weißen Majolikaschwan, der hoch aufgerichtet in einer Fensternische stand.

Die Dame senkte die Stimme. »Der Schwan war das Wappentier des Königs. Sie werden ihn überall im Schloß entdecken. Als zweites Wappentier hat sich der Monarch den Pfau erwählt, ungesellig, gleich dem Schwan, nur scheuer noch und abweisender.« Sie forderte die Gruppe mit einer höflichen Geste auf, ihr zu folgen. »Sie müssen wissen, der König liebte die Lohengrin-Sage. Drüben, im Schloß Hohenschwangau, hatte er sie von frühester Jugend an vor Augen. Er wuchs im Schatten eines Wandgemäldes auf, das den Abschied Lohengrins zeigte. Dieses Bild hat ihn tiefgreifend und nachhaltig beeinflußt.«

Lydia verspürte Lust, dem Majolikaschwan über die glänzenden Flügel zu streicheln. Allein das Schild »Bitte nicht berühren« hielt sie ab.

Mit erhobener Stimme bat die Dame um Aufmerksamkeit. Sie kündigte etwas ganz Besonderes an. Eine Grotte, inmitten des Schlosses. Lydia staunte. Fasziniert betrachtete sie die Gipswände des Raumes, die aussahen, als gehörten sie zu einer Tropfsteinhöhle. In den Ecken und am Boden waren rote und blaue Lampen installiert. Ihr Licht verbreitete eine geheimnisvolle Atmosphäre. Lydia erinnerte sich, daß Katharina ihr von diesem Raum erzählt hatte. Ihre Augen hatten geglänzt. Die Dame schien einen Witz gemacht zu haben. Es wurde laut gelacht.

»Hier hat er oft gesessen und geträumt«, fuhr sie fort und wies mit der Hand auf einen kleinen, runden Tisch, vor dem ein Stuhl stand. »Hier wollte er unter gar keinen Umständen gestört werden. Die Grotte wurde übrigens nach einem Motiv der Tannhäuser-Sage geschaffen und besaß ursprünglich einen Wasserfall. Sollten Sie auch nach Linderhof fahren, versäumen Sie nicht, die Venusgrotte im Garten zu besichtigen, die sogenannte ›Blaue Grotte‹. Dort werden sie den Platz sehen, an dem sich der König in einem goldenen Muschelkahn gern und oft in den Schwanenritter Lohengrin verwandelte.« Die Frau steckte sich ein Bonbon in den Mund. »Achtzehnhunderteinundsechzig, Ludwig II. war gerade sechzehn Jahre alt, sah er zum ersten Mal die Oper ›Lohengrin‹ von Richard Wagner. Von diesem Augenblick an gab er sich einer schrankenlosen Begeisterung für den Musiker hin. Zuerst hielt man diese Begeisterung für romantische Schwärmerei. Schon bald aber wurde offensichtlich, daß sich der Monarch mit Hilfe dieser Kunst ein gefährliches Traumreich schuf.«

Sie klapperte mit ihrem Schlüsselbund und öffnete eine gut versteckte Tür, die die Besucher auf der anderen Seite der Grotte wieder hinausließ.

»Hieran kannst du sehen, daß er nicht nur ein versponnener Kerl, sondern irrsinnig war«, flüsterte eine Frau ihrem Begleiter im Hinausgehen zu.

Bloß weil sich einer in seinem Schloß eine Grotte aus Gips bauen läßt und sich irgendwo heimlich als Lohengrin verkleidet, ist er irrsinnig? Lydia schüttelte den Kopf. Sie erinnerte sich an eine Diskussion an Palmais letztem Geburtstag, die Katharina ungewohnt wütend geführt hatte. In der Zeitung hatte gestanden, daß man einen alten Mann entmündigen lassen wollte, weil er sich von seinen Ersparnissen Fischteiche in seinem Garten anlegen lassen wollte. Katharina hatte sich maßlos darüber empört. »Bei so jemandem wird überlegt, ob man ihn entmündigt«, hatte sie geschimpft, »aber wenn irgendein prominenter Fatzke ein Wohnzimmer haben will, in dem er reiten kann, dann wird er nicht entmündigt. Ganz im Gegenteil. Wahrscheinlich offerieren ihm Dutzende von Architekten ihre Ideen, wie sie dieses Zimmer gestalten würden.«

Lydia wurde von zwei großen Händen an den Schultern gepackt und weitergeschoben. Sie drehte sich um und schaute in das glänzende Gesicht eines Mannes.

»Sie haben wohl geträumt.«

Die Führung ging zu Ende. Die Dame bedankte sich für den Applaus, wünschte noch schöne Tage und legte allen Anwesenden dringend ans Herz, auch die anderen Schlösser zu besuchen. Sie hielt die Tür auf und nickte bei jeder Münze, die man ihr in die Hand drückte, majestätisch mit dem Kopf.

Draußen begann es bereits zu dämmern. Das bläuliche Licht ließ die Mauern des Innenhofes wie Pappmaché aussehen.

Lydia lief in Gedanken versunken durch das mächtige Tor auf die Straße. Das Schloß war schön – zugegeben. Die Räume mit Phantasie und Prunk ausgestattet – sicherlich. Und auch der Zug von Verrücktheit war originell. Ganz egal, ob er nun die Grenzen des Anomalen überstieg oder nicht. Ganz egal auch, ob er die Grenzen des guten Geschmackes überstieg oder nicht. Kurzum, das Schloß war interessant und sehenswert. Zumindest sprach nichts dagegen, es einmal zu besichtigen. Aber was, in Gottes Namen, bewog Katharina bloß, sich diesen romantischen Kram eines hoffnungslos versponnenen Königs immer wieder anzuschauen? Lydia verstand es nicht.

Da ihre Füße schmerzten und der Wald ihr düster und bedrohlich vorkam, beschloß sie, mit einer der Kutschen in das Dorf hinunterzufahren. In der ersten Kutsche saß der Mann mit dem glänzenden Gesicht, der bei der Führung ständig auf den Zehenspitzen auf und ab gewippt war. Lydia streichelte dem Pferd vorsichtig über die Nüstern. Das Tier schaute sie aus sanften Augen an. »Darf ich ihm einen Apfel geben?«

Der Mann auf dem Kutschbock nickte. »Wollen Sie mitfahren?« fragte er und hielt Lydia eine Wolldecke entgegen.

Sie nahm die Decke und setzte sich dem Mann mit dem glänzenden Gesicht gegenüber.

»So sieht man sich wieder! Hat Ihnen das Schloß dieses verrückten Lustbuben gefallen? Prachtvoller Nippes, wat?« Er ließ den Zeigefinger in Augenhöhe hin und her wandern und lachte dröhnend. Sein Körper hob und senkte sich, die Kutsche schaukelte sachte.

Lydia zog die Stirn in Falten und nickte.

Der Mann stützte sich auf seine Knie und beugte sich zu ihr hinüber. »Machen Sie Urlaub?«

Lydia verneinte und schaute zur Seite. Die Frau mit dem Kopftuch kam auf die Kutsche zugelaufen. Sie grüßte atemlos und ließ sich neben Lydia auf den Sitz fallen. »Mein Gemahl kommt auch noch«, japste sie und wies mit der Hand zurück.

Der Kutscher sprang von seinem Sitz und half dem Mann mit dem Spazierstock beim Einsteigen. »Na, dann kann's ja losgehn!« rief er und schnalzte mit der Zunge.

Schaukelnd setzte sich die Kutsche in Bewegung. Lydia lehnte sich zurück, schaute in den dunkler werdenden Himmel und lauschte auf das gleichmäßige Klappern der Hufe. Der Duft des Waldes vermischte sich mit dem Geruch der Pferde. Die Luft war merklich abgekühlt. Lydia schloß die Augen und zog die Decke über ihren Beinen etwas höher. Vor Jahren einmal hatte sie der Freundin eine Freude machen wollen und während eines Aufenthaltes an der Nordsee Karten für eine Wattfahrt gekauft. Katharina hatte sie ausgeschimpft und aufgefordert, die Karten zurückzugeben. Ihr hatten die Pferde leid getan...

Die Kutsche näherte sich langsam dem Ort. In den meisten Häusern brannte schon Licht. Der Duft von Kaminfeuer lag in der Luft. Das Schloß war bereits angestrahlt. Schlank und schön ragte es in den dunklen Himmel.

Lydia strich dem Pferd noch einmal über die Nüstern und lief langsam zum Hotel.

Die Dame an der Rezeption grüßte sie freundlich. Sie erkundigte sich nach dem Verlauf des Tages und dem körperlichen Befinden. Lydia gab bereitwillig Auskunft. Sie erzählte von der Wanderung, der Besichtigung des Schlosses und der Müdigkeit ihrer Füße. »Kann ich bei Ihnen telefonieren?« fragte sie am Ende ihrer Ausführungen.

»Gleich hier.« Die Dame wies mit der Hand auf eine versteckte Tür. »Warten Sie, ich mache Ihnen Licht.«

In dem Raum war es eng und stickig. An den Wänden, die mit Teppichboden ausgeschlagen waren, hingen glänzende Prospekte der Königsschlösser. Aus dem Aschenbecher stieg übelriechender Nikotingeruch auf. Lydia klappte den Deckel des Aschenbechers zu und wählte Marios Nummer. Der Freund schien erleichtert, daß sie gut angekommen war, und trug ihr erneut auf, Katharina auf das herzlichste zu grüßen. »Wußtest du, daß Ludwig II. schwul war?« fragte sie zum Abschied. »Na klar, mein Schatz, du nicht?«

Lydia stieg die Treppen hinauf und öffnete leise ihre Zimmertür. Ohne ihre Jacke auszuziehen, ging sie ins Badezimmer, ließ Wasser in die Wanne laufen und drückte aus einem Fläschchen zwei dicke gelbe Tropfen Badeschaum hinein. Warum hatte Katharina ihr nie etwas von der Veranlagung des Königs erzählt? Sie schüttelte den Kopf. »Egal!« murmelte sie. Genaugenommen interessierte sie der König nicht.

Sie setzte sich auf den Wannenrand, hielt ihre Hände unter den warmen Strahl, schaute zu, wie das Wasser zwischen ihren Fingern hindurchlief, plätschernd die Wanne füllte und knisternde Schaumkronen bildete. Gedankenverloren täschelte sie den Wannenrand. Eigentlich hatte sie keine Lust zu baden. Sie drehte das Wasser zu, löschte das Licht und verließ das Zimmer.

Aus dem Wintergarten drang Musik. Lydia wählte den Fenstertisch, an dem sie auch schon in der Frühe gesessen hatte. Von hier aus konnte man das Schloß sehen. Die Kellnerin mit dem Muttermal auf der Wange schien nicht da zu sein. Hinter der Theke hantierte eine Frau mit blonden Locken. Sie füllte Weingläser, zapfte Bier und ließ den Blick geschäftig durch den Raum schweifen. Ab und zu warf sie die Haare mit Schwung nach hinten. Lydia beobachtete sie eine Weile. Die Frau hatte ein hübsches Gesicht. Sie schien noch sehr jung zu sein. Leichtfüßig durchquerte sie den Raum. Das enge schwarze Kleid betonte jede ihrer Bewegungen. Lydia bestellte eine Flasche Rotwein und schaute ihr hinterher. Die Frau wackelte aufreizend mit dem Po.

»Gestatten Sie, daß wir uns zu Ihnen setzen?«

Lydia zuckte zusammen.

»Oh, pardon! Wir wollten Sie nicht erschrecken.« Der Mann schaute Lydia entschuldigend an. Er war nicht besonders groß und trug einen Anzug aus grauem Stoff. Die Dame an seiner Seite war in ein rotes Wollkostüm gekleidet. Sie hatte ein gebräuntes Gesicht und helle Augen.

»Aber bitte!« Lydia wies mit der Hand auf die leeren Plätze. Sie hatte das Gefühl, die beiden Leute schon irgendwo gesehen zu haben.

Der Mann holte ein Feuerzeug aus seiner Jackentasche und zündete die Kerze an, die auf dem Tisch stand. Über die Flamme hinweg sah er Lydia an. »Sind Sie nicht die junge Dame, die uns heute morgen freundlicherweise fotografiert hat?«

»Ja, richtig!« Lydia lächelte. Der Morgen kam ihr merkwürdig weit entfernt vor.

Die Kellnerin brachte den Wein. »Wissen die Herrschaften schon, was sie trinken möchten«, fragte sie mit heller Stimme. Lydia starrte auf die Grübchen, die sich rechts und links des Mundes gebildet hatten.

»Können Sie uns das, was Sie da gebracht haben, empfehlen?« Der Mann lächelte gutmütig.

Die junge Frau blickte verlegen auf das Etikett der Flasche. Ihr Gesicht färbte sich rosig. »Sie müssen entschuldigen, aber ich bin heute nur zur Aushilfe hier. Ich verstehe nicht viel von Wein. Aber dieser hier wird viel und gern getrunken.«

»Gut, dann wäre die Entscheidung gefallen, nicht wahr, Henriette?«

»Dazu hätte ich gerne einen Käseteller mit Brot«, sagte die Frau und zwinkerte der immer noch verlegenen Bedienung zu.

»Haben Sie sich Neuschwanstein angeschaut?« fragte der Mann zu Lydia gewandt und faltete die Hände auf der Tischdecke.

Er hat Hände wie mein Vater, dachte Lydia. Wie oft hatte der Vater ihr mit seiner weichen, warmen Hand in den Nacken gegriffen und sie zärtlich »Lydischa« genannt. Die Anrede hatte sie nicht gemocht; die Berührung um so mehr. Wie sehr sie sich nach seinen Händen sehnte, war ihr erst klargeworden, als der Vater sie für immer verlassen hatte. Wie gerne wollte sie noch einmal die Berührung in ihrem Nacken spüren und sein zärtliches »Lydischa« hören...

Lydia strich mit der flachen Hand über die Tischdecke. Katharina lebt! schoß es ihr durch den Kopf. Sie lebt! Sie lebt! Lydia hätte schreien können vor Glück und Freude.

»Ja, ich habe mir das Schloß angeschaut«, sagte sie fröhlich, »aber erst am Nachmittag. Heute früh waren mir zu viele Menschen dort oben.«

»Sind Sie mit dem Pferdewagen hinaufgefahren?« fragte die Frau.

»Nein, heute früh bin ich zu Fuß gegangen. Aber auf dem Rückweg habe ich mir eine Kutsche geleistet.«

»Und wie hat Ihnen das Schloß gefallen? Diese Gralsburg, von der der König behauptete, sie sei von Himmelsluft umweht?«

»Himmelsluft habe ich nicht gespürt. Aber mir war, als hörte ich Musik...«

»Den Chor der Engel?« unterbrach sie die Frau und schmunzelte.

»Nein. Wagner-Klänge! Sie scheinen mir in diesen Räumen zu Hause zu sein. Vielleicht gefällt mir das Schloß deshalb.«

»Sie mögen Wagner? Diese unanständige Musik, die sich am Tod berauscht?« Die Frau schmunzelte erneut.

»Ja, sehr sogar.« Lydia fingerte eine Zigarette aus der Schachtel. Der Mann gab ihr Feuer. »Danke«, sagte sie und blies den Rauch nach oben. »Haben Sie sich auch das Schloß angesehen?« Sie schaute ihre beiden Gesprächspartner abwechselnd an.

»Ich gehe nie hinein. Mir mißfällt dieser überladene Prunk. Wenn Schönheit zum Narkotikum wird, kann ich mit ihr nichts mehr anfangen«, stellte der Mann achselzuckend fest, »aber sie hier«, er berührte seine Partnerin liebevoll am Arm, »verspürt immer mal wieder Lust, in die feudalen Behausungen des Wittelsbachers hineinzuschauen. Sie kann sich nicht satt sehen an all dem Gold, dem Marmor und dem Meißner Porzellan. Für mich offenbaren sich in diesen Schlössern die geronnenen Träume eines einsamen Menschen. Er wollte Flügel haben, dieser traurige Schwan, aber er hatte sie nicht.«

»Trauriger Schwan«, wiederholte Lydia leise.

Der Mann zog die buschigen Augenbrauen nach oben. »Na, das war er doch. Oder nicht?«

Lydia zuckte die Schultern. »Ich muß zugeben, ich weiß nicht viel über das Leben dieses Königs, es hat mich merkwürdigerweise nie interessiert.«

»Sehen Sie, mich auch nicht. Ich habe nie rechte Sympathie für den schönen Monarchen entwickeln können. Er war ein besessener Träumer, wie ich meine, und wohl ständig auf der Flucht. Aus der Realität floh er in andere, wohltuendere Denkbereiche. Nicht wahr, Liebes?«

Die Frau nickte. »O ja, er hat sein Heil in der Flucht gesucht. Er nahm Reißaus, kapselte sich ab und floh in die Welt der Kunst, des Theaters, der Musik und natürlich in die Welt seiner Schlösser, die er mit ungeheurem Aufwand bauen ließ. Mit zunehmendem Alter soll er selbst dem Licht des Tages entflohen sein. Man sagt, er lebte fast ausschließlich in der Nacht. Na ja, und zum bitteren Schluß hat er sich wohl in den Tod geflüchtet und...«

»Entschuldigen Sie mich.« Lydia sprang auf und eilte zwischen den Tischen hindurch zu den Toiletten. Tränen liefen aus ihren Augen. Sie schloß sich ein, legte ihr Gesicht in die Hände und schluchzte. Irgendwer klopfte an die Tür.

»Ist alles in Ordnung?«

»Danke, ja!« Lydia putzte sich die Nase und trocknete ihre Tränen. Wenig später öffnete sie die Tür, wusch sich das Gesicht, nickte sich im Spiegel aufmunternd zu und ging zurück in das Restaurant.

Die Kellnerin brachte gerade den Käseteller.

»Ist Ihnen nicht gut?« fragte die Frau am Tisch und sah Lydia besorgt an.

Lydia bemühte sich, ein fröhliches Gesicht aufzusetzen. »Alles in Ordnung. Vielen Dank. Früher pflegte man in solchen Situationen die Nerven zu zitieren, ist es nicht so? Ich denke, ich bin ein wenig überarbeitet.«

»Sie brauchen Stärkung, greifen Sie zu, wenn Sie mögen! Hier ist Emmentaler, hier Bergkäse, Tilsiter und Romadur...« Die Frau nickte auffordernd.

Lydia erfuhr, daß das Ehepaar mit Begeisterung wanderte und schon seit vielen Jahren zu den Stammgästen des Hotels gehörte. Sie verbrachten ihren Urlaub mit Vorliebe in der Zwischensaison, den »stillen Tagen«, wie sie es nannten, da ihnen die Hochsaison zu laut und zu hektisch war. Sie waren viel in der Welt herumgereist, hatten eine Menge gesehen und besaßen die Gabe, überaus plastisch zu erzählen. Lydia hörte ihnen gerne zu. Nur ab und zu, wenn beide gleichzeitig sprachen, wußte sie nicht, wen von beiden sie anschauen sollte.

»Wir haben uns noch gar nicht bekannt gemacht«, sagte der Mann, als die Kellnerin eine neue Flasche Wein auf den Tisch stellte. Er hob sein Glas und prostete in die Runde. »Wir sind die Zattwitz. Henriette und Theodor Zattwitz.«

»Ich heiße Lydia Labetzke.«

»Und Sie sind Journalistin, haben Sie gesagt?«

»Ja, ich arbeite bei einer Tageszeitung. Im Feuilleton. Ich schreibe Kunst- und Theaterkritiken.«

»Das klingt interessant. Sind Sie beruflich hier, wenn ich fragen darf?«

Lydia stockte einen Moment. »Nein..., bin ich nicht. Ich bin hier, um...«

»... um auf andere Gedanken zu kommen?« vollendete Frau Zattwitz den Satz und lächelte.

»Ja, so könnte man es nennen.«

Herr Zattwitz stützte den Kopf in die Hand und nickte. »Zügiges Laufen bringt die Gedanken in Schwung. Wenn ich zu Hause an meinem Schreibtisch sitze und merke, mein Denken reduziert sich auf Karussellbewegungen, dann tausche ich die

Enge des Zimmers geschwind mit der Weite der Landschaft. Wie wundervoll, wenn sich die Natur wie ein Bilderbuch vor unseren Augen aufblättert. Für mich entpuppt sie sich mit beruhigender Regelmäßigkeit als unaufdringliche Muse. Ganz gleichgültig, ob sie sich sommerlich bunt, winterlich weiß oder in den lodernden Farben des Verfalls präsentiert. Mich inspiriert sie, ob ich es will oder nicht.« Er schaute Lydia freundlich an. »Sicherlich werden Ihnen die Tage in dieser Umgebung Entspannung bringen. Die Natur hier atmet einen so himmlischen Frieden. Ich sage immer, den besten Trost spenden nicht die Menschen, sondern die Bäume und die Wiesen...«

»Waren Sie schon in Schloß Linderhof?« unterbrach ihn seine Frau.

»Nein. Ich habe nur gehört, es soll sehr schön sein. Vor allem die Grotte im Garten mit dem Wasserfall...«

»O ja, Linderhof ist zauberhaft. Ein rechtes Juwel. Und so ganz anders als Neuschwanstein. Eigentlich gar nicht zu vergleichen. Es ist viel kleiner und intimer. Ein wahrhaft sinnlicher Ort. Sie sollten ihn aufsuchen, wenn es Ihre Zeit erlaubt. Vielleicht haben Sie Lust, sich uns anzuschließen. Wir wollen uns morgen in Ettal Fahrräder mieten und von dort zum Schloß radeln. Der Weg durch die Wiesen ist wirklich schön. Sie werden es nicht bereuen. Und was dort auf Sie wartet... na, lassen Sie sich überraschen. Während mein Mann sich im Park mit seinen Gedanken die Zeit vertreibt, schauen wir uns gemeinsam das Schloß an.«

»Ihr Angebot ist nett, aber... aber ich will nicht stören und...«

»Sie stören ganz und gar nicht, meine Liebe«, sagte die Frau. »Ganz im Gegenteil. Ihre Begleitung würde mir und sicherlich auch meinem Mann«, sie streichelte dem Angesprochenen über die Hand, »große Freude bereiten.«

Herr Zattwitz nickte zustimmend. »Wissen Sie, wenn man beinah fünfzig Jahre verheiratet ist, dann freut man sich, wenn in die traute Zweisamkeit...«

Fünfzig Jahre dachte Lydia und hörte nicht, wie der Mann seinen Satz beendete. Wie oft hatte Katharina sie gefragt, ob sie sich vorstellen könnte, wie sie beide im Alter aussehen würden. Lydia hatte ein ums andere Mal versichert, daß sie zierliche Damen mit runzligen Gesichtern und strahlenden Augen sein würden. Nur leider völlig verarmt. Katharina hatte abgewinkt und versichert, Lydia brauche sich wegen des Geldes keine Sorgen zu machen. Sie werde bis dahin eine berühmte Künstlerin sein und die Welt sich um ihre Bilder reißen.

»Ihr Angebot ist wirklich nett. Aber ich muß morgen früh nach München.«

»Beruflich?«

»Nein...«

»Doch hoffentlich nichts Unangenehmes?«

»Nein, nein... ich will eine Freundin, meine Freundin, eine Künstlerin, besuchen. Sie hat, nein – sie ist...« Lydia verstummte.

Frau Zattwitz sah ihr Gegenüber einen Moment lang forschend an. In ihrem Gesicht zeigte sich Anteilnahme.

»Ist ihre Freundin krank?«

»Wie kommen Sie darauf?«

»Ich will Ihnen nicht zu nahe treten, und es geht mich ja auch nichts an, aber Sie machen einen so unglücklichen Eindruck auf mich.«

»Henriette!« schaltete sich Herr Zattwitz ein.

Lydias Augen hatten sich mit Tränen gefüllt. Frau Zattwitz streichelte ihr die Hand.

»Ist es so schlimm?«

»Verzeihen Sie.« Lydia fingerte verlegen in ihrer Jackentasche.

»Hören Sie auf den Rat eines alten Mannes, der seine Erfahrungen mit dem Leben gemacht hat. Reden Sie sich Ihren Kummer von der Seele. Manchmal, wenn man Dinge ausspricht, verlieren sie ein wenig von ihrer bleiernen Schwere.« Herr Zattwitz reichte ihr ein Taschentuch. »Wir hören Ihnen zu, wenn Sie es wollen, den ganzen Abend.«

Frau Zattwitz nickte zustimmend.

Lydia schaute die beiden im Wechsel an. »Das ist sehr freundlich von Ihnen.« Sie lächelte dankbar. Zögernd, dann immer schneller begann sie von Katharina zu sprechen. Von ihrer Freundschaft seit Kindertagen, den künstlerischen Berufen, ihren gemeinsamen Reisen, den Freunden und dem Leben in der Stadt. Sie erzählte von Katharinas wechselnden Männerbeziehungen, ihrem neuen Liebhaber, ihrer plötzlichen Abwesenheit, der Postkarte und dem Selbstmordversuch. Das Ehepaar hörte aufmerksam zu.

»Mein Gott«, Lydia lehnte sich in ihrem Stuhl zurück und fächelte sich mit einem Bierdeckel Luft zu, »jetzt habe ich Sie schwindelig geredet, nicht wahr?« Ihr Gesicht war erhitzt wie nach einer großen Anstrengung.

»Aber ganz und gar nicht«, versicherte Frau Zattwitz, die eine neue Flasche Wein bestellt hatte und der Kellnerin ein Zeichen gab, nachzuschenken. »Ich habe das Gefühl, Katharina ein wenig kennengelernt zu haben. Und nicht nur Katharina, auch Sie, meine Liebe. Ich glaube, diese wundervolle Freundschaft, die Sie beide verbindet – aber ›wundervoll‹ ist nicht das richtige Wort, ›außergewöhnlich‹ möchte ich es einmal nennen –, ja, ich glaube, diese außergewöhnliche Freundschaft, die Sie beide verbindet, wird Ihnen helfen, aus dieser Krise, in der Sie sich meiner Meinung nach befinden, herauszukommen. – Was denkst du, Lieber?« Sie schaute ihren Mann interessiert an.

»Ich pflichte dir bei.«

»Was meinen Sie mit Krise?« Lydia legte den Bierdeckel zurück auf den Tisch.

Frau Zattwitz lächelte leise. »Na ja, daß Sie und Ihre Freundin nicht länger drumherum kommen, über Ihre Gefühle zu reden. Diesem Teil einer Freundschaft, den ich, nebenbei gesagt, für sehr wesentlich halte, sind Sie beide über die Jahre hinweg wohl erfolgreich aus dem Weg gegangen. Sie sind sich bestimmt sehr nahe gekommen, daran besteht kein Zweifel, aber Sie haben sich nicht berührt.«

»Das haben Sie schön gesagt. Wir haben uns in einigen Dingen wirklich extrem in Ruhe gelassen. Wissen Sie, es ist merkwürdig, aber Katharina und ich haben uns in all den Jahren, die wir miteinander verbracht haben, so gut wie nie körperlich berührt. Seltsam, nicht wahr? Aber ich hatte immer das Gefühl,

Kathi wollte diese Nähe nicht. Sie ist ein Mensch, der Nähe nur schwer erträgt. Sie empört sich, wenn Menschen einen intensiveren Körpergeruch haben. Oder wenn sie nach Knoblauch riechen oder nach Schweiß. Der Geruch ist ihr schon zuviel. Ich bin jemand, der sehr schnell und sehr viel schwitzt. Ich hatte immer Angst, sie könnte sich vor mir ekeln, wenn ich ihr so nahe komme.«

»›Ekel‹, was für ein häßliches Wort in diesem Zusammenhang.« Frau Zattwitz schüttelte mißbilligend den Kopf.

»Ich muß Ihnen recht geben.« Lydia hob bedauernd die Hände. »Aber ich habe oft das Gefühl, Katharina ist ein gewisser Abstand stets sehr wichtig. Es gibt viele Situationen, in denen ich das sehr deutlich spüre. Im Kino zum Beispiel oder im Theater. Eigentlich überall dort, wo man dicht beieinander sitzen muß. Wenn ich in solchen Momenten aus Versehen ihren Arm berühre, glaube ich zu spüren, wie sie erschrickt und stocksteif wird. Ein schreckliches Gefühl. Meist ziehe ich meinen Arm sofort zurück. Im Laufe der Zeit bin ich immer vorsichtiger geworden. Ich habe eine regelrechte Panik entwickelt... Können Sie sich vorstellen, daß wir uns in all den Jahren so gut wie nie in den Arm genommen haben?« Sie schwieg. »Was ich nicht begreifen kann«, fuhr sie nachdenklich fort und starrte unverwandt in die Flamme, »daß ich nichts gemerkt habe. Ich meine...«

»So sind wir Menschen«, warf Herr Zattwitz ein. »Immer auf der Suche nach Schuld. Dinge hinnehmen können, wie sie sind, vorbehaltlos akzeptieren, das ist eine Kunst...«

»Würden Sie sagen, daß Ihre Freundin verändert war in der letzten Zeit?« Frau Zattwitz legte ihrem Mann, den sie abrupt unterbrochen hatte, beschwichtigend die Hand auf den Unterarm.

Lydia überlegte und strich über die Tischdecke.

Sicher, Kathi war stiller und ernster gewesen als noch vor wenigen Monaten. Und vor einiger Zeit hatte sie erzählt, daß sie morgens so lustlos sei. Nur mit äußerster Anstrengung quäle sie sich aus dem Bett und schleppe sich kraftlos durch die Wohnung. Das helle Licht tue ihren Augen weh, jede Handbewegung sei ihr zuviel und jede Anstrengung eine Qual. Die simpelste Pflicht verwandle sich in ein schier unüberwindbares Hindernis. Am liebsten würde sie den ganzen Tag schlafen. Lydia hatte das nicht weiter ernst genommen. Sie kannte Katharinas Hang zur Übertreibung. Auch die Stimmungsschwankungen der Freundin hatte sie wortlos akzeptiert. Obwohl sie manchmal gerne gewußt hätte, was plötzlich mit der anderen los war, hatte sie geschwiegen.

»Sie hat von schlechten Träumen und ständiger Müdigkeit gesprochen. Vor gut zwei Monaten, als ich sie zum Frühstück abgeholt habe, hat sie mir mit geschwollenen Augen von einem Traum erzählt, in dem sie ständig auf der Flucht war. Sie rannte durch lange Gänge und menschenleere Flure, irrte durch Straßen, die sich als Labyrinth entpuppten, und fand sich an einem Ort wieder, den sie nie zuvor gesehen hatte. Sie verspürte furchtbare Angst. Mitten in der Nacht ist sie von ihrem eigenen Weinen wach geworden. Sie hat gewimmert wie ein Kind. Später ist sie wieder eingeschlafen und hat an genau derselben Stelle weitergeträumt.« Lydia schneuzte sich die Nase. »Das ›Wegrennen‹ war ein Thema, das sie in ihren Träumen immer wieder beschäftigt hat. Und das, wie sie mir an diesem Morgen anvertraut hat, seit vielen Jahren.«

Herr Zattwitz stellte sein Glas auf den Tisch und schaute seine Frau nachdenklich an. »Träume vom Weglaufen hat er auch gehabt, nicht wahr, Liebes«, sagte er.

Frau Zattwitz nickte. Lydia schaute ihn verwundert an.

Der Mann räusperte sich leise. »Ich habe einen sehr guten Studienfreund gehabt. Wir nannten ihn A. M. Zu Studienzeiten waren wir unzertrennlich. Später haben wir uns nicht mehr so häufig gesehen. Wir lebten in verschiedenen Städten, hatten unsere Familien, unseren Beruf... na ja. Trotzdem haben wir uns nie gänzlich aus den Augen verloren. Wir haben uns geschrieben und uns regelmäßig besucht. A. M. war ein Mensch, der keine Schwierigkeiten hatte, sich anderen Menschen anzuschließen. Scheinbar spielerisch knüpfte er Freundschaften. Obwohl er unangenehm cholerisch werden konnte – ich weiß noch, wie er kurz vor dem Examen wegen eines Tippfehlers in seiner Staatsexamensarbeit seinen Schreibtisch umgeworfen hat –, war er ein heiterer Mensch. Besser gesagt, er vermittelte den Eindruck, ein heiterer, fröhlicher und lebenslustiger Mensch zu sein. Heute würde ich sagen, er war zeitlebens menschenscheu, mit einer überempfindlichen Seele und dem Hang zu Melancholie. Er war ein begeisterter Wassersportler. Als ich ihn das letzte Mal gesehen habe, hatte er mich eingeladen, mit ihm zu segeln. Es war das Wochenende vor Pfingsten. A. M. war an diesen zwei Tagen ausgelassen und guter Dinge. Er war fröhlich und hat viel von früher geredet. Ich sehe ihn noch in seiner gelben Regenjacke und den Gummistiefeln an Deck sitzen. Das Haar vom Wind zerzaust, die Lippen aufgesprungen. Ab und zu hat er aus Spaß den Zeigefinger mit Spucke angefeuchtet und über seinem Kopf in die Luft gehalten. ›Damit wir wissen, aus welcher Richtung der Wind weht‹, hat er gesagt. Er hat so breit und strahlend gelacht, wie eigentlich nur ein glücklicher Mensch lachen kann. Zwei Wochen später war er tot. Er hat sich auf seinem Boot erschossen. In einem Abschiedsbrief an seine Frau hat er ihr genaue Anweisungen gegeben, wie er seine Beerdigung wünsche. Sogar die Todesanzeige hat er formuliert. Grauenhaft, nicht wahr?«

Er schwieg einen Moment. »Ich denke, man kann einem Menschen zuhören, sich vielleicht, wenn man ihn sehr gut kennt, in ihn einfühlen und ihn von mir aus auch sehr genau beobachten. Aber man kann nicht in ihn hineinschauen. Wenn jemand sein Innerstes verbergen will, so wird es ihm gelingen. Da bin ich sicher. Wie gesagt, ich hätte A. M. immer als fröhlichen, lebenslustigen Menschen bezeichnet. In seinem Abschiedsbrief aber war die Rede von einer ›bösartigen Traurigkeit‹, die er für ›ererbt und unheilbar‹ hielt. Mein Freund A. M. war ein phantastischer Rhetoriker. Er hat über alles geredet, o ja, er hat über Gott und die Welt philosophiert. In der Tat, es war eine Freude, ihm zuzuhören. Ja, man könnte sagen, es war ein Genuß. Denn er wählte nicht das passende Wort, er wählte das richtige. A. M. war ein Mensch, der wirklich, und das ist nicht übertrieben, alles zum Gegenstand seiner Rede machen konnte. Immer war es interessant, ihm zuzuhören. Nur über eines konnte er nicht reden. Über sich selbst. Manchmal hatte ich das Gefühl, er wollte nicht die geringste Kleinigkeit von sich preisgeben. Als hätte er Angst, etwas Schreckliches würde passieren. Als ich ihn einmal darauf angesprochen habe, hat er nur gesagt, er wolle niemanden belästigen. Tja, jeder ist ein Gefangener seiner selbst. Manchmal denke ich, wenn er Worte gehabt hätte, hätte er den Revolver nicht gebraucht. Nun ja... Aber genug jetzt von meinem Freund A. M.! Ich habe von ihm erzählt, weil ich das Gefühl habe, zwischen meinem Freund und ihrer Freundin gibt es Ähnlichkeiten. So wie Sie Katharina beschrieben haben, scheint sie mir ein Mensch mit inneren Spannungen zu sein. Ein Mensch, dem das Aussprechen von Gefühlen Schwierigkeiten bereitet, der niemanden mit seinen Problemen belästigen will und viel zuviel mit sich selbst ausmacht.«

»Ja, das stimmt! Über Gefühle zu sprechen ist weiß Gott nicht ihre Stärke. Es gibt Menschen, die behaupten, sie hätte keine Gefühle! Sie wäre kalt wie ein toter Fisch. Was natürlich Blödsinn ist. Kathi behauptet manchmal, sie sei in einem früheren Leben eine Schnecke gewesen. Weil sie sich so gerne verkriecht. Wenn sie Kummer hat, versteckt sie sich vor der Welt. Sie öffnet die Tür nicht, geht nicht ans Telefon, holt nicht einmal die Post aus dem Briefkasten. Sie zieht sich zurück wie eine Weinbergschnecke in ihr Haus.«

»Verwundete Tiere ziehen sich auch in die Einsamkeit zurück und lecken sich ihre Wunden gesund«, flocht Frau Zattwitz ein. »Hat sie sich denn oft verkrochen?«

»Na ja, hin und wieder ist es schon vorgekommen.«

»Mit Verlaub, eine schlichte Frage. Würden Sie ihre Freundin als depressiv bezeichnen?« Herr Zattwitz schaute Lydia aus klaren Augen an.

»Kathi ist ein ernster Mensch, ja, das würde ich behaupten. Aber sie ist kein Typ, der ständig Probleme wälzt. Das ist sie wirklich nicht. Sie fällt nur hin und wieder in diese ›schwarzen Löcher‹, wie sie es nennt. Damit meint sie Stimmungen, die sehr plötzlich Besitz von ihr ergreifen. Sie scheinen alles in ihr zu vergiften, jede Spur von Vitalität zum Versiegen zu bringen. Es ist noch gar nicht so lange her, da hat sie mir erzählt, eine Amsel auf dem Dach habe ihr gezeigt, wie man mit diesen Löchern fertig werden kann.«

»Da bin ich aber gespannt.« Frau Zattwitz rückte mit ihrem Stuhl etwas näher an den Tisch heran.

»Katharina hat nur gesagt: ›Die Amsel hat auf dem Dach gesessen und im Regen jubiliert!‹«

Herr Zattwitz nickte zustimmend. »Wenn wir den Regen einmal nicht als Symbol lebensspendender Feuchtigkeit, sondern als Metapher für die weniger sonnigen Seiten des Lebens interpretieren, ist es ein schönes Bild, ›im Regen jubilieren‹. Und eine Kunst, ganz gewiß. Erlauben Sie mir eine sehr direkte Frage, Frau Labetzke, aber haben Sie Ihre Freundin nie gefragt, was es mit diesen ›schwarzen Löchern‹ auf sich hat? Ich meine, ob sie sehr plötzlich, sozusagen von einem Augenblick zum nächsten, da sind oder ob sie sich einige Zeit vorher ankündigen. Was der Auslöser ist respektive sein könnte?«

»Ich habe Katharina einige Male auf diese Stimmungen angesprochen. Aber, und ich glaube, da ist meine Freundin Ihrem Freund sehr ähnlich, worüber sie nicht reden will, darüber schweigt sie beharrlich. Und sie ist sehr geschickt. Sie lenkt das Gespräch auf eine geradezu spielerische Art und Weise in eine völlig andere Richtung. Sie benützt Taschenspielertricks, um unangenehmen Fragen auszuweichen. Eine Tante von mir, die Katharina und ich eine Woche lang auf ihrem Bauernhof besucht haben, hat mir beim Abschied gesagt, sie habe noch nie einen Menschen erlebt, der so viel redet und so wenig von sich preisgibt. Kathi wird aufgrund ihrer Verschwiegenheit oft für hochmütig gehalten. Aber sie ist es nicht. Ganz und gar nicht. Sie ist nur manchmal von dieser seltsamen Traurigkeit besessen, die sie oft tagelang nicht losläßt. Eine Traurigkeit, die sie verschlossen, unnahbar macht. Letztens habe ich sie gefragt, ob sie glücklich sei. ›Es gibt kein glückliches Leben, nur glückliche Stunden‹, hat sie geantwortet. Und damit war das Thema für sie erledigt.«

Lydia betrachtete ihre Fingernägel. »Wissen Sie«, fuhr sie fort, ohne den Kopf zu heben, »im Gegensatz zu mir kann Katharina den Augenblick sehr intensiv genießen. Ich neige dazu, das, was ich erlebe, mit Dingen zu vergleichen, die ich einmal erlebt habe. Ich sehne mich, wie Kathi zu sagen pflegt, stets nach der anderen Seite des Flusses. So etwas ist ihr fremd.«

»Ich habe einmal gelesen«, begann Frau Zattwitz, »der gesunde Mensch könne lieben und arbeiten. Hat ihre Freundin gearbeitet in der letzten Zeit?«

Lydia fiel ein, daß Katharina vor einiger Zeit einen Fischkopf gemalt hatte. Aus hohlen Augen stierte er den Betrachter an. Lydia fand das Bild düster und schaurig. Katharina mochte es. »Es gibt den Tod nun mal«, hatte sie gesagt, und Lydia hatte fast trotzig geantwortet: »Aber guck dir die Gesichter von Toten doch an. Die sehen glücklich, ja friedlich aus. Gemahnen an eine Zukunft voller Licht.« »Du mit deinem unerschütterlichen Optimismus«, hatte Katharina gesagt...

Lydia räusperte sich. »In der letzten Zeit hat sie sehr unregelmäßig gearbeitet. Sie hat vieles angefangen, aber nichts zu Ende gebracht. Das Schönste, was sie gemacht hat, ist ein Bild mit blauen Händen. Ich habe es in ihrem Atelier auf der Staffelei stehen sehen.«

»Vielleicht wollte sie gerne an die Hand genommen werden?«

»Henriette, bitte! Was sind denn das für Spekulationen.« Herr Zattwitz zog ärgerlich die Brauen zusammen.

Lydia schneuzte sich die Nase und sah die Frau mit traurigen Augen an. »Und ich habe es nicht gemerkt...!«

»Da siehst du, was du angerichtet hast!« Herr Zattwitz warf seiner Frau einen mißbilligenden Blick zu.

»Entschuldigen Sie, meine Liebe«, beeilte sie sich zu versichern und legte Lydia ihre Hand auf den Unterarm, »das war unüberlegt und unachtsam von mir dahergeredet. Bitte vergessen Sie diese Worte! Wirklich – Sie haben keinen Grund, sich Vorwürfe zu machen. Es gibt keinen Grund. Was passiert ist, ist passiert. Sie können die Zeit nicht zurückdrehen. Gucken Sie nach vorn, und freuen Sie sich darauf, ihrer Freundin jetzt die Hand zu reichen und...«

Herr Zattwitz räusperte sich ungehalten.

Lydia schien weder ihn noch die Worte der Frau wahrzunehmen. Gedankenversunken starrte sie ihr Glas an und wiederholte tonlos: »›Vielleicht wollte sie gerne an die Hand genommen werden.‹ Aber vielleicht nicht von mir, sondern von jemand anderem. Jemand, von dem sie mir nie erzählt hat. Wissen Sie, eines ihrer Lieblingswörter ist das Wort ›Sehnsucht‹. Wonach sie sich sehnt, weiß sie, glaube ich, selbst nicht so genau. Ein Freund von mir hat sie manchmal aufgezogen, sie habe Sehnsucht nach der Sehnsucht.«

»Und Sie haben keine Vorstellung, wonach sie sich sehnen könnte?«

»Nein. Das hat sie mir nie gesagt.«

Die Kellnerin trat an den Tisch heran. »Dürfte ich bitte auch bei Ihnen abkassieren, wir schließen in wenigen Minuten.« Sie hob bedauernd die Schultern.

»Ist es schon so spät?«

»Es ist kurz vor eins. Und ich muß pünktlich Schluß machen, sonst wird die Chefin böse.«

»Um Gottes willen, Sie sollen wegen uns keinen Ärger bekommen. – Aber bitte, bitte!« Herr Zattwitz schob das Portemonnaie, das Lydia auf den Tisch gelegt hatte, beiseite. »Sie erlauben hoffentlich, daß wir Sie einladen. Und damit wir vielleicht noch einmal das Vergnügen haben, gebe ich Ihnen unsere Karte. Sie sind uns jederzeit ein willkommener Gast.«

Lydia nahm die Visitenkarte, bedankte sich für den Abend und wünschte dem Ehepaar eine gute Nacht.

Langsam stieg sie die Treppen hinauf. Ohne sich zu waschen, legte sie sich ins Bett. Sie schlief sofort ein.

Früh am Morgen wurde sie von Glockenläuten geweckt. Im Hotel war es still. Unten auf der Straße pfiff jemand eine Melodie. Es klang wie der Anfang der Carmen-Ouvertüre. Lydia schaute zum Fenster hinaus. Ein klarer, wolkenloser Himmel lächelte über der Landschaft. Das Schloß strahlte in der Sonne.

»Schade, Sie wollen uns also wirklich schon verlassen«, sagte die Dame an der Rezeption.

»Aber ich komme wieder. Das verspreche ich Ihnen.«

III

Lydia schlug die Autotür zu. Endlich! dachte sie und warf einen Blick in das Pförtnerhäuschen. Der Mann hinter der Scheibe hob die Hand zum Gruß.

Die Klinik zu finden war nicht einfach gewesen. Dreimal hatte sie in dem Ort mit der weißgetünchten Kirche angehalten und sich nach dem Weg erkundigt. Die Frau, die lachend aus einer Metzgerei herausgekommen war, hatte wissend genickt, mit zusammengezogenen Augenbrauen überlegt und schließlich bedauernd den Kopf geschüttelt. Ein Taxifahrer war achselzuckend und ohne ein Wort zu sagen weitergefahren. Ein älterer Herr zeigte sich freundlicher. Er lüftete seinen Hut, fragte Lydia, ob sie fremd sei in der Gegend, und gab ihr bereitwillig Auskunft. Die Klinik zu finden sei wegen der schlechten Beschilderung überaus schwierig, erklärte er und nannte ihr mit lauter werdender Stimme einige Punkte, an denen sie sich orientieren sollte. Lydia verspürte Lust, dem Mann über die runzlige Hand zu streicheln. Sie hatte es unterlassen, ihm statt dessen beim Anfahren noch einmal zugewinkt. Sie fand die Tankstelle, von der er gesprochen hatte, zählte drei Ampeln, bog an der Kreuzung mit der Telefonzelle ab und fuhr vor dem Eisenbahnübergang den Berg hinauf. Der Mann hatte recht gehabt. Von hier oben konnte man die Klinik bereits sehen. Verstreute blütenweiße Gebäude. Sie lagen inmitten von Wiesen und Feldern. Wie Fremdkörper sehen sie aus, dachte Lydia. Wie Fremdkörper oder wie riesige Bauklötze, die irgendwer liegengelassen und vergessen hat.

Lydia gelang es nicht, die Unruhe, die sie beim Anblick der Gebäude befiel, zu bekämpfen. Wie von selbst wanderte der

Zeigefinger ihrer rechten Hand immer wieder zu ihrem Mund hinauf. »Schluß jetzt!« schimpfte sie und biß sich im nächsten Moment den Nagel ab. Das knackende Geräusch rief die Erinnerung an einen Traum der letzten Nacht hervor. Sie fuhr langsamer und starrte verwundert auf die weißen Gebäude hinunter. Deutlich sah sie die Bilder des Traumes vor sich. Gleißendes helles Licht umgibt sie. Sie befindet sich an einem Strand. Von weither kommt Katharina auf sie zugelaufen, setzt sich atemlos neben sie. Eng aneinandergeschmiegt betrachten sie den Ozean. Wie ein glitzerndes Tuch breitet er sich zu ihren Füßen aus. Es ist windstill. Der Sand wärmt ihre Haut. »Das Meer sieht aus, als würde es spazierengehen«, flüstert Katharina und steht auf. Schritt für Schritt watet sie in das Wasser hinein. »Dem Horizont entgegen!« ruft sie und dreht sich winkend um. Lydia will schreien. Aber ihr Mund ist zugeklebt. Sie will aufspringen und der Freundin hinterherrennen. Aber ihre Beine sind schwer wie Zement...

Lydia seufzte laut. Sie schaute den Mann in dem Pförtnerhäuschen an und nickte ihm zu. Immer noch seufzend steckte sie die Autoschlüssel in die Jackentasche. Ein Düsenjäger schoß mit ohrenbetäubendem Lärm durch den Himmel. Sie zog den Kopf ein.

Der Mann hinter der Scheibe erhob sich schwerfällig. Er wischte sich mit dem Handrücken den Mund ab, setzte eine blaue Schirmmütze auf und winkte Lydia herein.

In dem Raum roch es nach Leberwurst. Lydia sah ein angebissenes Butterbrot auf dem Schreibtisch liegen. Der alte Mann zuckte mit den Schultern. »Ist eigentlich mein Mittagessen. Kommt selten vor, daß ich vor halb eins esse. Aber heute habe ich einen solchen Hunger, ich könnte glatt auf den Hundenapf schielen.« Er kicherte, ohne den Mund zu öffnen, und gab dabei ein leise schmatzendes Geräusch von sich. »Ist natürlich Spaß.« Der Mann hatte sich umständlich hingesetzt. Seine rechte Körperhälfte schien weniger beweglich als die linke. Er ließ einen Arm nach unten hängen und berührte den Pudel, der neben dem Stuhl schlief. Das Tier hob verschlafen den Kopf und blinzelte Lydia aus geröteten Augen an. »Schlaf weiter, mein Mädchen«, sagte der Mann und streichelte dem Tier zärtlich über den Rükken. Seufzend ließ der Hund den Kopf wieder auf das Kissen fallen.

»Das ist Betsy. Eine treue Seele. Seit vierzehn Jahren geht sie jeden Morgen mit mir hierher. Ich kann mich an keinen Tag erinnern, an dem sie zu Hause geblieben wäre. Leider ist sie in der letzten Zeit sehr schnell alt geworden. Noch älter als ich.« Er kicherte leise und wischte sich erneut über den Mund. »Früher hat sie ständig gebettelt. Ich konnte meine Butterbrote noch so leise auspacken, für sie war es immer noch laut genug. Wie versteinert hat sie vor mir gesessen und mich mit ihren großen schwarzen Augen angeschaut. Sie hat nicht gewinselt oder gebellt – nein, nein, das hat sie nicht gemacht, sie hat mich nur angeschaut. Manchmal habe ich gedacht, sie würde jeden Augenblick sprechen, so konnte sie gucken mit ihren großen schwarzen Augen. Da war Leben drin, sage ich Ihnen. Heute will sie nur noch schlafen. Schlafen und ab und zu Sträßchen gehen, nicht wahr, Betsy? Leider macht sie jetzt auch ab und zu Pipi in ihr Körbchen. Wie eine alte... So, aber ich rede und rede. Entschuldigen Sie, zu wem möchten Sie, bitte?«

»Ich möchte zu Katharina Mallack.«

Der Hund scharrte mit den Pfoten und winselte leise. Seine Augenlider bewegten sich flatternd. Der Mann schaute das Tier stirnrunzelnd an. »Früher hat sie nie geträumt, in all den Jahren nicht. Das macht sie erst seit kurzem. Merkwürdig, nicht? Manchmal heult sie wie ein Wolf im Schlaf. Sie können sich nicht vorstellen, wie ich mich erschreckt habe, als ich dieses Heulen zum ersten Mal gehört habe. Ich bin aus dem Bett gesprungen wie ein Sportler. Dabei bin ich über meine Pantoffeln gestolpert und beinah der Länge nach hingefallen. Ich habe natürlich gedacht, es ist etwas passiert. Mein Gott, war ich erschrocken. Bin gleich zu ihrem Körbchen im Flur gerannt. Aber der Hund hat geschlafen. Tief und fest geschlafen. Hat mich nicht einmal kommen hören.« Er schüttelte den Kopf. Der Vorfall schien ihn auch jetzt noch zu wundern. »Waren Sie schon einmal hier?« fragte er unvermittelt.

»Nein.«

»Na, Sie kommen ja auch von weit her, wie ich sehe.« Er deutete auf das Nummernschild. »Da ganz in der Nähe bin ich geboren. Habe viele Jahre in Ihrer Stadt gelebt. Ist allerdings lange her. Kennen Sie die Citadellgasse?«

Lydia hatte den Namen noch nie gehört. Sie nickte trotzdem.

Der Mann lächelte erfreut. »Ich habe gleich vorn gewohnt, in dem Eckhaus mit der Nummer eins. Früher war dort eine Metzgerei. Die Chefin war so eine große, kräftige Frau. Nett war die und strohblond. Sie hieß Irmina. Schöner Name, nicht? Mit Nachnamen allerdings hieß sie Hühnerjäger. Aber egal. Sie war eine großartige Frau. Und sie war hübsch. Für jeden hatte sie ein freundliches Wort. Aber wirklich für jeden. Wer in ihren Laden kam, der wurde mit einem Lächeln empfangen, ganz gleichgültig, wie er aussah. Irmina trug immer weiße Blusen. Die waren gestärkt, wissen Sie, das konnte man bis über den Tresen riechen, und die waren nie bis ganz oben geschlossen.« Die Augen des Mannes glänzten feucht. »Gibt es die Metzgerei noch?«

Lydia zuckte bedauernd die Schultern. »Tut mir leid, aber das kann ich Ihnen nicht sagen.«

»Bestimmt gibt's die nicht mehr. Es hat sich ja so viel verändert im Laufe der Zeit. Manchmal bedaure ich es, daß ich damals weggegangen bin. Uns gehörte am Stadtrand ein kleiner Schrebergarten. Mit Stangenbohnen und Hühnern und allem, was man so braucht. In der schlechten Zeit hat er uns das Leben gerettet. Wirklich! Manchmal habe ich von dort einen Fasan in den Feldern geschossen. Wir haben ihn aufgehängt, bis er blitzblau war, und dann gab es ein Festessen.«

Lydia warf einen langen Blick auf ihre Armbanduhr. Der Mann schien es nicht zu bemerken.

»Sind Sie verheiratet?« fragte er, und seine Stimme klang fröhlich.

Lydia schüttelte ungehalten den Kopf.

»Sehen Sie, ich bin's. Viel zu lange schon!« Er kicherte und winkte mit der Hand ab. »Meine Frau stammt aus dieser Gegend hier. Sie heißt Adele. Auch ein schöner Name, nicht? Ich habe sie kennengelernt, als ich noch für den alten ›Pieper‹ Touren gefahren bin. Habe damals Frischfleisch transportiert. Das ist lange her. Zu der Zeit war ich noch ein schlanker Kerl mit dunklen Haaren. Jetzt bin ich dick und schlohweiß.« Er kicherte erneut, ohne den Mund zu öffnen, und gab wieder dieses leise schmatzende Geräusch von sich. »Eigentlich bin ich schon seit fünf Jahren Rentner. Aber die Arbeit hier macht mir Spaß. Ich mache es nicht wegen des Geldes, so nötig haben wir es nicht. Ich kann nur nicht den ganzen Tag zu Hause sitzen und beobachten, wie meine Frau die Kartoffeln schält. Ob rechtsherum oder linksherum.« Er schwieg und schaute Lydia nachdenklich an. »Jetzt habe ich vergessen, was ich eigentlich erzählen wollte.«

»Sie wollten nachschauen...«

»Ach ja, meine Frau«, fiel ihr der Mann ins Wort. »Als ich sie kennengelernt habe, hat sie im ›Goldenen Ochsen‹ gekellnert. Gleich am ersten Abend hat sie mir gesagt, daß sie unter gar keinen Umständen wegziehen würde. Und wie das nun einmal so ist im Leben, einer muß nachgeben. In diesem Falle war ich das. Wir haben ein kleines Häuschen, ganz in der Nähe. Hübsch, wirklich hübsch. Mit einem Garten und einem... Aber ich schwätze und schwätze. Ich weiß eigentlich gar nicht, wieso ich Ihnen von meiner Frau erzähle. Außerdem habe ich jetzt bei all der Quasselei vergessen, wen Sie besuchen wollen?«

»Katharina Mallack«, sagte Lydia erleichtert.

»Ja, richtig! – Na dann wollen wir mal schauen...« Der Mann blätterte in einem Aktenordner und summte eine Melodie. Es klang wie der Anfang eines Kinderliedes. Lydia überlegte. Obwohl sie das Gefühl hatte, das Lied zu kennen, fiel ihr der Text nicht ein.

»Tut mir leid, junge Frau, ich muß Sie enttäuschen. Eine Patientin mit diesem Namen haben wir nicht.«

»Das kann nicht sein!« rief Lydia laut. »Katharina muß hier sein!«

Der Mann tätschelte Lydias Hand. »Keine vorschnelle Aufregung. Immer schön mit der Ruhe. Jetzt sagen Sie mir noch mal ganz genau, wie die Dame heißt. Am besten, Sie buchstabieren.«

»Katharina Mallack. Mallack mit doppeltem l und am Ende mit ck.«

»Sehen Sie! Alles meine Schuld. Entschuldigen Sie vielmals.

Das kommt von der vielen Quasselei. Da haben wir sie. Mallack, nicht wahr? ›Mallack‹ haben Sie gesagt.«

Lydia nickte erleichtert und betrachtete den Ehering an der Hand des Mannes.

»Mein Gott, haben Sie sich erschreckt!« Der Mann machte ein betretenes Gesicht. »Ganz blaß sind Sie geworden. Und alles meinetwegen. Möchten Sie sich einen Augenblick hinsetzen und ein Glas Wasser trinken? Ich habe auch ein Kräuterschnäpschen hier, falls Sie so etwas mögen, und in der Thermoskanne ist Kamillentee mit Fenchel gemischt...«

Sie schüttelte den Kopf. »Nein, nein, vielen Dank. Sagen Sie mir nur, wo ich Frau Mallack finde.«

»Es tut mir so leid. Das kommt alles nur von meinem unnützen Geschwätz. Ich bin ein alter Trottel.« Er schaute den Hund an. »Hast du so was schon gesehen, Betsy? So einen Schrecken im Gesicht?«

Der Hund rührte sich nicht. »Schlaf weiter, mein Mädchen«, sagte der Mann und klopfte dem Tier vorsichtig auf den Rücken. Er klappte den Ordner zu, erhob sich von seinem Stuhl und deutete mit dem Finger nach draußen.

»Sie müssen bis ans Ende der Anlage. Sehen Sie da hinten das letzte Haus auf der rechten Seite?«

Sie nickte.

»Das ist das Haus mit der Nummer sieben. Da müssen Sie hin. Wahrscheinlich ist die Eingangstür verschlossen. Das macht aber nichts. Rechts an der Wand ist eine Schelle. Sie müssen schon genau hinschauen, im Laufe der Zeit sind die Büsche darüber gewachsen. Sollten schon lange geschnitten sein, aber, na ja... Unten in der Halle sitzt eine junge Dame, die wird Ihnen weiterhelfen. Das Auto lassen Sie am besten hier stehen. Es wird nicht gern gesehen, wenn Besucher durch das Gelände fahren. Außerdem sind die Parkplätze vor den Häusern alle numeriert und für die Ärzte und das Pflegepersonal reserviert. So, jetzt habe ich Ihnen genug Ihrer kostbaren Zeit geraubt.» Er nahm die Mütze vom Kopf und hielt die Tür auf.

Lydia beeilte sich, ins Freie zu kommen. Sie parkte ihr Auto neben einer akkurat geschnittenen Buchsbaumhecke und ging schnellen Schrittes und ohne einen weiteren Blick in das Pförtnerhäuschen zu werfen den roten Schotterweg entlang. Der Boden knirschte unter ihren Schuhen. Sie hatte sich erst wenige hundert Meter von ihrem Auto entfernt, als sie plötzlich wie angewurzelt stehenblieb. Irgend etwas schien ihren Brustkorb zuzuschnüren. Sie rang nach Luft. Der Druck nahm zu. Ich ersticke! dachte sie und klopfte panisch mit beiden Fäusten auf ihre Brust. Schweiß trat auf ihre Stirn. In ihrer Schulter zuckte ein kurzer, heftiger Schmerz. Sie streckte die Arme in die Luft und hechelte wie ein gescheuchtes Tier. Was ist los mit mir? Sie verspürte den Drang, laut um Hilfe zu schreien. »Ruhig, ganz ruhig!« flüsterte sie statt dessen. Ihr Ton war beschwörend. Sie ließ die Arme nach unten fallen und streckte sie erneut in die Luft. Dann legte sie den Kopf in den Nacken und schaute in den Himmel hinauf. Eine Wolke segelte träge dahin. Lydia konzentrierte sich auf das Geräusch ihres einfließenden Atems. Ihre Nasenflügel spannten sich. Langsam und geräuschvoll stieß sie die Luft durch den Mund wieder aus. »Na, also!« flüsterte sie. »So schnell erstickt es sich nicht!« Sie schloß die Augen und atmete mehrmals hintereinander tief ein und wieder aus. Die Wolke segelte gemächlich durch das Blau. Lydia ließ den Kopf nach vorn fallen. Langsamer als zuvor lief sie den roten Schotterweg entlang. Ich muß jetzt aufhören, auf meinen Atem zu achten, ermahnte sie sich und murmelte ein Gedicht, das die Freundin in Kindertagen für sie verfaßt hatte.

Lydia ging wieder schneller. Für einen Moment hatte sie das Gefühl zu träumen. Die blütenweißen Gebäude, der Gang über diesen blutroten Schotterweg, das alles kam ihr so unwirklich vor.

Aus einem halbgeöffneten Fenster drangen Stimmen. Eine Frau schimpfte schrill. Irgend etwas zerbrach. Dem Geräusch nach zu urteilen, war Porzellan auf den Boden gefallen. Lydia betrachtete die helle Front des Hauses. Sie blieb stehen und starrte auf die weißen Eisenkreuze. Die Fenster waren vergittert. Lydia drehte sich um und warf einen Blick auf die zurückliegenden Gebäude. Auch dort gab es Gitter. Warum hatte sie es nicht bemerkt? Sie spürte Kälteschauer über ihren Rücken rieseln. Von irgendwoher erklang Musik. Im ersten Stock des Hauses wurde ein Fenster geöffnet. Eine Frau in einem weißen Kittel schaute hinaus und stellte eine Vase mit Rosen auf die Fensterbank. Eine der langstieligen Blumen steckte ihre Blüte zwischen den Gitterstäben hindurch. Neugierig schien sie sich umzugucken. Selbst die will raus! dachte Lydia und nickte der Rose, ohne es zu merken, zu.

Damals, an ihrem sechzehnten Geburtstag, hatte sie einen Strauß ähnlich dunkler Rosen vor der Tür gefunden. Morgens, als sie wie üblich den Weg zur Schule antreten wollte, war sie beim Verlassen der Wohnung fast über die Blumen gestolpert. Sie hatten auf der Fußmatte gelegen. Sechzehn dunkelrote Freilandrosen, mit einer weißen Satinschleife zusammengehalten. Einige der Blüten waren fast schwarz gewesen. Lydia hatte ihre Mutter gerufen, auf die duftende Pracht gewiesen und nur stolz »Markus!« gesagt. Auf dem Weg zur Schule hatte sie Markus, einem Elektrikerlehrling mit schulterlangen Locken und verträumtem Blick, einen Zettel in den Briefkasten geworfen und sich überschwenglich für die Rosen bedankt. Katharina war an diesem Morgen sehr schweigsam gewesen. Wortlos war sie neben der Freundin hergetrottet und hatte nur selten den Blick vom Bürgersteig gehoben. Als sie nachmittags zum Kaffeetrinken gekommen war, hatte sie beim Anblick der Rosen verlegen zu Boden geschaut und gesagt: »Du hast sie ja doch gefunden...«

Die Musik war verstummt. Lydia fröstelte. Sie schlug den Kragen ihrer Jacke hoch, vergrub die Hände tief in ihren Jackentaschen und ging weiter.

Die Fenster an den letzten Häusern waren nicht vergittert. Lydia seufzte erleichtert. Sie hatte das Gefühl, freier atmen zu können.

Die Gebäude wirkten zudem einladender als die vorherigen. Neben den Eingängen standen Bänke und Tische. An den Hauswänden schlängelte sich rotgefärbter Wein empor. In züngelnden Flammen loderte er bis unter das Dach. Warum sie die Häuser nicht alle mit Efeu oder wildem Wein zuwachsen lassen, dachte Lydia. Und Bänke und Tische davor stellen und vielleicht auch noch Blumenkübel. Wieviel freundlicher die Klinik aussehen würde.

Die Tür des Hauses mit der Nummer fünf wurde geöffnet. Zwei Frauen in weißen Kitteln kamen heraus und blieben vor dem Eingang stehen. Sie steckten die Köpfe zusammen und zündeten sich Zigaretten an. Dabei formten sie abwechselnd die Hände zu schützenden Höhlen. Eine Weile gingen die Frauen vor Lydia her. Sie hatten sich untergehakt und unterhielten sich laut. Über ihren Köpfen stiegen Qualmwolken auf. Der Geruch der Zigaretten hing in der Luft. Eine der Frauen hatte ein Tuch in den Haaren. Der Wind nahm es zum Spielzeug und ließ es wie eine Fahne wehen.

Das Haus mit der Nummer sieben war verschlossen. Lydia griff unter die Zweige des Rhododendronbusches und schellte. Sie starrte auf ihre Schuhe und trat eine Zigarette aus, die qualmend auf dem Boden lag. Im gegenüberliegenden Haus wurde ein Fenster einen Spaltbreit geöffnet. Zu sehen war niemand. Lydia schob die Zigarette mit dem Fuß unter die Büsche und zerknüllte das Taschentuch in ihrer Jackentasche. Am Himmel zogen dunkle Wolken auf.

Endlich! Der Türdrücker summte leise.

In der Eingangshalle war es warm und gemütlich. An den Wänden hingen Kinderzeichnungen. Bunte Tuschebilder, auf denen Häuser, Autos und Schiffe durch die Luft schwebten. Immer strahlte eine honiggelbe Sonne vom Himmel herunter. Nur auf einem Bild war sie schwarz wie ein Stück Kohle.

Lydia ging auf den weißlackierten Schreibtisch zu. Die Frau mit den kunstvoll geflochtenen Haaren hatte die Beine übereinandergeschlagen. Sie schien sehr jung zu sein. Ihr Gesicht war von makelloser Glätte. Sie hob den Kopf und grüßte, ohne zu lächeln. Über ihren Augen glänzte hellblauer Lidschatten. Ein süßlicher Duft lag in der Luft.

Verdammt! Ich hab vergessen, Blumen zu kaufen. Lydia biß auf ihre Unterlippe.

Die Frau hinter dem Schreibtisch schaute in einen Taschenspiegel und zog sich mit einem dunkelroten Lippenstift den Mund nach. Schmatzend preßte sie die Lippen aufeinander.

Wo kriege ich jetzt Blumen her? Lydia leckte mit der Zungenspitze einen Tropfen Blut von ihrer Lippe. Katharina liebte Blumen. Schon als Kind hatte sie sich regelmäßig Blumen für die Vase auf ihrem Schreibtisch gekauft. Sie hatte sie stets von ihrem Taschengeld bezahlt. Ein Umstand, den Lydia nicht begreifen konnte. Sie gab ihr Geld lieber für Süßigkeiten aus. Wie oft war sie nach der Schule zu dem Kiosk auf der anderen Straßenseite gegangen und hatte rot-weiß gestreiften Mausespeck, Brausestangen oder mehrere Lagen Eßpapier gekauft. Katharina war währenddessen in dem Blumenladen verschwunden, über dessen Eingang in geschwungener Schreibschrift »Pia Haselmann« stand. Lydia war der Freundin murrend gefolgt. Geduldig hatte sie neben der Kasse gewartet, bis Katharina sich nach langem Überlegen endlich entschieden hatte. Pia Haselmann, die semmelblonde Ladenbesitzerin mit dem nach Himbeeren duftenden Parfum, hatte die Blumen auf Katharinas ausdrücklichen Wunsch jedesmal in knisterndes Papier eingeschlagen. Lydia hatte währenddessen Mausespeck gekaut, und Katharina hatte wie gebannt auf die helle, mit Sommersprossen übersäte Haut in Frau Haselmanns Ausschnitt gestarrt. Die Frau hatte Katharina beim Verlassen des Geschäftes manchmal über die Haare gestrichen und sie »meine kleine Freundin« genannt. Katharina hatte gestrahlt, doch Lydia hatte gehofft, irgendwer würde Pia Haselmann samt ihrem Laden über Nacht spurlos verschwinden lassen.

Noch heute kaufte sich Katharina regelmäßig Blumen. Am liebsten mochte sie weiße Lilien. Wegen des Duftes, wie sie behauptete. Mario hatte einmal festgestellt, er könne sich Katharina gut beim Orchideenzüchten vorstellen. »Wie kommst du denn darauf?« hatte sie belustigt gefragt. »Ich finde, Orchideen passen zu dir!« »Falsch!« hatte sie geantwortet. »Die einzigen Blumen, die wirklich zu mir passen, sind Engelstrompeten...«

Lydia nagte an ihrer Unterlippe. »Sagen Sie bitte, kann man hier irgendwo Blumen kaufen?«

Die Frau hinter dem Schreibtisch ließ den Taschenspiegel langsam nach unten sinken und schaute ihr Gegenüber mit hochgezogenen Brauen an. »Blumen? Nein! Blumen kriegen Sie hier nicht. Da müssen Sie in die Stadt fahren. Aber Schokolade und

Kekse können Sie kaufen. Ganz vorn, im ersten Haus, ist eine Cafeteria.« Sie blickte in den Spiegel und preßte ein zweites Mal schmatzend die Lippen aufeinander. Klingt wie ein Karpfen im Schilf, dachte Lydia.

»Aber Blumen, wie gesagt, da müssen Sie in die Stadt fahren.« Die Frau zog eine Schublade auf und ließ den Spiegel und den Lippenstift darin verschwinden.

Lydia schüttelte den Kopf. »Nein, nein, um Gottes willen, ich bin ja froh, endlich hier zu sein.«

»Zu wem möchten Sie?«

»Ich möchte zu Katharina Mallack.«

Die Frau griff nach einem Stapel hellgrüner Computerbögen.

»Wie war der Name?« Sie strich sich mit dem Zeigefinger eine Locke aus der Stirn.

Lydia betrachtete den blutroten Mund der Frau.

»Katharina Mallack!« sagte sie etwas zu laut.

»M..., M..., M...«, murmelte die Dame und glitt langsam mit dem Zeigefinger über das Papier. Der feuerrot lackierte Fingernagel mit dem spitz gefeilten Ende stoppte abrupt.

»Mallack, Katharina. Da hab ich sie«, sagte die Frau, ohne aufzugucken. »Gehören Sie zur Familie?«

»Nein..., zur Familie gehöre ich nicht. Ich bin eine Freundin... Mein Name ist Labetzke. Lydia Labetzke. Ich bin eine sehr gute Freundin, ich...«

»Eine Freundin... mmmh... Tut mir leid, aber da muß ich erst mal nachhören. Wenn Sie bitte einen Augenblick Platz nehmen würden.«

»Ist irgend etwas mit Kath...«

»Nein, nein! Nehmen Sie bitte Platz. Dort drüben liegen Zeitungen.«

»Hören Sie, ich habe mir extra Urlaub genommen. Ich bin von sehr weit angereist, um...«

»Bitte!« Die Stimme der Frau klang ungehalten. »Nehmen Sie Platz, und warten Sie, bis ich Sie rufe!«

Lydia stieß wütend mit dem Absatz auf den Boden. Am liebsten hätte sie mit der Faust auf den Tisch geschlagen und laut geflucht. Da sie keinen Streit vom Zaun brechen wollte, verkroch sie sich in einem der breiten Ledersessel und ließ die Frau hinter dem Schreibtisch nicht aus den Augen. Die Frau ordnete ihre Haare und tippte mit einem Kugelschreiber eine dreistellige Nummer in das Telefon. Sie schlug ein Bein über das andere, wippte mit dem Fuß und spielte mit der Telefonschnur. Sie sprach so leise, daß Lydia kein Wort verstehen konnte. Wie dumm von mir! dachte Lydia und biß sich erneut auf die untere Lippe. Ich hätte sagen sollen, ich gehöre zur Familie. Zum engsten Kreis der Familie. Warum denn nicht? Schließlich bin ich... Sie zuckte zusammen. Irgendwo im Haus war eine Tür laut krachend ins Schloß gefallen.

»Moment mal eben!« Die Frau hinter dem Schreibtisch sprach etwas lauter und lachte klirrend. Sie hielt den Hörer vor ihre Brust, hob den Kopf noch eine Nuance höher und schaute zu Lydia hinüber.

»Sie können hochgehen. Station zwei, Zimmer vierundzwanzig.« Während sie sprach, wies sie mit der Hand auf eine Glastür mit milchigen Scheiben.

Lydia sprang hastig auf. »Danke!«

»So, da bin ich wieder«, hörte sie die Frau im Vorbeigehen sagen. Dann fiel die Tür hinter Lydia ins Schloß.

In dem hellgetünchten Treppenhaus war es still. Neonlicht aus langen Röhren ließ das Weiß der Wände noch greller erscheinen. Der Boden reflektierte die Helligkeit. Ein Geruch von Desinfektionsmitteln lag in der Luft. Lydia fühlte sich unwohl. Sie schüttelte sich, als wolle sie sich einer Last entledigen. Mit gesenktem Kopf stieg sie die Treppen hinauf. Der Marmor unter ihren Füßen leuchtete wie frischgefallener Schnee. Hier und da zeichneten sich Maserungen ab. Flecken, mit bizarren Formen. Einige erinnerten in ihrer Gestalt an wilde Tiere. Lydia ging langsamer. Sie fühlte sich plötzlich erschöpft wie nach einer großen Anstrengung. Von Stufe zu Stufe wurden ihre Bewegungen schwerfälliger. Ihre Knie schienen das Gewicht des Körpers nicht mehr tragen zu können. Sie verspürte den Drang, sich auf die Treppe zu setzen und auszuruhen. Müde griff sie nach dem Geländer. Sie lockerte den Schal um ihren Hals und öffnete ihre Jacke. Wenig später blieb sie stehen und rang nach Luft.

Vor Jahren hatte sie ein Ballett gesehen, in dem die Tänzer mit schleppenden Schritten auf die Bühne gekommen waren. Sie litten unter der Schwere geschulterter Bündel. Nach und nach entledigten sie sich dieser Bündel. Lydia war erstaunt gewesen. Die grauen Lasten hatten sich als zusammengekauerte Menschen entpuppt. Sie konnte sich noch genau an den Moment erinnern, in dem sich auch der letzte Tänzer seiner Last entledigt hatte und frei und entfesselt über die Bühne getanzt war...

Lydia nahm die Hand von dem Geländer und feuerte sich selbst an. Durch Schläge auf die Oberschenkel versuchte sie ihren Schritten Schwung zu verleihen. Na also, geht doch! dachte sie und paßte ihre Schritte dem Takt der Schläge an. Sie schlug schneller. Atemlos erreichte sie den zweiten Treppenabsatz. Ihre Knie zitterten. Es störte sie nicht.

Auf der Tür mit den milchigen Scheiben stand in schwarzen Buchstaben »Station zwei«.

Lydia drückte die Tür auf und betrat einen langen Gang. Auch hier ließ gleißendes Neonlicht das Weiß der Wände noch greller erscheinen. Am Ende des Ganges stand ein Tisch. Ein Strauß Astern leuchtete gelb. Wenigstens ein Hauch von Farbe, dachte Lydia.

Aus dem vordersten Zimmer drangen Stimmen und Lachen. »Von wegen...!« rief eine Frau und riß die Tür mit Schwung auf. Sie trug einen weißen Kittel und hatte die Haare zu einem Pferdeschwanz zusammengebunden. In der Hand hielt sie ein Tablett. Sie grüßte freundlich, reichte Lydia die Hand und jonglierte mit dem Tablett.

»Ich bin Schwester Judith. Sie wollen Frau Mallack besuchen, nicht wahr?«

Lydia nickte und betrachtete die bunten Kapseln in den Plastikschälchen. »Ja, mein Name ist Labetzke. Lydia Labetzke.«

»Frau Mallak wird sich über ihren Besuch freuen. Sie hat oft von Ihnen gesprochen.«

»Wirklich?«

»O ja!«

Lydias Mundwinkel zitterten. »Ich wäre eher gekommen, aber man hat mir gesagt, Kathi brauche Ruhe und...«

Lydia wischte sich verstohlen mit dem Handrücken durchs Gesicht. Die Frau griff in ihre Kitteltasche und reichte ein Taschentuch. »Das stimmt. Ihre Freundin hat großes Glück gehabt. Daß sie lebt, grenzt fast schon an ein Wunder.«

»Und wie geht es ihr jetzt?« Lydia wischte sich die Tränen aus dem Gesicht.

»Frau Mallak hat sich den Umständen entsprechend erholt. Aber sie ist nach wie vor in einer äußerst labilen Verfassung. Mittlerweile ... na ja, fragen Sie sie selbst!«

»Können Sie schon sagen, wann Kathi entlassen wird? Ich meine, wann sie nach Hause darf?«

»Das kann Ihnen nur der behandelnde Arzt sagen. Aber ich glaube, es wird nicht mehr lange dauern. Das Wichtigste wird die Nachbetreuung sein. Bei Selbstmordpatienten ist es häufig so, daß sich die Umstände, die den Betreffenden zu diesem Schritt bewogen haben, nicht verändert haben. – Es ist übrigens gleich das Zimmer hier.«

»Danke.«

Ohne sich von der Stelle zu bewegen, starrte Lydia die Tür mit der Nummer vierundzwanzig an. Wie auf einer Leinwand sieht sie die Freundin plötzlich vor sich. Katharina in verwaschenen Jeans, gefärbten Turnschuhen und einem übergroßen Wollpullover. Unter dem Arm hält sie ihre Schultasche. Ihr Gesicht ist blaß, die Wangen eingefallen. Sie sieht krank aus, wirkt müde. Die Vorbereitungen für das Abitur laufen seit Wochen. Frau Sittarz, die Kunstlehrerin, hält Lydia auf dem Gang an und erkundigt sich mit besorgter Miene, was mit Katharina los sei. Lydia erzählt, daß Kathis Großmutter im Krankenhaus liege. Die alte Dame mit den freundlichen Augen war nie ernsthaft krank gewesen in ihrem Leben. Das Blut, das ihr eines Morgens aus der Scheide gelaufen war, hatte sie kaum beachtet und als mögliches Zeichen einer Krankheit nicht sonderlich ernst genommen. Eine Verletzung vom Fahrradfahren, nahm sie an und kümmerte sich nicht weiter darum. Monatelang verschwieg sie die Blutungen aus Scham. Als Katharinas Vater sie ins Krankenhaus brachte, war es bereits zu spät. »Sie wird sterben«, weinte er am Telefon. Katharina besuchte die Großmutter jeden Tag. Stundenlang blieb sie am Bett der Kranken, streichelte ihr die Hand und hörte zu, wenn die alte Dame mit gebrochener Stimme von früher erzählte. Einmal fuhr Katharina noch vor dem Unterricht ins Krankenhaus. Seltsam verrenkt hatte die Großmutter im Bett gelegen. Die Zudecke war auf den Boden gerutscht, und die Wunde am Bauch, ein schwarzes, übelriechendes Loch, verpestete die Luft. »Sie verfault bei lebendigem Leibe«, weinte Katharina auf dem Schulflur, und Lydia wußte nicht, wie sie die Freundin trösten sollte. Am nächsten Tag mußte Katharina selbst das Bett hüten.

Nachmittags, um kurz nach drei, war die Großmutter gestorben. Lydia wußte nicht, worunter die Freundin in den folgenden Wochen mehr litt. Unter der Trauer um die geliebte Frau oder unter den Schuldgefühlen wegen des versäumten Tages, wie sie ihn nannte...

Lydia trat näher an die Vierundzwanzig heran und klopfte leise. Hinter der Tür blieb es still. Sie klopfte ein zweites Mal und horchte gespannt. Auch jetzt war kein Laut zu hören. Sie klopfte ein drittes Mal und legte ihr Ohr an das Holz. Die Stille hinter der Tür wurde durch nichts unterbrochen. Keine Stimme, die »Herein!« sagte, kein Stuhlrücken, kein Geräusch. Nichts. Vielleicht ist sie gar nicht da! Lydia erschrak. Wo sollte sie sein? Hastig drückte sie die Klinke herunter. Das Metall in ihrer Hand fühlte sich kalt und glatt an.

Sie öffnete die Tür einen Spalt und steckte den Kopf in das Zimmer. Ihr war schlecht vor Aufregung. Sie stutzte. Merkwürdigerweise hatte sie einen kleinen, düsteren Raum erwartet. Das Zimmer aber war hell und geräumig. Die Gardinen waren zur Seite gezogen und ließen freundliches Licht herein. Auf der Fensterbank stand, hoch aufgerichtet in einer Limonadenflasche, eine weiße Lilie. Katharina schlief. Lydia öffnete die Tür mit einem Ruck. Ihre Hand war schweißnaß. Nur mit Mühe konnte sie verhindern, daß ihr die Klinke aus den Fingern glitt und die Tür mit Donnergetöse gegen die Wand schlug. Erschrocken schaute sie zu dem Bett hinüber.

Katharina lag friedlich in den Kissen und schlief. Sie hatte den rechten Arm über den Kopf gelegt und atmete leise und regelmäßig. Ihr Gesicht sah noch schmaler aus als sonst, die Lippen leuchteten unnatürlich rot. Sonnenstrahlen spielten auf der Bettdecke.

Lydia schloß lautlos die Tür und näherte sich der Freundin auf Zehenspitzen. Wie ruhig Katharina schlief! Und wie schön sie aussah! Ein kindliches Staunen lag auf ihrem Gesicht. Lydia nahm den Stuhl, der mitten im Raum stand, und stellte ihn vorsichtig neben das Bett. Sie wollte keinen Lärm verursachen, die andere auf keinen Fall wecken. Schließlich predigte Katharina ihr seit Ewigkeiten, daß der Schlaf heilig sei. Lydia zog ihren Schal und ihre Lederjacke aus, legte beides mit Bedacht auf den Boden und setzte sich dicht neben das Bett. Regungslos blieb sie sitzen. Sie spürte ihr Herz schlagen. Ein unangenehmes, starkes Klopfen. Ihre Blick tastete über die schlafende Freundin. Katharinas Brustkorb hob und senkte sich rhythmisch. Wie schmal die Freundin aussah! Wie zerbrechlich! Ihre Schultern schienen näher zusammengerückt zu sein. Die Haut an ihrem Hals noch durchsichtiger. Kraftlos lag ihre linke Hand auf der Bettdecke. Durch die Haut schimmerte bläulich ein Geflecht von Adern. Lydia betrachtete die Hand wie einen Gegenstand, den man lange vermißt und endlich wiedergefunden hat. Ihr Gesicht bekam einen zärtlichen Ausdruck. Die Hand wirkte feingliedriger als gewöhnlich, die Haut geschmeidiger. Am Zeigefinger fehlte der Siegelring mit dem winzigen Diamanten. Katharina, die sich sonst aus Schmuck nichts machte, trug diesen Ring seit dem Tod des Vaters. Dort, wo der Ring gewöhnlich saß, zeigte sich ein schmaler weißer Streifen. Ein Hauch von Sommerbräune hatte sich auf der Hand gehalten.

Lydia rutschte auf dem Stuhl nach vorn und atmete den vertrauten Geruch von Katharinas Haaren ein. Sie beugte sich weiter hinunter und überlegte, ob sie der Freundin einen Kuß geben sollte. Vielleicht auf die Stirn, direkt neben die halbmondförmige Narbe. Nein! Auf die Stirn küßte man Tote. Lieber auf die Wange. Vielleicht dorthin – auf den winzigen Leberfleck neben dem Mundwinkel. Lydia hatte diesen Fleck noch nie gesehen. Merkwürdig! Sie wischte sich mit der Hand über den Mund. Sie hatte ihn tatsächlich noch nie gesehen. In all den Jahren war er ihr nicht aufgefallen. Ein kleiner brauner Klecks im Antlitz der Freundin, der ihr entgangen war. Sie beugte sich weiter hinunter und betrachtete ihn genau. Auf dem Gesicht der anderen deutete sich ein Lächeln an. Lydia schnellte mit dem Kopf zurück. Sie schläft gar nicht, dachte sie, sie tut nur so. Gleich macht sie die Augen auf und lacht mich aus. »Kathi!« flüsterte sie. »Kathi, hörst du mich?«

Die Angesprochene atmete gleichmäßig. Ihr Brustkorb hob und senkte sich im rhythmischen Wechsel. Nichts deutete darauf hin, daß sie wach sein könnte. Lydia faltete die Hände im Schoß. Ich werde warten, beschloß sie und betrachtete die geschlossenen Augenlider der Freundin. Die Wimpern, die wie ausgebreitete Fächer auf den Wangen lagen, vibrierten leicht. Wie sie glänzen! Wie Seide. Und wie lang sie sind! Warum hatte Lydia das nie zuvor wahrgenommen? Warum war ihr so vieles im Gesicht der anderen nicht aufgefallen? Sicher, sie hatte die Fältchen bemerkt, die sich seit einigen Jahren ganz selbstverständlich unter den Augen breitmachten. Und sie hatte die Denkerfalte registriert, die seit langem zwischen den Augenbrauen nistete. Aber diese blonden, zarten Härchen über der Oberlippe, diese stecknadelkopfgroßen Sommersprossen auf der Stirn und der kleine Leberfleck neben dem Mundwinkel, das alles schien ihr neu. Auch der Gesichtsausdruck der Freundin. Dieser unschuldige, kindlich anmutende Ausdruck. Nur einmal hatte Lydia ihn in ähnlicher Weise gesehen. Katharina hatte ihr damals erzählt, daß ein großer weißer Schmetterling auf ihrer Hand gestorben sei. Er habe sich auf dem Handrücken niedergelassen, die Flügel ausgebreitet, seltsam gezuckt und sei plötzlich tot gewesen. »Er ist auf meiner Hand gestorben! Er hat sich meine Hand zum Sterben ausgesucht!« hatte sie fassungslos gesagt und diesen kindlichen Ausdruck des Erstaunens in ihrem Gesicht gehabt...

Lydia legte den Kopf schief und betrachtete die Unterarme der schlafenden Freundin. Sie wirkten dünner und sehniger als noch vor wenigen Wochen. Sogar die Handgelenke sahen schmaler aus als früher. Vielleicht liegt es an dem Pyjama, dachte Lydia und nickte, wie zur Bestätigung ihrer Theorie, mit dem Kopf. Katharina trug den hellblauen Schlafanzug, den Lydia ihr vor Jahren geschenkt hatte. Lydia hatte ihn selbst genäht. Ihre erste und letzte Handarbeit. Um dem durchweg mißratenen Oberteil ein wenig Form zu verleihen, hatte Lydia auf Anraten ihrer Mutter einen Gummizug in der Taille eingenäht. Lydia hatte Katharina den Schlafanzug nur gezeigt, um die Freundin zum Lachen zu bringen. Daß die andere ihn haben wollte, damit hatte sie nicht gerechnet. Obwohl Katharina in der großen Hose und dem noch größeren Oberteil verloren aussah, trug sie beides gern und oft...

Katharina seufzte verhalten. Sie nahm den Arm hinter ihrem Kopf herunter, drehte ihr Gesicht zur Seite und schlug die Augen auf. Ihr Blick schien aus weitesten Fernen zurückzukommen. Staunend schaute sie die Freundin an.

»Lydi!«

Lydia sprang von ihrem Stuhl auf, beugte sich zu der Freundin hinunter und drückte ihr einen Kuß auf die Wange.

»Kathi...!« flüsterte sie nah am Ohr der anderen. »Ich, ich...« Tränen erstickten ihre Stimme.

Katharina streichelte ihr tröstend über den Kopf. »Scht... scht!« sagte sie leise. »Sonst heule ich gleich mit. Und dann wird es ein unendliches Duett.«

Eine Weile hielten sie sich regungslos in den Armen. Draußen, auf dem Flur, fiel eine Tür ins Schloß. Mit einem Ruck richtete sich Lydia auf, griff nach dem Taschentuch, das neben dem Kopfkissen lag, und schneuzte sich die Nase. Sie setzte sich auf die Bettkante und drückte das Tuch wie einen Klumpen Knete zusammen. Immer neue Tränen liefen über ihr Gesicht. Sie wischte sie mit dem Handrücken weg. »Entschuldige, aber...«

»Keine Entschuldigungen, bitte! Sonst können wir uns dranhalten bis in alle Ewigkeit. Abgemacht?«

Lydia nickte.

Katharina setzte sich auf und schaute die andere aus dunklen Augen an. Sie lächelte zaghaft. »Ich kann dir gar nicht sagen, wie froh ich bin, dich zu sehen.«

Lydia knetete das Taschentuch und blickte an der Freundin vorbei aus dem Fenster. Schon als Kind hatte sie gern ein Spiel gespielt, wenn sie unsicher war und auf eine Frage eine sichere Antwort suchte. Sie stellte sich die Frage und hielt nach einem »Ja« Ausschau. Ein Vogel, der plötzlich davonflog, konnte so ein »Ja« sein, ein Flugzeug am Himmel oder ein Käfer, der über den Boden krabbelte.

Einmal, auf dem Weg zur Schule, wollte sie wissen, ob der rotblonde Günther aus der Parallelklasse sie genauso liebe wie sie ihn. Sie stand an der Ampel und suchte nach einem Zeichen. In diesem Moment fuhr ein Lieferwagen mit der Aufschrift »Warenhaus Günther« vorbei. Die Antwort auf ihre Frage war demnach ein eindeutiges »Ja« gewesen...

Lydia starrte zum Fenster hinaus. Erschrocken zuckte sie zusammen. Die Freundin hatte ihr das Taschentuch aus der Hand genommen und ihr ein neues gegeben.

Katharina kniff sich mit Daumen und Zeigefinger in den Unterarm. »Damit ich sicher bin, nicht wieder zu träumen.«

Lydia lächelte gequält. Sie wollte etwas sagen, doch weder fielen ihr Worte noch Sätze ein. Sie, die tagaus, tagein mit Begriffen hantierte, die für alles einen sprachlichen Nenner fand, saß stumm wie ein Fisch auf der Bettkante.

Katharina schaute sie unentwegt aus ihren dunklen Augen an. »Ich habe mich in den letzten Tagen so einsam gefühlt. Wie eine vergessene Erbse in einer weggeworfenen Konservendose.«

Lydia schluckte nervös. Ihr Mund schien ausgetrocknet.

Katharina holte tief Luft. »Wenn du wüßtest, wie ich sehr ich mich nach dir gesehnt habe, Lydi, wie sehr ich mich auf dich gefreut habe. Und was für Ängste ich ausgestanden habe, du könntest nicht kommen.«

Lydia schüttelte den Kopf.

Die andere schlug die Hände vor den Mund. »Wie oft habe ich in den vergangenen Wochen von dir geträumt. Wenn ich morgens aufgewacht bin, war ich noch Stunden später irritiert, dich nicht bei mir zu haben. Merkwürdigerweise waren wir in meinen Träumen ganz oft in den Bergen. Das fällt mir jetzt erst auf! – Egal«, fuhr sie nach einer kurzen Pause fort, »jetzt bist du da, sitzt mir gegenüber.« Sie berührte die andere vorsichtig am Bein. »Alles andere ist nebensächlich.«

Lydia nickte krampfhaft. Verdammt! dachte sie, ich muß aussehen wie einer dieser Plastikhunde, die bei jeder Berührung mit dem Kopf wackeln. Sie griff nach den Händen der Freundin. »Kathi, ich, ich...« Sie schluckte laut. Es war, als steckte ein Pfropfen in ihrem Hals. Ein Eindringling, der sie am Sprechen hinderte. Sie biß sich auf die Zunge, bis süßlicher Speichel in den Mund strömte. Sie schluckte ein zweites und ein drittes Mal. Der Fremdkörper machte keine Anstalten zu weichen. Er ließ die Spucke passieren, das war alles. Lydia befeuchtete ihre Lippen mit der Zungenspitze. Mit Mühe versuchte sie sich auf den hellen Fleck im rechten Auge der Freundin zu konzentrieren. Ohne es zu merken, preßte sie die Hände der anderen immer stärker. Katharina sah sie schweigend an. Sehr vorsichtig zog sie ihre Finger aus der Umklammerung und wischte der Freundin die Tränen aus dem Gesicht. Lydia hob ihre leeren Hände und ließ sie kraftlos auf die Bettdecke fallen. Sie schluckte verzweifelt. Die Augen der Freundin waren schwarze Scheiben. Entschlossen riß Lydia die Hände in die Höhe und packte Katharina an den Schultern. Fast hätte sie die andere geschüttelt wie ein ungezogenes Kind. »Kathi«, sagte sie leise, und ihre Stimme klang angespannt, als könne sie die aufsteigende Erregung nur mit äußerster Kraftanstrengung unterdrücken, »ich bin glücklich, dich zu sehen.« Sie atmete erleichtert auf. Der Druck ihrer Hände auf die schmalen Schultern ließ nach. Die Worte kamen ihr jetzt leichter über die Lippen. Sie lächelte zaghaft. »Hab Geduld mit mir. Mein Kopf ist leer und ausgehöhlt wie ein Kürbis am Halloween-Tag. – Meine, meine größte Angst war, du würdest mich nicht sehen wollen.«

Katharina sah sie mit aufgerissenen Augen an. »Aber wie kannst du...«

Draußen auf dem Flur wurde gelacht. Lydia erhob sich. Sie hatte Katharina so unvermittelt losgelassen, daß die andere fast nach vorn gekippt wäre. »Weißt du, Kathi...«, sagte sie, und ihre Stimme war lauter als zuvor, »mir ist in den letzten Tagen viel durch den Kopf gegangen. Meine Gedanken haben sich gejagt, überschlagen – schließlich im Kreis gedreht. Ich bin fast verrückt geworden.« Sie setzte sich auf den Stuhl neben das Bett und putzte sich erneut die Nase.

Katharina schaute sie traurig an. »Dann ist es dir ähnlich ergangen wie mir.«

Lydia rückte näher an das Bett heran, räusperte sich und sprach plötzlich noch lauter. »Ich hatte ja keine Ahnung, was passiert ist! Wenn ich gewußt hätte, wo du bist und was mit dir los ist, ich wäre viel eher gekommen. Aber woher sollte ich denn wissen, wie konnte ich denn ahnen... Ich hatte ja keine Ahnung, daß du...« Sie gestikulierte mit den Händen wie ein Dirigent und verstummte abrupt. Tränen liefen über ihr Gesicht.

»Nicht weinen. Bitte nicht weinen!« Katharina sprach mit flehender Stimme und reichte der Freundin ein neues Taschentuch.

Lydia schneuzte sich die Nase und schluckte. »Ich will es versuchen.« Sie versuchte ihrer Stimme einen festen Klang zu geben. »Ich habe deine Karte erst sehr spät bekommen. Genau gesagt, erst vor drei Tagen. Du hattest vergessen, eine Briefmarke draufzukleben. Ich habe also die ganze Zeit nichts von dir gehört. Drei lange Wochen warst du für mich unerreichbar. Wie vom Erdboden warst du verschwunden. Von einem Tag zum anderen. Urplötzlich und ohne Grund. Ich habe die Welt nicht mehr verstanden. Ich habe mir natürlich Sorgen gemacht. Ich hatte Angst, ich...«

»Lydi, es tut mir leid...«

»Keine Entschuldigungen!« Lydia lächelte schwach. Sie schluckte und atmete erleichtert auf. Der Fremdkörper in ihrem Hals war verschwunden. Wie Wasser, das plötzlich wieder ungehindert fließen kann, sprudelten die Worte und Sätze aus ihr heraus. »Was ich alles gemacht habe, um herauszufinden, wo du steckst.« Sie schüttelte den Kopf. »Wo ich überall gewesen bin! Was ich alles unternommen habe! Wen ich alles angerufen habe! Wen ich alles nach dir gefragt habe!« Sie schüttelte immer noch den Kopf. »Vor drei Tagen dann habe ich ganz nebenbei in der Redaktion erfahren, du seist krank. Ich habe mich zu Tode erschrocken, das kannst du dir vorstellen. Abends habe ich mit deiner Mutter telefoniert. Von ihr habe ich erfahren, daß du..., daß du hier bist. Sie hat mir geraten, ich solle mit meinem Besuch noch warten. Sie meinte, du brauchtest Ruhe. Aber ich habe es nicht länger ausgehalten. Und deshalb bin ich jetzt hier.«

Sie schwieg atemlos und schaute zu Boden. Katharina schob die Bettdecke ein wenig zur Seite und klopfte mit der flachen Hand auf die Matratze.

»Bitte, setz dich hierher! Du bist so weit weg.« Sie griff nach Lydias Hand. »Ich bin so froh, daß du endlich hier bist. Ich hatte solche Sehnsucht nach deiner Nähe. Und kaum bist du hier, bist du schon wieder so weit weg.«

Es klopfte. Bevor Katharina »Herein« sagen konnte, wurde die Tür mit Schwung aufgerissen. Lydia zog erschrocken ihre Hand zurück.

Ein Mann mit weißem Kittel und weißer Hose kam herein. Er hatte kurzgeschnittenes Haar und ein braungebranntes Gesicht. »Wünsche einen guten Tag allerseits. Wie ich sehe, haben Sie Besuch, Frau Mallack. Da will ich nicht stören. Ich komme später wieder. Wünsche den Damen einen schönen Tag. Nützen Sie den herrlichen Morgen zu einem Spaziergang durch den Garten! Die frische Luft wird Ihnen gut tun und Ihren Gesichtern hoffentlich einen rosigeren Teint verpassen. Morgenstund hat Gold im Mund, heißt es nicht so?«

Der Mann in dem weißen Kittel verschwand genauso plötzlich, wie er gekommen war.

Katharina wies mit dem Finger auf die geschlossene Tür. »Das war Doktor Schwabe.«

Lydia wippte mit dem Bein. »Einen Augenblick lang habe ich ihn für eine Erscheinung gehalten.«

»Die Erscheinung heißt Doktor Robert Schwabe. Immer in Eile und immer einen Scherz auf den Lippen.«

»Wenigstens einen guten Scherz?«

»Ich würde sagen, nein. Aber das ist Geschmackssache.«

Die beiden Frauen sahen in dieselbe Richtung und schwiegen.

Lydia fuhr mit der Hand durch ihre Haare. Ihre Armreifen stießen klirrend aneinander. »Er hat gesagt, wir sollen in den Garten hinausgehen. Kannst du denn spazierengehen?«

»Natürlich, warum denn nicht?«

»Ich meine, bist du nicht zu schwach?«

»Nein. Wie kommst du darauf, ich könne zu schwach sein?«

»Ich weiß nicht. War so ein Gefühl. Und wie steht es mit der Lust? Hast du überhaupt Lust spazierenzugehen?«

»Später bestimmt. Im Moment nicht.«

Die beiden Frauen schwiegen erneut. Im Zimmer nebenan betätigte jemand die Toilettenspülung. Das Wasser rauschte durch die Rohre. Dann herrschte wieder Stille.

»Die Klinik zu finden war nicht einfach«, begann Lydia und traktierte ihre Lippen mit den Zähnen. »Es gibt kaum Schilder, weißt du. Auf der ganzen Strecke nicht ein einziger Hinweis. Ich habe mehrmals anhalten und nach dem Weg fragen müssen. Zum Glück bin ich auf einen freundlichen alten Herrn gestoßen, der exzellent erklären konnte.«

»Da bin ich aber froh.«

»Ich wollte dir gerne Blumen mitbringen. Aber es gibt hier nirgendwo einen Blumenladen. Besser gesagt, ich habe keinen gefunden.«

»Keine Pia Haselmann?«

»Nein, weit und breit keine Pia Haselmann! Witzig, daß du den Namen erwähnst, ich habe vorhin an sie denken müssen.«

»Ach ja?«

Beide Frauen versuchten ein Lächeln. Lydia knetete ihre Hände im Schoß. Sie schaute auf ihre Daumennägel. Die Haut war an mehreren Stellen blutig eingerissen.

»Wie geht es dir, Kathi? Ich meine, nach all dem, was passiert ist?« Sie verschluckte sich an ihrer eigenen Spucke und hustete. Katharina klopfte ihr mit der flachen Hand auf den Rücken. Lydia beruhigte sich nur langsam. Ihr Gesicht glühte dunkelrot von der Anstrengung. Sie knetete unaufhörlich ihre Finger.

»Es geht«, flüstete Katharina, »und dir?«

»Geht auch.«

Katharina blickte die andere aus dunklen Augen an. »Siehst du«, ihre Stimme klang von einem Moment zum anderen etwas lebhafter, »der gute Doktor Schwabe würde jetzt sagen: ›Alles geht, nur der Frosch, der hüpft.‹ Das ist einer seiner Lieblingssprüche. Ich weiß nicht, wie oft ich den schon gehört habe.«

Durch das Fenster schien die Sonne. Ein schmaler Spalt ließ kühle Luft in das Zimmer.

»Frierst du?«

Katharina schüttelte den Kopf. »Du?«

»Nein.«

»Wenn du frierst, mußt du es sagen.«

»Mach ich.«

»Wir können auch die Heizung höher stellen.«

Lydia nickte. »Ist aber nicht nötig.«

»Ich habe dich noch gar nicht gefragt, ob du Hunger oder Durst hast. Möchtest du vielleicht eine Tasse Kaffee oder ein belegtes Brötchen? Ich brauche nur zu schellen und...«

»Nein, danke«, unterbrach sie Lydia. »Im Moment nicht. Vielleicht später.«

In dem Zimmer war es wieder still. Nur das Rascheln der Gardine war zu hören. Katharina strich die Bettdecke glatt. Lydia beobachtete die hin und her gleitende Hand der Freundin.

Katharina zeigte auf Lydias Arm. »Du hast eine Gänsehaut. Dir ist doch kalt, nicht wahr?«

»Nein, nein.« Lydia faltete die Hände im Schoß. Sie spürte ihre eigene Kälte. »Ich soll dir von Mario und Palmai Grüße bestellen.«

»Das ist lieb. Wissen sie, was passiert ist?«

»Ja. Ich hab es ihnen gesagt.« Sie rieb mit den Handflächen über ihre Oberschenkel.

»Und wie haben sie...«

»Sie warten auf dich und möchten dich so bald wie möglich mit einem besonders guten Frühstück verwöhnen. Du darfst bestimmen, was es gibt.«

»Und du bist auch eingeladen?«

Lydia nickte.

»Wenn ich mir etwas wünschen darf, muß Palmai Rührei mit Speck machen und Mario diese köstlichen Donauwellen backen.«

»Ich werde es ausrichten.«

»Sag ihnen, ich freue mich auf sie. Sehr sogar.«

»Mach ich.«

»Geht's den beiden gut?«

Lydia nickte.

»Sie haben zwar Ärger mit den neuen Nachbarn, aber du kennst sie ja. Sie machen aus jeder Situation das Beste.«

»Was ist denn mit den neuen Nachbarn?«

»Das Übliche.«

»O nein, nicht schon wieder! Ist das wirklich wahr?«

»Es sieht ganz danach aus. Schon am dritten Tag haben die guten Leute einen bitterbösen Brief geschickt. Wenn sie noch einmal mitansehen müssen, wie sich im Nachbargarten zwei Männer küssen, drohen sie, werden sie die ihnen angemessen erscheinenden Schritte unternehmen. Schließlich seien sie anständige Leute und so weiter und so weiter.«

»Eine derartige Unverschämtheit hat in dem Brief gestanden?«

Lydia nickte.

»Das darf nicht wahr sein!«

»Ist aber leider so.«

»Und wie haben Mario und Palmai reagiert? Sie haben doch hoffentlich reagiert?«

»Selbstverständlich. Um des lieben Friedens willen. Sie haben einen freundlichen Brief zurückgeschrieben, haben betont, welch gesteigerten Wert sie auf eine gute Nachbarschaft legen, und warten jetzt erst einmal die Reaktion ab.«

»Was sind denn das für zanksüchtige Leute? Hast du sie schon gesehen?«

»Nein, Mario hat mir nur erzählt, sie machten einen netten Eindruck. Beim Einzug hat er ein längeres Gespräch mit ihnen am Gartentor geführt. Herr und Frau Krause. Er war Metzger. Hatte ein gutgehendes Geschäft und ist seit einigen Jahren Rentner. Sie war Hausfrau und Mutter und führte, als die Kinder aus dem Haus waren, einen Kiosk an einem Krankenhaus. Die beiden haben drei Kinder. Eine Tochter ist bei einem Motorradunfall ums Leben gekommen. Ein Sohn lebt in Amerika und...«

»Das haben sie ihm alles am Gartentor erzählt?«

Lydia nickte. »Ja. Sie scheinen ein ausgeprägtes Mitteilungsbedürfnis zu haben. Mario hat noch mehr erzählt, aber ich habe es zum größten Teil schon wieder vergessen.«

Katharina hatte sich kerzengerade aufgesetzt und schüttelte empört den Kopf. »Der Brief ist ungeheuerlich! Eine Frechheit! Eine bodenlose Gemeinheit. Was geht es Herrn und Frau Krause an, wer sich im Nachbargarten küßt? Und überhaupt – wie konnten sie das sehen? Die Hecke ist doch dicht. Wahrscheinlich haben sie ein Loch gesucht und gefunden. Oder auf einer Leiter gestanden und über die Hecke hinweggeguckt. Unfaßbar. Über diese Menschen könnte ich mich maßlos aufregen!«

»Ich habe auch den ganzen Abend geschimpft. Aber, wie gesagt, Mario und Palmai sind recht gelassen. Sie wollen auf gar keinen Fall einen Streit vom Zaun brechen. Du weißt ja selber, was für einen Ärger sie in ihrer letzten Wohnung mit der alten Frau Schmidt und ihrem Sohn hatten.«

Draußen im Flur lachte jemand herzhaft.

»Ich habe mir übrigens Neuschwanstein angeschaut«, warf Lydia unvermittelt ein und schob ihre Armreifen über dem Handgelenk hin und her.

Katharina schaute sie ungläubig an.

»Du hast waaas?«

»Ja, ich habe mir Neuschwanstein angeschaut.«

»Warum, um Gottes willen? Was hat dich zu diesem Schritt bewogen?«

»Deine Mutter hatte mir doch am Telefon geraten, ich solle mit meinem Besuch noch warten. Da ich aber unbedingt hierher wollte, in deine Richtung sozusagen, habe ich mir gedacht, ich fahre schon mal los und gucke...«

»Deshalb warst du bei Ludwig?«

Lydia schüttelte den Kopf. »Nicht nur deshalb. Ich habe gehofft, du würdest dich freuen.«

»Ich fasse es nicht! Ich fasse es nicht!« Katharina schlug mit beiden Händen auf die Bettdecke. »Das finde ich wunderbar! Ehrlich! Ganz, ganz wunderbar!«

»Freut es dich wirklich?«

»Was für eine Frage. Natürlich freue ich mich. Wie oft habe ich gebettelt. Wie gerne wollte ich dich in seine Schlösser, in seine Welt entführen. Aber ich hatte ja keine Chance. Ludwig war für dich ein rotes Tuch, nicht wahr? Ein leidiges Thema. Uninteressant. Überflüssig. Ein Ärgernis.« Sie schaute Lydia herausfordernd an.

»Warum hast du mir nie gesagt, daß er schwul war?«

Katharina zuckte zusammen. »Hab ich das nicht?«

»Nein, hast du nicht. Aber ist ja auch egal.« Sie winkte mit der Hand ab. »Du hättest die Frau erleben müssen, die die Führung durch das Schloß gemacht hat.«

»Wie sah sie denn aus?«

»Wer?«

»Na, die Frau, die die Führung gemacht hat.«

»Ach die! Ja, wie sah sie denn aus?« Lydia kratzte sich am Kopf. »Eine untersetzte Person, würde ich sagen, mit blonden Locken, in einem blauen Kostüm mit einer ziemlich hellen Stimme. Mittleren Alters, schätze ich. Kennst du sie?«

Katharina schüttelte den Kopf.

»Das Beste war ihr Gesichtsausdruck, als sie von der Beziehung zwischen Ludwig II. und Richard Wagner geredet hat. Du hättest es sehen müssen. ›Betroffenheit auf ganzer Linie‹, würde Mario sagen.«

»Was hat sie denn erzählt?« Katharina schaute die Freundin neugierig an.

»Sie hat von den Briefen gesprochen, die sich Ludwig und Wagner geschrieben haben. Kennst du diese Briefe?«

Katharina nickte. »Aber ja. Natürlich kenne ich sie.«

»Sind es tatsächlich Liebesbriefe?«

»Hat die Frau das behauptet?«

»Ja. Sie hat gesagt, man könne diese Briefe als ›zärtlichste Liebesbriefe‹ bezeichnen und auch heute noch als Standardbeispiel ›hehrer intellektueller Homophilie‹ anführen. Das hat sie wörtlich gesagt: ›hehrer intellektueller Homophilie‹.« Lydia kicherte. »Herrlich, nicht? – Hast du diese Briefe?«

»Ja, die habe ich. Allerdings noch nicht lange. Es war überaus schwer, an sie heranzukommen. Es sind zwei Bände. Sie sind uralt und, wie du dir vorstellen kannst, längst vergriffen. Nur wenige Bibliotheken besitzen sie. Ich habe damals viel herumtelefoniert. Irgendwann hat mich ein Antiquar aus Hamburg angerufen. Von ihm habe ich sie gekauft.«

»Das hast du mir gar nicht erzählt.«

»Glaubst du, es hätte dich interessiert?«

Lydia zog die Stirn in Falten und zuckte mit den Schultern. »Vielleicht?«

»Willst du sie lesen?«

Lydia schlug ein Bein über das andere. »Aber unbedingt. Es ist mir ein Bedürfnis.«

»Ein Bedürfnis«, wiederholte Katharina, »soso! Und was ist mit dem Schloß? Hat es dir gefallen?«

»Ich finde es wundervoll, märchenhaft schön. Der Blick in die Schlucht hinunter und der Ausblick über das weite Land. Der romantische Innenhof, die Söller und die prachtvoll eingerichteten Räume ...«

»Welch schwärmerische Töne!« Katharina schüttelte ungläubig den Kopf. »Ich bin sprachlos. Welches Zimmer hat dir am besten gefallen, wenn ich fragen darf?« Sie schaute die Freundin mit hochgezogenen Augenbrauen an.

»Keine Spötteleien, bitte! Ich meine es ernst.« Lydia überlegte einen Moment. »Ich glaube, das Schlafzimmer. Doch, ja!« Sie nickte bekräftigend. »Das Schlafzimmer hat mir am besten gefallen. Mit dieser kleinen Kapelle in der Ecke. Kannst du dich an die erinnern? Sie hat einen Sternenhimmel aus nachtblauem Stoff.«

Katharina verzog das Gesicht zu einer Grimasse. »Hm, kann ich. Sehr gut sogar. Ich habe dir mehrfach Bilder von dieser Kapelle gezeigt.«

»Tatsächlich?«

»Tatsächlich!«

»Stell dir vor, ich war beim Anblick des Raumes so fasziniert, ich habe nicht einmal bemerkt, wie sich die Gruppe nach und nach entfernt hat. Mutterseelenallein habe ich vor der königlichen Schlafstätte gestanden und geträumt. Bis die Dame im blauen Kostüm mir auf die Schulter getippt hat. ›Wenn ich Sie auch bitten dürfte...‹, hat sie gesagt, und ich glaube, ich bin rot geworden wie eine Mohnblume.«

»Warum bist du rot geworden?« Katharina schaute die Freundin verständnislos an.

»Weil mir die Situation peinlich war.«

»Nur weil du vor dem Bett geträumt hast?«

Lydia zögerte einen Moment. »Ich glaube, ja.«

»Peinlich hätte ich es gefunden, wenn du in dem Bett geträumt hättest!« Katharina zwinkerte der Freundin zu. »Soll ich dir mal von einer Peinlichkeit erzählen, die mir auf dem Weg zum Schloß passiert ist? Pikant, sage ich dir, wirklich pikant!«

Lydia nickte mit dem Kopf. »Ich höre!«

»Ungelogen, es ist die peinlichste Geschichte, die ich je erlebt habe.«

»Ich bin gespannt wie das Drahtseil eines Seiltänzers.«

»Bei meinem letzten Ludwig-Besuch habe ich eine sympathische ältere Dame kennengelernt. Sie hieß Dorothea von Mattlage und war in ihrer Ausdrucksweise und in ihrem Benehmen genauso edel wie ihr Name. Sie wohnte zufällig im selben Hotel wie ich. Wir haben zusammen gegessen und sind tagsüber manchmal gemeinsam gewandert. Einmal sind wir den Weg zum Schloß hinaufgelaufen. Wir haben uns nett unterhalten. Über Gott und die Welt, wie man so sagt. Mitten in der angeregtesten Plauderei zeigt sie mir plötzlich ein gelbes Blümchen am Wegesrand und fragt mich, ob ich den Namen dieser Pflanze wisse. Sie habe sich vor einiger Zeit ein Pflanzenbestimmungsbuch gekauft und sei nun auf der ständigen Suche nach Blüten, Blättern und Begriffen. Ich könnte jetzt noch rot werden, wenn ich nur daran denke, was ich geantwortet habe. Ich habe...« Sie lachte verlegen. »Ich weiß wirklich nicht, warum ich dieses Wort gesagt habe. Ich, die ich überhaupt kein Latein spreche.«

»Welches Wort?« Lydia rutschte ungeduldig auf dem Stuhl hin und her.

»Pssst!« Katharina legte den Finger auf den Mund und senkte ihre Stimme. »Das darf man nur leise aussprechen.« Sie lachte.

»Blödsinn!« sagte Lydia. »Los, raus damit!«

Katharina sprach wieder in normaler Lautstärke. »Kannst du dir das vorstellen? Ich habe laut und deutlich ›Cunnilingus‹ gesagt.« Sie schwieg und bedeckte ihre Wangen mit den Händen. Ihr Gesicht war von einer tiefen Röte überzogen. »Es war schrecklich! Wirklich. Ich habe nur noch gedacht, Boden öffne dich und nimm mich auf! Anders ist mir nicht mehr zu helfen.«

Lydia starrte sie einen Moment lang mit offenem Mund an. Sie zog die Augenbrauen in die Höhe und lachte dann schallend. »›Cunnilingus‹, das ist gut! Ich glaube, dazu braucht man keine tieferen Lateinkenntnisse.« Sie lachte immer noch. »Wie konnte das passieren? Wo warst du um Himmels willen mit deinen Gedanken?«

»Keine Ahnung. Ich weiß nur, dieses unglückselige Wort kam wie aus der Pistole geschossen aus meinem Mund. Wirklich, ohne daß ich etwas dagegen tun konnte, flutschte es mir über die Lippen, platzte es förmlich aus mir heraus. Und als es an der Luft war, hatte ich das Gefühl, es schwebte wie ein Damoklesschwert über mir.«

»Und wie hat die Frau, wie war noch mal ihr Name?«

»Dorothea von Mattlage.«

»Ach ja. Und wie hat Dorothea von Mattlage reagiert? Ich meine, was hat sie gesagt?«

»Sie hat ihrem Namen alle Ehre gemacht.«

»Und das heißt konkret?«

»Sie hat wie eine echte Dame gehandelt. Sie tat so, als hätte sie es nicht gehört.«

»Vielleicht konnte sie auch kein Latein.« Lydia grinste. »Oder sie ist so durch und durch ›Dame‹, daß sie diesen Begriff zwar in irgendeinem Zusammenhang schon gehört, aber nichtsdestotrotz sofort wieder vergessen hat.« Sie schüttelte den Kopf. »Verrückte Geschichte. Hast du mir übrigens auch nie erzählt.« Sie drohte der anderen mit erhobenem Zeigefinger.

Die beiden Frauen schwiegen.

Lydia unterbrach die Stille. »Wenn du Lust hast, fahren wir auf dem Rückweg zusammen nach Neuschwanstein.« Sie wippte mit dem Fuß. »Wir suchen uns einen billigen Gasthof und bleiben drei oder vier Tage. Wir wandern durch die herrliche Landschaft, trinken Hefeweizen aus sympathisch großen Gläsern und lassen uns all die feinen Leckereien schmecken, die die bayerische Küche für uns bereithält. Und wenn es uns danach gelüstet, besichtigen wir Schloß Lindenhof.«

»Linderhof«, korrigierte Katharina und schaute die Freundin ungläubig an. »Das willst du auch noch kennenlernen?«

»Aber ja! Ich habe so viel von der ›blauen Grotte‹ gehört, ich möchte sie unbedingt sehen. Schließlich hat sich der König dort in ›Lohengrin‹ verwandelt.«

»Für dich Grund genug...«

»Du sagst es«, unterbrach Lydia. »Du siehst, wenn du möchtest, haben wir schon bald allerhand zu tun!«

»Was heißt ›schon bald‹?«

»›Schon bald‹ heißt schon in Bälde. Ich dachte, ich hole dich ab, wenn du entlassen wirst. Die Schwester mit dem Pferdeschwanz...«

»Das ist Schwester Judith.«

»Gut. Also Schwester Judith hat gemeint, es wird nicht mehr lange dauern.«

»Was wird nicht mehr lange dauern?«

»Deine Entlassung.«

»Das hat sie gesagt?« Katharinas Stimme klang erschrocken.

Lydia wippte immer noch mit dem Fuß. »Ja, das hat sie gesagt. Expressis verbis.«

»Wann?«

»Eben, als ich gekommen bin. Ich habe auf dem Flur kurz mit ihr gesprochen.«

»Nein, ich meine, hat sie ein Datum genannt?«

»Nein. Hat sie nicht. Sie hat mich nur freundlich darauf hingewiesen, daß der Arzt die letzte Entscheidung trifft.«

Katharina blickte zum Fenster hinaus und nickte.

»Aber, was ich eigentlich sagen wollte«, begann Lydia von neuem und stupste die Freundin in die Seite, »wenn es soweit ist, hole ich dich ab, und dann machen wir auf dem Nachhauseweg ein paar Tage Urlaub in Ludwigs Nähe. Natürlich nur, wenn du Lust hast. Ich weiß ja nicht, was dir hier in den letzten Wochen im Kopf herum... Hey! Hörst du mir überhaupt zu?«

Katharina drehte den Kopf mit einem Ruck herum. »Entsch... ›Ob ich Lust habe‹, fragst du? Natürlich habe ich Lust!« ihre Augen glänzten. »Weißt du, wie lange ich mir das wünsche? Ich war einen Moment lang verwirrt.«

»Verwirrt?«

»Ja. Auf einmal geht alles so schnell. Alles kommt so überraschend.« Sie sprach langsamer. Ihre Stimme klang plötzlich weich. »Wie viele Stunden habe ich hier gelegen und mir versucht vorzustellen, wie alles werden wird, wenn du erst mal hier bist. Wenn du mir gegenübersitzt und mit mir sprichst. Wenn du alles erfahren hast. Und jetzt bist du da und redest von der Zukunft, als wenn überhaupt nichts geschehen wäre.«

»Soll ich nicht von dem reden, was kommt?«

»Doch, doch!«

Lydia nickte fast unmerklich mit dem Kopf und griff nach ihrer Lederjacke. »Da fällt mir ein, ich habe dir etwas mitgebracht. Nichts Besonderes, nur eine Kleinigkeit. Besser gesagt, zwei Kleinigkeiten.« Sie legte den Maulwurf und den Schwan auf die Bettdecke. Die Blütenblätter, die sie auf dem Parkplatz achtlos in die Tasche gesteckt hatte, fielen mit heraus. Katharina hob eines der Blätter mit spitzen Fingern auf und ließ es von weiter oben wieder herunterfallen. »Auf dem weißen Bettzeug sehen sie aus wie Blutstropfen«, sagte sie und quiekte plötzlich wie ein glückliches Kind. »Oh, wie putzig! Ein Mauli mit Freund.« Sie klemmte den Maulwurf zwischen Matratze und Bettgestell.

»Der sieht ja witzig aus! Ist das Handarbeit?«

»Ja. Ich habe ihn in dem Hotel gekauft, in dem ich abgestiegen bin. Die Viecher saßen im ganzen Haus herum. Verstreut wie Fallobst. Wie ich aus sicherer Quelle erfahren habe, stellt ein Freund des Hauses sie her. Überaus seltene Gattung. Sackleinen mit Reis gefüllt. Es gab große und kleine Exemplare. Du hast einen mittleren. Gefällt er dir?«

»Nein! – dir?«

Lydia lachte. »Nein!«

»Ich würde sagen, ein Angriff auf den guten Geschmack. Aber ich freue mich trotzdem. Sehr sogar. Ein echter Sammler sammelt. Ob das Objekt seiner sammlerischen Begierde nun schön ist oder nicht, spielt überhaupt keine Rolle.«

»Und? Wie wirst du ihn nennen?«

Katharina überlegte einen Augenblick und stupste dem Tier auf den runden Leib. »Wie wär's mit ›König Dickbauch‹?«

Lydia nickte zustimmend.

»›König Dickbauch‹ ist gut. Vor allem passend.«

Katharina nahm den Schwan in die Hand und fuhr langsam mit Daumen und Zeigefinger den Hals auf und ab. »Er ist wunderschön. So zart und zerbrechlich.« Sie hielt das Tier gegen das Licht. »Ich werde ihn auf die Fensterbank in meinem Schlafzimmer stellen. Glas verträgt sich am allerbesten mit Sonne.«

»Weißt du, daß der Schwan das Lieblingstier von...?«

»...Ludwig II. war«, beendete Katharina den Satz. »Natürlich weiß ich das. Und ich habe es dir mindestens hundertmal erzählt. Aber du hörst mir ja nie zu, wenn ich von Ludwig rede.«

Lydia lächelte. »Das gehört der vergangensten Vergangenheit an. Das verspreche ich dir. Ab heute werde ich dir immer zuhören, wenn du von ihm sprichst. Und damit ich nicht nur zuhören, sondern auch mitreden kann, werde ich mir nach und nach alle deine schönen Bücher ausleihen.«

»Wirst du sie dir nur ausleihen, oder wirst du sie auch lesen?«

»Dummgurke! Selbstverständlich werde ich sie lesen.«

»Wenn du das tust, dann verspreche ich dir, mir alle deine Schallplatten von Richard Wagner anzuhören.«

»Das klingt verlockend. Wenn wir jetzt eine Flasche Sekt bei der Hand hätten, würde ich sagen: ›Darauf müssen wir anstoßen!‹«

»Tun wir's doch.« Katharina hob die rechte Hand, als hielte sie ein Glas mit dünnem Stiel. Sie drückte Daumen und Zeigefinger zusammen und spreizte die restlichen Finger geziert zur Seite. Lydia machte es ihr nach. »Auf unsere Männer!«

Katharina machte ein verdutztes Gesicht. »Auf welche Männer?«

»Na auf Ludwig II. und Richard Wagner!«

»Ach so, richtig. Auf unsere Männer!« Mit einem Zug trank sie das Glas leer. »Und wohin jetzt mit den Gläsern? Alkohol ist in diesen Räumen strengstens verboten.«

Lydia nickte wissend mit dem Kopf. »Am besten, wir lassen sie auf der Stelle verschwinden. Und zwar so!« Sie hob den Arm und warf das Glas mit Schwung hinter sich auf den Boden. »Klirr!«

Katharina machte es ihr nach.

Lydia war wieder ernst geworden. »Sag mal, dieser Doktor Schwabe, mal abgesehen von seinen dummen Witzen, ist er nett?«

»O ja, er ist nett. Er redet zwar mitunter immer dasselbe, aber wahrscheinlich weiß er auch nicht, was er ständig erzählen soll. Das einzige, was mich an ihm stört, ist seine Angewohnheit, in der ›Wir‹-Form zu sprechen.«

»Ah, verstehe! Pluralis majestatis.«

»Nicht direkt. Bei ihm klingt das so: ›Guten Morgen, meine Liebe. Haben wir die Nacht gut geschlafen?‹ ›Tut uns irgend etwas weh?‹ ›Haben wir auch schon etwas gegessen?‹«

»Das ist ja grauenhaft.«

»Du sagst es! Mittlerweile habe ich mich daran gewöhnt. Aber anfangs habe ich gedacht, ich werde verrückt. In der ersten Woche habe ich ihn einmal fürchterlich angeschrien. Es war der vierte oder fünfte Tag, nachdem ich wieder bei Bewußtsein war. Ich lag im Bett und konnte mich so gut wie gar nicht bewegen. Ich hatte in beiden Armen Infusionsnadeln stecken. Ständig lief irgendeine Flüssigkeit in mich hinein. Es war ekelhaft. Ich habe mich so elend gefühlt, so jämmerlich. Ich hatte mich den größten Teil der Nacht mit düsteren Gedanken herumgequält, fast gar nicht geschlafen und stundenlang den Mond angestarrt. Und morgens früh geht die Tür auf, dieser Mensch kommt rein und jubiliert: ›Na, wie fühlen wir uns heut morgen?‹ ›Wie es Ihnen geht, weiß ich nicht‹, habe ich gebrüllt, ›mir geht's beschissen.‹ ›Was für ein garstiges Wort‹, hat er gesagt und mir wie einem ungezogenen Kind mit dem Finger gedroht.

Nach der Visite ist er noch einmal zu mir hereingekommen. Er hat sich auf mein Bett gesetzt und eine geschlagene halbe

Stunde mit mir geredet. Soviel Zeit nimmt er sich selten, hat Schwester Judith gesagt. Das passiert nicht oft. Das Reden überläßt er den Psychologen, dem Pfarrer und den Sozialarbeiterinnen. Er ist für das körperliche Wohl der Patienten verantwortlich. Daran hält er sich. Aber an dem Tag, wie gesagt, hat er sich Zeit für mich genommen. Das habe ich ihm hoch angerechnet.« Sie schwieg und faltete die Hände auf der Bettdecke.

Lydia schaute die Freundin gespannt an. »Und? Was hat er gesagt?«

Katharina hob die gefalteten Hände bis vor den Mund und ließ sie wieder fallen. »Er hat mir ein Buch empfohlen, das ihm selbst einmal aus einer Krise geholfen hat. Irgendeinen alten Schinken. Ich hatte den Titel noch nie gehört und habe ihn, ich muß es zu meiner Schande gestehen, auch schon wieder vergessen. Das Buch handelt, wenn ich es richtig verstanden habe, von einem jungen Mann, der sich politisch engagiert und – ach, was weiß ich! –, ich glaube, am Ende blind ist, aber den Kampf für die Unterdrückten nicht aufgibt. Ich glaube, so war es. Oder zumindest so ähnlich. Grauseliger Inhalt, meiner Meinung nach.« Sie schwieg einen Moment. »Ja«, fuhr sie fort, »von dem Buch hat er geredet, von aristophanischem Übermut und daß das Leben wundervoll sei, das hat er gesagt. Und ›wundervoll‹, heiße nichts anderes, als eben voller Wunder. Und das dürfe ich nie vergessen, egal was passiere. Und daß der Geist, der allen Dingen Sinn verleiht, die Liebe ist, das dürfe ich auch nie vergessen. Dann hat er mir vom Tod seiner Mutter erzählt. Die Frau mußte in jungen Jahren drei Herzoperationen über sich ergehen lassen. Nach der dritten ist sie dann gestorben. Qualvoll gestorben. Er war noch ein Junge, als das passiert ist. Am Sinn des Lebens aber hat er auch in dieser Zeit nicht gezweifelt. Damals nicht und auch später nicht, als seine Frau ihn mit seiner kleinen Tochter über Nacht verlassen hat, um von Stund an mit seinem besten Freund zusammenzuleben. Ach ja, beim Rausgehen hat er noch gesagt, ich solle von nun an jeden Tag einen Augenblick darüber nachdenken, welche Gründe dafür sprechen, daß ich glücklich bin. Außerdem solle ich das Märchen von den Bremer Stadtmusikanten lesen. Nichts sei so phantastisch wie die Wirklichkeit.

Und die sei immer auszuhalten, das sei das Tröstliche. Ach ja, und von der Barmherzigkeit der Natur hat er noch gesprochen.«

Sie schwieg und holte tief Luft. Ohne es zu merken, hatte sie immer schneller gesprochen.

»Hat er dich nicht gefragt, warum du es gemacht hast?«

»Doch, hat er. Und zwar ohne Umschweife.«

»Und... und was hast du geantwortet? Ich meine, wie hast du ihm...«

»Ich habe überhaupt nicht geantwortet. Ich habe geheult wie ein Schloßhund. Mein Gott, war mir das unangenehm. Ich wollte nicht weinen. Bestimmt nicht! Du kennst mich ja. Ich bin eine Tränenkünstlerin. Aber als er so vor mir saß, mir wie mein Vater früher über die Wange streichelte und mich mit ruhiger, fast zärtlicher Stimme fragte, warum ich diesen schrecklichen Schritt getan hätte, konnte ich nicht anders. Die Tränen liefen und liefen... Ich glaube, ich habe noch nie in meinem Leben so geheult. Es war, als wäre ein Staudamm gebrochen. Fluten, sage ich dir, Fluten bahnten sich ihren Weg, gegen die ich absolut machtlos war.

Der gute Doktor Schwabe, die Schwestern nennen ihn übrigens ›Schwalbe‹, weil er es immer eilig hat und mit wehendem Kittel über die Gänge flattert, hat auf meinem Bett gesessen, meine Hand getätschelt und mich ermutigt, mich von Herzen auszuweinen. Witziger Begriff, nicht wahr, ›sich von Herzen ausweinen‹?» Sie schaute die Freundin an.

Lydia nickte flüchtig. »Und was hat er weiter gesagt?«

»Vieles im Leben sei einfach zum Heulen, hat er gesagt, da führe kein Weg dran vorbei. Außerdem habe er die Erfahrung gemacht, daß unsere Augen nach ausgiebigem Weinen die Dinge wesentlich besser erkennen könnten als vorher. Sie sähen klarer. So, wie man durch geputzte Fenster besser guckt als durch ungeputzte. Wobei er sich gleich entschuldigt hat, daß dieses Bild nicht unbedingt passend sei. Aber er sei schließlich Mediziner und kein Schöngeist mit blumiger Sprache. Und dann hat er mir ein Märchen erzählt.«

»Ein Märchen?« Lydia schaute sie ungläubig an.

»Ja, ein Märchen von einer Prinzessin, die so leicht war, daß sie nicht gehen, nur schweben konnte. Der Fluch einer Hexe lastete auf ihr. Und wie das so ist in den Märchen, taucht zur rechten Zeit, am rechten Ort eine gute Fee auf. Hier erscheint sie bei der Geburt. Natürlich hat sie dem Fluch etwas entgegenzusetzen. Etwas ganz Wunderschönes. Sie gibt der kleinen Prinzessin ein helles, fröhliches Lachen mit auf den Lebensweg. Wie die Geschichte sich entwickelt, wußte der gute Doktor Schwabe nicht mehr. Er erinnerte sich nur an den Schluß. Die kleine Prinzessin muß erst einen See voller Tränen weinen, um zu ihrem Glück und zu ihrem Prinzen zu kommen.« Katharina hielt einen Moment inne und betrachtete die Lilie auf der Fensterbank. »Kurz bevor der Doktor gegangen ist, hat er sich für seine Neugierde entschuldigt und mich gefragt, ob es in meinem Leben auch einen Prinzen gebe. Ich habe gesagt, ich wisse es nicht. ›Wieso wissen Sie es nicht?‹ hat er gefragt. ›Vielleicht, weil mein Prinz noch als Frosch herumläuft‹, habe ich geantwortet, und er hat gelacht. ›Warten Sie nicht länger, küssen Sie ihn‹, hat er mir geraten. Nett, nicht?«

Lydia nickte geistesabwesend. »Einen See voller Tränen«, wiederholte sie leise. Sie schaute Katharina an. Ihre Stimme klang traurig. »Kannst du mir sagen, warum du es getan hast, Kathi?«

Katharina schaute zum Fenster hinaus. Auf dem Rasen trieb der Wind eine Handvoll Blätter vor sich her.

»Weißt du noch, wie wir früher in der Kastanienallee an der Rennbahn durch das Laub geschlurft sind? Ich mußte dich immer überreden, weil du Angst vor Schlangen hattest.«

Lydia nickte. »Das Märchen von den Schlangen stammte von meiner Mutter.«

»Das hat sie dir erzählt?«

»Hm. Und nicht nur einmal.«

»Warum eigentlich?«

»Ganz einfach! Damit ich nicht durchs Laub gehe und die Schuhe schmutzig mache.«

»So ein Blödsinn! Nur damit die Schuhe nicht schmutzig werden, einen solchen Unfug zu erzählen. Aber da kannst du mal sehen, was wir als Kinder alles glauben. Den größten Quatsch nehmen wir kritiklos ernst. Vor allem, wenn unsere Eltern ihn uns erzählen.«

»Stimmt. Und das Schlimmste ist, wir behalten diesen Quatsch auch noch. Kannst du dir vorstellen, daß ich selbst heute noch, wenn ich durch Laub gehe, an Schlangen denken muß?«

»Unfaßbar! Und doch, ich kann es mir gut vorstellen. Meine ›Schlangen‹ sind ›kleine Männchen‹.«

Lydia schaute die andere verdutzt an. »Versteh ich nicht!«

»Ganz einfach! Meine Mutter hat mir früher erzählt, im Wald wären des Nachts kleine Männchen mit Laternen unterwegs. Abends würden sie in die Städte ausschwärmen und die ungezogenen Mädchen holen, die mit ihren Fingern unter der Bettdecke Unsinn treiben. Diese blöden Männchen mit ihren Laternen habe ich auch nie vergessen.«

Lydia senkte den Kopf und spielte an ihrem Ohrring.

Beide Frauen schwiegen.

Lydia fiel ein Gespräch mit der Freundin ein, das lange zurück lag. Katharina hatte ihr erzählt, wie sehr sie sich auf dem Weg zur Schule vor der Toreinfahrt des »Bettenparadies Müller« fürchtete. Jedesmal, wenn sie allein zur Schule gehen mußte, rannte sie dort so schnell vorbei, daß der Tornister auf ihrem Rücken schmerzhaft auf und ab hüpfte.

»Als wir noch Kinder waren«, begann Lydia, »warum hast du mir da eigentlich nie erzählt, daß du beim ›Bettenparadies Müller‹ Angst vor der Toreinfahrt hattest?«

Katharina sah sie entgeistert an. »Wie kommst du denn jetzt darauf?«

»Keine Ahnung. Fällt mir gerade so ein.«

Katharina holte ein Päckchen Kaugummi aus der Schublade ihres Bettschränkchens. Kauend sagte sie: »Weißt du noch, wie du früher immer bei der Tanzschule Kühn geguckt hast? Fast jeden Morgen bist du vor dem Schaufenster stehengeblieben. Und immer, wenn du die goldenen Schuhe bewundert hast...«

»Bist du ungeduldig von einem Bein auf das andere gesprungen«, beendete Lydia den Satz, knüllte das Silberpapier eines Kaugummis zu einer Kugel und legte es auf den Tisch.

Katharina hatte ihr Papier gefaltet und legte es daneben. »Ja. Die glitzernden Kleider haben mich gelangweilt.«

Lydia nickte. »Stimmt. Nicht einmal die Tatsache, daß die Schuhe wie die aus dem Märchen aussahen, die dem Königssohn die richtige Braut verrieten, hat dich beeindruckt. – Aber warum hast du mir nie von deiner Angst vor der Toreinfahrt erzählt?«

Die Freundin zog die Mundwinkel herunter und zuckte erneut mit den Schultern. »Weiß ich nicht. Keine Ahnung. Hattest du keine Angst vor der Toreinfahrt?«

»Nein, vor der Toreinfahrt nicht, dafür im Treppenhaus.«

»Im Treppenhaus?«

»Ja. Ich kann dir auch genau den Grund nennen. Eine simple Geschichte. Willst du sie hören?«

»Natürlich.«

»Eines Morgens bat mich meine Mutter, den Klammerbeutel vom Speicher zu holen. Ich weigerte mich, weil ich noch im Nachthemd war. ›Es wird schon niemand kommen‹, meinte meine Mutter und schob mich kurzerhand zur Tür hinaus. Ich rannte wie eine Verrückte die Treppen hinauf. Auf dem Treppenabsatz vor dem Speicher bin ich wie vom Donner gerührt stehengeblieben. Mein Gott, habe ich mich erschreckt. Auf einer der Stufen saß ein Mann. Ein kohlrabenschwarzer Mann! Und weißt du, was er tat?«

Katharina zog die Schultern in die Höhe. »Ich bin sicher, du wirst es mir verraten.«

»Er lächelte. Er lächelte ein breites, schneeweißes Lächeln. Mein Gott, war ich erschrocken. Schreiend bin ich die Treppen hinabgestolpert, direkt in die Arme meiner Mutter. Sie hat mich getröstet und mir immer wieder versichert, der schwarze Mann existiere nur in den Märchen. In Wirklichkeit gebe es ihn nicht. Auf mein inständiges Bitten ist sie dann mit mir zum Speicher hinaufgegangen. Lange Rede, kurzer Sinn: Es war der Schornsteinfeger. Du kannst dir vorstellen, wie oft ich mir später die Geschichte vom Schornsteinfeger und der kleinen, zu Tode erschrockenen Lydia anhören mußte.« Sie schwieg.

Katharina nickte gedankenverloren. Sie schaute erneut zum Fenster hinaus. Ihr Blick wanderte zu den Wolken hinauf und zu den Blättern am Boden. Der Wind hatte sein Spiel unterbrochen. Das Laub lag verstreut auf dem Rasen. Einige der Blätter leuchteten rot. »Meine Karte hast du also bekommen?« fragte sie, ohne die Freundin anzuschauen. Ihre Stimme klang ungewohnt, fast heiser.

Lydia spürte eine Hitzewelle in ihrem Gesicht. Ihre Wangen begannen zu glühen. »Du... du meinst die Karte mit der Herz-Dame? Mit der abge...« stammelte sie und spürte die Innenflächen ihrer Hände feucht werden.

»Ja«, unterbrach Katharina abrupt. Sie hatte ihren Blick immer noch starr zum Fenster hinaus gerichtet. Langsam, wie in Zeitlupe drehte sie der Freundin das Gesicht zu. »Ja, die meine ich.« Ihre Augen glichen Strudeln. Schwarze Strudel, die alles, was ihnen nahe kam, aufzusaugen schienen.

Lydia rutschte unruhig auf ihrem Stuhl hin und her. Eisige Kälte stieg in ihr auf. Ängstlich wie ein gejagtes und in die Enge getriebenes Tier irrte ihr Blick durch den Raum. Sie versuchte ihn zur Ruhe zu zwingen, starrte auf die Hände in ihrem Schoß. »Ja, deine Karte habe ich bekommen«, entgegnete sie kaum hörbar und führte, ohne es zu wollen, ihren Daumen zum Mund. Vorsichtig tastete sie mit den Zähnen an dem abgebissenen Fingernagel entlang. Das Nagelbett war heiß und schmerzte.

»Du mußt dich nicht aufessen. Ich will nicht, daß du plötzlich weg bist.« Katharina schaute die Freundin unverwandt an. Ihre schwarzen Strudelaugen schienen noch schwärzer zu werden.

Lydia nahm den Finger aus dem Mund. Verlegen flüchtete ihr Blick zum Fenster hinaus. Der Wind zerrte an dem wenigen Laub, das noch an den Bäumen hing. Die Blätter auf dem Boden wirbelten im Kreis herum. Ihr Ringelreigen wurde schneller und schneller. Lydia sprach plötzlich hastig. »Ich habe die Karte, die Karte mit der abgerissenen Herz-Dame, wie ich schon sagte, erst mit sehr viel Verspätung bekommen. Der Briefträger hat sie mir persönlich nach oben gebracht. Weil... weil du vergessen hattest, eine Briefmarke draufzukleben. Wahrscheinlich hat sie irgendwo auf einem Postamt herumgelegen, und niemand, niemand hat sich um sie gekümmert. Wegen der fehlenden...«

»Und?« Katharinas Hände auf der Bettdecke zitterten. »Was

sagst du zu dem, was ich dir geschrieben habe?« Wie ein lauerndes Tier ließ sie ihren Blick langsam über das Gesicht der Freundin gleiten.

Lydia stöhnte leise. Sie wollte sich nach vorn beugen und die zitternden Hände dort auf der Bettdecke beruhigen, aber ihre Arme gehorchten nicht. Stocksteif blieb sie sitzen. In ihrem Kopf wütete ein brennender Schmerz. Wie ein Buschfeuer breitete er sich aus. Griff in rasendem Tempo auf immer neue Flächen ihres Gehirns über. Sie schloß für einen Moment die Augen und rieb mit der Hand über ihre Stirn. Sie drückte Daumen und Zeigefinger in die Augenhöhlen und sah glühende Flecken tanzen. Lichtblitze. Aus tiefem Schwarz schienen sie auf sie zuzuspringen. Sie anzugreifen.

»Hast du wieder Kopfschmerzen?« fragte Katharina, und ihre Stimme klang teilnahmsvoll. Der Sog ihrer Augen war mit einem Schlag verschwunden.

Lydia nickte. Sie ließ ihre Hände in den Schoß fallen und schaute die Freundin hilflos an. »Kathi, ich habe deine Karte bestimmt hundertmal gelesen. Eine ganze Nacht lang habe ich mich mit ihr beschäftigt. Aber ich... ich... ich verstehe nicht...«

Katharina zitterte am ganzen Körper. Wie ein schutzsuchendes Tier verkroch sie sich unter ihrer Bettdecke, drückte sie fest bis unter das Kinn. Ängstlich schaute sie die andere an. »Mach es mir nicht schwerer, als es schon ist, Lydi. Was gibt es da zu verstehen?« Ihre Augen füllten sich mit Tränen. Unwillig tupfte sie sich mit der Bettdecke ins Gesicht. »Ich habe doch wirklich nicht viele Worte gemacht. Oder? Und die wenigen Worte, die ich geschrieben habe, waren meiner Meinung nach eindeutig.«

Lydia sah, wie die andere unter der Bettdecke zitterte. Wie gern hätte sie die Freundin an sich gedrückt. Sie schützend in den Arm genommen, ihr Wärme gegeben und ihr beruhigende Worte ins Ohr geflüstert. Aber was hätte sie flüstern sollen? All die Worte, die wie die Blätter dort draußen vor dem Fenster in wildem Ringelreigen in ihrem Kopf herumwirbelten, schienen ihr auf einmal so inhaltslos. So überflüssig. So nichtssagend. Sie hob die Hände und sah die andere mit flehendem Blick an.

»Kathi, ich... ich meine, wir... ich meine, ich weiß nicht...« Sie hob und senkte die Arme wie eine an Fäden geführte Puppe und ließ sie schließlich kraftlos fallen. Ihr Kopf fiel nach vorn. Verzweifelt rieb sie über ihre Stirn.

Katharina hatte sich aufgesetzt. »Aber ich weiß, Lydi. Ich weiß es genau. Und ich will, daß du es auch weißt. Ich liebe dich! Verstehst du? Ich liebe dich! Das ist alles.« Die letzten Worte hatte sie kaum hörbar geflüstert. Sie drehte den Kopf zur Seite und wischte sich mit dem Handrücken durch das Gesicht.

Lydia spürte einen stechenden Schmerz hinter ihrer Schläfe. Sie biß sich auf die Unterlippe und starrte auf den Boden. »Liebe!«, »Liebe!« Da war es wieder, dieses Wort. Und wieder hämmerte es unbarmherzig in ihrem Kopf. Am liebsten wäre sie aufgesprungen und nach draußen gerannt. Dorthin, wo der Wind unablässig an den Bäumen zerrte. Als Kind hatte sie sich eingebildet, die bewegten Äste würden ihr zuwinken. Wie oft hatte sie zurückgewinkt...

Sie schloß für einen Moment die Augen. Seltsamerweise sah sie die Raben auf der Antenne sitzen.

Auf dem Flur wurde gelacht. »Beim nächsten Mal müssen Sie einen ausgeben!« rief eine helle Frauenstimme.

Katharina nickte mit dem Kopf in Richtung Tür und zog geräuschvoll die Nase hoch. »Das ist Schwester Judith.«

Lydia zog das Taschentuch, das ihr die Schwester gegeben hatte, aus ihrer Hosentasche. »Hier«, sagte sie leise, »ist nicht mehr ganz frisch, aber...«

»Danke!« Katharina griff hastig danach.

Lydia hielt für einen Moment die Hand der Freundin fest. »Kathi«, begann sie und versuchte ihrer Stimme einen festen Klang zu geben, »Du bist mir der wichtigste Mensch auf der Welt, das weißt du. Ich würde für dich ins Gefängnis gehen, ich würde mein Leben für dich hingeben, aber...«

Katharina zog ihre Hand weg. Sie schneuzte sich laut und sah die Freundin aus traurigen Augen an. »Genau, Lydi, und dieses ›Aber‹ habe ich nicht mehr ertragen.«

Lydia hob hilflos die Hände. »Aber wir sind doch Freundinnen, oder nicht?«

»Du hast mich nach dem ›Warum‹ gefragt, Lydi. Jetzt hör es dir gefälligst an!« Katharinas Stimme klang scharf. »Vielleicht habe ich es getan, weil du mich behandelst wie eine Freundin. Wie eine gute Freundin, mit der man sich gerne trifft, gerne plaudert und gerne in Urlaub fährt.«

»Ja, aber wir sind doch Freundinnen, verdammt noch mal! Wie soll ich...«

»Natürlich, Lydi, natürlich sind wir Freundinnen. Entschuldige bitte...«

»Keine Entschuldigungen!«

»Natürlich sind wir Freundinnen«, wiederholte Katharina, und ihre Stimme hatte einen zärtlichen Klang, »und das ist wundervoll. Ich habe es immer als wundervoll empfunden. Bis..., na ja, bis zu jenem Tag eben.«

»Bis zu welchem Tag?« Lydia blickte die andere verständnislos an.

»Pssst.« Katharina legte der Freundin den Finger auf den Mund. »Warte einen Moment. Wie oft habe ich mir diesen Augenblick herbeigewünscht. Wie oft habe ich versucht, ihn mir in allen Einzelheiten vorzustellen. Im Geiste habe ich ihn bestimmt hundertmal durchlebt. In meiner Phantasie wurde ich mit jedem Versuch mutiger und erfinderischer. Was ich dir alles sagen wollte! Lauter romantisches Zeug. Sogar ein Zitat aus ›Tristan und Isolde‹ wollte ich dir im passenden Augenblick ins Ohr flüstern.« Sie schüttelte mißbilligend den Kopf. »›Herz an Herz dir, Mund an Mund, eines Atems ein'ger Bund‹, wollte ich sagen und dich in den Arm nehmen. Du merkst, was mir vorschwebte, ist so etwas Ähnliches wie die Abschiedsszene eines hoffnungslos verkitschten Hollywood-Filmes.« Sie schwieg eine Zeitlang und fuhr dann müde fort: »Ich wollte diesen Augenblick genießen. Wollte ihn in mich aufsaugen wie ein ausgetrockneter Boden die Feuchtigkeit. Gierig und dankbar zugleich. Das ist es, was ich mir erträumt habe. Und jetzt habe ich das Gefühl, weglaufen zu müssen...«

»Ich würde dir hinterherlaufen«, unterbrach Lydia, »und du weißt, ich war immer schneller als du.« Sie versuchte ein Lächeln. Es mißlang.

Katharina schloß für einen Moment die Augen und ließ das Kinn auf ihre Brust sinken. »Es war ein Freitag«, begann sie und hob langsam den Kopf. »Ein ganz gewöhnlicher Freitag. Das heißt, so ganz gewöhnlich war er gar nicht. Der Kalender meldete schließlich Freitag, den dreizehnten. Überall dort, wo man Lotto spielen kann, stand zu lesen, man solle nicht vergessen, sein Glück zu versuchen.« Sie schwieg und ließ ihren Blick zum Fenster hinauswandern. »Wie oft habe ich später an diesen Tag zurückgedacht. Augenblick für Augenblick habe ich ihn mir ins Gedächtnis gerufen. Meine Erinnerungen sind im Laufe der Zeit immer plastischer geworden. Manchmal habe ich geglaubt, ich werde verrückt. In meiner Vorstellung hat sich dieser Freitag zu einem Film entwickelt. Einem Film, in den ich jederzeit eintauchen konnte.« Sie hielt für einen Moment inne, holte ihren Blick in das Zimmer zurück und betrachtete das zerknüllte Taschentuch in ihrer Hand. »Es war im letzten Sommer. Manchmal kommt es mir vor, als wäre seitdem eine Ewigkeit vergangen. Dann habe ich wieder das Gefühl, es war erst gestern...«

Ihr Blick wanderte erneut zum Fenster hinaus. Lydia betrachtete das Profil der Freundin.

»Was, Kathi?« fragte sie leise.

Katharina drehte den Kopf herum und schaute Lydia schweigend an. »Ja, was eigentlich«, sagte sie langsam und streichelte ihren linken Handrücken. »Kannst du dich an diesen Tag erinnern, an dem es so furchtbar heiß war? Abends in den Nachrichten haben sie gezeigt, wie die Menschen sich in den Springbrunnen abgekühlt haben und die Kinder nackend unter den Fontänen standen.« Ohne eine Antwort abzuwarten, sprach sie weiter. »Wir sind an diesem Tag schon sehr früh mit den Fahrrädern zum Schwimmen hinausgefahren. Am Abend haben wir gemeinsam gegessen und anschließend bis tief in die Nacht hinein in meinem Atelier gesessen. Zu vorgerückter Stunde waren wir vom vielen Rotwein ein wenig angetrunken und recht albern. Erinnerst du dich an diesen Tag?«

Lydia nickte. »Ja, ich erinnere mich gut. Wir haben viel gelacht in dieser Nacht.«

»Genau. Wir haben viel gelacht in dieser Nacht, und es war

wunderschön wie so oft, wenn wir zusammen sind. Aber das brauche ich dir nicht zu erzählen! An diesem Abend ist etwas passiert, was ich mit Worten nicht beschreiben kann. Nebenbei gesagt, konnte ich es auch mit Farben nicht einfangen. Und ich habe es oft genug versucht, das kannst du mir glauben.« Sie streichelte ihren anderen Handrücken. »Beim Abschied hast du mich unten auf der Straße in den Arm genommen. Du weißt selbst, daß wir uns in all den Jahren so gut wie nie berührt haben. An diesem Abend aber hast du mich angefaßt. Warum eigentlich?«

Lydia zuckte die Schultern. »Ich weiß nicht.«

»Hm. Ich auch nicht. Spielt ja auch keine Rolle. Für mich ist einzig und allein wichtig, daß bei dieser Umarmung etwas passiert ist. Etwas ganz Besonderes.« Sie holte tief Luft. »Ich kann es kaum in Worte fassen. Es erscheint mir so schwierig, fast unmöglich ... Weil, weil ... du mußt dir vorstellen, von einem Moment zum anderen war alles anders. Ich hatte plötzlich das Gefühl, nicht mehr dieselbe zu sein. Verrückt, nicht wahr? Ich fühlte mich wie losgelassen. Obwohl du mich festgehalten hast, fühlte ich mich wie losgelassen.« Sie lächelte still vor sich hin. »Aber nicht im Sinne von fallen gelassen, das darfst du nicht denken. Ich fühlte mich befreit. Wie ein Kanarienvogel, der lange Zeit eingesperrt war und plötzlich die Möglichkeit bekommt, in die blaue Luft hinaufzufliegen.« Sie lächelte immer noch. Nachdenklich blickte sie auf ihre Hände. Sie hatte aufgehört, ihren Handrücken zu streicheln. »Der Grund für diese Verwandlung war eine winzige Berührung. Eine winzige Berührung, die genaugenommen gar nicht der Rede wert ist. Es passierte, während du mich umarmt hast. Es war ganz einfach so, ... was heißt hier ›ganz einfach‹, es war so ...« Sie klatschte in die Hände und schüttelte den Kopf. »Was rede ich für einen Unsinn zusammen.«

»Nein, nein!« versicherte Lydia. »Das ist kein Unsinn. Bitte, bitte, hör nicht auf zu sprechen.«

Katharina sah die Freundin dankbar an. »Ich wollte sagen, nicht die Umarmung hat mich aus der Bahn geworfen, sondern eine Berührung während dieser Umarmung.« Sie schüttelte erneut den Kopf. »Blödsinn! Natürlich war es auch die Umarmung! Also – die Berührung, von der ich rede, war an sich völlig unspektakulär. Wirklich gar nicht der Rede wert. Die Folgen allerdings waren alles andere als unspektakulär. Ich weiß nicht...« Sie begann zu stottern. »Wirklich, Lydi, ich weiß beim besten Willen nicht, wie ich es dir erklären soll. Es klingt so lächerlich, wenn man es ausspricht. Ich traue mich kaum...«

Für einen Moment verlor sich ihr Blick. Sie schien durch die Mauern des Raumes hindurchzugucken. Ihre Wangen waren von einer brennenden Röte überzogen. Auch am Hals hatte sich ein glühender Fleck angesiedelt. Er war fast rund. Lydia hatte einen solchen Fleck am Hals der Freundin noch nie gesehen.

»Bitte, Kathi!« flüsterte sie beschwörend. »Sprich weiter!«

Der Blick der anderen kehrte zurück. »Ich muß anders anfangen. Besser noch, ich muß es kurz machen. Also... damit du endlich weißt, wovon ich rede. Also... kurz gesagt: Bei dieser Umarmung haben sich unsere Knie berührt.« Den letzten Teil des Satzes hatte sie hastig gesprochen. Erleichtert atmete sie auf.

Lydia blickte die andere verständnislos an. Sie öffnete den Mund, als wolle sie etwas sagen, klappte ihn aber wieder zu und schwieg.

»Klingt absurd, nicht wahr?« Katharina starrte erst in das entgeisterte Gesicht der Freundin, dann auf die Bettdecke. »So sag doch was!« bettelte sie. Die tiefe Röte auf ihren Wangen breitete sich weiter aus. Sie zog an den Ohren vorbei den Hals entlang und legte sich wie ein Tuch auf ihre Brust.

Lydia räusperte sich. Ihr Mund war plötzlich wieder trocken. Mühsam versuchte sie ihre Lippen mit der Zungenspitze zu befeuchten.

»Ich sage es ja«, begann Katharina von neuem, »es klingt absurd, nicht wahr? Nach all der gemeinsamen Zeit, den unzähligen Berührungen, den Willkommens- und Abschiedsküssen erzähle ich dir, wie sich unsere Knie berührt haben. Lächerlich! Ich weiß. Aber so ist es gewesen, Lydi. Ich kann es nicht ändern. So war es, und so ist es.« Sie schwieg und hatte für einen Moment den trotzigen Gesichtsausdruck eines Kindes, das unmißverständlich auf seinem Willen besteht. »Zuerst habe ich überhaupt nicht gewußt, was mit mir los war.« Sie fuhr fort, ihren

Handrücken zu streicheln. »Mir wurde ganz komisch zumute. Mein Herz klopfte wie rasend, und meine Beine zitterten. Mir wurde schwindelig und auch ein wenig schlecht. Weißt du, wie nach einer zu großen Anstrengung. Ich dachte, es wäre der Alkohol... Aber mir schwindelte nicht der Kopf...« Sie hielt einen Moment inne und fuhr dann fort: »Mir schwindelte das Herz.« Sie bedeckte ihre glühenden Wangen mit den Händen. »Ich spürte eine unglaubliche Anspannung, eine Erregung, aber auch eine nie gekannte Ruhe. Es war, als hätte ich nach sinnloser Hast und Eile einen Ort gefunden, an dem ich verweilen durfte. Einen Ort ohne Angst. Ich hatte das Gefühl, diese ständige Sehnsucht, die ich, solange ich denken kann, mit mir herumschleppe, habe plötzlich ein Ende. In diesem Augenblick, Lydi, war ich unbeschreiblich glücklich. Und mir war bewußt, daß ich dich liebe. Verstehst du, Lydi, ich liebe dich. Nicht wie eine Freundin, sondern wie... wie...« Sie wischte sich einen Tropfen Speichel vom Handrükken. »Ach, ich drücke mich fürchterlich aus. Ich halte besser den Mund. Habe schon viel zuviel geredet. Am Ende ersaufe ich in Rhetorik. Ein grauseliger Gedanke!«

»Nein, Kathi, nein, ich bitte dich! Hör nicht auf, sprich weiter!«

Katharina hatte sich noch aufrechter hingesetzt und schaute die Freundin aus großen schwarzen Augen an.

»›Sprich weiter‹ ist gut. Es gibt nicht mehr viel zu erzählen. Wie schon gesagt, alles begann in dieser Nacht auf dem Bürgersteig vor meinem Atelier. Es war wie im Märchen. Ich hatte das Gefühl, eine lang verschlossene und streng verbotene Tür geöffnet zu haben. Durch dich habe ich sie geöffnet! Es war, als hättest du gezaubert, Lydi.« Sie lächelte zaghaft. »Klingt kitschig, nicht? Wie der Schluß eines trivialen Liebesfilms.«

Lydia schüttelte den Kopf. »Nein, es klingt...«

»Von diesem Augenblick an war alles anders«, unterbrach sie die Freundin und legte ihr noch einmal den Finger auf den Mund. »Obwohl natürlich alles genauso war wie früher, war doch alles anders geworden. Ich wollte dich plötzlich ständig berühren, Lydi. Im Theater, beim Spazierengehen, im Auto, überall. Wenn du neben mir gesessen hast, überkam mich das Bedürfnis, dich anzufassen. Ich wollte dir über die Haare streicheln, meine Hand auf deine Hand legen, deine Lippen küssen. Ich hatte Phantasien, die ich lieber nicht erzähle. Meine Finger sehnten sich nach deiner Haut. Meine Hände verzehrten sich nach deinem Körper. Und mein Mund wollte dich schmecken. Wenn du wüßtest, was ich für Träume hatte in dieser Zeit. Sie wurden immer leidenschaftlicher. Manchmal, wenn ich morgens aufgewacht bin... Also sie waren so erotisch, daß ich... wie soll ich es sagen... – daß ich..., also wenn ich ein Typ wäre, hätte ich morgens vor Erregung nicht pinkeln können.« Bei den letzten Worten hatte ihre Stimme wieder wie die eines trotzigen Kindes geklungen.

Sie schwieg einen Moment. Ihre Wangen leuchteten rot.

»Und dann dein Geruch, Lydi. Dieser Geruch, der mir immer so vertraut gewesen ist... Plötzlich war er eine Droge für mich. Ich war, im wahrsten Sinne des Wortes, über Nacht süchtig danach. Wenn wir zusammen waren, hätte ich dich im Wechsel auffressen und in dich hineinkriechen können.«

Lydia rutschte unruhig auf ihrem Stuhl hin und her. Ihre Handflächen waren kalt und feucht. »Wieso kannst du mir das jetzt erzählen und vorher nicht? Warum, in Gottes Namen, mußte erst passieren, was passiert ist?«

Katharina zuckte mit den Schultern. »Ich weiß es nicht. Vielleicht kann ich es in diesem Augenblick erzählen, weil ich das Gefühl habe...« Sie verstummte abrupt und schüttelte energisch den Kopf. »Ich weiß es nicht«, stellte sie fast trotzig fest und fuhr mit lebhafterer Stimme fort: »Kannst du dich erinnern, wie wir zu der Ausstellung von dem polnischen Künstler mit den grellbunten Collagen gefahren sind? Die Ausstellung war in der Galerie ›Ars Polona‹. Den Namen des Künstlers habe ich vergessen. Aber der ist auch völlig nebensächlich. Es geht mir um etwas ganz anderes. Wir sind damals mit meinem Auto zu der Vernissage gefahren, und ich hatte, wie so oft, kein Benzin. Beim Tanken hast du mir ganz nebenbei von dem Sportredakteur erzählt, der den Duft deiner Haare so mochte. Du hast in aller Ruhe aus dem Seitenfenster herausgeredet, und mir ist fast der Zapfhahn aus der Hand gefallen. Weißt du das noch?«

Lydia überlegte einen Moment und schüttelte den Kopf. »An

die Ausstellung kann ich mich erinnern. Aber nur, weil die Bilder genauso mies waren wie deine Laune. Was ich da an der Tankstelle erzählt habe? Keine Ahnung. Nicht einmal den Schimmer einer Idee.«

Katharina schlug mit der Faust auf die Bettdecke. »Mit strahlenden Augen hast du mir erzählt, wie er dich auf dem Flur angehalten und dir gesagt hat, er sei vernarrt in den Duft deiner Haare. Ich komm im Moment nicht drauf, wie der Kerl heißt. So ein schlaksiger Typ mit kurzen schwarzen Haaren und Nickelbrille. Ist ja auch egal...«

»Ach so! Du meinst den Ludger Neugebauer.«

»Jaja, ich glaube, so hieß er. Auf jeden Fall hast du dich gewundert, wieso er den Geruch deiner Haare kennt. ›Wo wir nichts miteinander haben‹, hast du geflötet. Als du das gesagt hast, Lydi, hätte ich schreien können. Schreien, wie gut auch ich den Geruch deiner Haare kenne, obwohl wir ebenfalls ›nichts miteinander haben‹. Wie gut ich diesen Duft kenne, wie sehr ich ihn liebe und wie er mich langsam wahnsinnig macht. Statt dessen habe ich geschwiegen und wie hypnotisiert auf diesen Zapfhahn gestarrt. Das Schlimme ist, ich habe in der nächsten Zeit immer öfter geschwiegen. Und das, obwohl ich immer öfter hätte schreien mögen. Ich glaube, dieser Zustand hat mich krank gemacht. Ehrlich! Von Tag zu Tag fühlte ich mich jämmerlicher. Immer seltener konnte ich mich auf meine Arbeit konzentrieren. Und das mir! Solange ich denken kann, war die Kunst wirksamste Medizin für mich. Immer hat sie mir geholfen. Oder sagen wir, fast immer. Wenn es mir schlechtging, konnte ich mich tagelang in meinem Atelier verkriechen und mit nichts anderem beschäftigen als mit Farben und Leinwand. Riesige Leinwände habe ich gespannt und mich... Aber was erzähle ich dir das, du weißt es genausogut wie ich. Wie oft hast du mich im Atelier besucht und mir bei meiner Arbeit zugeschaut. Früher hast du dir manchmal Kekse mitgebracht. Das fand ich besonders schön. Es war so gemütlich, wenn du auf der Fensterbank gesessen und mit deiner Tüte geknistert hast. In diesen Augenblicken habe ich mich mehr als wohl gefühlt. Ich hatte das Gefühl, zu Hause zu sein, wenn du weißt, was ich meine. – Na ja, aber das wollte ich gar nicht erzählen.« Sie strich mit beiden Händen über die Bettdecke. »Ich wollte sagen, wie sehr mir meine künstlerische Arbeit immer geholfen hat. Und deshalb habe ich auch in dieser Zeit versucht, mich auf das Malen zu konzentrieren. Ich habe mit unglaublichem Aufwand Farben angerührt und – man höre und staune! – sogar Papier selbst geschöpft. Das habe ich noch nie gemacht. Trotzdem ist es mir nicht gelungen, ein einziges Bild zu schaffen. Ich habe zwar einiges angefangen, aber das war auch schon alles. Fertig geworden ist nichts.

Wenn ich jetzt darüber nachdenke, wundert es mich allerdings nicht. Meine Lieblingsbeschäftigung in jener Zeit war nicht die Beschäftigung mit Farben und Pinsel, sondern der Blick aus dem Fenster. Wie ein Hund, der sehnsüchtig darauf wartet, daß endlich jemand nach Hause kommt, habe ich auf der Fensterbank gesessen und nach draußen geguckt. Stundenlang. Oder ich habe auf dem Boden gehockt und Löcher in die Holzdielen gestarrt. Während dieser unproduktiven Sitzungen habe ich mir das Hirn zermartert, wie es weitergehen sollte. Schon nach kürzester Zeit drehten sich meine Gedanken im Kreis. Ich empfand meine Situation als ausweglos und mich als hilflos Ausgelieferte. Eine Ariadne ohne Faden, sozusagen. Eingesperrt in einem Labyrinth, aus dem es kein Entkommen gibt. Und irgendwo in der Dunkelheit ahnte ich den Stier, der nur auf eine Gelegenheit wartete, mich zu töten.« Sie schwieg einen Augenblick und fuhr dann fort: »Als Kind, habe ich mich, wenn ich Angst hatte, immer am rechten Bein meines Vaters festgehalten. Ich habe es umklammert wie der Schiffbrüchige die rettende Holzplanke. Irgendwann, in einem Kaufhaus, habe ich, ohne es zu merken, Schutz am Bein eines fremden Mannes gesucht. Mein Vater merkt es, will einen Spaß machen und geht lachend weiter. Wie ich mich damals gefühlt habe, als ich den Irrtum bemerkte, so habe ich mich auch in meinem Atelier gefühlt. Allein gelassen mit einer unsäglichen Angst. Es war schrecklich! – Manchmal wußte ich wirklich nicht mehr, was ich tun sollte. Ich war von einer regelrechten Panik ergriffen. Wie ein Drogenabhängiger auf Entzug bin ich ziellos durch die Stadt gerannt. Ich hatte plötzlich das Gefühl, du könntest mich verlassen. Du könntest dich von mir abwenden und weggehen. Zuerst war es nur eine Ahnung. Aber schon nach kürzester Zeit nahm diese Idee in meiner Phantasie immer deutlichere Konturen an. Und dann beherrschte sie mich. Es war grauenhaft! Ich konnte an fast nichts anderes mehr denken.« Sie schwieg einen Moment und ballte ihre Hände zu Fäusten.

»Diese Tage waren ein einziges Wechselbad der Gefühle. In einem Augenblick hatte ich Wut auf mich, im nächsten war ich wütend auf dich. Dann überflutete mich eine Welle von Selbstmitleid. Wie ich früher um den armen Quasimodo gelitten hatte, so litt ich jetzt um mich. Ich empfand mich als den bedauernswertesten Menschen unter der Sonne. Dieses Gefühl blieb in der Regel nicht lange. Meist herrschte kurze Zeit später wieder Ebbe in meinem Blut, und die Wut kam zurück. Unbändige Wut auf mich, weil ich nicht in der Lage war, dir meine Gefühle mitzuteilen. Diese Wut hatte wieder das Mitleid im Schlepptau. Manchmal habe ich mich abends ins Bett gelegt und bis morgens früh alle Gefühlsschattierungen mehrmals durchlebt. Und immer wieder habe ich mir das Hirn zergrübelt, wie ich es dir sagen könnte! Ich habe mir alle denkbar möglichen Situationen in meiner Phantasie ausgemalt. Bis ins kleinste Detail habe ich sie inszeniert. Wie ein Regisseur habe ich mit Personen, Bühnenbildern und Requisiten gespielt. – Dann wieder habe ich mir vor dem Einschlafen gewünscht, ich würde morgens aufwachen und alles wäre, wie es immer war. Meine Gefühle für dich wären genauso plötzlich, wie sie gekommen waren, wieder gegangen und wir wären Freundinnen wie in all den Jahren. Beste Freundinnen – nicht mehr und nicht weniger. Was ich mir gewünscht habe, ist natürlich nicht eingetreten. Ich habe morgens die Augen aufgemacht und gewußt, nichts würde mehr sein, wie es einmal war.« Sie öffnete die Fäuste und strich mit den Händen wieder über die Bettdecke. »Wie oft habe ich gleich nach dem Aufstehen in den Badezimmerspiegel geschaut, mir Mut zugesprochen und mir vorgenommen, dir im Laufe des Tages alles zu sagen. Mich vor dich hinzustellen, dir in die Augen zu schauen und dir meine Gefühle zu gestehen. Und dann, wenn ich dich gesehen habe und du so völlig selbstverständlich und unbefangen losgeplappert hast, hat mich jedesmal der Mut verlassen. Es mag dir albern und übertrieben vorkommen, wenn ich das sage, aber in diesen Augenblicken fühlte ich mich einer Ohnmacht nahe. Ich war unfähig zu handeln. Das einzige, was ich wollte, war dich berühren. Nichts sagen müssen, nichts erklären müssen, dich nur berühren.« Sie schwieg und begann wieder ihren Handrücken zu streicheln.

»Du weißt, wie viele Bücher über die menschliche Psyche ich in dieser Zeit gelesen habe. Einen großen Teil hast du mir ja selbst geschenkt. Wissenschaftliche Abhandlungen über Kindheitstraumen und Neurosen, Prädispositionen, Symptome und was weiß ich nicht alles. Diese Bücher haben mich viel Zeit gekostet. Mir geholfen oder mich in irgendeiner Form weitergebracht haben sie nicht.« Sie holte tief Luft. »Na ja, und als ich die Bücher und damit alle Theorien beiseite gelegt hatte, habe ich mir gedacht, ich sollte wieder ins Leben eintauchen und mir ganz schnell eine Affäre suchen. Eine unkomplizierte, lustvolle Liebschaft. Und da findet, wer suchet, traf ich Joachim. Es war gut, daß ich ihn kennenlernte. Ein netter Typ, wirklich. Wir hatten viel Spaß zusammen. Nicht nur im Bett. Doch dann war es plötzlich vorbei. Nichts ging mehr. Von heut auf morgen war ich wieder wie verwandelt. Es war zum Verrücktwerden. Nichts hat mehr geklappt. Absolut nichts. Ich war nicht mehr dieselbe. Ich war über Nacht wieder das hilflose, alleingelassene Wesen auf der Fensterbank geworden, das sehnsüchtig darauf wartete, daß endlich jemand nach Hause käme.« Sie hob die Hände und ließ sie kraftlos auf das Bett fallen. »Du kannst dir nicht vorstellen, Lydia, wie mies ich mich gefühlt habe.« Sie raufte sich die Haare. »Wie gerne hätte ich mit irgend jemandem über all das geredet. Über meine Gefühle zu dir, über meine Ängste, die schlaflosen Nächte, diese Phantasien und eben einfach alles. Wie sehr habe ich mir einen Menschen gewünscht, der mir einfach nur zuhören würde. Ich habe in diesen Tagen ernsthaft überlegt, ob ich mir eine Therapeutin suchen sollte. Aber den Gedanken habe ich recht schnell wieder verworfen. Ich fand ihn albern. Als würde ein Maulwurf um Augenlicht bitten. Wozu? Die Sonne würde er dennoch nicht sehen.«

Sie schwieg und schaute zum Fenster hinaus. Der Wind hatte sein Spiel wieder aufgenommen und trieb die Blätter im Kreis herum. Fast sah es aus, als wolle er ihnen das Tanzen beibringen.

»Warum hast du mir nie etwas gesagt?« Lydia stellte die Frage sehr leise.

»Ich weiß nicht. Vielleicht, weil ich Angst hatte. Angst vor... vor Zurückweisung, vor... ich weiß nicht, was. Außerdem könnte ich dich im Gegenzug fragen, warum hast du nichts gemerkt? Du, meine beste Freundin? Hast du die Augen absichtlich zugemacht? Wolltest du blind sein?«

Lydia starrte sie entsetzt an. »Kathi, wie sollte ich...?«

»Entschuldige! Du hast recht.« Katharina ließ den Kopf kraftlos nach vorn sinken. »Ich glaube, ich habe in dieser Zeit angefangen, dich sehr genau zu beobachten. Ich erinnere mich gut, wie du mir von einem Gespräch mit deiner Mutter erzählt hast. Eine kurze Unterhaltung, die dich nachhaltig aufgewühlt hat. Weißt du noch? Wir haben unten am Fluß auf der Bank gesessen und auf die Fähre gewartet. Wir waren barfuß und trugen beide kurze Hosen. Du hast mit den Zehen im Sand gespielt und mir von der neuen Putzhilfe deiner Mutter erzählt. Eine junge Frau mit Namen Edith. Dir kam sie vor wie eine ›Frauen-Frau‹. Nicht mehr und nicht weniger hast du deiner Mutter anvertraut.« Sie schwieg einen Augenblick. »Wie kamst du überhaupt darauf?«

Lydia schaute die Freundin irritiert an und zuckte hektisch mit den Schultern. »Wenn ich ganz ehrlich bin, habe ich das nur so dahergeredet. Einfach so. Ich weiß nicht, warum. Ich weiß wirklich nicht, warum. Ich kann dir noch nicht einmal sagen, in welcher Situation oder in welchem Zusammenhang ich das gesagt habe. Es ist mir herausgerutscht. Ohne daß ich es gewollt habe, ist es mir über die Lippen geflutscht. So ähnlich wie dein ›Cunnilingus‹.«

»Hm.« Katharinas Denkerfalte zwischen den Augenbrauen war deutlich sichtbar. »Auf jeden Fall hast du es gesagt. Und als deine Mutter dich gefragt hat, was eine ›Frauen-Frau‹ sei, hast du geantwortet: ›Na, eine Lesbe.‹ Deine Mutter war empört. Wenn dem so wäre, dann würde sie der Frau sofort kündigen. ›So eine‹ würde sie in ihrer Nähe nicht dulden. – Während du das erzählt hast, Lydi, bist du im Gesicht weiß geworden wie eine Wand. Du kannst es dir nicht vorstellen! Aber von einem Augenblick zum anderen sahst du regelrecht krank aus. So, als würde ein Migräneanfall unmittelbar bevorstehen. Es war unfaßbar. Ich habe das noch nie erlebt. Immer, wenn ich mir vorgenommen hatte, dir von meinen Gefühlen zu erzählen, sah ich dieses blasse, kranke Gesicht vor mir. Und dann konnte ich nicht mehr reden. Meine Kehle war wie zugeschnürt.«

Beide Frauen schauten zum Fenster hinaus. Der Wind schien sich auszuruhen. Die Blätter am Boden verharrten still.

»Weißt du, woran ich in der letzten Zeit oft denken mußte?« Katharinas Stimme klang wieder lebhafter. Ihre Augen glänzten.

Lydia hob kraftlos die Schultern.

»Wie wir als Kinder ›Affenhaus‹ gespielt haben. Oben auf dem Speicher. Du weißt doch, in dem kleinen Kabuff mit den zerlumpten Decken und den alten Schlafsäcken. Dort, wo alles so herrlich muffig roch. Egal ob die Sonne durch die Dachlucke schien oder der Regen auf das Glas prasselte. Kannst du dich erinnern?«

Lydias Augen blitzten. »Na klar kann ich mich an das Kabuff erinnern. Es wäre eine Schande, wenn ich es nicht täte. Wie oft haben wir uns dort hochgeschlichen, obwohl es uns strengstens verboten war. Auf Zehenspitzen, die Schuhe in der Hand. Es war ein Abenteuer. Allein schon an der Wohnungstür von der alten Witzel vorbeizukommen war nicht ungefährlich. Wie oft hat sie uns erwischt! Obwohl sie kaum noch laufen konnte, aber sie hatte Ohren wie ein Luchs...«

»Und Augen wie ein Adler.« Katharina lachte. »Ich weiß noch genau, wie sie einmal die Tür aufgerissen hat und ich vor Schreck fast die Treppe hinuntergefallen wäre. ›Wo wollt ihr hin?‹ hat sie mit ihrer schrillen Stimme gekeift. Dabei hat sie krumm und buckelig dagestanden, sich auf ihren Stock gestützt und wie eine leibhaftige Hexe ausgesehen. Ihr fehlte nur noch eine schwarze Katze auf der Schulter.« Sie kicherte. »Im Gegensatz zu mir warst du völlig unerschrocken. Du hast sie angeschaut und eine Art Vortrag gehalten.« Sie zog die Stirn in Falten und überlegte einen Moment. »Warte«, bat sie, als Lydia Anstalten machte zu reden, »ich kriege es vom Sinn her zusammen. Du hast gesagt: ›Meine Mutter schickt mich. Ich soll nachschauen, ob sie beim Wäscheabnehmen einen braunen Socken verloren hat. Er gehört meinem Vater. Er sucht ihn und ist schon sehr böse, weil er ihn nicht findet.‹ Und dann bist du losmarschiert, hast mich an die Hand genommen und hinter dir hergezogen.«

Lydia grinste. »Einer meiner lichten Momente. – Daran kannst du sehen, wie wichtig mir das ›Affenhaus‹-Spiel war.«

Katharina hob den Zeigefinger. »Kannst du dich auch an Einzelheiten erinnern?«

»Asche auf mein Haupt, wenn es nicht so wäre. Selbstredend kann ich mich erinnern. Wir sind in den muffigen Decken herumgehopst, haben seltsame Geräusche von uns gegeben und uns gegenseitig gelaust. Und wenn wir Kekse dabei hatten, haben wir sie klein gekrümelt und uns abwechselnd gefüttert.« Sie lachte fröhlich. »Und wie ich mich daran erinnern kann! Aber wir haben uns nicht nur gelaust und gefüttert, wir haben uns auch geküßt.«

»Ja, das stimmt, aber das war später. Da haben wir nicht mehr ›Affenhaus‹, sondern ›Liebespaar‹ gespielt.«

Lydia schaute die andere mit großen Augen an. »Stimmt! Das Liebespaar kam nach den Affen! Du durftest immer den Mann spielen, das fand ich gemein. Wie gerne wollte ich mir auch mal einen Schnurrbart anmalen. Aber du warst unerbittlich. Der Mann, das warst eben du!«

»Der Bart!« lachte Katharina hell. »Den hatte ich ganz vergessen. Stimmt! Ich habe ihn mir mit dem Augenbrauenstift meiner Mutter angemalt. Einen dünnen Strich über der Lippe. Das hatte ich im Fernsehen gesehen. Und weißt du auch, bei wem?«

»Na?«

»Bei Zorro!«

Die beiden Frauen lachten. Sie hörten nicht, daß jemand an die Tür klopfte. Schwester Judith schaute herein.

»Kann ich irgend etwas für Sie tun, Frau Mallack? Brauchen Sie etwas?«

Katharina schüttelte immer noch lachend den Kopf. »Nein, vielen Dank. Im Moment bin ich wunschlos glücklich.«

»Das höre ich gern.« Die Schwester zwinkerte Lydia zu. »Und Sie, möchten Sie vielleicht eine Tasse Kaffee?«

»Später«, sagte Lydia und schaute Katharina an, »oder?«

Katharina nickte zustimmend.

»Gut. Dann bis später.« Die Schwester zog die Tür zu.

»Zorro hin, Zorro her!« begann Lydia von neuem. »Ich mußte auf jeden Fall immer die Frau spielen.«

»Zu meiner Verteidigung kann ich nur anführen, wie häufig du lackierte Fingernägel hattest. Und einen Mann mit rosa lakkierten Fingernägeln fand ich doof.«

»Stimmt, fand ich auch doof. Trotzdem wollte ich nicht immer die Frau sein.« Lydia lachte hell. »Schicksal!«

Katharinas Wangen hatten sich leicht gerötet.

»Ich weiß noch, wie ich dich das erste Mal auf den Mund küssen wollte. Es war im Hausflur. Wir kamen vom Speicher und wollten uns unten an der Bude Kaugummis kaufen. Auf dem Treppenabsatz bist du stehengeblieben und hast mich aufgefordert, es zu tun. Als ich mich vorgebeugt habe, hast du dich plötzlich anders entschieden. Du hast das Gesicht zur Seite gedreht und gesagt, es sei verboten. Man dürfe sich nicht auf den Mund küssen. Und ich habe gesagt, seine Mutter und seinen Vater dürfe man ja auch auf den Mund küssen. Das sei was anderes, hast du gemeint und bist dabei geblieben.«

Lydia fuhr mit der Hand durch ihre Haare. Ihre Armreifen stießen klirrend aneinander. »Aber dann hast du mich doch noch überzeugt wie so oft. Ich weiß es noch ganz genau. Ich habe im Kabuff auf der karierten Decke gelegen und gewartet. Ich glaube, ich hatte sogar die Augen geschlossen.«

»Hattest du, stimmt!«

»Ich habe gelegen und gewartet und – nichts passierte! Du hast dich nicht mehr getraut. Zorro hatte der Mut verlassen. Du hast mich am Arm gerüttelt und mich aufgefordert, dir zu helfen. Und da habe ich mich hingesetzt, dich an den Schultern auf die Decke gedrückt und dich auf den Mund geküßt.« Lydia lachte. »Ich glaube, es hat uns beiden gefallen, oder?«

»Mir auf jeden Fall. Wir haben dann ja auch recht häufig Liebespaar gespielt.« Katharina lachte verlegen. »Bis uns meine Mutter überrascht hat. Weißt du noch? Wir hatten den ganzen Nachmittag im Kabuff gespielt und uns irgendwann unsere Pullover und Hosen ausgezogen. Wir...«

»Kannst du dich erinnern, wer mit dem Ausziehen angefangen hat?« unterbrach sie Lydia.

Katharina stutzte. »Ja, sehr genau sogar. Du nicht?«

Lydia schüttelte den Kopf.

»Du warst es! Du hast darauf bestanden, Pullover und Hosen auszuziehen!«

»Wirklich?« Lydia lächelte verlegen. Ihr Gesicht war von einem Moment zum anderen mit einer feinen Röte überzogen.

»Ja, wirklich! Du hast mich sogar erpreßt. Wenn ich nicht mitmachen würde, hast du mir gedroht, dann würdest du nie wieder mit mir ›Liebespaar‹ spielen.«

»Das habe ich getan? Ich habe es tatsächlich vergessen. Aber ich kann mich noch sehr genau daran erinnern, was für einen Ärger wir hatten, als deine Mutter plötzlich in der Tür stand. Wir halbnackt und sie mit Zornesröte im Gesicht. Wenn ich heute so darüber nachdenke, einfach lächerlich. Meine Mutter hat sich noch Tage später wie eine Furie aufgeführt. Gebrüllt und gezetert...«

»Meine doch auch. Ich hatte zum ersten Mal in meinem Leben Stubenarrest. Und es war so schönes Wetter. Ich weiß noch, wie du draußen auf der Straße vor meinem Fenster Rollschuh gelaufen bist. Du hast immer hochgeguckt und gewinkt.«

»Tja, die nächsten Male haben wir uns vorsichtiger benommen, nicht wahr?« Lydia lächelte.

»Aber ausgezogen haben wir uns trotzdem.« Katharina grinste. »Einmal sogar in der Holzhütte im Hof.« Sie grinste noch breiter. »Es war an dem Abend, als deine Eltern eingeladen waren und du bei uns schlafen durftest. Zuerst haben wir Indianer gespielt. Ich weiß noch, wie wir auf meinem Stockpferd, diesem Viech mit dem häßlichen roten Plastikkopf, herumgaloppiert sind...«

»Ja!« fiel Lydia ihr ins Wort. Ich war ›Duftende Rose‹ und du ›Wilder Pfeil‹.«

»Stimmt! Daß du dich an die Namen erinnerst! Ich weiß nur noch, daß du plötzlich stehengeblieben bist und ich mit Wucht auf deinen Rücken geprallt bin. Du hattest auf einmal Lust, ›Hochzeit‹ zu spielen.« Sie grinste immer noch.

Lydia stülpte den Mund nach vorn und zog zischend die Luft zwischen den Zähnen hindurch. »Es hat ganz schön lange gedauert, bis ich dich davon überzeugt hatte, daß man bei ›Hochzeit‹ keine Hosen anhat. Und als ich dich endlich soweit hatte...«

»... hat meine Mutter vom Balkon gerufen, daß es schon spät sei und wir raufkommen sollten. Ich habe mich zu Tode erschreckt, als ich ihre Stimme hörte.«

Lydia nickte. »Ich mich auch! Trotzdem haben wir gebettelt, im Hof bleiben zu dürfen.« Sie lachte hell auf. »Später hat deine Mutter uns sogar noch das Abendbrot nach draußen gebracht. Weiß du das noch?«

»Aber natürlich. Leberwurstbrote mit Gurkenscheiben.«

Lydia stieß einen Freudenschrei aus. »Genau! Leberwurstbrote mit Gurkenscheiben. Ich habe meiner Mutter so lange davon vorgeschwärmt, bis sie wütend geworden ist und sich das Thema ›Leberwurstbrot‹ ein für allemal verbeten hat.«

Katharina wurde plötzlich ernst. Ihr Gesicht sah von einem Augenblick zum anderen eingefallen aus. Nachdenklich fuhr sie mit dem Zeigefinger über ihren Mund. »Weißt du, Lydi, ich habe vor einiger Zeit mit meiner Mutter telefoniert. Es war ein ungewöhnlich langes Gespräch. Ich weiß gar nicht, warum ich es so lang ausgehalten habe. Na ja, egal. Sie berichtete mir voller Freude, wie gut sie sich in ihrem neuen Zuhause eingelebt habe. Sie erzählte in endlosen Einzelheiten von dem ständig hungrigen Dackel Nero, der morgens an ihrem Gartenzaun bettelt, schwärmte von einer polnischen Internistin mit blondgefärbten Haaren, bei der sie wegen ihres Rheumas in Behandlung ist, und redete hingebungsvoll von ihren netten Nachbarn. Ein junges Pärchen, das sich sehnlichst Nachwuchs wünscht. Für mich hatte es den Anschein, als wäre meine Mutter persönlich betroffen, daß sich im Nachbarhaus der Kindersegen partout nicht einstellen will. Je länger meine Mutter mir ins Ohr brabbelte, um so wütender wurde ich. Sie hat nur von sich gesprochen! Eine geschlagene Stunde hat sie nichts anderes als sich selbst zum Thema ernannt. Nicht ein einziges Mal hat sie mich gefragt, wie es mir geht. Mit keiner Silbe hat sie nachgehört, was ich so mache. Ob ich Kunst produziere? Ob ich verkaufe? Ob es mir gutgeht? Als ich irgendwann fast geheult habe und auflegen wollte, fiel ihr ein, daß sie mir noch von zwei Frauen erzählen wollte, die außerhalb des Dorfes eine Pension haben. Obwohl keiner im Ort etwas weiß, wissen natürlich alle Bescheid. Und alle erzählen es hinter vorgehaltener Hand weiter. Die beiden Frauen sind, wie meine Mutter sich auszudrücken pflegte, ›andersherum‹. Bei diesem Ausdruck hat sie ihre Stimme gesenkt. Ich konnte sie beim besten Willen nicht verstehen. Zweimal habe ich höflich nachgefragt. Beim dritten Mal habe ich fast geschrien. Und dann hatte ich es verstanden. Ich kann dir gar nicht sagen, wie wütend ich war. Ich habe mich vor allem über dieses Flüstern aufgeregt. Ich habe mich mehr über die Heimlichtuerei als über ihr dummes Gerede geärgert. Und dann habe ich etwas getan, worüber ich mich im nachhinein noch lange gewundert habe. Ich habe meine Mutter ganz spontan gefragt, was sie davon halten würde, wenn du meine Geliebte wärest. Meine Mutter hat sich ihre Antwort nicht eine Sekunde lang überlegt. Sie hat wie aus der Pistole geschossen geantwortet. Rausschmeißen würde sie uns! ›Aber du hast die Lydia doch gern‹, habe ich noch eingeworfen. ›Das hat damit nichts zu tun‹, hat sie geantwortet und mir im gleichen Atemzug von einer Metzgerei erzählt, in der es den herrlichsten Pfefferschinken gibt, den sie je gegessen hat. Ich brauche dir wohl nicht zu sagen, was für eine unbändige Wut ich hatte. Und was habe ich mit dieser Wut gemacht? Anstatt sie rauszubrüllen, habe ich geschwiegen und sie runtergeschluckt. Später habe ich im Bett gelegen und geheult wie ein Kind.«

Lydia berührte die Freundin vorsichtig an der Schulter. »Was hattest du denn für eine Reaktion erwartet?«

»Ehrlich gesagt, ich weiß es nicht. Eine andere eben. Vielleicht hatte ich gehofft, meine Mutter würde sagen: ›Na, wie schön, mein Kind. Das habe ich doch immer gewußt. Ich freue mich, wenn du glücklich bist. Ihr zwei seid mir jederzeit willkommen.‹« Sie schwieg einen Moment. »Kindisch, nicht wahr, und kitschig dazu?«

Lydia zuckte mit den Schultern. »Weiß ich nicht, ob das kindisch ist.«

Katharina setzte sich auf die Bettkante und ließ die Beine baumeln. »Ist ja auch egal. Ich werde dir jetzt von meinen unsagbaren Therapieerfolgen berichten. Frau Rühle, die Psychologin des Hauses, eine Erscheinung, an der alles mausgrau ist, vom Kostüm bis zu den Haaren, hat mir gesagt, ich müsse lernen, meine Gefühle zu akzeptieren. Also, akzeptiere ich. Oder versuche es zumindest. Daß ich so offen zu dir spreche, ist ein erster Schritt.«

Lydia starrte auf die nackten Füße der Freundin. »Aber warum diesen schrecklichen Schritt zuvor, Kathi?«

Katharinas Beine vergaßen zu baumeln. Versteinert saß die Freundin auf der Bettkante, sagte keine Wort. Nach einer Weile löste sie sich aus ihrer Starre, ließ die Beine wieder unter der Bettdecke verschwinden und gestattete ihrem Blick, zum Fenster hinauszuspazieren.

Lydia starrte jetzt wie gebannt auf Katharinas Nacken. Wie gerne würde sie ihre Finger über die schimmernden Härchen dort gleiten lassen. Sie würden sich weich anfühlen wie Flaum, da war sie sicher. Nur mit Mühe konnte sie ihre Hand zurückhalten.

Katharina drehte langsam den Kopf herum und schaute die Freundin aus glasigen Augen an. »Was glaubst du – ist der Tod das Ende, oder wird etwas von uns weiterleben?«

Lydia knetete die Hände im Schoß und bemühte sich, nicht weiter an die schimmernden Härchen zu denken. »Ich hoffe es«, sagte sie.

»Was hoffst du?«

Sie rieb über ihre Augen, massierte mit beiden Händen ihre Stirn. »Daß etwas von uns weiterleben wird.«

»Und was?«

»Ich weiß es nicht. Ich kann es mir nicht vorstellen. Ich habe keine Ahnung, wie ein Leben nach dem Tod aussehen könnte, keine Idee, keine Phantasie. Mit Begriffen wie ›Paradies‹ oder ›Hölle‹ kann ich nicht viel anfangen.« Sie preßte zwei Finger auf ihre Nasenwurzel. »Aber wenn ich ehrlich bin, ich denke nicht oft über den Tod nach. Für mich ist er kein Thema.«

Katharina starrte sie fassungslos an. »Wirklich nicht?«

»Nein!« Lydias Stimme klang trotzig. »Wieso auch? Ich empfinde ihn als meilenweit entfernt. So meilenweit wie meine Cousine in Australien. Ich weiß zwar, daß es sie gibt. Und ich weiß auch, daß sie einen Namen hat, nämlich Florence. Aber ich kümmere mich nicht um sie. Sie interessiert mich nicht. Ich verschwende nie einen Gedanken an sie. Höchstens, wenn zufällig die Rede auf sie kommt. Ich werde mich in dem Augenblick für sie interessieren, wenn sie vor meiner Tür steht. Solange sie auf der anderen Seite des Ozeans lebt, sehe ich keine Veranlassung, mich mit ihr auseinanderzusetzten. – Und so halte ich es auch mit dem Tod. Solange er nicht da ist, verschwende ich keinen Gedanken an ihn.«

»Du hast eine Cousine in Australien?« Katharina schaute die Freundin entgeistert an.

»Ja. Habe ich dir das nie erzählt?«

»Nein.«

»Du siehst, das belegt meine Theorie. Florence interessiert mich nicht, weil sie weit, weit fort ist. Ich hätte dir mit Sicherheit von ihr erzählt, wenn sie irgendwann zu Besuch gekommen wäre. Da sie nie gekommen ist, habe ich keine Veranlassung gesehen, von ihr zu sprechen.«

Katharina machte ein ungläubiges Gesicht. »Ich kann mir nicht vorstellen, daß du nie über den Tod nachdenkst.«

»Na ja, gut. ›Nie‹ ist das falsche Wort. Damals, zum Beispiel, als mein Vater gestorben ist. Und vorher, als dein Vater gestorben ist und ...«

»Ich glaube daran!« unterbrach Katharina sie abrupt.

»Woran?«

»Daß etwas von uns weiterleben wird. Ob du es ›Seele‹, ›Geist‹ oder ›Energie‹ nennst, ist letztendlich egal. Und ob du den Ort ›Hölle‹ oder ›Paradies‹ nennst, ist auch egal. Wichtig ist allein: Unser Leben wird weitergehen! Und daran glaube ich! –

Schau dir doch nur den Himmel an. Diese fröhlich bunte Leinwand mit den ständig wechselnden Farben.« Sie nickte bekräftigend mit dem Kopf und streckte die Arme in die Luft. »Die Frage ist nur, wie lange wir vorher im Grab liegen müssen.«

Lydia schaute die Freundin entsetzt an.

»Kannst du dir vorstellen«, fuhr Katharina unbeirrt fort und ließ ihre Arme klatschend auf die Bettdecke fallen, »daß sie Erde auf dich schütten? Daß sie dich in eine mit Samt ausgeschlagene Kiste packen und in den feuchten Boden versenken wie... wie eine Schatztruhe?«

Lydia schüttelte den Kopf. »Nein, nein. Das kann ich mir nicht vorstellen. Das heißt, ich weiß es nicht. Ich habe mir noch nie Gedanken darüber gemacht.«

»Machst du dir eigentlich überhaupt irgendwelche Gedanken?«

»Na hör mal, ich...«

»Guck nicht so sauer! War nicht bös gemeint.« Katharina streichelte der Freundin beschwichtigend über den Arm. »Stell dir vor, meine Großmutter hat früher unter der furchtbaren Angst gelitten, man könnte sie lebendig begraben. Nicht mit Absicht, aus Versehen sozusagen. Als ich noch ein Kind war, hat sie mir beim Kuchenbacken einmal erzählt, daß es Menschen gebe, die bei lebendigem Leibe begraben worden seien. Sie seien beerdigt worden, weil man angenommen habe, sie seien tot. Was aber nicht stimmte. Und rums! – waren sie verschwunden. Während sie das sagte, hat sie eine Rosine zwischen zwei Finger genommen, sie in den Teig hineingesteckt und gesagt: Etwa so! Nachts hätten diese unglückseligen Geschöpfe in ihren Gräbern geschrien. Entsetzliche Schreie, die man von den Friedhöfen bis in die Dörfer hinein hören konnte.« Katharina schüttelte unwillig den Kopf. »Ich möchte wissen, warum sie mir diesen Mist erzählt hat. Sie hätte sich doch denken können, wieviel Angst sie mir damit machte. Ich war immerhin ein Kind!« Sie schlug auf die Bettdecke. »Später dann, als ich älter war, hat sie mich allen Ernstes gebeten, ich solle sie mit einer Nadel stechen, falls es soweit sei. ›Soweit sei‹, das war einer ihrer Lieblingsausdrücke für das Unabwendbare. Wieder und wieder, selbst dann noch, als sie im Krankenhaus lag, hat sie mich beschworen, ihr mit einer Nadel in die Seite zu stechen, wenn es soweit sei. Schreckliche Vorstellung, nicht wahr? Ich habe mich immer gefragt, ob sie wohl bluten würde nach solch einem Stich. Aber ich glaube, Leichen bluten nicht. Oder?«

»Ich weiß nicht. Ehrlich gesagt, ich habe mir... Kathi, was redest du für grauenhaftes Zeug?«

Katharina drehte den Kopf zur Seite und schaute die andere aus den Augenwinkeln an. »Du hast recht. Schluß damit!«

Beide Frauen schwiegen.

Katharina unterbrach als erste die Stille. Sie sprach leiser als zuvor. »Weißt du, Lydi, manchmal habe ich das Gefühl, ich war es nicht.«

»Was warst du nicht?«

»Die Sache mit den Schlaftabletten. Manchmal habe ich das Gefühl, jemand anderes hat mir den Befehl dazu gegeben. Jemand, den ich nicht kenne, den ich aber seit Ewigkeiten in mir herumtrage. Ein Parasit ohne Namen, ein Schmarotzer ohne Gesicht. Ein Unbekannter, der sich in meinen Eingeweiden wohl fühlt und ungeniert breitmacht. Jemand, der mich schon lange stört, den ich aber nicht hinauswerfen kann, weil er im Laufe der Zeit an einigen Stellen mit mir verwachsen ist. Diesen Fremdling, der mir in Fleisch und Blut übergegangen ist, werde ich nicht los. Jede Anstrengung ist vergebens. Ob ich ihn anschreie oder anflehe – er verläßt mich nicht. Stur und unnachgiebig hält er an seinem Platz fest. Zudem nutzt er jede Gelegenheit, mir Befehle einzuflüstern. Er gibt erst Ruhe, wenn ich gehorche.«

Lydia starrte die Freundin mit offenem Mund an. »Und was flüstert er?«

»Genaugenommen nicht viel. Nur einzelne Worte. Wie ein Hypnotiseur wiederholt er sie in gleichförmiger Monotonie. Bis ich nicht mehr anders kann, als ihnen Beachtung zu schenken. Manchmal wird er auch wütend und gebärdet sich wie ein Verrückter. Dann brüllt er und tobt, führt sich auf wie ein Berserker. In der letzten Zeit hat er immer häufiger gebrüllt. Besonders gern, wenn ich über die Brücke aus der Stadt rausgefahren bin. Einmal habe ich sogar angehalten. Ich bin ausgestiegen und habe hinuntergeschaut. Der Fluß führte Hochwasser. Er war eine reißende dunkelbraune Masse. Vor dem Brückenpfeiler waren Strudel damit beschäftigt, ein Stück Treibholz zu verschlingen und wieder auszuspucken. Während ich diesem Spiel zusah, hupte jemand hinter mir. Als ich mich umdrehte, winkte mir ein junger Mann zu. Das fand ich irgenwie schön. Ich bin dann wieder in mein Auto gestiegen und weitergefahren.«

Lydia schluckte laut. »Und wenn niemand gehupt hätte...?«

Katharina zuckte mit den Schultern. »Ich kann es dir nicht sagen. Ich weiß es nicht.«

»Hattest du keine Angst vor dem Tod?«

»Nein.« Katharina hob langsam den Kopf. »Oder vielleicht doch.« Sie schaute die Freundin traurig an. »Dort oben auf der Brücke hatte ich Angst. Später dann, als mein Entschluß feststand, habe ich nicht mehr über den Tod nachgedacht. Ich war nur noch von einem einzigen Gedanken beherrscht. Ich wollte Ruhe haben! Endlich Ruhe haben! Nicht mehr mit dieser furchtbaren Angst vor allem allein sein.«

»Wie sah diese Angst aus? Kannst du sie näher beschreiben?«

»Du stellst Fragen wie die Psychologin«, antwortete Katharina nachdenklich und strich sich eine Haarsträhne aus der Stirn. Da die Strähne zurückfiel, wiederholte sie ihre Bewegung. Mehrmals streichelte sie ihren Kopf. »In meiner Phantasie nimmt diese Angst immer die Gestalt einer Qualle an. Einer lautlosen Qualle. Sie verbreitet einen fauligen Geruch. Den Geruch gegorener, verdorbener Früchte.« Katharina schüttelte sich. »Widerlich, sage ich dir. Diese faulige Angst umgab mich. Sie kroch in mich hinein und durch mich hindurch. Immer öfter. Sie fraß mich von innen auf und legte sich gleichzeitig wie eine zweite Haut auf mich. Sie klebte an mir, wie feuchte Kleidung, nahm mir immer mehr Bewegungsfreiheit und zum Schluß die Luft zum Atmen.« Katharina zog die Knie unter der Bettdecke an und umschlang sie mit den Armen. »Am schlimmsten war es abends. Manchmal, wenn ich in meinem Bett lag und das Licht gelöscht hatte, bekam ich regelrechte Erstickungsanfälle. Es war schrecklich! An Schlafen war nicht mehr zu denken. Meist habe ich die ganze Nacht herumgesessen und gegrübelt.«

»Warum hast du mich nicht angerufen? Ich wäre sofort gekommen.«

Katharina schaute die Freundin traurig an und zuckte mit den Schultern. »Ach, Lydi. Warum? Warum? Ich weiß es nicht! Ich könnte jetzt sagen, weil mir von frühester Kindheit an eingeschärft wurde, stets Haltung zu bewahren, niemals das Gesicht zu verlieren. ›Wie es da drinnen aussieht, geht niemanden etwas an‹, war wesentliche Lebensmaxime meiner Eltern. – Aber so etwas zu behaupten wäre natürlich Blödsinn. Seit ich hier liege, frage ich mich oft, warum ich dir so selten von mir erzählt habe.«

Lydia verzahnte ihre Finger so fest ineinander, daß die Nägel sich weiß färbten. Sie spürte ihre eigene Kälte. »Tu es jetzt!« sagte sie leise und biß sich aus Versehen auf die Zunge. Süßlicher Blutgeschmack verteilte sich in ihrem Mund. Mit dem Finger berührte sie die schmerzende Stelle auf ihrer Zungenspitze.

Katharina schaute zum Fenster hinaus. Der Wind hatte die Blätter auf einen Haufen getrieben.

»Tu es jetzt!« wiederholte Lydia etwas lauter.

Katharina seufzte. »Wenn ich ehrlich bin, weiß ich gar nicht, wo ich anfangen soll. Meine Tage glichen sich wie ein Ei dem anderen. Rund um die Uhr lebte ich in Angst. Abends hatte ich Angst vor dem neuen Morgen. Morgens hatte ich Angst vor dem beginnenden Tag. Und tagsüber hatte ich Angst vor dem näher rückenden Abend. Ich habe mich gefühlt wie eingesperrt. Eingesperrt in eine Tretmühle, ohne die Hoffnung auf Befreiung.« Sie seufzte erneut. »Wie habe ich das Aufstehen gehaßt! Dieses selbstverständliche, alltägliche Ritual. Jeder Morgen entpuppte sich als Qual. Ich wollte einfach nicht mehr aufstehen müssen! Kannst du das begreifen? Nicht jeden Morgen von vorn anfangen müssen! Ich wurde immer müder und träger, bis ich schließlich das Gefühl hatte, mich kaum noch bewegen zu können. Es war, als hätten sich Fesseln um mein Inneres gelegt. Oft habe ich wie hypnotisiert herumgesessen und nur noch über die Wohltat des Todes nachgedacht. – Wahrscheinlich hast du das Gefühl, ich übertreibe, aber genauso war es!»

»Aber was war das Bedrohliche an einem neuen Morgen?«

»Das Bedrohliche? Eigentlich alles. Es begann mit dem Tageslicht. Es tat meinen Augen weh. Schon morgens sehnte ich mich nach der Dunkelheit. Und das Verrückte ist, nachts sehnte ich mich nach dem Licht. Bedrohlich war auch der Kontakt mit Menschen. Ich hatte plötzlich eine regelrechte Panik davor, mit Menschen zusammentreffen zu müssen. Mit ihnen reden zu müssen. In Momenten, in denen ich mich selbst nicht ertragen kann, kann ich keine anderen Menschen mehr um mich her vertragen. Das war schon immer so. Wenn ich mir selbst zuviel bin, sind mir auch die anderen zuviel.«

Eine Weile war es still in dem Zimmer.

»Weißt du, Lydi«, begann Katharina von neuem, »mein Leben bestand sehr plötzlich fast nur noch aus Zwängen. Keine Freiwilligkeiten. Kein: ›Ich möchte gerne...‹ Immer nur dieses drohende ›Du mußt! Du mußt!‹. Wie oft wurde ich von dem Gefühl überfallen, gar nicht mehr ich selbst zu sein. Nichts mehr aus eigenem Willen zu tun. Ich erlebte mich wie eine Marionette. Wie eine Puppe an unsichtbaren Fäden. Von fremden Händen geführt und bewegt. Ich agierte, wie es einem anderen gefiel. Es war entsetzlich. Ich war eine grinsende Puppe, in unterschiedlichen Rollen. Ich spielte alles, nur nicht mich selbst.« Einen Moment lang bedeckte sie ihr Gesicht mit den Händen. Dann ließ sie sie sinken und schaute die Freundin aus traurigen Augen an.

»Plötzlich wollte ich nur noch den unbarmherzigen Rhythmus dieser Rollen durchbrechen. Die Lust, mich dem Spiel zu verweigern, wurde immer zerstörerischer, meine Phantasien immer gewalttätiger. Eine Gewalt, die sich ausschließlich gegen mich selbst richtete. – Und dann kam jener Freitagnachmittag. Ich war in meinem Atelier und habe mich immer wieder aufs neue überreden müssen, einen Pinsel in die Hand zu nehmen. Ich versuchte, ein ganz bestimmtes Rot zu finden. Wie Blut sollte es sein. Wie lebendiger Lebenssaft. Ich habe stundenlang Farben gemischt und kombiniert, gefunden habe ich dieses Rot nicht. Als ich vom Fenster mit ansehen mußte, wie unten auf der Straße die Katze von der alten Frau Stehmann überfahren wurde, war mir plötzlich klar, daß ich nicht die Farbe Rot, sondern das Leben selbst suchte. Und in diesem Augenblick spürte ich, daß ich das, was ich eben noch so verbissen gesucht hatte, längst verloren hatte.

Ich fühlte mich plötzlich wie eine losgelassene Marionette. Wie ein regungsloses Häufchen, das zwischen seinen verknäulten Fäden gefesselt am Boden liegt. Ich glaube, in diesem Moment war der Entschluß da. Ich war ganz ruhig, beinah glücklich. Ich bin nach Hause gefahren und habe den ganzen Abend in meiner Wohnung herumgewirtschaftet. Ich habe aufgeräumt, mein Badezimmer geputzt, den Boden in meiner Küche gewischt und sogar die Wäsche abgenommen, die seit Tagen auf dem Ständer hing. Dann habe ich einige Telefonate geführt und noch bis weit in die Nacht hinein Musik gehört. Samstag früh bin ich fröhlich und guter Dinge aufgestanden, habe gefrühstückt und mir gesagt: Dieses Wochenende noch, dann ist alles vorbei. Das Wissen, es würde keinen Montag mehr geben, keinen Montag, an dem ich mich aus dem Bett quäle und verzweifelt versuche, mein Spiegelbild anzufeuern, hat mich getröstet. Ich bin nach dem Frühstück in die Stadt gelaufen, habe mir in verschiedenen Apotheken Tabletten gekauft und bin anschließend zu meiner Mutter gefahren.« Sie starrte zum Fenster hinaus und nickte geistesabwesend mit dem Kopf. »Ja, ich hatte einen wirklich schönen Tag mit ihr. Wir haben viel geredet. Nichts Besonderes, nur dies und das. Aber es hat mir gefallen. Es war so gemütlich. Am späten Nachmittag sind wir spazierengegangen. Wir sind durch stoppelige Felder gelaufen und haben auf einer Anhöhe auf einer Bank gesessen. Ich habe meine Mutter regelrecht ausgefragt. Wie ein Kommissar bei seinen Ermittlungen. Ich wollte alles wissen. Wie sie meinen Vater kennengelernt hat. Wie er um ihre Hand angehalten hat. Wie ihre ersten Jahre nach der Hochzeit waren. Wie sie sich ihr späteres Leben erträumt haben und wie es sich schließlich entwickelt hat. Sie hat sehr ausführlich auf alle meine Fragen geantwortet. Oftmals ist sie vom Hölzchen auf's Stöckchen gekommen. Ich habe sie reden lassen. Es hat mir Spaß gemacht, einfach nur zuzuhören. Irgendwann hat meine Mutter auch von mir gesprochen. Sie hat erzählt, daß ich im Kreißsaal ganz still in ihrem Arm gelegen habe und sie mit großen, nachdenklichen Augen angeschaut habe. In dem Augenblick war ihr klar, daß ich zeit meines Lebens ein ernster Mensch sein würde. Zur Bestätigung ihrer These hat sie hinzugefügt, wie schwierig es war, mich später zu einem Lächeln zu bewegen. Das war übrigens das Letzte, was sie mir dort oben auf der Anhöhe erzählt hat. – Auf dem Rückweg haben wir eine Abkürzung über einen Friedhof genommen. Ein kleiner, verlassener Friedhof mit alten Grabsteinen. Der Ort war so friedlich und so still. Es herrschte eine Stimmung wie auf einem Bild von Caspar David Friedrich. Auf den Bäumen lagen letzte Sonnenstrahlen, und am Horizont zog der Abendhimmel dunkel auf.« Sie wandte den Kopf und schaute Lydia an. »Klingt etwas zu romantisch, nicht?«

Lydia schüttelte den Kopf.

»Als wir zu Hause waren, konnte ich es gar nicht erwarten, mich in mein Zimmer zurückzuziehen. Schlafen, bloß nie mehr wach werden, war alles, was ich gedacht habe. Tja, und dann habe ich mich ins Bett gelegt und die Tabletten geschluckt. Es hat nicht lange gedauert, bis ich eingeschlafen bin. Als ich die Augen wieder aufgemacht habe, war ich hier.«

Sie machte eine lange Pause.

Lydia wartete geduldig.

»Ich bin zu mir gekommen und wußte überhaupt nicht, was mit mir los war. Ich hatte keine Ahnung, wo ich mich befand, und noch weniger Ahnung, wieviel Zeit verstrichen war«, fuhr Katharina langsamer als zuvor fort. »Waren Tage vergangen, Wochen, Jahre? Oder waren es Stunden? Zwei, drei, hundert, tausend – ich wußte es nicht! Ich wußte nur, ich war aus traumlosem Schlaf erwacht. Meine Sinne funktionierten. Ich konnte hören und riechen; nur bewegen konnte ich mich nicht. Man hatte mich mit Lederriemen ans Bett gefesselt. Wahrscheinlich hatte ich schon längere Zeit an den Riemen gezerrt. Auf jeden Fall taten mir meine Gelenke weh. Ein unangenehmer, brennender Schmerz. Und zwischen meinen Beinen spürte ich etwas Weiches, was sich wie eine Windel anfühlte. Wie ich später erfuhr, hatte ich meine Periode bekommen. Während ich gefesselt in dem Bett lag und nicht wußte, wo ich war, hörte ich von weit her Geräusche. Seltsam klirrende, metallene Töne. Weißt du, was ich in dem Moment gedacht habe?«

Lydia schüttelte den Kopf.

»Ich habe gedacht: Schade, im Himmel ist es genauso laut wie auf der Erde. Ich hatte gehofft, der Himmel sei ein Ort der Ruhe. Ein Ort der Stille, wo jeder glücklich und ohne Schmerzen ist. Tja, und dann habe ich die Augen geöffnet. Das erste, was ich sah, waren zwei Krankenschwestern. Die eine war sehr jung und hübsch. Sie hatte einen blutrot geschminkten Mund und schwarz umrandete Augen. Sie wechselte gerade eine Infusionsflasche aus. Die andere Schwester war bedeutend älter. Sie legte irgend etwas in eine Metallschüssel. ›Ah, sieh mal an, wir wohnen einer Geburt bei‹, hörte ich sie sagen. Und dann schickten sie nach dem Arzt. Mein Gott, war ich entäuscht, als mir klar wurde, wo ich mich befand. Ohne daß ich etwas dagegen tun konnte, fing ich an zu weinen. Wie ein Film lief der Abend bei meiner Mutter vor meinen Augen ab. Ich habe noch nie in meinem Leben Erinnerungen so plastisch erlebt. Immer wieder sah ich mich auf der Bettkante sitzen und die Weinflasche mit den aufgelösten Tabletten zum Mund führen. Ich mußte sogar würgen, weil der bittere Geschmack in meinen Mund zurückzukehren schien. Die Schwestern haben mich hochgerissen und meinen Kopf über eine Metallschüssel gedrückt.«

Katharina war noch blasser geworden. Sie schwieg für einen Moment und umklammerte mit beiden Händen ihren Hals. »Und dann fragte mich eine der Schwestern, wie ich mich fühle«, fuhr sie fort und ließ die Hände langsam auf die Bettdecke gleiten. »Ich habe sie gefragt, ob sie schon einmal das Gefühl gehabt hätte, einfach nicht mehr dasein zu wollen. Sie hat mit einem schlichten ›Nein!‹ geantwortet und mit geübten Handgriffen mein Laken gewechselt. Na ja, und dann habe ich den netten Doktor Schwabe kennengelernt. Und kurze Zeit später die noch nettere Frau Rühe. Sie war besonders freundlich zu mir. Stundenlang hat sie an meinem Bett gesessen. Ihretwegen habe ich an einer Gruppe teilgenommen. Von Fachpersonal geleitete Sitzungen mit Rollenspielen und Entspannungsübungen. In diesen Runden allerdings habe ich mich mehr als Zuschauerin gefühlt. Das war in den Einzelstunden bei ihr anders. Ich habe ihr schon am dritten Tag erzählt, daß ich eine Frau liebe. Und weißt du, was sie gemacht hat?«

Lydia zuckte mit den Schultern.

»Sie hat mir gratuliert. Sie hat mich angelächelt und mich beglückwünscht, wie genau ich mir über meine Gefühle im klaren sei.« Katharina lachte ihr helles Lachen. Ihre Augen glänzten. »Sie hat mir mehr geholfen als all die Bücher, die ich gelesen habe.«

Lydia schaute die Freundin an. Wie strahlend die andere plötzlich aussah. »Und wie soll es jetzt weitergehen?« fragte sie vorsichtig.

»Genausogut kannst du den Wind fragen, wo er morgen wehen wird. Ich weiß es nicht, Lydi. Wirklich, im Moment weiß ich gar nichts.« Katharinas Augen waren von einem Moment zum anderen erloschen.

Lydia beugte sich weit zu der anderen nach vorn. Am liebsten hätte sie die Freundin in den Arm genommen und geküßt.

»Kathi, alles wird gut werden!« sagte sie.

Die andere drehte langsam ihren Kopf herum und schaute sie aus dunklen Augen an. »Gewiß!«

Lydia wich zurück und knetete ihre Hände im Schoß. »Ich weiß nicht... ich meine...« Sie begann zu stottern. »Ich, ich bin so froh, daß du nicht... daß du da bist, wollte ich sagen. Daß wir zusammen sind und...« Sie schaute auf den Fußboden. »... daß wir zusammenbleiben werden. Ich meine... ich meine, für immer.«

Katharina schwieg. Sie schaute zum Fenster hinaus. Weit oben am Himmel blitzte ein Flugzeug silbern auf und verschwand im nächsten Moment wieder hinter den Wolken.

Lydia rückte näher an das Bett heran. »Weißt du noch, welcher Satz uns in dem Stück von Pirandello den ganzen Abend amüsiert hat?« Sie hatte ein Lächeln in der Stimme.

Katharina schaute die Freundin erstaunt an, überlegte eine Weile und schüttelte den Kopf. »Nein, habe ich vergessen.«

»Ihnen ist etwas aus dem Ärmel gefallen, und ich glaube, es ist Ihr Leben!«

»Wie kommst du darauf?«

»Keine Ahnung. Ist mir gerade so in den Sinn gekommen. Vielleicht, weil mir dieses Bild so gut gefällt. Dieses Bild vom Leben, das einem aus dem Ärmel fallen kann wie ein zusammengeknülltes Taschentuch. Es würde bedeuten, daß man ein kurzzeitig verlorengegangenes Leben zurückbekommen kann. Ich meine, man hat es nicht endgültig verloren, nur weil man einmal unachtsam war. Der Verlust ist sozusagen eine Warnung. Ein Fingerzeig, von nun an besser auf dieses Leben aufzupassen.« Lydia massierte ihren Nacken.

Katharina nickte mechanisch. Auf ihrer Stirn erschien die Falte zwischen den Augenbrauen. »Werden deine Kopfschmerzen schlimmer?«

»Nein, nein. Nicht der Rede wert.«

»Wenn du schon ›nicht der Rede wert!‹ sagst, dann kann ich mir vorstellen, wie der Schmerz dich quält. Hast du Lust, ein Stück durch den Park zu laufen? Vielleicht hilft dir die frische Luft.«

Katharina rieb über ihre Stirn. Die Falte glättete sich.

»Spazierengehen ist eine gute Idee.« Lydia schaute die Freundin besorgt an. »Wenn es dir nicht zu anstrengend ist. Du bist so blaß.«

»Aber ich fühle mich gut. Vor allem jetzt, wo du da bist.« Sie sprang aus dem Bett und öffnete die Schranktür. Lydia sah deutlich, wie sehr die Freundin an Gewicht verloren hatte. »Von wem hast du denn die Lilie bekommen?« fragte sie und starrte auf Katharinas nackte Oberschenkel.

»Oh, die ist von dem hiesigen Krankenhauspfarrer.«

»Katholisch oder evangelisch?«

»Wer, die Lilie?«

»Der Pfarrer natürlich!«

Katharina lachte und zog den Reißverschluß ihrer Hose hoch.

»Evangelisch.«

»Und der Name?«

»Lilie.«

»Sei nicht albern, ich meine den Pfarrer!« Lydia starrte auf den entblößten Rücken der Freundin. Die Schultern waren kindlich schmal.

Katharina zog ein Unterhemd und einen Wollpullover an. »Ja, Lilie. Rainer Lilie. Witzig nicht? Als ich ihm von meiner Leidenschaft für seine Namensvetterinnen erzählt habe, hat er mir am nächsten Tag gleich eine mitgebracht.« Katharina drehte sich um und schaute die Freundin an. »Fertig! – Und das hier«, sagte sie, griff in die Hosentasche und streckte der Freundin die Hand entgegen, »hat mir Frau Rühe geschenkt. Sie war morgens mit einer Freundin in der Stadt Kaffee trinken und hat es von dort mitgebracht. ›Lesen Sie mal, was da drauf steht‹, hat sie gesagt, ›scheint für Sie zu sein.‹«

Lydia nahm das Tütchen Zucker, das Katharina ihr entgegenhielt, und las laut: »Verbringe nicht die Zeit mit der Suche nach einem Hindernis, vielleicht ist gar keines da.«

»Darüber werde ich später nachdenken«, stöhnte Lydia. »Laß uns jetzt erst einmal durch den Garten laufen. Hast du alles?«

Katharina nickte, öffnete die Tür und ließ Lydia den Vortritt.

In der Eingangshalle spielte leise Musik. Die Frau hinter dem Schreibtisch telefonierte. Sie hatte die Beine übereinandergeschlagen und spielte mit der Telefonschnur. Als sie die beiden Frauen durch die Halle kommen sah, grüßte sie Katharina mit einem breiten Lächeln.

Der Türdrücker summte.

»Meine Güte, ist die freundlich zu dir!« Lydias Stimme klang empört.

»Wieso? Zu dir nicht?«

»Mir kam sie vorhin recht arrogant vor.«

»Arrogant? Tatsächlich? Kann ich nicht sagen. Wir haben irgendwann in der Cafeteria zufällig am selben Tisch gesessen und uns sehr lang unterhalten. Sie hat eine Menge Unschönes erlebt. Erst hatte sie einen Mann, der sie brutal geschlagen hat, dann, als sie sich von ihm getrennt hatte, war sie schwanger. Wenige Wochen nach der Entbindung ist dieser Typ zurückgekommen und ...«

»Das hat sie dir alles erzählt?«

»Ach, noch einiges mehr. Willst du rechtsrum oder linksrum gehen?«

Lydia hakte die Freundin kommentarlos unter und zog sie quer über die Wiese. »Wie heißt sie denn?«

»Wer?«

»Na, die Frau hinter dem Schreibtisch.«

»Das weiß ich nicht. Vorgestellt haben wir uns nicht.«

»Merkwürdig.«

»Dafür weiß ich, wie ihr Sohn heißt. Sven Sebastian. Sie hat mir eine nette Geschichte von ihm erzählt. Vor einigen Tagen hatte sie ihn hier in der Klinik. Sie hat ihm aufgetragen, in die Cafeteria zu gehen und eine Flasche Limonade, ein Kännchen Kaffee und Apfeltaschen zu holen. Hinter den letzten Wunsch hat sie, sozusagen in Klammern, ›derer zwei‹ hinzugefügt. Als er zurückgekommen ist, hatte er das Kännchen Kaffee, die Limonade und eine Apfeltasche. Und dann hat er sie angeschaut und mit feierlichem Gesicht gesagt: »›Derer zwei‹ haben sie nicht.» Katharina kicherte.

Eine Weile gingen die beiden Frauen schweigend nebeneinander her.

Der Wind spielte mit Lydias Haaren. Ab und zu griff er sich eine Strähne und wehte sie in Katharinas Gesicht. Sie schob sie mit einer Selbstverständlichkeit zur Seite, als gehörte die Strähne zu ihr. »Herbstwind ist etwas Wundervolles«, sagte sie und atmete tief durch. »Er wirbelt so herrlich die Gedanken durcheinander. Manchmal habe ich das Gefühl, er hat sogar die Kraft, unliebsame Gäste aus dem Kopf hinauszufegen.«

Lydia nickte. »Sag mal, Kathi, entschuldige bitte, wenn diese Frage komisch klingt, aber was hast du gemacht, seit du hier bist? Hast du gelesen?«

Katharina schüttelte den Kopf. »Gelesen habe ich überhaupt nicht. Nicht einmal eine Zeitung habe ich in die Hand genommen. Die meiste Zeit habe ich im Bett gelegen und aus dem Fenster geschaut.«

»Von morgens bis abends?«

»Mitunter ja. An manchen Tagen ist mir die Zeit wie Sand durch die Finger gelaufen. Ehrlich! Manchmal war es gerade hell geworden, und eh ich's mich versah, war es schon wieder dämmrig.« Sie hob ein gelbgefärbtes Blatt vom Boden auf, betrachtete es einen Moment und ließ es wieder fallen. »Gestern abend oder, besser gesagt, gestern am späten Nachmittag kam Doktor Schwabe in gewohnter Hektik in mein Zimmer gesaust. ›Darf ich Licht anmachen?‹ hat er gefragt und sogleich war es hell im Raum. Ich habe laut aufgeschrien, und er hat sich mehrmals entschuldigt. Als er weg war, habe ich das Licht wieder ausgemacht. In diesem Moment mußte ich an meine Großeltern denken. Tag für Tag haben sie bei Anbruch der Dämmerung in ihrer Küche gesessen und aus dem Fenster geschaut. Sie haben kein Licht angemacht. Sie haben an ihrem Tisch gesessen und hinausgeschaut. Geredet haben sie nicht. Mein Großvater hat manchmal Pfeife geraucht. Wie oft bin ich hereingekommen und habe die beiden so vor dem Fenster sitzen sehen. Wie Scherenschnitte sahen sie aus. ›Darf ich Licht anmachen?‹ habe ich gefragt. Und mein Opa hat geantwortet: ›Warte noch ein Weilchen, Kathinka. Warte noch, bis der Zauber vorbei ist!‹« Sie kickte mit dem Fuß eine glänzende Kastanie durch das Gras. »Ich benehme mich wie eine alte Frau. Rede ständig von früher. Pardon! – Ich habe natürlich nicht nur aus dem Fenster geschaut«, sagte sie und grinste Lydia von der Seite an, »ich habe auch einige, wie ich finde, ganz gute Bleistiftzeichnungen gemacht. Am liebsten hätte ich im Freien gemalt. Aber der gute Doktor Schwabe fand die Idee bemerkenswert schlecht. Zu kalt, zu feucht, zu wenig Abwehrkräfte... Also habe ich mich ans Fenster gesetzt. Am besten finde ich eine Studie des Gärtners. Ich habe ihn gezeichnet, als er vor meinem Fenster Laub zusammengeharkt hat.«

»Du mußt mir die Bilder gleich zeigen.«

»Tu ich!« Katharina hob die Kastanie, die sie eben weggeschossen hatte, auf. »Den Gärtner allerdings kann ich dir nicht zeigen. Das Blatt habe ich verschenkt.«

»Laß mich raten.« Lydia streckte den erhobenen Zeigefinger in die Luft. »Du hast ihn der Frau ohne Namen geschenkt!«

»Falsch!«

»Dem netten Pfarrer!«

»Auch falsch.«

»Wem dann?«

»Ich habe die Zeichnung Frau Rühe gegeben.« Katharina ließ

die Kastanie in ihrer Jackentasche verschwinden. »Schließlich hat sie mir Papier und Stifte mitgebracht. Außerdem hat sie sich soviel Zeit für mich genommen. Als die ersten Zeichnungen fertig waren, hat sie die Blätter auf mein Bett gelegt und zu jedem Motiv ein paar Worte gesagt. Ich glaube, die Zeichnungen haben ihr wirklich gefallen. Ich meine, sie hat es nicht nur gesagt, weil ich...«

»Rede keinen Unsinn, Kathi! Deine Arbeiten sind mit Sicherheit gut! – Dabei fällt mir ein, Herr Hunning möchte ein Bild von dir kaufen. Sein Sohn hat Geburtstag.«

»Na, wie schön! Dann soll er mit seinem Sohn in mein Atelier kommen.«

Lydia schaute sie triumphierend an. »Genau das habe ich ihm auch gesagt. – Ehe ich es vergesse, ich soll dich von Frau Triltsch grüßen. Sie hat mir ein Geschenk mitgegeben. Ein Buch mit fernöstlichen Weisheiten. Ich habe es leider zu Hause liegenlassen.«

»Dann bleibt mir wohl nichts anderes übrig, als die fernöstlichen Weisheiten bei dir zu Hause zu lesen.«

»Gute Idee! Lesen wir sie doch zusammen bei mir zu Hause.«

Sie gingen schweigend nebeneinander her. Lydia hob eine Kastanie auf und reichte sie der Freundin. »Willst du die auch?«

Katharina nickte und steckte sie in die Tasche. »Kannst du dir vorstellen, daß ich in der letzten Zeit von einer quälenden Eifersucht heimgesucht wurde? Dieses Gefühl klebte an mir wie eine Klette. Schlimm, wirklich schlimm.«

»Auf wen, um Gottes willen, warst du eifersüchtig?«

»Zum Beispiel auf diese Chiropraktikerin, bei der du wegen deines Hexenschusses in Behandlung warst. Wie hieß sie gleich?«

»Retfeld. Doktor Gerlinde Retfeld.«

»Ja, genau. Die meine ich. Ich hätte platzen können!«

»Aber die sah aus wie eine Kolossalstatue, eine Großplastik, hatte die Statur eines Sumo-Ringers. Sie litt unter einem barbarischen Appetit. Sogar während der Arbeit hat sie unermüdlich Leckerchen im Mund herumgeschoben. Ich fand es widerlich! Habe ich dir das nicht erzählt?«

»Doch, hast du.«

»Und trotzdem warst du eifersüchtig?«

»Ich hätte zerspringen können!«

»Aber warum?« Lydias Stimme überschlug sich.

»Weil deine Augen Funken gesprüht haben wie Wunderkerzen, wenn du von ihr gesprochen hast! Ich weiß nicht, wie oft du mir von der ›sanften Gewalt‹ ihrer Hände vorgeschwärmt hast. Wie oft du mir in glühenden Farben deine Empfindungen geschildert hast. Ehrlich, Lydi, wenn du von diesen Behandlungen erzählt hast, klang es für mich, als hätte dich Frau Doktor höchstselbst zum Orgasmus gebracht.«

Lydia starrte die Freundin mit offenem Mund an. Ihr fiel ein, wie Katharina ihr als Kind ein Geheimnis anvertraut hatte. Sie hatte ihr ins Ohr geflüstert, wie sie auf dem Geländer im Treppenhaus ein wundervolles Kribbeln im ganzen Körper erreichen könne. Lydia hatte gestaunt und voller Neid in das glühende Gesicht der Freundin gestarrt. Wie oft war auch sie in der nächsten Zeit auf dem Geländer geritten wie auf einem Pferd. Schneller und schneller! Sie hatte dieses herrliche Kribbeln nie gespürt...

Lydia klappte den Mund zu. »Aber ich habe dir höchstens zweimal von ihr erzählt.«

»Mag sein, aber du hättest deine Augen sehen müssen. Pupillen, schwarz wie die Nacht und groß wie Mühlräder!« Sie blieb einen Augenblick stehen, schaute die Freundin von der Seite an und sagte im Weitergehen: »Und dann die Bemerkung zu Alfred! Damals. Meine Güte, hat die mir einen Stich versetzt.«

»Was für ein Alfred? Was für eine Bemerkung?«

»Na, der in der Eifel. Der Bauer.«

»Kathi, bitte langsam! Ich weiß überhaupt nicht, wovon du sprichst.«

»Erinnerst du dich an das Wochenende, als wir zusammen in der Eifel waren? In dem Haus von meinem Onkel Johannes.«

»Jetzt weiß ich, was du meinst. Unser..., wie haben wir es noch genannt?«

»Entspannungswochenende.«

Lydia kicherte. »Richtig! Unser Entspannungswochenende.

Wir wollten zwei Tage lang faulenzen. Es war herrliches Wetter. Sonnenschein, strahlend blauer Himmel. Dabei hatten sie Regen angesagt.«

Katharina nickte. »Genau. Am Samstag haben wir im Garten gefrühstückt. Irgendwann im Laufe des Vormittags hat Alfred seine Kühe aus dem Stall getrieben und quer über die Straße gebrüllt, er wolle eine Heiratsannonce aufgegeben. Der Hof sei zu groß, die Arbeit zuviel, und außerdem wolle er nicht mehr allein sein. Du hast gelacht und gesagt, er solle doch dich heiraten. An die Kühe würdest du dich im Laufe der Zeit gewöhnen, und kochen könntest du auch. Obwohl es Spaß war, hat mir diese Äußerung einen ungeheuren Stich versetzt.« Sie stieß mit dem Fuß in einen Haufen Laub hinein. Die Blätter stoben auseinander und fielen verstreut auf den Boden. »Ich könnte dir noch viele andere Beispiele nennen. Nie habe ich etwas gesagt. Immer habe ich geschwiegen.«

Lydia schaute die Freundin mit zusammengekniffenen Augen an.

»Meinst du eigentlich, nur du bist eifersüchtig? Meinst du allen Ernstes, nur du hättest dieses Problem? Ich bin genauso eifersüchtig!«

»Du?« Katharina zog die Augenbrauen nach oben und schüttelte erstaunt den Kopf.

Lydia stampfte mit dem Fuß auf. »Ja, ich! Und zwar ganz schön. Bleiben wir doch gleich bei dem Wochenende, von dem du gerade sprachst. Nach dem Frühstück sind wir durch den Wald zur Heyer-Kapelle hinaufgelaufen. Du hattest beim Herrn Pfarrer den Schlüssel geholt. Auf dem Weg zur Kapelle hast du mir zum zweiten Mal von der Frau mit der witzigen Visitenkarte erzählt, die dir bei einer Vernissage ganz nebenbei mitgeteilt hat, daß sie auch mit Frauen schläft. Auf dem Rückweg, als wir an Alfreds Weide vorbeigegangen sind, hast du noch einmal von ihr gesprochen. Ich hätte in die Luft gehen können...«

»Was habe ich denn erzählt?«

»Weiß ich nicht mehr. Ich weiß nur, daß deine Stimme so anders klang, als du von ihr gesprochen hast.« Lydia hakte die andere unter. »Und dann, das ist jetzt allerdings schon viele Jahre her, in der Schule. Erinnerst du dich an Frau Hartmann?«

Katharina nickte. »Na klar, die Sportlehrerein.«

»Immer wenn Sport auf dem Stundenplan stand, hattest du frischgewaschene Haare und rochst so gut.«

Katharina lachte. »Eifersüchtig auf Frau Hartmann...«

»Nicht nur auf die. Auch auf Frau Schneider!«

»Du meinst die verhärmte Frau Schneider, die sich mit ihrem Taschentuch abwechselnd in der Nase und in den Ohren bohrte?«

»Ja, die meine ich! Jedesmal, wenn du dir den Pullover ausgezogen hast, hat sie mitten im Satz aufgehört zu sprechen und dich wie das achte Weltwunder angestarrt. Und du hast dir oft den Pullover ausgezogen! Die ganze Klasse hat sich über Frau Schneider amüsiert. Nur ich nicht. Du kannst dir nicht vorstellen, wie wütend ich jedesmal war, wenn sie dich so gierig gemustert hat. Und noch wütender war ich, als ich erfahren habe, daß du bei ihr zu Hause warst und sie dir ihre Wellensittiche, diese neurotischen ›Pieplinge‹ gezeigt hat.«

»Warum war ich denn bei ihr zu Hause?«

»Na, wegen der Verkehrszählung!«

»Ja, richtig! Da war ich kurz in ihrer Wohnung. Stimmt! Das war die Zählung, bei der uns dieser Typ mit den Rastalocken kontrolliert hat. Ich weiß noch, wie ich im Gras gelegen habe. Im Gegensatz zu dir hatte ich die Zähluhr wenigstens in der Hand. Du hast hinten im Auto tief und fest geschlafen. Selbst durch mein Rufen bist du nicht wach geworden. War das eine peinliche Situation!«

»Zum Glück hatte der Typ nur Augen für dich.« Lydia grinste. »Auch so ein Kerl, den ich hätte zum Mond schießen können.«

Katharina starrte sie fassungslos an. »Du eifersüchtig... Ich verstehe die Welt nicht mehr.«

»Mußt du ja auch nicht. Es gibt Dinge zwischen Himmel und Erde, die muß man nicht verstehen.«

»Sondern?«

»Akzeptieren!«

Ein Raubvogel kreiste am Himmel. Katharina blieb stehen, legte den Kopf in den Nacken und schaute zu dem Vogel hinauf. Sie befreite sich aus Lydias Arm. »Habe ich dir schon einmal von der Raupe ›Milli‹ erzählt?« fragte sie und ging langsam weiter. »Als ich Kind war, habe ich sie gefunden und in einen Schuhkarton gesetzt. In der Nacht hat es fürchterlich geregnet und gestürmt. Als ich am Morgen in den Karton geschaut habe...«

»... war Milli ein wunderschöner, bunter Schmetterling geworden«, unterbrach sie Lydia.

Katharina schaute die Freundin von der Seite an. »Nein! Die Raupe war tot. Ein zusammengeklumptes schwarz-gelbes Häufchen.»

Lydia schwieg einen Moment, hakte sich wieder bei Katharina ein und sagte dann fröhlich: »Na und? Milli ruhe in Frieden! Wir leben, Kathi! Außerdem sind wir keine Raupen. Wir sind Maulwürfe, die ihre Gänge in dieselbe Richtung graben.«

Katharina knuffte die Freundin in die Seite. Trotz der fröhlichen Stimme waren ihre Augen seltsam trüb. »Du bist kein Maulwurf, du bist ein Schmetterling.«

Lydia verließ die Klinik spät am Nachmittag. Der Weg zum Auto kam ihr länger vor als am Morgen. Immer wieder drehte sie sich um. Katharina stand am Fenster und winkte.

Lydia blieb vor dem Pförtnerhäuschen stehen und warf einen Blick durch das Fenster. Jetzt verspürte sie Lust, mit dem alten Mann zu schwätzen. Sie würde ihn nach der schönen Metzgersfrau fragen und dabei dem Hund über den Kopf streicheln. Sie versuchte sich zu erinnern, wie das Tier hieß. Es fiel ihr nicht ein.

Auf dem Drehstuhl hinter dem Schreibtisch saß ein Mann mit dunklen Haaren. Er telefonierte und rauchte eine Zigarre. Neben dem Stuhl, dort, wo der Hund gelegen hatte, stand eine braune Aktentasche.

Lydia ging zu ihrem Auto. Sie hatte Katharina versprochen, am nächsten Tag wiederzukommen. »Alles wird gut werden!« hatte sie zum Abschied gesagt und die Freundin fest an sich gedrückt. Katharina hatte genickt und dieses Lächeln gelächelt, das Lydia so mochte.

Lydia fuhr in den Ort mit der weißgetünchten Kirche. Sie hielt vor einem Hotel, über dessen Eingang ein goldener Schwan schwebte.

Geduldig wartete sie an der Rezeption. In der Gaststube nebenan wurde laut geredet und gelacht. Musik spielte. Als die Töne verstummt waren, öffnete Lydia die Tür. Eine Hochzeitsgesellschaft saß um einen großen Tisch. Die Braut hatte ein rundes Gesicht und gerötete Wangen.

»Ein Einzelzimmer?« Die Frau hinter dem Tresen wiegte den Kopf und machte ein bedenkliches Gesicht. »Warten Sie einen Augenblick,« sagte sie und verschwand in der Küche. Nach wenigen Minuten kam sie wieder. Sie nickte mit dem Kopf in Richtung Tür. »Der Chef ist jetzt draußen. Er schaut nach.«

Der Mann rückte seine Kochmütze zurecht und grunzte eine Begrüßung. Er wischte sich die Hände an seiner schwarz-weiß karierten Hose ab und reichte Lydia einen Zimmerschlüssel.

»Hat das Zimmer Telefon?«

Der Mann nickte, brummte einige unverständliche Worte und schaute über den Tresen auf den Boden.

»Mein Gepäck ist im Auto. Ich kümmere mich selbst darum, vielen Dank!« Sie nahm die Schlüssel und ging die Treppe hinauf. Das Zimmer war erstaunlich geräumig. Sie stellte das Telefon neben sich aufs Bett und schaute zum Fenster hinaus.

Mit wem fange ich an, dachte sie und schloß für einen Moment die Augen. Ich sollte meine Mutter anrufen. Wahrscheinlich hat sie mir schon mehrmals auf meinen Anrufbeantworter gesprochen und macht sich Sorgen, weil sie seit Tagen nichts von mir gehört hat. Ich müßte Mario und Palmai Bescheid sagen, daß es Kathi gutgeht und sie sicherlich bald entlassen wird. Ich könnte Frau Triltsch anrufen...

Sie öffnete die Augen und wählte.

»Hannah Triltsch«, klang es am anderen Ende.

»Guten Abend, Frau Triltsch, hier ist Lydia Labetzke.«

»Das ist aber eine schöne Überraschung. Gerade habe ich von Ihnen gesprochen. Meine Freundin Käthe ist hier, und ich habe ihr erzählt, wie gerne ich wissen möchte, ob bei Ihnen alles in Ordnung ist. Verzeihen Sie meine Direktheit, aber wie geht es Katharina?«

»Es geht ihr gut. Wir haben heute fast den ganzen Tag zusammen verbracht. Wir haben in der Klinik in ihrem Zimmer gesessen und sind mehr als zwei Stunden im Garten spazierengegangen. Ist bei Ihnen auch so herrliches Wetter gewesen?«

»Ja. Es war ein wundervoller Herbsttag. Die Sonne war erstaunlich warm.« Sie hustete. »Pardon! – So, und da haben Sie zusammen geredet...«

»Sie können sich nicht vorstellen, worüber wir alles gesprochen haben. Katharina sagt selbst, sie hat viel zu lange geschwiegen. Ja, viel zu lange geschwiegen. Jetzt haben wir uns geschworen, daß wir alles, was uns im Kopf herumgeht, sofort aussprechen.

Katharina ist es in den ersten Tagen in der Klinik sehr schlecht gegangen. Zum Glück gibt es dort eine nette Psychologin. Katharina hat mir viel von der Frau erzählt. Sie hat Einzelstunden bei ihr gehabt und eine Gruppentherapie begonnen. Kathi hat heute ein paarmal wirklich glücklich ausgesehen. Und sie hat gelacht...! Ich glaube, Frau Triltsch, Sie hätten ihre Freude gehabt.»

Lydia verstummte atemlos.

»Sie sind ja ganz außer Puste, meine Liebe. Immer mit der Ruhe. Ich freue mich, daß es Ihnen beiden gutgeht. Und daß Katharina gelacht hat, ist ein gutes Zeichen. Hat sie gemalt?«

»Das habe ich sie auch gefragt! Ja, sie hat Bleistiftzeichnungen angefertigt. Eigentlich wollte ich mir die Blätter ansehen, aber das habe ich vergessen. Katharina hat wohl auch nicht mehr daran gedacht. Na egal, morgen ist ja auch noch ein Tag.«

»Daß ihre Freundin gezeichnet hat, ist meiner Meinung nach der beste Beweis dafür, daß sie auf dem Weg der Besserung ist. Ich bin zwar keine Psychologin, aber das behaupte ich einfach mal. Wie sieht Katharina denn aus? Ist sie immer noch so schmal?«

»Noch schmaler. Sie hat bestimmt an Gewicht verloren. Ich habe sie zwar nicht gefragt, aber ich habe es ihr angesehen. Und sie ist extrem blaß. Aber nun gut. Blaß ist sie immer. Sie ist eben dieser anämische Typ.«

Frau Triltsch schwieg eine Weile. Als sie sprach, klang ihre Stimme besorgt. »Sie ist noch dünner geworden?«

»Ja, leider. Aber sie wird, wenn sie erst einmal wieder zu Hause ist, bestimmt zunehmen. Ich habe beschlossen, mich darum zu kümmern. Kathi weiß noch nichts von ihrem Glück. Aber sie wird es noch früh genug erfahren. – Stellen Sie sich vor, in den ersten Tagen hat sie halluziniert. Sie hat dem Arzt erzählt, die Häuser vor ihrem Fenster würden sich mittags herumdrehen. Und der kleine blaue See – den es in Wirklichkeit gar nicht gibt! – würde immer erst gegen Abend kommen. Ist das nicht verrückt?«

»Ja, seltsam. Wissen Sie, wann Katharina entlassen wird?«

»Sicherlich bald. Eine Schwester hat mir anvertraut, Kathi dürfe in Kürze nach Hause.«

»Sicherlich bald nach Hause...«, murmelte die alte Frau, »nun ja, hoffen wir das Beste.«

»So, Frau Triltsch, Sie sehen, Sie brauchen sich keine Sorgen zu machen und können sich jetzt beruhigt um ihren Besuch kümmern.«

»Ich danke Ihnen für ihren Anruf, Lydia. Sagen Sie Katharina einen schönen Gruß von mir, und bestellen Sie ihr, daß ich jeden Tag für sie bete. Auch heute habe ich in St. Johannes eine Kerze für sie angezündet. Ganz früh am Morgen. Als ich am Nachmittag noch einmal in der Kirche war, brannte die Kerze immer noch. Eine geduldige, tapfere kleine Flamme. Werden Sie ihrer Freundin das ausrichten?«

»Mach ich gerne, Frau Triltsch.« Lydia verabschiedete sich höflich und legte den Hörer auf die Gabel. Merkwürdig, dachte sie, wie ernst die alte Frau gewesen war. Hätte sie sich nicht ein wenig mehr freuen können? Immerhin ging es Katharina gut. Sie hatte die Krise überstanden und war ins Leben zurückgekehrt. Jetzt mußte sie nur noch nach Hause zurückkehren, und alles würde gut werden. Lydia schüttelte den Kopf und wählte die Nummer von Mario und Palmai. Die Freunde waren nicht zu Hause. Lydia sprach auf den Anrufbeantworter, daß alles in Ordnung sei und Katharina die Klinik in nächster Zeit verlassen dürfe. Sie schmatzte zwei Küsse in den Hörer und legte auf.

Gegen Abend verließ sie das Hotel. Sie aß in einem Gasthof ausgiebig zu Abend und nahm sich auf dem Rückweg als zweiten Nachtisch eine Tafel Schokolade mit. Nachdem sie die Süßigkeit bis auf den letzten Krümel verzehrt hatte, legte sie sich in die Badewanne. Der Tag mit Katharina war herrlich gewesen. Sie hatte ab und zu so glücklich ausgesehen. Und sie hatte von der Zukunft gesprochen. Von Reisen in ferne Länder, ihrer Arbeit im Atelier...

Lydia stieg aus der Wanne und wickelte sich in ein Badetuch. Im Radio meldete eine Frauenstimme das Herannahen einer Kaltluftfront. Lydia legte sich aufs Bett und wählte die Nummer der Klinik. Sie wollte vor dem Schlafen noch einmal Katharinas Stimme hören. Wollte der Freundin noch einmal sagen, daß alles gut werden würde. So wie im Märchen.

Lydia wartete geduldig. In der Leitung knackte es mehrmals. »Sind Sie noch dran?« fragte die Dame mit der jugendlichen Stimme.

»Ja, natürlich! So schnell werden Sie mich nicht los!«

»Auf der Station hebt im Moment niemand den Hörer ab. Wenn Sie einen Augenblick Geduld haben. Ich versuche es noch einmal.«

Es knackte wieder in der Leitung. Lydia lief mit dem Telefon quer durch das Zimmer. Wie eine Tänzerin balancierte sie auf Zehenspitzen. Sie drehte sich, streckte das Bein zur Seite und wieder nach vorn.

»Station zwei, Schwester Mirka.«

»Wie schön! Ich bekam schon Angst, Sie hätten mich vergessen. Ich möchte bitte Frau Mallack sprechen«, sagte Lydia fröhlich und ging zum Fenster.

»Einen Moment bitte!« Es knackte erneut in der Leitung.

Lydia schob die Gardine zur Seite und öffnete das Fenster. Der Himmel war sternenklar.

»Weißt du, was Sterne sind?« hatte Katharina sie vor langer Zeit gefragt. Sie waren zusammen durch knirschenden Schnee in die Mitternachtsmesse gestapft. Lydia hatte in den Himmel gestarrt, und Katharina hatte, ohne eine Antwort abzuwarten, gesagt: »Sie sind unerfüllte, Licht gewordene Liebe...«

»Frau Labetzke, hier Schwabe, sind Sie da?« Die Stimme des Arztes klang gehetzt.

»Ja, ich...«

»Etwas Schreckliches ist passiert«, unterbrach er sie, »wir nehmen an, es war ein Unfall. Ihre Freundin ist tot.»

Lydia ließ den Hörer fallen und lehnte sich zum Fenster hinaus. In der Luft lag ein Geruch von geschälten Apfelsinen. Wo er herkam, wußte sie nicht.

Liselotte Marshall

Die verlorene Sprache

Roman

Aus dem Englischen von Ingrid Lebe

Band 13500

Liselotte Marshall erzählt in ihrem autobiographisch gefärbten Roman das Schicksal einer in Deutschland geborenen Jüdin und Emigrantin: ein Leben ohne Vaterland, ohne Muttersprache. Die Dolmetscherin Rachel Bernstein gerät durch ihre Ehescheidung in eine Lebenskrise, die alte Wunden einer verdrängten Vergangenheit wieder aufbrechen läßt. Als Kind überlebte sie den Holocaust, dem ihre Familie zum Opfer fiel, in einer Schweizer Tb-Heilstätte. Von der dort ausgeheilten Knochentuberkulose bleibt eine Gehbehinderung zurück. Rachels Rückkehr an den Ort ihres Leidens und Überlebens führt zu einer quälenden, letztlich aber auch befreienden Auseinandersetzung mit der Vergangenheit.

Fischer Taschenbuch Verlag

fi 2120 / 3

Martina Kreßner

Lebenssplitter

Roman

Band 11881

Ist die Emanzipation der Frauen eine große Täuschung? Hat sich in den letzten hundert Jahren wirklich Entscheidendes geändert? Warum erschoß sich die Großmutter? Warum vergiftete sich die Mutter? Weshalb diese gewaltsamen Lebensabbrüche, noch bevor beide Frauen das fünfzigste Lebensjahr erreichten? Irene, Frau eines Politikers und Mutter von vier Kindern, stellt sich diese Fragen immer drängender, je näher sie selbst diesem Alter kommt. Sie stößt auf einen alten Koffer voller Papiere, Fotos und Tagebuchaufzeichnungen und beginnt, die Lebenssplitter zusammenzusetzen. Dabei flicht sie Bruchstücke ihrer eigenen Biographie ein und sucht nach dem Sinn dieser Frauenleben, nach den Ursachen der Selbstmorde. In der Auseinandersetzung mit der Familiengeschichte entsteht ein schillerndes Panorama unseres Jahrhunderts, ein Bild Deutschlands von der Wilhelminischen Ära über beide Weltkriege, die Jahre des Wiederaufbaus im geteilten Deutschland, die Zeit der 68er Revolte bis in die Gegenwart.

Fischer Taschenbuch Verlag

fi 950 / 5

Eva Hoffman

Ankommen in der Fremde

Lost in Translation

Aus dem Amerikanischen von
Gesine Strempel und Helmut Frielinghaus

Band 12869

»*Lost in Translation*« ist ein Schlüsselwerk über die innere Erfahrung der Emigration – ein poetischer Bericht der amerikanischen Schriftstellerin über Stationen ihres Lebens auf dem Weg von Krakau über Vancouver nach New York. 1959 bestieg sie als junges Mädchen gemeinsam mit ihrer Familie ein Schiff, das sie von dem vielgeliebten Land ihrer Kindheit in eine unbekannte »neue Welt« bringt. »*Lost in Translation*« ist die Erinnerung an diese große Reise – eine bewegende Schilderung, die von der lyrischen Beschwörung der Kindheit im Nachkriegspolen bis zur geistreichen Analyse der amerikanischen Gesellschaft und der kulturellen Metamorphose der Autorin reicht. Ihr Weg führt sie schließlich in die literarische Welt von New York, wo sie Mitherausgeberin der »New York Times Book Review« wird. Scharfsinnig und humorvoll beschreibt sie das Aufeinanderprallen des polnischen »Vergangenheitsmenschen mit dem amerikanischen »Zukunftsmenschen«. Eva Hoffman schildert den Verlust von Heimat und erzählt gleichzeitig von der befreienden Möglichkeit, sich in einer anderen Sprache »wieder zu finden«.

Fischer Taschenbuch Verlag

fi 711 / 4